KB108983

형사 실프와
평행 우주의
인생들

형사 실프와 평행 우주의 인생들

율리 체 장편 소설 | 이재금 · 이준서 옮김

민음사

차례

일곱 부분으로 이루어진 6장

형사가 고사리 덤불 속에 웅크리다. 사소한 증인이 두 번째로 등장하다. 많은 사람들이 제네바로 차를 몰다. ·

7장

범인이 밝혀지다. 결국 내면의 심판자가 결단을 내리다. 새 한 마리가 날아오르다. ·

프롤로그

우리가 모든 것을 들은 것은 아니지만, 대신 대부분을 보았다. 왜냐하면 우리 중 하나는 항상 거기 있었으니까.

치명적 두통을 앓고 물리학 이론을 좋아하며 우연을 믿지 않는 한 형사가 자신의 마지막 사건을 해결한다. 한 아이가 유괴를 당하는데, 아이는 그 사실을 모른다. 한 의사는 해서는 안 될 일을 한다. 한 남자가 죽고, 두 물리학자가 논쟁을 벌이며, 그 형사계 경정은 사랑에 빠진다. 결국에는 모든 것이 그 형사가 생각했던 것과 딴판으로 보이는데, 그런데도 그가 생각했던 것과 정확히 일치한다. 인간의 생각은 악보이고, 인간의 삶은 재즈처럼 비딱한 음악이다.

바로 그랬던 거야, 대략은 말이야. 우리는 이렇게 생각한다.

일곱 부분으로 이루어진 1장

제바스티안이 곡선을 오리다. 마이케가 요리하다.
오스카가 방문하다. 물리학은 연인들의 것이다.

1

비행기로 남서부 방향에서 접근하면서 해발 500미터 높이에서 바라보면 프라이부르크는 슈바르츠발트의 습곡들 사이에 번진 밝은색 얼룩처럼 보인다. 그것은 마치 어느 날 갑자기 하늘에서 떨어져 인접한 산들의 발치까지 튄 것처럼 거기에 있다. 벨헨산, 샤우인스란트산, 펠트베르크산이 빙 둘러서서 한 도시를 굽어본다. 산들의 시간 계산법을 따르자면 대략 육 분 전에 생겨난, 그럼에도 저 아래 우스꽝스러운 이름을 가진 강가에 줄곧 자리 잡고 있었던 것처럼 구는 이 도시를 말이다. '드라이잠.' 셋에서 느끼는 고독이라고 말할 때처럼.[01]

---

01 드라이잠(Dreisam). 강의 이름을 '셋'이라는 뜻의 drei와 '외로운'이라는 뜻의 einsam으로 푼 언어유희.

샤우인스란트산이 무심하게 어깨를 으쓱했다가는 수백 명의 자전거 타는 사람들, 케이블카 탑승자들, 나비 수집가들은 목숨을 빼앗길 것이다. 그리고 펠트베르크산이 지루해서 몸이라도 돌렸다면, 지역 전체가 끝장났을 것이다. 산들이, 북적거리는 프라이부르크의 거리를 침울한 표정으로 내려다보고 있기 때문에, 그곳에서는 사람들이 재밋거리를 구하려고 애쓴다. 숲과 산봉우리 들은 매일 엄청난 수의 새들을 이 도시로 보낸다. 최근에 일어난 사건을 보고하라는 임무를 주어서 말이다.

골목이 좁아져서 그림자들이 서로 더 바싹 붙는 곳에서는, 녹이 난 황갈색과 때 탄 듯한 담홍색이 여전히 이곳에서 지속되는 중세를 대표한다. 수없이 많은 지붕창들이 가파른 지붕 위에 자리 잡았다. 집주인들이 침이 드러나도록 못을 박아 고정하지 않았더라면 그 창들은 이상적인 착륙장을 제공했을 것이다. 지나가는 구름 하나가 건물 전면부에서 빛을 쓸어 간다. 레오폴트링[02]에서 댕기머리 여자아이 하나가 아이스크림을 산다. 아이의 가르마는 꼭 곧게 뻗은 도로 같다.

날갯짓 몇 번이면 가 닿을 정도로 가까이에 소피드라로셰 거리가 있다. 그곳은 어찌나 녹음이 짙은지 독자적 기후대를 꾸려도 무방할 정도다. 언제나 산들바람이 분다. 마로니에 수관(樹冠)이 쏴 하는 소리를 내려면 필요한 바람이다. 이 나무들에는 시 소속 조경 전문가가 배정되어 있다. 그가 이 나무들을 심었다. 나무들은 한 세기를 넘어 살아남았고, 그가 계획했던 것보다 더 커졌다.

---

02 프라이부르크의 상가 지역.

나무들이 위쪽으로 긴 손가락을 뻗어 발코니를 만지작거리는 동안에 뿌리는 노면 아래로 아치를 이루어 건물들의 기초 바로 옆으로 흐르는 내륙 수로의 경계 장벽을 뚫고 들어간다. 보니와 클라이드가 꽥꽥거리며 물결을 거슬러 헤엄쳐 가더니 같은 자리에서 빙글빙글 돌다가 하류 쪽으로 밀려 내려간다. 한 마리는 갈색 머리이고 다른 한 마리는 초록색 머리. 컨베이어 벨트처럼 흘러가는 물 위에서 이 오리들은 행인들이 지나가기만 하면 앞질러 가서는 보도 쪽을 힐끔거리며 빵을 구걸한다.

소피드라로셰 거리가 어찌나 유쾌함을 발산하는지, 객관적 관찰자한테도, 여기에서는 불만 없이 세상에 동의하지 않고서는 아예 주거지 전입 신고를 할 수 없는 모양이라는 생각이 들 정도이다. 내륙 수로가 벽을 축축하게 만들기 때문에 건물들 문이 활짝 열려 있어서 보행로들은 마치 쫙 벌린 아가리에서 뻗어 나온 혀처럼 보인다. 의심할 나위 없이 7번지가 그중에서 가장 아름다운 집이다. 흰 칠이 되어 있고 수수하게 석고가 발려 있다. 폭포처럼 블라우레겐 꽃망울들이 집의 전면에 흘러내린다. 고풍스러운 등 하나가 야간 근무를 대비해 졸고 있다. 그리고 긴 숄처럼 흘러내린 담쟁이넝쿨 속에서 참새들이 조잘댄다. 한 시간쯤 후면 택시한 대가 모퉁이를 돌아서 그 옆에 멈추어 설 것이다. 뒷좌석에 앉아 있던 승객은 운전기사의 손에 잔돈을 올려놓으려고 선글라스를 들어 올릴 것이다. 그는 차에서 내릴 것이고, 머리를 어깨에 올려놓듯 쳐들 것이고, 3층 창문들을 올려다볼 것이다. 벌써 지금 그 위에는 비둘기 두 마리가 창문 난간을 가로질러 종종걸음을 치고, 서로에게 몸을 숙이고, 이따금씩 날아오르면서 집 안을 흘끔흘끔 들여다본다. 매달 첫 번째 금요일이면 제바스티안, 마이케, 리암은 이 날아다니는 관찰자들이 자신들에게서 눈을 떼지 않을 거라고 확신해도 좋다.

그중 한 창문 뒤로 제바스티안이 머리를 숙이고 다리는 구부린 채 작업실 바닥에 앉아 있다. 마치 크리스마스트리를 치장할 별이라도 만드는 양 그는 오려 놓은 종이 쪼가리와 가위 들에 둘러싸여 있다. 그의 곁에는 리암이 쪼그리고 앉아 있다. 아빠와 똑같이 금발에 피부색이 밝은데 자세까지 축소판이다. 리암은 빨간색 판지 한 장을 들여다본다. 레이저 프린터가 거기에다 삐죽삐죽한 곡선을 그려 놓았다. 알프스산맥의 파노라마와 비슷하게. 제바스티안이 가위를 갖다 대자 리암이 손가락을 들어 경고한다.

"조심하세요! 손을 떨잖아요!"

"떨지 않으려고 신경 써서 그런 거야, 이 약삭빠른 녀석아." 제바스티안은 이렇게 말하고 나서, 리암의 눈이 휘둥그레지자 자신의 말투를 후회한다.

제바스티안은 매달 첫 번째 금요일이면 늘 신경이 곤두서 있다. 그리고 언제나 그러듯이 일진이 안 좋았던 탓으로 돌린다. 매달 첫 금요일에는 사소한 일 하나하나가 그의 기분을 망쳐 버릴 수 있다. 오늘은 드라이잠강 가에서 있었던 우연한 만남이 그러했다. 그는 강의를 마친 후 점심시간에 그곳에서 휴식을 취하곤 한다. 거기에서 그는 사람들 한 무리와 마주쳤다. 그들은 길에서 약간 떨어져서, 언뜻 보기에는 특별한 이유도 없이, 평평한 모래 더미를 둘러싸고 서 있었다. 모래에 볼품없는 묘목 하나가 솟아 있었는데, 그것은 나무 막대와 고무줄로 만든 지지대에 의해 겨우 곧게 지탱되어 있었다. 정원사 셋이 각자 삽에 기대서 있었다. 다리에 작은 여자아이가 바싹 달라붙어 있는, 어두운색 양복을 입은 굼뜬 사람 하나가 모래 더미에 올라가더니 축사를 했다. 올해의 나무입니다. 검은 사과나무죠. 고향에 대한, 자연에 대한, 창조에 대한 사랑입니다. 나이가 지긋한 부인들이 반원으로 둘러서서 침묵을 지켰다. 그러고는 삽질, 형식적으로 작게 퍼낸 모래 한 삽, 거기다 작은 여자아이가 양철통으로 쏟아부은 물. 사람들은 박수를 쳤다. 자기 의지와는 어긋나게 제바스티안은 오스카를 떠올리지 않을 수 없었다. 그리고 그가 이러한 장면을 두고 뭐라고 할지 떠올렸다. 저것 좀 보라고. 자신들의 의지할 데 없는 처지를 숭배하는 포유동물 한 떼로군! ― 그러면 제바스티안은 아마도 웃었을 것이고, 그 자신도 올해의 나무에 대해 정말 놀랄 정도로 비슷하게 느꼈다는 사실에 대해서는 입을 다물었을 것이다. 지나치게 큰 지지대를 댄 묘목.

"너 올해의 나무가 뭔지 아니?" 그가 아들에게 묻는다. 아들은 고개를 젓더니 아버지의 손에서 더는 움직이려 하지 않는 가위를 뚫어져라 쳐다본다. "올해의 나무는 쓸데없는 짓이에요." 아들이 덧붙여 말한다. "생각할 수 있는 것 중 최악이라고요."

"오늘 오스카 아저씨 오시죠, 그렇죠?"

"당연하지." 제바스티안은 가위질을 다시 시작한다. "왜?"

"오스카 아저씨가 오면 아빠는 항상 이상한 말을 하잖아요. 그리고……." 리암은 공작용 마분지를 가리키면서 말한다. "일거리를 집으로 가져오고요."

"아빠 네가 호(弧)의 무게 재는 걸 좋아한다고 생각했는데?" 제바스티안이 욱해서 묻는다.

열 살이 된 리암은 이미 이 질문에 대답하지 않을 만큼 영리하다. 물론 리암은 물리학 실험을 할 때 아버지를 돕는 것을 좋아한다. 리암은 톱니 모양의 선들이 복사선 측정의 결과를 보여 준다는 걸 안다. 비록 '복사선 측정'이 무슨 뜻인지는 설명할 수 없을지 몰라도 말이다. 마분지에 그려진 곡선의 밑면을 잘라 내 그 무게를 재서 면적을 구하면 곡선 밑부분의 적분을 계산해 낼 수 있다. 그러나 리암은 종이 공작을 하지 않고도 이러한 과정을 해결할 수 있는 컴퓨터가 연구소에 있다는 사실도 안다. 이 일은 분명히 월요일까지 해도 되는 일이었다. 그러니까 이 늦은 금요일 오후에 이걸 하는 건 무엇보다도 리암을 즐겁게 해 주고, 그래서 제바스티안이 마음의 평정을 누리기 위해서다. 미세한 톱니 모양과 좁게 들어간 곳들을 자르려면 원래 필요한 도마와 날카로운 칼을 부엌에 있는 마이케가 갖고 있을지라도 말이다.

마이케가 오스카를 위해 요리할 때면, 조리 기구는 모두 그녀의 차지가 된다. 그녀가 아침에 벌써부터 자기가 이번에는 어떤 새로운 요리를 시도해 볼지 늘어놓을 때면 제바스티안은 매번 이 모임이 그녀에게 왜 그토록 중요한지 자문해 보곤 한다. 그녀의 입장에서는, 제네바에서 오는 그 위대한 물리학자에 대한, 숭배에 가까운 리암의 존경심은 오히려 그의 방문을 꺼리는 이유가 되어야만 했다. 게다가 오스카는 보통 날카로운 반어로 그녀를 대했다. 하지만 이 모든 것에도 불구하고 십 년 전부터 함께 식사하는 전통을 만들어 낸 사람은 마이케였으며, 오늘날까지 그것을 고집하는 사람도 그녀였다. 제바스티안은 그녀가, 의식적으로든 무의식적으로든, 뭔가를 제대로 된 궤도로 유도하려고 하는 게 아닌가 짐작해 본다. 통제되지 않은 채 은폐된 곳에서 전개되는 대신에 그녀의 눈앞에서 진행되어야 하는 뭔가를 말이다. 그게 무엇일지에 대해서는 그녀는 한 번도 입을 뗀 적이 없다. 제바스티안은 내심 아내의 조용한 고집스러움에 탄복한다. 오스카가 금요일에 오는 거 맞지? 그녀는 이렇게 묻고, 제바스티안은 그 말에 고개를 끄덕이곤 한다. 이게 전부다.

곡선은 중간 부분으로 가면서 모양이 단순해지다가 마지막에 다시 복잡해진다. 리암은 두 손으로 마분지를 받치고 있다가 가위가 마지막 난관을 이겨 내고 결국 마분지의 삐죽삐죽한 자투리가 바닥에 떨어지자 환호한다. 아이는 조심스레 이 걸작의 가장자리를 잡고 주방 저울을 쓸 수 있나 보기 위해 먼저 달려간다.

마치 오늘 저녁에 두 번째 결혼식이라도 치르려는 듯이 보이는 하얀 옷을 입고 마이케는 조리대 앞에 서서 제멋대로 뻗은 샐러드용 야채를 자르고 있다. 두 발은 맨발이다. 아무 생각 없이 그녀는 오른쪽 엄지발가락으로 왼쪽 종아리의 모기 물린 곳을 긁는다. 창문은 열려 있다. 바깥으로부터 여름 공기가 불어 들어온다. 뜨겁게 달아오른 아스팔트 냄새, 흘러가는 물 냄새, 하늘 높이 제비들로 저글링을 하는 바람 냄새로 가득하다. 조명을 듬뿍 받은 마이케는 그 어느 때보다도, 남자가 일몰 속으로 함께 말을 달리기 위해 말 위로 끌어 올리고 싶어 하는 그런 부류의 여자 같다. 그녀에겐 자신을 샅샅이 훑어보는 그런 시선을 견디는, 그녀만의 남다른 방법이 있다. 그녀의 살빛은 제바스티안보다 밝고, 그녀의 입은 아주 살짝 비스듬해서 웃을 때면 조금 생각이 많아 보인다. 그녀가 시내 중심가에서 경영하는 작은 '현대 미술 갤러리'의 성공은 무엇보다도 그녀의 외모 덕이 크다. 예술가들에게 그녀는 매니저이자 이따금씩 모델이기도 하다. 마이케의 미감은 거의 종교에 가깝다. 그녀는 가구들이 애정 없이 아무렇게나 배치된 공간을 못 견디고, 빛에 비춰 꼼꼼히 살펴보기 전에는 컵 하나도 그냥 탁자 위에 놓는 법이 없다. 제바스티안이 뒤에서 그녀에게 다가가자 그녀는 젖은 두 손을 뻗는다. 그녀의 겨드랑이는 제모되어 있다. 그의 손가락이 그녀의 엉덩이에서 목덜미까지 이어진 척추의 마디마디를 부드럽게 짚어 올라간다.

"당신 추워?" 그녀가 묻는다. "떨고 있잖아."

"아들이나 엄마나 내 자율 신경계 말고 또 관심 있는 건 없어?" 제바스티안은 일부러 큰 소리로 말한다.

"있지." 마이케가 말한다. "적포도주."

제바스티안은 그녀의 뒷머리에 입을 맞춘다. 두 사람은 오스카가 《슈피겔》에 실린 기사를 틀림없이 읽었으리라는 걸 안다. 마이케는 오랫동안 지속되어 온 두 남자의 학문적 논쟁을 내용까지 이해하고 싶을 만큼 야심이 크지는 않다. 하지만 그들의 논쟁이 어떻게 진행되는지는 잘 안다. 공격할 때 오스카는 음성이 위협적으로 낮아진다. 제바스티안은 방어하는 동안 평소보다 더 자주 눈을 깜빡이고 팔을 늘어뜨린다.

"브루넬로 한 병 샀어." 그녀가 말했다. "그 사람이 좋아할 거야."

제바스티안이 유리병을 집어 들자, 마치 술 취한 저격수가 열려 있는 창문을 통해 총을 겨냥하기라도 한 것처럼, 빨간 점 하나가 마이케의 가슴 위로 휙 스치고 지나간다. 과일 향, 참나무 향, 흙냄새. 제바스티안은 한 잔 따라 마시고 싶은 유혹을 떨치고, 주방 저울 앞에 서서 기다리는 리암에게로 몸을 돌린다. 둘은 뺨과 뺨을 맞대고 디지털 숫자 판을 읽는다.

"훌륭하십니다, 꼬마 교수님." 제바스티안이 아들을 꼭 껴안는다. "말씀하실 것이 있으신지요?"

"자연이 우리가 계산한 것들과 일치합니다." 리암이 엄마 쪽을 곁눈질하며 말한다. 그녀의 칼이 나무 도마 위에서 건조한 박자로 뭔가를 썰어 댄다. 그녀는 아들이 외운 문장을 읊어 대는 걸 좋아하지 않는다.

곡선 마분지를 작업실로 다시 가져가기 전에 제바스티안은 잠시 문지방에 멈춰 선다.

마이케는 자신이 나중에 그의 등 뒤를 엄호해 주겠노라고 말하고 싶어질 것이다. 그녀는 이 표현을 좋아한다. 그것은 그녀가 매일 저녁 승자로 부상하는, 일상이라는 이름의 전투를 상기시켜 준다. 그런데 마이케는 사실 전투적인 유형의 사람이 아니다. 제바스티안과 사귀기 전에 그녀는 완전히 몽상가였다. 밤에 거리를 산책할 때면, 그녀는 불이 밝혀진 집마다 들어가 보는 꿈을 꾸곤 했다. 상상 속에서 그녀는 남의 화분에 물을 주거나 모르는 집의 저녁 밥상을 차리거나 낯선 아이들의 머리를 쓰다듬어 주기 시작했다. 어느 남자라도 그녀의 애인이 될 수 있었으며, 상상 속에서 그녀는 그들과 함께 거친 삶이나 부르주아적인 삶을 살 기도 예술적이거나 정치적인 삶을 살기도 했다. 상대 남자의 눈 색깔이나 체격에 따라서 말이다. 마이케의 방랑자 같은 상상력은 스쳐 지나가는 사람들과 장소에 둥지를 틀었다. 그녀가 제바스티안을 만나기 전까지는 말이다. 그 순간, 그녀가 프라이부르크의 카이저요제프 거리에서(제바스티안은 "뮌스터 광장이야!"라고 말할 것이다. 왜냐하면 그 들의 첫 만남에는 두 가지 버전이 있기 때문이다. 그를 위한 것과 그녀를 위한 것.) 우연히 그를 만난 그 순간, 현실은 그녀의 응집 상태를 기체에서 고체로 바꾸어 놓았다. 그것은 첫눈에 반한 사랑이었고, 이로써 다른 대안은 금지되었으며, 무한하게 많은 가능성들이 하나의 '지금 여기'로 축소되었다. 아마 그라면 그것을 이렇게 표현할 것이다. 마이케의 삶에 제바스티안이 나타난 것은 양자 역학적 파동 함수의 붕괴[03]를 의미했다고. 그 이후 마이케에게는 자신이 엄호해 줄 누군가의 등이 생겼다. 그녀는 기회가 있을 때마다 그렇게 하고, 또 그러길 좋아한다.

"당신들은 나중에 전혀 방해받지 않고 얘기할 수 있을 거야." 그녀는 이렇게 말하고는 이마에 흘러내린 머리카락을 팔뚝으로 쓸어 낸다.

"내가 당신 등 뒤를……."

"나도 알아." 제바스티안이 말한다. "고마워."

그녀가 웃자 어금니 사이에 껌이 보인다. 그래도 그녀의 아이 같은 눈과 눈부신 머리카락을 보면 그녀는 못 견디게 매혹적이다.

"오스카 아저씨는 도대체 언제 와요?" 리암이 투덜댄다.

---

03 양자 역학에서 파동 함수는 어떤 계에서 여러 상태가 중첩되어 있는 상태를 의미하나, 측정을 하는 순간 '파동 함수의 붕괴'가 일어나 단 하나의 상태로 확정된다. 20세기 초 보어와 하이젠베르크 등에 의해 주창된 '코펜하겐 해석'의 주요 내용이다.

부모들이 서로 바라보는 동안, 리암은 자신의 조급함을 양파 조각과 마늘쪽으로 무늬를 만들며 조리대 위에 늘어놓는다. 마이케는 창의성을 드러내는 아들의 버릇없는 행동을 나무라지 않고 너그럽게 봐준다.

2

정말 묘해. 모든 사람들이 동일한 구성 요소로 조합되어 있다니 말이야. 오스카는 생각한다. 그의 혈관을 통해 아드레날린의 가벼운 도취감을 전달하는 이 부신(副腎)이 저 기품 있는 동양 여자의 자율 신경계에서도 발견될 수 있다니. 그녀는 오노 요코 같은 얼굴로 햄이나 치즈를 얹은 브뢰첸[04]과 커피를 승객에게 나누어 준다. 그녀의 손톱, 머리카락, 치아가 승객들 모두의 손톱, 머리카락, 치아와 같은 물질로 이루어져 있다니. 커피를 따르는 그녀의 손가락이 지갑 속에서 잔돈을 찾는 그의 손가락과 동일한 힘줄에 의해 움직인다니. 심지어 어떻게든 접촉을 피하려고 하면서 동전 몇 개를 떨어뜨리는 그녀의 손바닥까지도 그의 손바닥과 비슷한 무늬를 띠고 있다니.

그 동양 여자는 잔을 건네면서 너무 오랫동안 그를 쳐다본다. 기차가 선로 전환기 위를 지난다. 그러자 커피가 그의 바지에 엎질러질 뻔한다. 커피 잔을 넘겨받고 오스카는 동양 여자가 자신에

---

04 독일어권 나라에서 식사로 즐겨 먹는 작은 빵.

게 작별 인사로 선사할 환한 미소를 피하기 위해 바닥을 내려다본
다. 그를 그녀와 연결하는 것이 단지 손바닥의 유사성뿐이면 좋았
으련만. 그들이 단지 탄소, 수소, 산소만 서로 공유해도 좋으련만.
하지만 그들의 공통점은 양성자와 중성자, 전자에 이르기까지 더
욱 깊이 들어간다. 그것들로 자신과 동양 여자가 구성되어 있고,
그가 팔꿈치를 괸 탁자도, 그의 손가락을 따뜻하게 덥혀 주는 커
피 잔도 그것들로 이루어져 있다. 이러한 사실은 오스카를 세계를
구성하는 온갖 물질들의 임의의 한 조각으로 만든다. 그 무엇도
이 세계를 벗어날 수 없기 때문에 세계는 그 안에 존재하는 모든
것을 포함한다. 그는 자신의 경계들이 작은 편린들의 거대한 소용
돌이 속에서 희미해진다는 사실을 안다. 그는 자신이 글자 그대로
다른 사람들에게 섞여 들어가는 것을 감지할 수 있다. 거의 모든
경우 이러한 느낌은 그에게 불쾌감을 준다. 예외가 하나 있다. 그
예외를 향해서 그가 지금 가고 있다.

만약 제바스티안이 자기 친구 오스카를 묘사하려고 시도한다
면, 그는 오스카가 어떤 질문에도 답할 수 있는 사람처럼 생겼다
고 말할 것이다. 끈 이론[05]이 언젠가는 물리의 기본력[06]들을 모두
통합하여 설명하는 데 성공하게 될지. 스모킹에 턱시도용 와이셔
츠를 입어도 되는지. 지금 몇 시인지. 그것도 두바이에서는. 남의

---

05 모든 만물의 최소 단위는 점 입자가 아닌 끈이며, 이 끈이 서로 다른 진동수로 파동
   을 그리기 때문에 다양한 입자들로 인식된다는 이론. 일반 상대성 이론과 양자 역
   학을 통합할 수 있는 이론으로 주목받았다.
06 자연계에 존재하는 네 가지 힘. 중력, 전자기력, 약력, 강력.

말을 듣고 있든 자기가 말을 하고 있든 상관없이, 그의 바윗덩이 같은 두 눈은 미동도 없이 상대를 응시한다. 오스카는 혈관에 수은이 흐를 것 같은 사람이다. 두 발 아래에 언제나 전투 사령관의 진지를 딛고 있는 사람이다. 시답잖은 애칭이라고는 전혀 없는 사람이다. 그와 함께 있을 때면, 여자들은 실수로라도 그에게 손을 뻗지 않으려고 자기 손을 깔고 앉는다. 스무 살이었을 때, 그는 서른 살처럼 보였다. 서른을 넘긴 뒤로, 그는 나이를 가늠할 수 없는 사람으로 여겨졌다. 그는 키가 훤칠하고 늘씬했으며, 매끈한 이마에 눈썹은 가느다랬다. 눈썹은 물어볼 게 있다는 듯 끊임없이 만곡을 그리며 치켜 올라가곤 한다. 살짝 팬 두 뺨에는 세심하게 면도를 했는데도 거무스름한 수염 자국이 남아 있다. 오늘처럼 검은 바지에 수수한 스웨터만 입어도 옷차림이 세련돼 보인다. 그의 몸을 감싼 옷감은 오로지 적재적소에만 감히 주름을 드리운다. 대개 그의 거동은 외양적 느긋함과 내면적 긴장이 혼합된 모습으로 나타나는데, 이는 다른 사람들로 하여금 대놓고 그의 얼굴을 쳐다보게 만든다. 사람들은 그가 연극배우인 줄 알고 등 뒤에서 소곤대며 그의 이름을 알아내려 한다. 실제로 오스카는 특정 집단에서는 유명하다. 하지만 연극 때문이 아니라 시간의 본질에 대한 그의 이론들 때문이다.

　차창 밖에서 여름이 녹청색 띠처럼 미끄러져 지나간다. 국도가 레일을 따라온다. 자동차들은 마치 도로에 딱 달라붙은 듯이 기차 뒤에 뒤처져 있고, 불빛은 잔잔한 호수들이 되어 아스팔트 위에 누워 있다. 젊은 남자가 옆에 앉아도 되겠느냐고 물었을 때, 오스카는 막 선글라스를 꺼내 들던 참이었다. 오스카는 얼굴을 돌리고는 어두운 안경 뒤로 눈을 숨긴다. 젊은 남자는 가던 길을 계속 간다. 접이 테이블 위에 는 마시다 남은 커피가 갈색으로 웅덩이져 있다.

오스카로 하여금 종종 인생을 견디기 어렵게 만드는 것은 그 의 스타일 감각이다. 많은 사람들이 다른 동류 인간들을 견디지 못 하지만, 오스카처럼 그토록 정확하게 그 근거를 댈 수 있는 사람은 소수다. 사람들이 모두 그저 양성자와 중성자, 전자로 구성되어 있 다는 사실까지는 그가 용서할 수 있을지도 모른다. 그러나 그는 사 람들이 이 슬픈 사실을 침착하게 견뎌 낼 능력이 없다는 사실은 용 서하지 못한다. 어린 시절을 떠올릴 때면 그는 한 무리의 웃고 있 는 여자아이들과 남자아이들에게 둘러싸인 열네 살짜리 자신을 본다. 그 애들은 쭉 뻗은 손가락으로 그의 발을 가리킨다. 그때 그 는 부모에게 허락도 받지 않고 자기 자전거를 내다 팔아 그 돈으로 난생처음 봉합선이 있는 신발 한 켤레를 장만했다. 그것도 만약을 대비해서 세 치수나 큰 것으로. 분별없는 웃음에 대한 경멸은 그에 게 지금까지도 남아 있다. 그는 멍청한 인간들이 젠체하거나 우쭐 거리거나 남의 불행을 보고 즐거워하는 것을 혐오한다. 그의 견해 로는 그 어떤 폭력 행위도 멋진 스타일을 망치는 범죄만큼 잔혹하 지는 않다. 혹시라도 그가 언젠가(절대로 계획에 없이) 살인을 저지 른다면, 아마도 희생자의 치근대는 언사 때문일 것이다.

열여섯 살에 그의 키가 190센티미터에 이르자 학교 친구들의 조롱은 갑작스럽게 끝이 났다. 그 대신에 아이들은 그의 관심을 끌어 보려고 애쓰기 시작했다. 그가 근처에 있으면 교정의 말소리 가 더 커졌다. 수업 도중에 어떤 여학생이 발표를 자청했다면, 그 아이는 발표를 하면서 오스카가 있는 쪽을 건너다보았다. 마치 그도 귀 기울여 듣는지 확인이라도 하려는 듯이 말이다. 목덜미 털이 셔츠 깃을 찔러 대는 추접스러운 인간인 수학 선생은 죽 늘어 쓴 숫자 뒤에 분필이 부러져라 마침표를 찍을 때마다 오스카가 있는 방향에 대고 "이게 맞지?"라고 묻는 게 습관이었다. 그런데도 오스카는 대학 수학 능력 시험이 끝난 시점에서 반 아이들 중 유일하게 아직도 응용판 이웃 사랑[07]을 경험하지 못한 아이였다. 그는 그것을 승리로 여겼다. 그는 십 분 이상 같이 있어도 자신이 참고 견딜 수 있을 인간은 세상을 통틀어 단 한 명도 없다고 확신했다.

이것이 어찌나 큰 오류였던지 오스카는 대학에서 제바스티안을 만났을 때 어지럼증을 느꼈다. 그들이 새 학기 첫날에 일찌감치 서로에게 주목했던 것은 그들의 키 때문이었다. 다른 학생들의 머리 너머로 시선이 마주쳤고, 그들은 거의 자동으로 강의실에 나란히 자리 잡았다. 학장의 고통스러운 인사말을 그들은 아무 말 없이 견뎌 냈다. 그러고 나서 그들은 복도에서 느긋이 대화를 시작했고, 제바스티안은 십 분이 지난 뒤에도 여전히 아둔한 소리라고는 전혀 하지 않았으며 단 한 번도 멍청하게 웃지 않았다. 오스카는 그와 같이 있는 것을 견뎌 내기만 한 것이 아니라 심지어 대화를 계속 이어 나가고 싶은 욕망을 느꼈다. 그들은 카페테리아로 가서 저녁때까지 이야기를 나눴다. 그 순간 이후로 오스카는 자신의 새로운 지인 곁으로 찾아들었고, 제바스티안은 그가 그러도록 두었다. 그들의 우정은 준비 기간이 필요하지 않았고, 아무것도 더 진전될 필요가 없었다. 그들의 우정은 제 스위치를 눌렀을 때

---

07 성 경험을 에둘러 표현한 것.

의 전등처럼 그냥 불이 들어왔다.

이후의 몇 달을 묘사하려고 시도하다 보면 온통 멋진 것들 속에서 정신을 못 차리게 될 위험이 있다. 프라이부르크 대학에서 공부하기로 결심한 이래 오스카는 오로지 허리가 긴 재킷과 줄무늬 바지, 은색 목깃 받침에 모닝코트를 입고서만 사람들 앞에 나타났다. 제바스티안도 오래지 않아 이와 비슷한 댄디 복장으로 강의에 나타났다. 매일 아침 그들은 물리학 연구소 앞 공원에서, 마치 끈으로 당겨지기라도 한 듯, 오직 그들에게 걸림돌이 되기 위해서만 세상에 존재하는 그 학기 등록 학생 모두를 지나쳐 서로를 향해 다가가 악수로 인사했다. 그들은 모든 교재를 한 권씩만 샀다. 펼쳐진 책장 위로 서로 머리를 맞대고 있는 것을 좋아했기 때문이었다. 강의실에서 그들의 옆자리는 비어 있었다. 사람들은 그들의 행색을 기이하게 여겼지만, 그렇다고 비웃지는 않았다. 심지어 오후에 서로 팔짱을 끼고 드라이잠강 가에서 산책을 하다가, 중요한 이야기는 멈춰 서서 할 수밖에 없기 때문에, 그들이 몇 발짝 걷고는 멈춰 서기를 반복할 때조차도 말이다. 고풍스러운 복장 때문에 그들은 누렇게 바랜 엽서처럼 보였다. 마치 그들이 세심하게, 하지만 붙인 자리가 살짝은 보일 정도로 현재에 오려 붙여지기라도 한 것처럼. 드라이잠강의 물소리가 그들의 담소를 집어삼켰고, 나무들은 바람 속에서 흥분하여 손을 흔들어 댔다. 두 사람 중 한 명이 그것을 가리키며 태양의 중성 미자 문제들에 관해 무엇인가 말하는 순간, 늦여름의 태양은 가장 아름다웠다.

저녁이면 그들은 도서관에서 만났다. 오스카는 서가를 따라 거닐다가 이따금씩 책 한 권을 들고 그들의 책상으로 돌아왔다. 오스카가 친구에게 흥미로운 구절을 환기시키면서 그에게 팔을 두르는 습관이 들기 시작한 뒤부터, 열람실 유리창 너머의 벤치에는 독문과 여학생들이 모여들었다. 오스카와 제바스티안이 파티에서 각자 사람들 사이를 미끄러져 다닐 때면, 제바스티안이 아가씨들 중 하나와 혀가 꼬부라져 키스를 하기도 했다. 그러다 머리를 들었을 때 제바스티안은 그곳을 가로지른 저편에서 오스카의 미소 띤 시선과 마주치리란 걸 확신할 수 있었다. 그날 저녁이 끝날 무렵 그 아가씨는 출구까지 이끌려서는 마치 옷가지처럼 아무 남학우에게나 건네졌다. 이어서 오스카와 제바스티안은 집으로 가는 갈림길까지 밤새 서로를 바래다주었다. 그곳에서 그들은 멈춰 서 있었고, 가로등 불빛은 천막처럼 그들을 에워쌌다. 둘 중 누구도 그 자리를 떠나고 싶어 하지 않았다. 어느 순간이 작별하기에 적절할지 쉽게 결정할 수 없었다. ─ 지금, 아니면 그래도 다음번에? 지나가는 자동차들이 어우러진 둘의 그림자가 스스로를 회전축 삼아 빙 돌아가게 만드는 동안, 그들은 말없이 자신들 사이에서는 절대로 아무것도 변해서는 안 된다고 맹세했다. 미래는 오로지 서서히 펼쳐지는, 공동의 삶의 균질적인 양탄자로서만 존재했다. 새들의 첫 지저귀는 소리에 그들은 몸을 돌려, 밝아 오는 아침의 자기 몫인, 그 반쪽 속으로 각자 사라져 갔다.

매달 첫 금요일마다 오스카는 몇 초 동안 제멋대로 상상해 본다. 인터시티 익스프레스[08]가 그를 프라이부르크의 가로등 아래서

---

08 ICE. 독일 내 대도시 사이에서 운행하는 급행열차인 인터시티(IC)의 후속으로 등장한 초고속 열차.

작별하던 그때로 돌려보내 준다고 말이다. 드라이잠강 가에서 격렬하게 논쟁하던 때로, 아니면 적어도 교재 하나를 함께 펼치고 보던 때로. 그럴 때면 그는 입술에서 자신의 미소를 맛보았고, 어김없이 곧장 과민한 기분에 휩싸였다. 밤이 되면 가로등이 켜지던 프라이부르크는 당연히 더 이상 존재하지 않는다. 존재하는 것은, 오스카가 소립자들을 광속에 접근시켜 서로 충돌하게 만드는 스위스 지하의 원형 터널[09]이다. 그리고 그가 제바스티안 아내의 초대로 그 가족과 식사를 하기 위해 달려가는 도시가 존재한다. 어느 금요일에 오스카는 인형만 한 리암을 처음 보았다. 어느 금요일에 그는 제바스티안이 대학교에 교수로 임용되었다는 소식을 들었다. 금요일마다 그들은 서로 눈을 들여다보며, 그럴 때마다 과거를 생각하지 않으려고 애쓴다. 금요일마다 그들은 논쟁을 벌인다. 오스카에게 제바스티안은 같이 있는 것을 기쁜 마음으로 참고 견딜 수 있는 유일한 사람이기만 한 것이 아니다. 제바스티안은 지극히 경미한 움직임만으로도 자신을 하얗게 빛나도록 달아오르게 만들 수 있는 존재이다.

기차가 빈 선로에 서 있는 동안 오스카는 자신의 가방 쪽으로 몸을 굽혀서 둥글게 말려 있는 《슈피겔》을 끄집어낸다. 읽어야 할 페이지가 저절로 펴진다. 그는 그 기사를 더 읽을 필요가 없다. 그는 그것을 거의 외운다. 그 대신에 오스카는 사진을 본다. 거기에

---

09 유럽 입자 물리 연구소가 빅뱅 현상을 재현하기 위해 스위스와 프랑스의 국경 지대 지하에 20킬로미터 규모의 터널을 건설하고 그 안에 설치한 강입자 가속기를 의미한다.

는 금발에 밝은색 속눈썹과 푸른 유리구슬 같은 눈을 지닌 사십 대 남자가 보인다. 남자는 웃고 있다. 그럴 때 그의 반쯤 벌린 입은 살짝 직사각형 모양이 된다. 이 웃음을 오스카는 자기 자신의 웃음보다도 잘 안다. 그는 조심스레 사진 속 인물의 이마와 뺨을 어루만지다가 갑자기 담뱃불이라도 끄듯 엄지손가락으로 꾹 누른다. 기차가 서 있는 것이 그를 초조하게 한다. 옆 좌석에서는 꽃무늬 옷을 입은 한 어머니가 플라스틱 통에서 샌드위치를 꺼내 식구들에게 나눠 준다. 살라미 냄새가 퍼져 나간다.

"벌써 네 명이나!" 얼굴이 물컹한 비계 패킹 위에 얹혀 있는 아버지가 소리치고는 보던 신문을 손등으로 두드린다. "여기 좀 봐! 네 번째 사망자. 수술 도중 과다 출혈. 담당 과장 의사는 계속 부인."

"작은 깜둥이 넷이서……." 아이가 낭랑한 목소리로 노래한다. "라인강을 건너서."

"조용히 해." 어머니가 사과 조각으로 노래를 막아 버린다.

"제약 산업이 생체 실험의 배후에 있는가?" 아버지가 읽는다. 천박하게도 그는 맥주병을 들고 마실 때마다 입술을 내민다.

"죄다 범죄자들이야." 어머니가 말한다.

"그런 놈들은 죄다, 확."

"그럴 수 있다면야."

오스카는 《슈피겔》을 다시 가방에 꽂아 넣고는, 인사를 나눌 때 제바스티안이 자기 옷에서 살라미 냄새를 맡지 못하기를 바란다. 그는 넓은 보폭으로 대형 객실을 나선다. 기차가 갑자기 출발하여 그는 고꾸라질 뻔한다. 화장실 옆 빈 공간에서 벽에 기대선 동안 그는 생각한다. '멍청이들은 전쟁터로 보내야 해. 아프리카의 황무지에서 끝장나든 아시아의 정글에서 그렇게 되든 상관없어. 오십 년간 평화가 지속되니 이 나라 인간들은 원숭이 수준으로 퇴보해 버렸어.'

차창 밖에는 처음으로 모습을 드러낸 프라이부르크 변두리 지역의 잘 가꾼 앞뜰이 나는 듯 지나쳐 간다.

3

"프라이부르크의 여름은 정말 멋져."

오스카는 열린 창문의 반쯤 닫힌 커튼 뒤에 서서 포도주 잔을 흔들며 블라우레겐의 향기를 들이마신다. 조금 전에 택시에서 내리자마자 길에서부터 감탄했던 향기다. 비록 더위를 무시하며 어두운색 스웨터를 입고 있지만, 그는 산뜻한 느낌을 준다. 마치 땀을 흘릴 능력이라고는 전혀 없는 듯이. 그의 뒤에서 조각조각 이어진 나무 마루가 삐걱대고, 그는 고개를 돌린다.

제바스티안이 보란 듯이 느긋하게 팔을 흔들며 넓은 식당을 가로질러 온다. 이때 그는 친구와 정반대 모습을 대변한다. 오스카의 머리칼이 짙은 만큼이나 그의 머리칼은 눈에 띄게 밝다. 오스카의 행동거지가 언제나 장중한 행사에 참석한 듯한 느낌을 주는 반면에 제바스티안에게는 어딘가 소년 같은 구석이 있다. 그의 몸동작에는 유쾌한 투미함이 있고, 오늘 그는 마 바지에 하얀 셔츠를 잘 차려입었는데도 언제나 셔츠 소매와 바짓단 밖으로 팔다리가 약간 더 자라 나온 것처럼 보인다. 그에게는 노화의 진행이 오류를 일으킨 듯이 보이고, 그것은 기껏해야 웃을 때 생기는 잔주름이 점점 더 큰 부채꼴로 확장되는 정도에 국한된다.

그가 바짝 다가와서 한 손을 들어 오스카의 목덜미에 얹는다. 그는 자기 손이 축축하지 않고 따뜻하다는 걸 안다. 다른 이의 체취가 회상처럼 엄습해 오자 제바스티안은 잠시 눈을 감는다. 그들이 상대방이 바로 곁에 있는 걸 평온하게 참아 내면서 보여 주는 평온함은 얼마나 많은 훈련이 있었는지를 드러낸다.

"나흘 뒤 난 사람 하나를 죽일 거야." 제바스티안이 말한다. "하지만 아직은 그에 대해 아는 게 아무것도 없어."

적어도 이것은 그가 거짓말을 하지 않고도 할 수 있었을 말이다. 그 대신에 그는 이렇게 주장한다.

"프라이부르크의 여름은 그것을 즐기는 사람들만큼이나 아름답지."

이 대화 투는 성공을 거두지 못하고, 제바스티안의 긴장한 걸 감춰 주기는커녕 오히려 더 드러나게 만든다. 오스카가 유연하게 옆으로 비켜나자, 제바스티안의 손은 미끄러져 허공으로 떨어진다. 저 아래에서는 보니와 클라이드가 거리 초입에 다다른다. 그들은 부유물처럼 방향을 꺾어 집을 지나쳐 앞으로 나아간다.

"본론으로 들어가자면……." 눈으로는 오리를 쫓으며 오스카가 말한다. "네가 쏟아 낸 글을 《슈피겔》에서 읽었어."

"그 말은 축하로 받아들이지."

"이건 선전 포고야, 셰르 아미.[10]"

---

10   프랑스어로, '사랑하는 친구여.'라는 뜻.

"맙소사, 오스카." 제바스티안은 한 손을 바지 주머니에 집어넣고, 다른 손으로는 얼굴을 쓸어내린다.

"태양이 빛난다고. 새들은 노래하고. 죽고 사는 문제도 아니잖아. 물리학 이론에 관한 문제라고."

"지구 구형설 같은 무해한 이론조차도 여러 사람의 목숨을 앗아 갔어."

제바스티안이 말한다. "코페르니쿠스에게 너 같은 친구가 있었다면, 우리는 지금도 여전히 평평한 판 위에 앉아 있었을 거야."

오스카의 입꼬리 언저리가 움찔한다. 그는 찌그러진 담뱃갑을 꺼내 평소 담배를 피우지도 않는 제바스티안이 성냥을 찾아 불을 붙여 줄 때까지 기다린다.

"코페르니쿠스가 다중 세계 해석[11]을 믿었다면……." 오스카가 말을 하자 담배가 입술 사이에서 튀어 오른다. "인류는 바보 같은 헛소리에 멸망해 버렸을걸."

제바스티안은 한숨을 내쉰다. 새로운 세기의 가장 거대한 지적 기획에 참여 중인 남자와 논쟁을 벌이는 일은 쉽지 않다. 오스카의 목표는 양자 역학을 일반 상대성 이론과 결합하는 것이다. 그는 '$E=h\nu$'와 '$G_{\alpha\beta}=8\eta T_{\alpha\beta}$'를 통합하고자 하며, 이렇게 해서 우주에 대한 두 관점을 하나로 만들고 싶어 한다. 질문이 하나라면 답도 하나다. 만물을 기술하는 단 하나의 공식 말이다. 만물 이론[12]을

---

11 코펜하겐 해석과 함께 양자 역학의 주류 해석들 중 하나. 우주에는 엄청난 수의 독립적인 평행 우주들이 존재한다는 이론.

12 자연계의 모든 물리 법칙을 하나로 아우르는, 즉 자연계의 기본력을 모두 하나의 틀로 설명하는 궁극의 이론. 뉴턴 물리학의 세계와 양자 역학의 세계를 동시에 충

추구할 때 그는 절대로 혼자가 아니다. 수많은 물리학자들이 이 일에 동참한다. 서로 경쟁하면서. 승자에게는 비단 노벨상만 주어지는 것이 아님을 잘 알고서. 아인슈타인, 플랑크, 하이젠베르크의 뒤를 이어 불멸성의 한 조각이 그의 몫이 될 것이다. 그의 이름을 사람들은 영원히 이 시대 전체와 하나로 결합해 놓을 것이다. 저 양자 중력의 시대와 말이다. 오스카에게는 상당히 가능성이 있다.

조심스럽게 말하자면, 제바스티안이 중점을 두는 쪽은 약간 다르다. 대학에서 그는 나노 기술 분야의 실험 물리학자로 일한다. 비록 이 분야에서 명석하다고 여겨지기는 하지만 그래 봐야 그는 (오스카의 시각에서는) 이론가에 비하면, 건축 기사 앞의 미장이나 다름없다. 제바스티안은 영원불멸을 추구하는 싸움에는 끼지 않는다. 한가한 시간에 그는 다중 세계 해석에 몰두한다. (오스카가 생각하듯) 그 명칭만 봐도 이미 이것이 이론이 아니라 취미거리라는 사실을 알아챌 수 있다. 제바스티안의 분야는 이미 샅샅이 연구되었다. 대가급 학자들은 이미 오십 년 전에 이 분야를 떠났고, 현재는 그저 (오스카의 의견에 따르자면) 사기꾼이나 밀교주의자들만이 연구를 이어 간다. 막다른 골목이다.

사실 제바스티안은 오스카가 옳다는 걸 안다. 이따금 그는 자신이 부모의 온갖 반대를 무릅쓰고 유리병과 철사 한 조각으로 고집스레 전구를 만들려는 아이처럼 느껴지곤 한다. 그럼에도 그는 재능을 덜 타고난 동료들, 학생들, 그리고 대개는 또한 스스로

족시키는 '완전한 물리 법칙'을 가리키는 것으로, 과학자들은 이 이론을 찾는 것을 궁극의 목표로 생각한다.

에게도, 자신이 시간과 공간 문제에 대한 완전히 새로운 접근로를 추적하고 있노라고 주장한다. 다중 세계 해석을 능가할 접근로를 말이다. 정확히 말하자면, 제바스티안이 여전히 그것을 믿는지 안 믿는지는 아무 상관이 없다. 그에게는 접어든 길을 계속 가는 것 외에는 다른 방도가 없다. 설사 그가 오스카의 유희에 동승한다 할지라도. ─ 십 년 이상 뒤처진 것은 결코 만회하지 못할 것이다. 만물 이론을 둘러싼 싸움에서 마지막 스퍼트는, W-보존과 Z-보존의 존재를 실험에서 증명해 내는 데 성공했을 때 시작되었다. 그때 오스카와 제바스티안은 이십 대, 그러니까 평생을 통틀어 인간이 최고의 (오스카 말로는 유일한) 아이디어들을 지닌 나이였다. 이미 그 당시에 오스카는 사랑에 푹 빠진 사람처럼 불연속적 시간에 관한 이론의 발치에 자신을 내던졌다. 그 이후로 그는 매시간, 매주, 십 년이 넘도록, 자신의 이론에 구애했다. 그리고 오스카가 어느 날 그 구애에 대해 승낙을 받건 말건, 그것과는 전혀 무관하게, 제바스티안이 그것 때문에 마음 고생할 일은 없을 것이다. 제바스티안은 민감한 시점에 다른 것들로 방향을 틀었다. 단지 다른 이론으로만 방향을 튼 게 아니라, 무엇보다도 다른 삶으로.

제바스티안의 인생에 이러한 전환점을 가져다주었다는 미심쩍은 영예를 받았던 남자는 '빨간 모자'[13]라고 불렸다. 포도주에 취해 벌겋게 달아오른 머리통 덕분에 붙여진 별명이었다. 그의 머리는 정수리가 훤히 드러난 채 화환처럼 가장자리에만 머리털이 듬

13　그림 형제의 동화 「빨간 모자」의 주인공을 빗댄 별명.

성듬성 나 있었다. 거기에다 그는 늘 해진 코듀로이 재킷만 입고 다녔는데, 어깨에는 하얀 비듬이 층층이 덮여 있었다. 그의 많은 동료 교수들과 달리 빨간 모자는 학생들에게 사랑받았다. 그는 학생들을 진지하게 받아들였고 어려운 과제로 그들의 지적 능력을 도발했다. 그렇지만 이러한 호감이 상호성에 기반한 것은 아니었다. 빨간 모자는 특히 자신의 요구들을 버텨 낼 줄 아는 그런 학생들을 못 견디게 싫어했다.

가장 마음에 들지 않았던 것은 매일 아침 강의실 입구를 막고 서 있는 두 젊은이였다. 그들의 오만함은 전설이었고, 그들의 우정은 심지어 교수 연구실 복도에서도 들을 수 있는 소문이었다. 소문에 따르자면 그들은 서로를 사랑하는 것보다도 물리학을 더 사랑해서 물리학을 놓고 연적의 열정으로 다투는 사이였다. 빨간 모자는 그들의 허세 떠는 논의를 차마 듣고 있을 수가 없었다. 그들은 너무나도 과도하게 꼿꼿이 저기, 한 무리 청중들 한가운데에서서, 리브레토[14]의 시행처럼 공식들을 읊어 대면서 지휘자의 손으로 우주를 정렬했다. 때때로 오스카는 이집트산 담배를 한 모금 빨기 위해 고개를 옆으로 돌리곤 했는데, 그 품새가 어찌나 거만한지 청중을 신경질적으로 동요하게 만들기도 했다.

이미 오래전부터 학부 전체가, 오스카가 세계를 인과관계의 정교한 거미줄로 간주한다는 사실을 알았다. 인과관계의 숨겨진 밑그림은 오직 최대한 거리를 두고서만, 또는 가장 근거리에서만 해독할 수 있다는 것이었다. 그의 생각에 인식이란, 적절한 거리

---

14 가극 따위의 대본이나 가사.

의 문제이며, 따라서 오로지 신과 양자 역학 이론가들에게만 열려
있을 뿐, 평범한 인간들은 눈이 먼 채 사물에 어정쩡한 거리를 고
집할 따름이라고 했다.

언제나 조금 더 큰 소리로 조금 더 천천히 논증하던 제바스티안
은 자기 친구를 비열한 결정론자라고 비난했다. 자신은 인과성을 믿
지 않는다고 주장했다. 인과성이란, 시간이나 공간이 그렇듯, 그 무
엇보다도 인식론의 문제라고 했다. 제바스티안은 오스카와 그를 둘
러싼 모두의 성질을 돋우려고 인식 절차로서의 경험의 유효성에 의
문을 제기했다. 강가에서 1000마리의 흰 백조가 지나가는 것을 보는
사람은 이로부터 검은 백조가 존재하지 않는다는 사실을 도출할 수
없다. 그러므로 물리학은 무엇보다도 철학의 시녀라는 주장이었다.

빨간 모자는 논쟁을 하는 그들을 조급하게 밀치고 지나갔다. 그
이후로 그는 강의를 할 때마다, 신경에 거슬리는 그들의 속닥거림을
들어야 했다. 이따금은 짜증스럽게 강의록에서 눈을 뗀 다음 앞을
올려다보기도 했다. 그들이 재잘대는 소리 때문에 미쳐 버릴 것 같
다고 생각했던 까닭이었다. 하지만 그는 오스카와 제바스티안이 출
석조차 하지 않았음을 확인했다.

빨간 모자가 학생들에게 암흑 에너지[15]에 대한 과제를 설명하
던 날, 두 사람은 수업 내내 출석해 있었다. 그 과제의 답은 아인
슈타인 상수가 일정하지 않다는 가정을 거쳐야만 얻을 수 있었
다. 그다음 주에 그들은 강의실 입구가 아니라 늘 앉던 자리에 이

---

15 우주의 팽창이 가속화되고 있는 현상을 설명하기 위해 도입된 개념으로, 중력과 반
대인 척력의 형태이며 우주 공간의 대부분을 차지하고 있다고 추정된다.

미 앉아 빨간 모자가 오는지 보고 있었고, 그는 강단에 다다르기도 전에 벌써 그들을 지목했다. 그들은 함께 일어섰다. 오스카는 칠판의 오른편 끝으로 걸어 나왔고, 제바스티안은 살짝 망설이다가 칠판의 왼편으로 나왔다. 그들이 긴 재킷을 벗어 어깨 너머로 휙 걸친 뒤 한 손으로 재킷을 잡고 있는 동안 다른 한 손은 칠판 위에서 백묵 조각을 뒤쫓았다. 그들은 홀린 듯이 써 나갔다. 오스카는 뒤에서부터, 제바스티안은 앞에서부터. 공식을 전개해 나가는 분필의 삐걱대는 소리 말고는 강의실에서 아무 소리도 들을 수 없었다. 두 사람의 손이 맨 아래 줄 중간에서 마주쳤을 때조차도 여전히 정적만이 흘렀다. 청중 속 몇몇 얼굴은 서로 미소를 나누었다. 오스카는 마지막 람다[16]를 완성하고는 박수를 치듯 분필 가루를 손가락에서 털어 냈다. 그동안 빨간 모자는 그들 뒤에 서서 당혹스러울 만큼 아름다운 풍경에 경탄하는 방랑자처럼 반쯤 입을 벌린 채 공식의 파노라마를 보았다. 오스카는 몸을 돌려서 손가락 끝으로 교수의 어깨를 톡톡 쳤다. 마치 빨간 모자가 트라이앵글처럼 소리를 내게 만들려는 것처럼.

"저희가 방금 무엇을 증명해 냈는지 아시겠습니까, 교수님?"

그의 목소리는 우렁찼고 빨간 모자는 대답을 하기에는 너무 깊이 생각에 빠져 있었다.

"물리학은 연인들의 것입니다."

설령 빨간 모자가 이 말에 뭔가 대꾸를 했더라도, 그것은 강의실의 웃음소리와 수군거리는 소리에 묻혀 버렸을 것이다. 제바스

---

16 λ. 암흑 물질의 양을 좌우하는 우주 상수.

티안의 손가락 사이에서 분필이 부서지는 소리도 마찬가지로 들리지 않았다. 오스카가 성공적인 예술 작품의 완성을 자축하는 동안, 제바스티안은 여전히 생각에 잠긴 표정으로 칠판 앞에 서 있었고, 결국에는 재킷을 입고서 친구가 알아차리지 못하는 사이에 강의실을 떠났다. 그를 뒤흔들어 놓은 것은 오스카가 칠판의 오른쪽 끝으로 걸어가면서 드러낸 자명함이었다. 그에게는 왼쪽을 할당해 주면서.

오스카에게 절대로 자신을 압도하려는 의도가 없었다는 사실을 안다고 해서 제바스티안의 처지가 더 나아지는 것은 아니었다. 그것은 오히려 말도 안 되는 굴욕감에다 자신이 부당하게 군다는 자책의 가시까지 덧붙이게 했다. 오스카가 단지 스펙터클을, 공동 연출의 도취감을 중요시했던 반면에, 제바스티안은 훌륭한 물리학자가 되기를 세상 그 무엇보다도 원했다. 오스카에게는 자기가 옳다는 것이 애써 쟁취하는 사실이 아니라 자연스러운 상태 그 자체를 의미했다. 오스카는 그저 제바스티안이 자신과는 다르게 뒤에서부터 앞으로 도식을 유도하지 못할지도 모른다는 사실을 출발점으로 삼았을 따름이었다. 나쁜 것은 이러한 평가가 옳았다는 사실이었다. 제바스티안은 그들의 손이 칠판의 중간에서 서로 닿았던 찰나가 한쪽의 일방적인 승리의 순간이었던 데 대해 오스카를 응징해야 한다는 압박감을 느꼈다. 오로지 오스카에게만 우정의 축제이자 공동의 탁월함이었을 뿐. 제바스티안에게는 자신이 열등하다는 증거였다.

그때 이후로 제바스티안은 오스카와 함께 있으면 얼어붙었다. 그는 친구에게 자신들의 우정의 법칙들이 왜 단번에 모든 효력을 잃어버렸는지 설명할 수가 없었다. 논쟁을 할 때면 그는 점점 더 날 선 답변을 했고, 둘이 함께 연구할 시간은 점점 빠듯해졌다. 오스카는 저항하지 않았다. 반쯤 감긴 눈꺼풀 아래로 보이던 오스카의 고요한 시선이 제바스티안의 꿈자리까지 쫓아다녔다. 새로 발현한 공격성으로부터 친구가 스스로를 방어하기를 거부하자 제바스티안은 점점 더 모질어졌다. 제바스티안은 오스카의 기숙사 방에서 그의 좁은 벽과 좁은 세계관을 향해 소리를 질러 댔고, 결국 어느 날 저녁 오스카는 서늘하고도 나직한 목소리로 그를 꼴사나운 인간이라고 불렀다. 이날 밤에 제바스티안은 혼자 거리를 내달렸고, 시퍼렇게 멍이 들도록 두 주먹으로 가로등 기둥들을 두들겨 대고는 가로등들에게 세상이 약간 아귀가 맞지 않을 수도 있다고 설명해 주었다. 더 많은 우주들이 틀림없이 존재하며, 거기에서는 일이 다르게 진행된다고. 거기에서는 자기 같은 남자가 탁월한 지식을 갖추고도 행운을 날려 버리는 일은 불가능할 거라고. 거기에서는 자신과 오스카가 결코 서로를 저버리지 않을 거라고.

그들이 박사 학위 구술 시험을 치렀을 무렵에는 그들은 더 이상 드라이잠강 변에서 만나지 않은 지 오래였고, 가끔씩 술집의 투박한 안락의자에 앉아 스카치를 마실 따름이었다. 그들은 더 이상 그 어떤 부분에서도 동일한 의견을 공유하지 못했다. 둘 중에 누가 더 훌륭한 물리학자인가라는 문제 말고는. 그것은 오스카였다. 그리고 이 합의된 확신이 오스카의 '줌마 쿰 라우데'[17]를 통해 확정되어 버리자, 제바스티

---

17 라틴어로, 독일에서 박사 논문을 평가하는 6등급 중 최우수 성적을 지칭한다.

안은 모닝코트를 청바지와 티셔츠로 갈아입었고 결혼을 했다.

결혼식 하객들은 손으로 입을 가리고 신랑의 들러리에 관해 수군거렸다. 그는 결혼식장의 벽을 따라 눈에 띄지 않게 돌아다녔고, 그의 어두운 형체 탓에 구석의 그림자들은 전부 다 그가 직접 드리운 것처럼 보였다. 그의 표정은 자신이 평생 단 한 번도 제대로 즐거웠던 적이 없노라고 우겨 댔다. 난처해하는 하객들에게 그는, 제바스티안이 신부에게 면사포 대신에 녹색등을 씌워 줬어야 했다고 말했다. 비상구에는 그게 어울린다고.

4

"내가 브루넬로 한 상자를 걸지." 오스카가 말한다. "단순히 타임머신 살인 사건을 계기로 너한테 글을 청탁했다는 데 말이야."

제바스티안은 침묵한다. 사실이 그러하다는 데에는 두말할 여지가 없다. 그것은 이미 목차에서 도출된다. "프라이부르크의 교수가 타임머신 살인자의 이론을 규명하다." 제바스티안은 심지어 범인의 자백에서 따온 몇몇 표현들을 자신의 기고문에 넣으려고 애쓰기까지 했다. 다섯 사람을 죽인 뒤에 그 젊은 남자는 그것은 결코 살인의 문제가 아니라 학문적 실험의 문제라고 진술했다. 자신은 다중 세계 해석을 증명하려고 2015년에서 여행해 왔노라고 했다. 이 이론은 시간을, 계속 이어지는 선 개념이 아니라 매 순간 팽창하는, 엄청나게 큰 덩어리 개념으로 본다. 무한하게 많은 기포들로 이루어진 일종의 시간 거품이라는 것이다. 그 때문에 과거로 가는 여행은 인류 역사의 이전 단계로 되돌아가는 것이 아니라, 두 세계 사이의 교환이다. 따라서 현재를 바꾸지 않고도 과거에 개입하는 것이 문제없이 가능하다는 것이다. 그 남자는 자신의 희생자 전원이 2015년에 잘 지내고 있으며 최상의 건강 상태라는 사실을 증명할 수 있다고 말했다. 자신이 속해 있는 세상에서는, 그러므로 살해당한 사람이 없고, 이에 상응하여 범죄 또한 존재하지 않으며, 유감이지만 자신은 2007년의 재판권에 귀속된다고 느끼지 않노라고 했다. 책임 무능력[18]을 주장하자는 변호사의 자문을 그 젊은 남자는 화를 내며 거절했다.

"그러자 네가 《슈피겔》에 써 갈긴 거지." 오스카가 말한다. "그 미친놈의 생각보다도 한술 더 뜨는 뭔가를 말이야."

"미친놈이라고 해서 필연적으로 틀린 소리를 한다는 건 나로서는 금시초문인걸."

"너는 심지어 미쳐서 그러는 것도 아니지. 너한테 충동질을 해 대는 건 소망이야." 오스카는 어깨 너머의 공간을 가리킨다. "아주 특정한 현실을 상대화하고 싶은 소망."

"조용히 해." 제바스티안이 쉿 소리를 낸다. "그만하라고."

식당의 다른 쪽 끝에서는 마이케가 몸을 앞으로 구부린 채 리암의 손목을 잡고 있다. 그녀는 아들에게 뭔가 말하면서 아이를 계속해서 자기 쪽으로 끌어당긴다. 그동안 아이는 얼굴을 이리저

---

18 정신 기능이 성숙하지 못하거나 심신의 장애로 말미암아 법적 책임을 질 능력이 없는 상태를 일컫는 법률 용어.

리 돌린다. 그녀가 제바스티안에게 미소를 지으려고 힐끗 올려다보았을 때, 그녀의 머리칼이 이마로 흘러내린다.

"두 사람이 무슨 이야기를 하는지 난 확실히 알아." 그녀가 소리친다. "리암이 식탁 차리라는 말에 반항하지 않는 평행 우주가 있다는 거지."

"맞아." 제바스티안이 상냥하게 말한다.

"그리고 오스카가 저렇게 성난 눈으로 쳐다보지 않는 우주도 하나 있고."

"그러길 빌어 볼 수밖에."

"그리고 아마도 내가 당신 아내가 아니고 리암도 당신 아들이 아닌 우주도 하나?"

제바스티안이 당황해서 쳐다보자 그녀가 웃는다. 잠재적 반고아 리암이 뿌리치고 나와 식탁을 빙 돌아 달리고는 마이케가 뒤쫓자 복도 쪽으로 사라진다.

"너는 다른 세계에 중독되어 있어." 오스카가 나지막하게 말한다. "동시에 두 명의 다른 남자일 수 있다는 생각에 중독되어 있다고. 최소한 말이야."

제바스티안은 줄곧 만지작거리던 커튼을 애써 놓는다. 커튼봉에서 확 뜯어냈으면 제일 좋겠건만. 어깨 바로 뒤에서 오스카의 손가락이 담배꽁초를 창밖으로 튕긴다. 보니와 클라이드가 곧장 삼각형으로 이는 물결의 두 꼭짓점이 되어 물 위를 달려오더니 실망해서 물에 잠기는 꽁초를 부리로 찍어 본다.

"그 세계가 기억나?" 오스카가 묻는다. "네가 나한테 이런 문장을 말했던 세계가? '신들의 복수가 네게 닥친다면, 나는 네 발밑에서 떠는 바닥이 되겠어.'" 그 말을 인용할 때 그의 입은 반어를 표시하는 괄호처럼 굽은 주름 두 개에 둘러싸인다.

물론 제바스티안은 이 발언을 잊지 않았다. 그것은 그날 밤, 오스카와 그가 위스키 한 병의 도움을 받아 암흑 에너지에 대한 빨간 모자의 과제를 푼 뒤에 했던 발언이다. 의자들은 이미 탁자 위에 정리되어 있었고, 바에서는 웨이터 하나가 담배 다섯 대는 족히 피울 만큼의 시간을 보내며 아까부터 그들이 술집을 나서기를 기다렸다. 하지만 두 사람은 아무것도 듣지도 보지도 못했다. 그들은 벽에 비친 그들의 그림자가 공동으로 2020년 노벨상을 받는 동안 눈을 감고 이마를 맞대고 있었다. 이날 저녁에 그들은 숫자 언어를 통해 그 어느 때보다 가까워졌다. 그들의 머리는 마치 하나의 동일한 존재에 속한 것처럼 너무나도 완벽하게 함께 움직였다. 제바스티안은 두 손가락을 들어 친구의 두 뺨에 대고서 자신에게 막 떠오른 말을 읊었다. "신들의 복수가 네게 닥친다면, 나는 네 발밑에서……."

"얼마 뒤에 나는 생판 다른 얘기를 네게 들었지." 오스카가 말한다.

그것도 제바스티안은 기억해 낼 수 있다. 너는 네 의미를 과대평가해, 라고 그는 기숙사 방에서 오스카에게 소리 질렀다. 너는 늘 네 의미를 과대평가해. 특히 나와 관련해서는 더!

설사 그것이 자신을 향한 것일지라도 세련된 공격을 존중하는 것은 오스카가 생각하는 좋은 스타일에 속한다. 그는 신뢰를 형성하는 조치(나는…… 바닥이 되겠어.)와 치명적 타격(너는…… 과대평가해…….)의 정확한 연결에 탄복했고, 그래서 그는 안락의자에 앉아서 아무 행동도 하지 않았다. 화가 난 제바스티안에게 동의하며 그를 쳐다보는 것 말고는.

"너무나도 많은 세계들이지." 오스카가 지금 말한다. "이따금 나는 너를 궤도에서 밀쳐 낼 방법이 있었으면 해."

"과장하지 마."

"너는 한때 훌륭한 물리학자였지. 잘못된 길로 빠지기 전에는 말이야."

"난 잘못된 길로 빠지지 않았어." 제바스티안이 극도로 자제하며 말한다. "나는 그저 코펜하겐 해석을 최종 구속력이 있는 진실로 인정하지 않았을 뿐이야. 코펜하겐 해석 역시 단지 해석일 뿐이야, 오스카. 종교가 아니라고."

"종교가 아니지. 맞아. 그 해석은 학문성을 갖추려고 노력하지. 너의 다중 세계 나부랭이와는 그야말로 정반대로 말이야."

"내가 《슈피겔》에서 단 한 번도 다중 세계 해석을 대변하지 않았고 다만 설명만 했다는 사실은 분명히 해 두자고. 청탁을 받았으니까 했던 거라고."

"네가 그 말도 안 되는 소리를 대변조차 않는다면, 그것은 네가 어리석은 데다 비겁하기까지 하다는 사실을 보여 줄 따름이야."

"참는 데도 한도가 있어."

"넌 정신을 차리도록 흔들어 깨울 필요가 있어. 네가 현실에 눈을 뜰 때까지 뺨을 후려쳐야겠어."

"뭐가 현실인데?" 제바스티안이 빈정거리며 묻는다.

"모든 것." 오스카는 갑자기 손등을 제바스티안의 배에 가볍게 갖다 대며 말한다. "실험 대상이 될 수 있는 모든 것."

제바스티안은 난감해하며 팔을 들었다가 다시 내려뜨린다.

그의 시선은 오스카의 옆모습에서 머물 곳을 찾다가 날아오르는 비둘기에게로 옮겨 간다. 비둘기는 곧 그의 시야에서 벗어나 하강한다. 체중을 실은 한쪽 다리, 체중을 싣지 않은 다른 한쪽 다리, 축 처진 어깨, 기울인 머리. ── 그의 모든 것이 항복을 선언한다. 오스카는 그것을 전혀 알아채지 못한다. 그는 몸을 돌려 두 손을 창턱에 받치고 바깥에 대고 말한다.

"아마 너도 오웰의 『1984』를 읽었을 거야. 오세아니아에서는 고문을 받으면서 뭔가를 현실적인 동시에 비현실적으로 여기는 법을 배우지. 폭력을 통해서 강제로, 진실이 다른 많은 진실들 중 한 가능성에 불과한 것으로 보이게 만들어지지. 오웰이 그걸 뭐라고 불렀는지 알아?" 오스카는 보지도 않고 제바스티안을 갑작스레 잡는다. "아느냐고?"

제바스티안은 자기 손목을 쥔 손가락들을 바라본다. 곧 그와 오스카는 오늘 저녁 처음으로 서로 눈을 똑바로 쳐다보게 될 것이다. 몇 초 동안은 그들 중 누구도 시선을 돌리지 않을 것이다. 오스카의 표정에서는 긴장이 풀릴 것이다. 그런 뒤에 그는 급하게 담배 한 대를 더 찾을 테고 말없이 담배에 불을 붙일 것이다.

"나는 그 책 안 읽었어." 제바스티안이 말한다.

그들의 발밑 바닥이 떨리기 시작한다. 리암이 곤두박질치듯 방으로 돌진해 들어온 것이다. 아이는 있는 힘껏 달려와 오스카에게 몸을 던지더니 그의 허리춤을 끌어안고서 양말 신은 작은 발을 한 짝씩 그의 광나는 부다페스트 구두 위에 얹는다. 오스카의 손가락이 재빨리 친구의 손목을 놓아주었다.

"너 저녁 내내 날 쪼아 댈 작정이냐?" 제바스티안이 묻는다.

"단지 내가 《슈피겔》에 나왔다는 이유만으로?"

"사진도 나왔어요." 리암이 말한다.

"메 농."[19] 오스카가 리암의 정수리를 쓰다듬자, 그의 손에 충전되어 있던 정전기를 따라 머리카락들이 올올이 일어선다. "늘 그러듯 나는 네 삶의 방문자가 된 걸 즐길 거야."

리암이 오스카가 움직이게 하려고 그의 스웨터를 잡아당기는 동안, 그들은 다시 힐끗 시선을 교환한다.

"자, 가자, 양자 괴물아!" 리암은 이렇게 고함을 지르고는 오스카가 웃자 기뻐한다. 두 사람은 머리는 둘인데 다리는 한 쌍뿐인 괴물이 되어 식탁을 향해 기우뚱거리며 걸어간다.

"아, 참, 너한테 줄 게 있어" 오스카가 어깨 너머로 제바스티안에게 말한다. "공식적인 결투 신청."

그는 리암과 함께 식탁 주위를 한 바퀴 더 돌고서 촛대에 초를 꽂고 있는 마이케에게서 자리를 지정받는다. 자기 자리가 어디인지 뻔히 알면서도.

"결투 신청이라." 창가에 그대로 서 있던 제바스티안이 중얼거린다. "나는 누가 무기를 정할지도 이미 알지."

그는 참새들이 소란을 떠는 마로니에의 무성한 가지를 들여다보며 새소리를 테이프에 녹음해서 뒤로 재생하면 어쩌면 사람들의 말소리가 되지 않을까 곰곰이 생각해 본다. 끝도 없는 말. 매일 새 한 마리당 장편 소설 한 편.

---

19   프랑스어로 '그렇지 않아.'라는 뜻.

5

마이케는 기다란 팔로 사발에서 루콜라 샐러드를 덜어 준다. 반소매 스포츠 셔츠가 햇볕에 그을린 그녀의 갈색 팔에 하얀 자국을 남겨 놓았다. 그녀는 오스카에게 먹으라는 눈길을 보내기 위해 머리카락 한 줌을 이마에서 불어 낸다.

"그래서 소립자 가속 장치는 어떻게 돼 가고 있어?" 마이케가 묻는다.

"이런, 마이크."

처음 만났을 때부터 오스카는 곧장 그녀의 이름에서 마지막 e 자를 거부해 버렸고, 그 이후로 이 약칭을 고수했다. 매번, 마이케가 오스카와 눈을 마주칠 때마다, 그들의 얼굴은 서로를 향한 경멸로 빛을 뿜어서, 얼핏 본 사람은 그들이 남몰래 사랑에 빠졌다고 생각할 수도 있었다.

"당신도 알다시피, 보어의 지구 위에 당신이 존재한다는 사실에 익숙해지는 데만도 나는 십 년이 필요했다고⋯⋯."

"보어가 뭐예요?" 리암이 끼어들며 묻는다.

"위대한 물리학자지." 오스카가 말한다. "세계를 설명할 수 있는 사람, 세계는 그 사람 것이란다." 자신의 주제로 돌아가는 길을 발견하려면 반드시 버튼을 눌러야 한다는 듯 오스카는 손가락 하나를 코에 댄다. 이에 성공하자 그는 마이케를 가리킨다. "당신이 어차피 존재한다면 적어도 당신이 제바스티안을 돌봐 줄 수는 있겠지. 언젠가 나는 그렇게 생각했지. 그런데 당신 뭐 하는 거야? 측은할 정도로 일솜씨가 형편없잖아. 제바스티안은 지금 공개적으로 망신을 당하고 있다고."

마이케는 왼쪽 어깨를 으쓱한다. 그녀는 더 이상 어찌할 바를 모를 때면 늘 그렇게 한다.

"어서 앉지." 그녀가 제바스티안에게 말한다. 오스카가 마치 자기는 그녀에 대한 괜찮은 농담을 알지만 예의를 갖추느라 말하지 않을 따름이라는 표정으로 그녀를 쳐다보는 동안에 제바스티안은 식탁에 와 있다.

제바스티안은 의자를 당겨 넣기 전에 마이케의 멜빵을 바로 잡아 주고 그녀의 뒷머리가 가지런히 펴지도록 만져 준다. 오스카가 옆에 있으면, 그는 평소보다 더 자주 그녀를 만진다. 자기가 그러는 게 화가 나면서도, 그러지 않을 수가 없다. 이 순간에 심지어 그는 그녀가 샐러드 사발을 내려놓고 창가로 갔으면 하고 바란다. 역광이 그녀의 뺨에 난 솜털을 빛나게 하고 그녀의 옷을 투사하여 스크린에 비치듯 그녀의 실루엣을 드러내는 광경을 오스카가 보도록. 오스카는 마이케가 진귀한 존재라는 사실을, 사람들이 아끼고 부러워하는 그 무엇이라는 사실을 보아야 한다. 제바스티안은 이러한 생각이 역겹다고 생각한다. 그리고 더욱 역겨운 것은 마이케가 그의 행동이 바뀐 것을 불쾌해하기는커녕 요염하게 눈을 치켜뜨고 목소리를 반 옥타브 조여 올린다는 사실이다.

"식사해."

오스카는 팔꿈치를 들고 무릎 위에 냅킨을 펼친다. 예전에 의자에 앉기 전에 긴 재킷 자락을 뒤로 넘기던 모습과 아주 흡사하다.

"그런데 말이야." 제바스티안은 화제를 전환하겠다는 의도를 알리려고 일부러 강조해서 말한다. "오스카와 나의 논쟁은 현재

뜨거운 이슈야."

"당신들한테 잘된 일이네." 마이케는 나이프와 포크를 이용해 샐러드를 먹기 좋은 크기로 접는다. "그럼 정말로 문제가 되는 게 뭔지 아는 사람들이 있을 수도 있겠네."

"난 오히려 그게 진부한 얘기라고 생각했는데." 오스카가 말한다.

"전혀 그렇지 않아." 제바스티안이 주장한다. "결국 문제는 과학과 도덕이야. 언제나 문제가 되는 사안이지. 의료 스캔들을 한번 생각해 봐."

"나는 전혀 모르는 얘긴데."

"대학 병원에서 심장병 환자들이 수술 도중에 과다 출혈로 죽었어. 형사 고발이 되었지. 들리는 말로는 허가받지 않은 혈액 응고 억제제를 시험했다더군."

"분명히 그랬겠지. 프라이부르크의 멩엘레[20] 같은 놈들!" 한입 먹을 때마다 오스카는 냅킨으로 입술을 닦는다. "심지어 기차에 탄 어중이떠중이들도 그 얘기를 하더군."

"멩엘레가 뭐예요?" 리암이 묻는다. 아이는 샐러드와 전투를 벌이면서 단 하나의 적도 제압하지 못했다.

"그건 지금 별로 중요하지 않아." 마이케가 재빨리 말한다.

"엄마가 별로 중요하지 않다고 말하면 항상 섹스나 나치 얘기지!" 리암이 신나서 새된 소리로 말한다.

"너무 똑똑한 척하지 마!" 마이케가 말한다.

20　아우슈비츠 강제 수용소에서 유대인 생체 실험을 총지휘한 내과 의사.

리암은 당장 포크를 옆에 팽개쳐 놓는다.

"나치들이 오픈카를 탄 양키들의 머리를 잘라 버리려고 쇠줄을 길 위에 팽팽하게 매어 놓았어요. 내가 텔레비전에서 봤다고요!"

"브로콜리나 먹어." 제바스티안이 말한다.

"그건 루콜라야." 마이케가 말한다.

"나는 그게 생체 실험이었다고는 생각하지 않아." 제바스티안은 대화를 계속 끌고 나가려고 애쓰며 말을 잇는다. "제약 산업이 설마 그 짓거리를 계속할 정도로 뻔뻔스럽지는 않을 거야. 언론계가 온통 들끓고 있는데……."

"우리가 그 얘기를 꼭 해야 해?" 마이케가 말을 자른다.

놀라서 오스카가 머리를 든다.

"사 바,²¹ 마이크?"

"엄마가 그 살인자를 알아요!" 리암이 소리친다.

"당장 가서 자!"

"말도 안 되는 소리를 하는구나, 리암." 제바스티안이 말한다. 그는 아직 아무것도 먹지 않고 대신에 포도주만 두 잔째 마시고 있다. "엄마가 슐뤼터 팀의 수석 의사를 안다니까요." 아이는 오스카에게 말한다. "슐뤼터는 혐의를 받는 담당 과장 의사예요. 그 아저씨는 정직 먹을 거래요. 상해 치사 때문에요."

오스카의 표정이 밝아진다.

"마이크의 사이클링 친구 말이구나! 그 사람이 병원에서 일한

다고 했지. 그 사람 이름이 방금 뭐라고?"

"랄프." 마이케가 말한다.

"다벨링." 제바스티안이 오스카에게 경고하는 시선을 던진다.

귀가 빨개지지 않으려고 그렇게 심하게 애쓰지 않았더라면, 마이케는 도대체 어디서 오스카가 그 사이클링 친구에 관해 알게 되었는지 자문해 볼 수도 있었다. 그들의 금요일 모임에서 다벨링이란 이름은 분명 단 한 번도 언급된 적이 없었다.

그것은 다른 기회를 통해서였다. 마이케는 이 계기에 대해서는 모른다. 왜냐하면 그녀는 제바스티안이 도르트문트에서 열리는 학회에 참석했다고 믿기 때문이다. 그 대신 그는 비스듬한 지붕 아래 낡은 소파에 누워서, 마치 만찬을 벌이는 로마인처럼 팔꿈치를 괴고는 자유로운 다른 한 손으로 온갖 제스처를 해 대고 있었다. 제바스티안은 이 다벨링이란 녀석의 야심이 철근 콘크리트도 녹여 버릴 정도라고 했다. 그놈은 가공할 만한 주중 일과 외에도 트레이닝 프로그램까지 해치우는데, 근무 일정에 따라 이른 아침 시간이나 저녁 늦은 시간에 샤우인스란트산의 정상에 오르는 것이 그 트레이닝 프로그램이라고 했다. 그는 공기 저항을 최소화하기 위해서 팔과 다리의 털을 밀었기 때문에 그와 악수를 하면 시체를 만지는 느낌이 든다고 했다. 왜 마이케가 사이클링 클럽에서 하필이면 그런 추물이랑 붙어 다니게 되었는지, 어떻게 그녀가 일주일에 이틀 저녁이나 그 인간의 몰골을 참아 낼 수 있는지 도통 이해가 가지 않는다고도 했다. 그리고 바로 이 대목에서 재미있어하는 오스카의 목소리가 그를 가로막았다. 일주일에 이틀 저녁이라고? 꼭 달라붙는 옷을 입고? 얼굴은 벌게지고 머리는 땀에 절어서? 그리고 제바스티안은 이 말에 전혀 대꾸할 수가 없었다.

이제 그는 포도주를 더 따르려고 자리에서 일어나 식탁을 돈다.

"마이케는 다벨링이 의료 스캔들에 연루되어 있다는 얘기는 별로 하고 싶어 하지 않아." 제바스티안이 말한다. 그러나 그의 농담 조 어투는 마치 잘못 조율한 악기로 연주한 것처럼 어긋나 버린다. 그는 아내와 거의 부딪힐 뻔한다. 그녀가 아직 음식을 씹고 있으면서도 샐러드 접시를 모으려고 일어섰던 것이다. 그녀의 관자놀이 아래 근육이 확연히 눈에 띌 정도로 움직인다.

"웃을 일이 아니야." 그녀가 말한다. "랄프는 슐뤼터가 제일 신임하는 마취과 의사야. 그들은 미사를 볼 때나 마찬가지로 수술실에서도 서로를 깊이 이해해. 그러니 지금 모두들 랄프가 병원과 제약 회사의 의심쩍은 접촉에 대해 뭔가 안다고 믿는 거라고. 그리고 그가 입을 놀리면 병원 전체가 무너질 거라고 생각한다니까."

"그렇군." 오스카의 눈썹이 동정을 담아 만곡을 그리며 올라간다. "그 불쌍한 녀석이 협박이라도 당했나?"

"정말로 그랬대." 마이케가 말한다. "마음만 먹으면 당신도 금방 섬세해질 수 있다니까."

그녀는 접시 더미를 문까지 가져간 다음 조용히 해 달라고 부탁하고는 결국 걸음을 떼기도 전에 담배에 불을 붙인다. 그녀가 사라지자마자 리암은 옆방으로 달려간다. 그 방에는 과자 접시가 텔레비전 위에 놓여 있다. 제바스티안이 반쯤 열린 문을 통해 리암을 보는 동안 오스카는 머리를 뒤로 기대고 공기 중에 연기 조각을 뿜어낸다. 잠시 동안 부드럽고 기분 좋은 침묵이 이어진다.

오스카가 말한다. "아까 얘기 말인데, 그거 진지하게 한 말이야, 셰르 아미. 동료들은 대중 과학을 위한 네 노력을 비웃어. 네게 일반 대중이 그렇게 중요하다면……."

입술에 과자 부스러기를 묻힌 채 돌아온 리암은 아빠의 화난 손동작이 자신을 향한 것이라고 생각한다. 도전적으로 싱긋 웃으며 리암은 오스카의 무릎으로 뛰어든다.

"그러기에는 너 나이가 좀 많은 거 아니니?"

"난 아니에요." 리암이 말한다. "아빠라면 몰라도."

"너 그거 아니?" 오스카가 리암에게 묻는다. "네가 비스킷 하나를 훔치면, 언제나 네가 비스킷을 훔치지 않았던 두 번째 세계가 분열되어 버린다는 거?"

"평행 우주요." 리암이 고개를 끄덕인다. "엄마가 나한테 군 것질했냐고 물어보면 난 언제나 이렇게 대답해요. 네 그리고 아니요. 하지만 소용없어요."

오스카가 웃기 시작하더니 손등으로 눈을 비빈다.

"정말로 네 말이 맞아! 네가 허락하면 내일 저녁에 네가 한 말을 인용할게."

"내일 저녁이라고?" 제바스티안이 묻는다.

"이번 주말에 뭐 해?" 오스카가 묻는다.

제바스티안이 재떨이를 가져오려고 일어선다.

"일요일에 아빠가 나를 보이 스카우트 캠프에 데려다줄 거예요." 리암이 말한다.

"그런 다음에는……." 제바스티안이 재떨이를 식탁 위에 탁 내려놓으며 말한다. "작업실에 바리케이드를 치고는 그 작업을 완전히 뒤집어 놓겠지."

"대체 그 놀라운 작업의 제목은 뭔데?"

"장시간 노출, 혹은 시간의 본질에 관하여."

"너한테 딱 맞는다." 오스카가 다시 웃음이 터져 나오려는 걸 꾹 참는다. "그럼 마이크는 뭐 해?"

"삼 주간 아이롤로*에서 자전거 여행을 해. 그런데 내일 저녁엔 무슨 일이야?"

오스카는 비밀스럽게 손을 움직인다.

"아이롤로에서?" 그가 다시 묻는다. "혼자?"

"내가 내 수석 의사를 데려갈 거라고 생각하는 거야?"

마이케가 어느새 돌아와 토르텔리니 파스타 한 그릇을 식탁 위에 올린다. 제바스티안이 손을 쫙 펴서 위로 올리자 그녀는 오스카를 곁눈질하며 제바스티안에게 하이파이브를 해 준다. 화제의 중심 위치를 잃은 것에 성이 난 리암이 발을 버둥대더니 오스카의 무릎에서 미끄러져 내려온다. 오스카는 일어나서 재떨이를 무시하며 창가로 걸어가 꽁초가 내륙 수로로 떨어져서 물결에 휩쓸려 가는 것을 바라본다. 보니와 클라이드는 보이지 않는다.

"말 나온 김에 말하자면, 휴가 말이야." 마이케는 리암이 초에 불을 붙이는 것을 도와준다. 저녁놀 때문에 초의 불꽃은 거의 보이지 않는다. "아마 당신도 한 번쯤은 휴식이 필요할 거야. 당신 정도 사는 사람치고는 몸이 안 좋아 보여."

손을 주머니에 넣은 채 오스카는 어슬렁거리며 식탁으로 되돌아온다.

---

22   스위스의 산간 도시.

"불면증이야." 그가 말한다.

"작업실에 침대를 펴 줄게. 거기는 조용해."

"의사가 나한테 뭔가를 줬는데……." 마치 속주머니가 있는 재킷을 입은 양 오스카가 자기 몸 왼편을 툭툭 두드린다.

"나한테도요!" 리암이 이렇게 소리치더니 누군가가 미처 막기도 전에 방에서 달음질쳐 나온다. 문 하나가 쾅 부딪히더니 욕실에서 서랍 하나가 열린다. 리암은 쫙 편 손바닥 위에 작은 플라스틱 상자를 얹고 돌아온다.

"멀미가 있어." 마이케가 설명한다. "얘는 차를 오래 타면 혼이 쏙 빠지도록 토해 대거든."

"하나는 갈 때 쓸 거고, 하나는 올 때 쓸 거예요." 리암이 우쭐해서 말한다.

오스카가 진지하게 알약을 살펴본다.

"내 거랑 똑같아 보이네." 그가 말한다. "그런 고통은 비범한 재능의 이면이란다."

"정말요?" 리암의 눈이 휘둥그레지더니 눈동자가 반짝 빛난다.

"그 얘긴 이제 충분해." 제바스티안이 끼어든다.

오스카는 자리에 앉아 파스타를 포크로 찍고는 숟가락을 지시봉처럼 공중에 치켜든다.

"메 장팡.[23] 벌을 받지 않고는 들어서지 못하는 사고의 영역들이 있단다. 두통과 까다로운 성격은 최소한의 대가지. 나는 내가

---

23 프랑스어로 '얘들아.'라는 뜻.

무슨 말을 하는지 잘 안단다. 리암." 그가 한쪽 손을 뻗자 리암이 자기 손을 재빨리 거둬들인다. "네 부모님은 좋은 사람들이야. 하지만 진정한 재능이 무엇을 의미하는지 알기에는 조금 너무 정상적이지."

"아이가 헛소리를 믿게 하지 마." 마이케가 화를 내며 말한다.

"근데 말이야." 오스카가 음미하듯 파스타를 씹으며 말한다. "여기 정말 루콜라도 들어 있는 거야?"

6

황혼 녘에는 박새들이 지절거리는 소리가 더 요란해진다. 그것들은 서로 할 말이 참 많다. 여전히 불이 밝혀지지 않은 가로등 주위에 모기떼가 구름처럼 몰려들어 춤을 춘다. 그저 빛에 대한 기억으로 유인되었음에 틀림없다. 지그재그로 추격 비행을 하는 칼새 두 마리가 기꺼이 이 기억을 공유한다.

실내에는 늦저녁이 벽마다 진홍빛 립스틱을 발라 놓았다. 숟가락이 디저트 접시 위에서 짤랑거리며 음악을 연주하고, 잔에 담긴 포도주는 거의 검은색처럼 보인다. 리암은 발언 금지 벌을 받고는 부루퉁해진 아랫입술이 디저트를 먹을 때 방해를 한다. 마이케는 손으로 턱을 괴고는 숟가락을 돌려 가며 초콜릿 크림을 핥는다.

침묵의 단계 역시 도발, 외교, 가까스로 피해 간 전쟁과 마찬가지로 금요일 회합의 일부이다. 몇 분 동안 각자 생각하는 시간이 흐른 뒤에 말을 꺼내는 사람은 대개 마이케다. 그녀는 사이클 링에 관해서, 그늘도 없는 급경사를 오를 때 엄습해 오는 살인적 인 열기에 관해서, 경사를 내려올 때면 시원하게 자신을 품어 주 는 바람에 관해서 이야기하는 걸 좋아한다. 대기층의 급격한 온도 변화에 관해서, 그리고 자유란 무엇인지, 다시 말해 자기 자신에 게서 벗어날 수 있을 정도로 빨리 달리는 것에 관해서 말이다. 그 럴 때마다 그녀는 속도가 젊음을 유지해 준다고 말한다. 단지 물 리학자들의 견해처럼 움직이는 물체에서는 시간이 더 느리게 흘 러가기 때문만은 아니라는 것이다.

마이케가 말하는 동안에 제바스티안은 꼼짝도 않고 그녀를 바라본다. 오로지 그녀가 웃을 때만, 마치 뭔가 공감을 나눌 거리 가 있는 것처럼 오스카를 건너다본다. 그는 그녀가 말하는 내용 을 대부분 이해하지 못한다. 그는 자신이 얼마나 마이케를 사랑 하는지, 그런데도 내일모레부터는 한동안 혼자라는 게 얼마나 기 쁜지에 관해 골똘히 생각에 잠긴다. 완벽하게 책상 앞에서 칩거하 며 보낼 작정인 앞으로의 삼 주를 생각하자 기대감으로 그의 횡격 막이 근질거린다. 첫날이 되면 당장 그는 물건들이 볼보 차 천장 에 닿을 만큼 장을 볼 것이고, 그다음에는 더 이상 집 밖에 나가지 않을 계획이다. 그는 전화선을 뽑아 버리고 텔레비전은 벽 쪽으 로 돌리고 오스카의 접이식 침대를 작업실에 펼쳐 둘 것이다. 그 는 문을 잠그고 나서 그 밖의 다른 공간들은 자신의 생활 영역에 서 지워 버릴 작정이다. 평온이 이곳을 지배할 것이다. 몇 주간 완 벽히 방해받지 않는 상태. 그리고 이를 통해 이루어질, 제바스티 안이 상상할 수 있는 최고의 호사. 시간과 공간에 대해 깊이 생각하는 동안 제바스티안의 머릿속에는 이미지들이 생겨날 테고, 그것들은 마이케의 화가들이 휘두르는 추상적인 붓질과 별반 다르지 않을 것이다. 제바스티안이 종종 생각해 왔듯이 화가들이 그들의 소박한 방식으로 하는 작업도 다름 아니라 형태와 색채의 도움을 받아 사물의 진정한 물리적 본질에 접근하는 것이다. 삼 주 동안 제바스티안은 모니터 위에서 벌레 같은 글자들이 저절로 자라나 한 페이지씩 한 페이지씩 채우는 것을 보며 기뻐할 것이다. 이미 오래전부터 이런 목적으로 준비해 놓았던 이 문장이 마침내 대미를 장식할 때까지 말이다. "그리고 이로써 모든 것이 이야기되었다."

제바스티안의 머리가 더 아래로 미끄러져 내려가 받치고 있던 손이 그의 뺨을 밀어 올린다. 오스카는 식탁 너머로 그를 바라보면서 마이케가 말을 이어 가도록 하기 위해 이따금씩 맞장구를 친다. 그러면서 오스카는 제바스티안에게 미소 짓는다. 제바스티안은 마이케가 하는 말의 마지막 실마리마저 잃어버렸고 몰래 물리학적 고찰에 몰두하기 시작했다. 예전 같았으면 눈썹의 오르내림과 입술의 소리 없는 움직임만 보고도 친구가 지금 무엇을 탐구 중인지 알아맞힐 수 있었을지도 모른다. 그러나 그러한 시절은 지나갔다. 오늘 오스카는, 마치 볼 수도 들을 수도 없지만 항상 흐른다는 것은 아는 강가에 앉아 있는 것처럼, 제바스티안의 생각 옆에 앉아 있다. 그런데도 그는 여전히 이러한 낯선 정신적 흐름과 그저 함께 있을 뿐인 것마저 즐길 줄 안다. 오스카에게 이것은 많은 것을 의미한다. 이미 유년 시절부터 그는 자기가 이 세기에서 길을 잃어 엉뚱한 인생길을 걸어가고 있다고 느꼈다. 다른 곳에서, 그리고 무엇보다 다른 시대에서 아인슈타인이나 보어 같은 사람들이 자신들의 논쟁에 그가 빠진 것을 아쉬워하고 있는 판인데 말이다. 당시에는, 그러니까 유럽의 엄청난 대재앙 전에는, 그 마지막 지점에 도달할 때까지 몇몇 주제들을 천착하는 데 반드시 필요했을 지적 역량뿐만 아니라 의지도 존재했다. 오스카는 1880년에 태어난다는 것이 무엇을 의미했을지 동경에 차서 상상해 본다. 무지와 히스테리, 위선이 지배하고, 삶이 덜컹거리고 음악 소리를 내며 회전하면서 중요한 것들을 모두 중심이 아닌 주변으로 계속해서 내팽개치는 회전목마로 변해 버린 요즘 시대와 그를 서로 화해시켜 주는 것은 많지 않다. 제바스티안도 함께 있다는 사실은 제외하고 말이다. 그리고 이 지점에서 또다시 친구에 대한 조바심이 깨어난다. 제바스티안은 변절자다. 아인슈타인과 보어로부터 100년이 지난 뒤에 또 한 번 정신적 혁명을 일으켜 보려는 시도를 저버린 배신자다. 이론 물리학의 길로부터 매번 또다시 등을 돌리는 것은 그들이 함께할 가능성을 등지는 짓이다. 오스카가 절대로 포기하지 않을 게 있다면, 그것은 제바스티안을 다시 데려오고자 하는 소망일 것이다.

청산유수로 이야기를 이어 가던 마이케도 할 말이 바닥났고 제바스티안은 숟가락 자루로 식탁보에 선이나 긋고 있는 것 말고는 아무것도 더 하려 하지 않는다는 사실을 알아채고서 오스카는 이 갑작스러운 침묵에 맞서 한 젊은 보조 연구원의 일화를 두서없이 늘어놓는다. 이 보조 연구원은 하이젠베르크처럼 섬에서 산책을 하다가 천재적 착상을 하겠노라고 작정하고 쥘트섬 여행에 월급을 전부 털어넣었다. 그곳에서 그는 바보 같은 제방 위를 끝도 없이 이리저리 걸어 다녔다. 어느 날 하이젠베르크가 쥘트섬이 아니라 헬고란트섬에서 불확정성 원리를 생각해 냈다는 사실을 듣게 되었을 때까지 말이다. 그러고 나서 오스카는 자신이 뭘 말하려 했던 건지 더 이상 생각해 내지 못한다. 더구나 이 일화는 정말로 있었던 일도 아니고, 단지 언젠가 한 번 다른 상황에서 효과가 좋았을 따름이다.

날이 거의 어두워졌다. 저 아래 집 앞에서는 가로등이 어둠에 투입될 기회를 놓쳐 버렸고, 아마도 밤새 더 이상 빛을 발하지 않을 것이다. 산은 작은 올빼미를 밤의 정찰병으로 내려 보냈고, 올빼미는 마로니에 가지 어딘가에 앉아서 두 손을 둥그렇게 모아 외치기라도 하는 듯 괴로워하며 소리를 지른다. 나이프와 포크가 접시 위에 이리저리 놓여 있다. 리암은 점차 찾아드는 잠에 맞춰 머리를 끄덕거린다. 다리를 꼬고 팔짱을 낀 오스카는 마치 흑백사진을 찍으려고 포즈를 취하는 것처럼 보인다. 이 장면이 스틸 사진으로 돌이킬 수 없게 굳어 버리기 전에 그는 등을 쭉 펴고 공기를 깊이 들이마신다. 그가 뭔가를 발표하려는 게 분명하다. 그는 흠잡을 데 없는 두 발을 쓰다듬고는 담뱃갑을 톡톡 쳐서 필터 없는 담배 한 개비를 꺼낸다.

"예전 같았으면 우리는 아마 동틀 녘에 숲속 빈터에서 만났을 텐데." 그가 제바스티안에게 말한다.

리암이 갑자기 머리를 치켜든다. 호기심이 리암의 졸음을 몰아내고, 한편 제바스티안은 생각에 잠겼다가 아주 어렵사리 표면으로 올라온다. 마침내 그는 방이 어두운 이유가 자기가 혼란스러워서가 아니라는 사실을 깨닫고는 의자 뒤쪽 다리에 무게를 싣고 몸을 뒤로 기울여 천장의 등을 켠다. 마이케는 하품을 참고서 썩 내키지 않아 하며 다 먹은 접시 위에 놓인 포크와 나이프를 모은다.

"요즘은 그런 숲속 빈터에 마이크와 텔레비전 카메라가 있지." 오스카가 불을 붙이지 않은 담배를 돌려 가며 관찰한다.

"말을 수수께끼처럼 하네." 마이케가 말한다. 하품은 지금을 좋은 기회로 삼아 마지막 단어를 말할 때 그녀의 턱을 억지로 벌려 놓는다.

오스카는 불을 붙이지 않은 담배를 식탁에 내려놓고 냅킨을 접은 다음 계속 제바스티안 쪽을 향해 말한다.

"텔레비전. 미디어. 너 그런 거 좋아하잖아, 네스 파?²⁴"

그의 음성에는 경종을 울리는 그 뭔가가 있어서 제바스티안의 얼굴에서 끝내 꿈꾸는 듯한 표정을 앗아 간다.

"뭐 하려는 거야?"

"얼마 전부터 ZDF 방송국에서 새로운 과학 프로그램을 방영하고 있어." 오스카가 일어선다. "「천극을 도는 별자리」라고. 내가 우리 둘 다 출연하겠다고 했어. 내일 저녁에 우리는 마인츠로 갈 거야." 그는 그새 벌써 문지방에 서서 손가락 하나를 든다. "23시 정각. 생방송이래."

리암의 환호가 오스카를 안전하게 퇴각하게 해 준다. 아이는 흥분해서 식탁 둘레를 달음질쳐 돌다가 제바스티안의 셔츠를 손가락으로 움켜쥔다. 그와 동시에 마이케는 열린 창문으로 달려간다. 다급한 동작으로 그녀는 퍼덕거리는 뭔가를 어둠 속으로 되쫓아 버린다.

"작은 올빼미였어!" 그녀가 소리친다. "다들 봤어? 어떻게 이

---

24 프랑스어로, '안 그래?'라는 뜻.

런 일이 있지!"

"아빠, 텔레비전에 나가요?"

"내가 보기엔 오히려 전쟁에 나가는 거 같은데."

욕실로 가는 문이 쾅 닫힌다. 제바스티안은 마이케의 시선을 찾지만, 그녀의 시선은 여전히 창밖에 반쯤 걸려 어처구니없이 등장한 새의 꽁무니를 뒤쫓는다. 복벽(腹壁)이 움찔거리기 시작했을 때만 해도, 제바스티안은 전혀 웃을 기분이 아니었다. 웃음은 마치 공기 방울처럼 그의 내부에서 솟아올라 그에게 기댄 리암의 작은 몸뚱이를 뒤흔든다. 그가 자신의 웃음소리를 들었을 때, 주사위가 이미 던져졌다는 사실이 분명해진다. 오스카는 제바스티안의 자존심을 계산에 넣었고, 이 도전을 거절하는 것은 생각할 수 없도록 일을 꾸몄다.

"이 악당아!" 제바스티안이 복도 너머로 소리친다.

왜 하필이면 이런 멍청한 말이 떠올랐는지는 스스로도 답하지 못했을 것이다.

7

빈 포도주병 세 개가 탁자 위에 남겨졌다. 창문은 닫혀 있고, 나방들이 창유리를 두드려 댄다. 어른들은 거실로 자리를 옮겼고, 두 방 건너에서는 리암이 잠을 깨려고 애쓰고 있다. 나직한 음악이 천장 아래에서 담배 연기 자락으로 무늬를 짜 넣고 있다. 제바스티안은 카우치에 앉아 잔에 든 호박색 스카치를 흔들며 알코올 때문인지 아니면 행복감 때문인지 알지 못한 채 위장이 따뜻해지는 작열감을 즐긴다. 오스카와 마이케는 포도주와 노곤함으로 흔들거리며 춤을 춘다. 그녀는 눈을 감고 그의 어깨에 뺨을 기댄다. 제바스티안은 그 모습을 바라보며 푹신한 쿠션 속으로 가라앉는 느낌을 받는다. 그의 자유로운 손은 마치 이 순간이 소멸하지 못하게 막으려고 손잡이를 찾는 것처럼 소파 쿠션 속으로 파고든다. 이것이 이 집에서 맞는 최후의 행복한 저녁이다. 그리고 인간이 미래를 내다볼 수 없다는 것은 다른 두 사람에게보다 제바스티안에게 더욱 큰 은총, 그 자체이다.

일곱 부분으로 이루어진 2장

범죄가 시작되다.
인간은 어디에서나 짐승들에게 둘러싸인다.

1

이틀 후, 일요일, 이른 저녁. 이런 하늘 아래 있자니 세상이 스노 글로브처럼 느껴진다고 제바스티안은 생각한다. 잊힌 채 신의 책장 위에 놓여 있는, 이미 아주 오래전부터 더 이상 아무도 흔든 적 없는 스노 글로브 말이다. 피로가 그의 눈과 팔을 내리눌렀기 때문에 그는 차 유리창을 조금 내려놓았다. 셔츠와 머리칼을 바람이 잡아당긴다. 창밖에는 가득한 햇살 속에 초원이 펼쳐져 있고, 전신주들은 길게 늘어진 자기 그림자 옆에 부동자세로 서 있다. 여름에도 스키 타는 곳처럼 보이는 데 성공한 한 구역에 꼬불꼬불한 길이 그려져 있다. 지평선에는 슬로프가 개간되어 있고, 얼마 안 남은 전나무들은 황량한 작은 군락을 형성한다. 암벽이 길 가까이 다가서면 철조망이 낙석 더미를 붙들어 맨다. 도랑에는 왼쪽에서 차도를 건너다 화를 당한 검은 고양이 한 마리가 널브러져 있다.

주변 풍경을 바라보지 않을 때면 제바스티안은 시선을 고속도로 중앙선에 고정한다. 하얀 중앙선 조각들은 묘하게 시간을 끌다 그에게 날아왔다가 단속적으로 휙휙 자동차 아래로 사라진다. 그것을 오래 바라볼수록 그에게는 나지막한 발소리 같은 것이 들린다는 생각이 점점 더 명확해진다. 이것은 시간이 흘러가는 소리다.

어젯밤에 그는 두 시간밖에 못 잤다. 심장은 쿵쿵 뛰고 침대 시트는 땀에 흠뻑 젖었는데도 새벽 4시경에 마침내 잠이 들긴 했지만 6시 정각에 리암이 들뜬 기분으로 침대 옆에 서서는 자신의 계산 결과에 무조건 주목해 달라고 졸라 댔다. 늦어도 이십육 시간 십삼 분 그리고 **대략** 십 초 후면 자기는 이미 보이 스카우트들과 같이 숲 속에 있을 거라고 아이는 소리쳤다.

제바스티안은 자신이 잘 기억하지 못하는 어떤 대재앙에서 살아남은 느낌이었다. 그래도 그는 리암의 흥분한 모습과 그 '대략'이란 말에 미소를 짓지 않을 수 없었다. 그는 아들이 종이와 연필을 들고, 앞으로 질주하는 초($秒$)를 쫓아 사냥에 나섰던 모습을 떠올릴 수 있었다. 아이가 글로 적어서 포획하려는 순간 그 시간은 늘 이미 더 이상 유효하지 않았다. 제바스티안이 두 발을 침대에서 휙 꺼내 바닥에 딛자, 어제 저녁 기억이 되돌아와서 납으로 된 외투처럼 그의 어깨에 놓였다. 욕실에 있는 라디오는 밤새 그 안에 소음이 쌓이기라도 한 것처럼 버튼을 누르자마자 폭발하는 듯한 소리를 내뱉었다. 자기 이름이 스피커에서 들릴지도 모른다는 끔찍한 두려움 때문에 제바스티안은 곧장 라디오를 다시 껐다. 샤워를 하면서 그는 뜨거운 물을 끝까지 틀었다. 유리 벽에 김이

서리는 동안 그는 이성적 논거들을 동원해 가며, 나쁜 일이 벌어진 게 아니라고 자신에게 수차례 설명했다. 「천극을 도는 별자리」는 비교적 시청률이 낮은 프로그램이고, 연구소 동료들은 대중 과학 방송은 보지 않을 거라고. 게다가 아무도 이 사태를 자신처럼 그렇게 비극적으로 받아들이지 않을 거라고. 요즘은 아무도 뭔가를 며칠 이상 기억하지 못하는 판이고, 더구나 그것이 텔레비전에서 방송되었다면 아예 기억조차 못 할 거라고 말이다.

길에서 엎어지면 코 닿을 거리에서 뿔 모양 뱃머리 장식이 달린 반짝이는 배들로 구성된 함대가 황금빛으로 물든 바다를 가로지른다. 잠시 당황했다가 제바스티안은 그것들이 사슴임을 알아본다. 그것들이…….

"저거 좀 봐, 리암! 저기 왼쪽에!"

……유채밭을 거닌다. 그러고는 이내 사라져 버린다. 나무들이 갓길을 따라 제바스티안이 왔던 방향으로 내달린다. 공기에서 버섯 냄새, 흙 냄새, 그리고 몇 주 전부터 내리지 않은 비 냄새가 난다. 제바스티안은 끝없이 계속해서 남쪽으로 차를 몰고 싶은 욕망을 느낀다. 마치 남쪽이 도달할 수 있는 장소라도 되는 양 말이다. 그는 "아이 해번트 무브드 신스 더 콜 케임……."[25]이라는 구절을 휘파람으로 불어 보려 하지만 입술에서 나오는 소리는 머릿속 멜로디와 전혀 다르다.

25 미국 가수 토리 아모스의 노래 「파라솔」. '전화가 온 후로 나는 움직이지 않았네.'라는 뜻.

2

방송이 끝나자마자 제바스티안은 마이케에게 전화를 걸었다. 그는 아무와도 작별 인사를 나누지 않았고, 가방을 찾으려고 옷 보관소에만 잠시 되돌아갔으며, 출구를 찾으려다 방송국 복도에서 길을 잃었다. 마침내 휴대 전화가 터지자 그는 프라이부르크의 집으로 전화를 걸었고, 흥분한 리암의 환호와 기뻐하는 마이케의 목소리를 들으며 어이가 없었다. 대단하던걸! 그녀는 웃다가 제바스티안이 어떤 기분인지 알아차리고는 어조를 바꿨다. 그녀는 위로할 말을 찾았지만, 사태의 심각성을 전혀 파악하지 못했다. 마이케가 열띤 학문적 토론 말고는 더 이상 아무것도 보거나 듣지 못했던 것은 아마도 스튜디오의 소음 덕분이었을 것이다. 안도감이 제바스티안을 어지럽게 했다. 그는 마인츠의 호텔에서 외로운 밤을 보내기를 거부하고 프라이부르크로 돌아가기로 마음먹었다. 세 시간에 걸쳐 아우토반 위를 계기 비행하듯 운전하는 동안 그의 머릿속에서는 생각의 톱니가, 오스카와 이십 년을 함께 보낸 후에 오스카의 인간성, 오스카의 성격, 오스카의 정신 상태, 아예 그의 본질 전체를 다시 한번 완전히 새로운 관점에서 분석하려는 시도 주위를 부단하게 회전했다. 그렇다고 생각이 진척을 본 것은 아니었다. 그는 집중을 할 수 없었고, 흡사 벽 앞에 서 있는 것처럼 계속해서 다시 똑같은 인식에 도달했다. 그것은 오스카 같은 사람은 삶을 이겨야만 하는 게임으로 이해한다는 것이었다.

집에서는 마이케가 방금 만든 위스키 사워를 손에 들고 현관 문간에 서서 그를 기다렸는데, 그를 놀라게 한 것은 그녀가 약간 비슷한 말을 해서다. 오스카는 이기는 걸로는 성이 차지 않아. 다른 사람들이 져야만 하지. 그리고 그 사람은 심지어 당신조차도 전쟁만큼 사랑하지는 않아. ─마치 그녀가 몇 년 동안 오스카에 대해 말하지 않았던 이유가 오늘 밤 제바스티안과 같은 결과에 도달하기 위해서였던 것 같았다. 몇 시간 동안 마이케는 남편이 내뱉는 격렬한 증오의 말을 들어 주었고, 자기는 그를 사랑하며 오스카 같은 멍청이는 당신을 그냥 가만히 내버려 두어야 한다고 반복해 말했다. 제바스티안이 마침내 취하자, 그녀는 그를 침대로 데려갔다.

지금 그는 뭉개진 토끼 시체를 짓이기지 않으려고 반대편 차로로 급커브를 튼다. 경계 말뚝 위에 검은 눈의 까마귀가 앉아 있다.

어쩌면 이 모든 것이 행운일지도 모른다고 제바스티안은 생각한다. 경고 신호와 원상회복 같은 것. 어느 날 진짜로 비극에 이르지 않기 위해서 말이다. 물론 그는 자신에게 마이케가 얼마나 값진 존재인지 잘 안다. 하지만 어젯밤 이후로 그는 그 어느 때보다도 분명하게 사실은 자신이 이러한 선물을 받을 자격이 전혀 없다고 느낀다. 갤러리의 부유한 고객들은 인사를 하며 마이케의 엉덩이에 손을 얹는다. 그사이 제바스티안은 이런 사실을 겨우 전해 들어서나 알 뿐이다. 그가 그녀의 전시 오프닝 연회에 더 이상 얼씬도 하지 않기 때문이다. 마이케가 거울 앞에서 (그녀의 생각으로는) 더 예쁜 얼굴을 그리려고 욕실에 서 있을 때면 그는 문에 기대서서는 물리학은 엄한 상사라고 주장한다. 이 말로 그는 자신이 주말에도 일을 해야만 한다는 것을 표현하려고 한다. 그녀가 나가기가 무섭게 제바스티안은 리암과 함께 아이 방 바닥에 앉아 빅뱅 이론에 관해 이야기한다. 집에는 대형 그림들이 벽에 걸려 있다. 마이케는 그 그림들에 대해 그로서는 이해 못 할 것들을 생각해 낸다. 제바스티안은, 착용한 바지와 안경에 비해 항상 체구는 너무 왜소하고 얼굴은 돌린 채 명사로만 말하는 젊은 예술가들을 안다. 그는 또한 최대한 참담해 보이려고 떼돈을 들인 양복을 입는 수집가들도 안다. 마이케가 그에게 질투심을 느낄 계기를 주지 않는 것은, 그럴 기회가 없어서도 아니고, 미술업계의 정숙함 때문도 아니다.

심지어 그녀는 다벨링을 알게 된 후 두 남자가 서로 통성명을 해야 한다고 고집을 부렸다. 사이클링 클럽에서 제바스티안은 수석 의사에게 손을 내밀었고, 밧줄을 꼬아 놓은 듯한 그의 말라빠진 사지와 지친 얼굴에 동정심을 느꼈다. 눈은 커다란 마침표 둘, 코는 쉼표 하나, 입은 심지어 웃을 때조차도 줄표 같았다. 제바스티안은 클럽에서 자전거를 빌렸고, 다른 회원들의 시선을 무시했다. 그 시선들에는 마이케와 다벨링이 만난 횟수가 정확히 표시되어 있었다.

샤우인스란트산의 첫 번째 가파른 오르막에서 수석 의사는 안간힘을 다해 페달을 밟아 그들을 지나쳤다. 마이케는 자전거를 끌고 가는 남편과 함께 즐거이 걸어 주었다. 정상에 올라서야 비로소 그들은 다벨링과 다시 만났다. 그는 삼십오 분이라는 전설적인 기록으로 등정을 해치웠다. 그는 벤치에 종아리를 올려놓은 채 바닥에 누워서는 상체를 들어 올려 이마를 왼쪽 무릎과 오른쪽 무릎에 번갈아 갖다 댔다. 그는 커피를 마시면서도 그사이에 얼마나 많은 산들을 정복할 수 있었을지 곰곰이 생각하는 것처럼 초조하게 풍경을 바라보았다. 제바스티안이 그날 본 랄프 다벨링의 마지막 모습은 커브 길에서 내리막을 쏜살같이 내려가면서 아스팔트 쪽으로 위험하게 기울어지던, 노란 폴리아미드 천으로 팽팽하게 감싸인 그의 등짝이었다. 마이케와 제바스티안은 느긋하게 자전거를 탔고, 귄터스탈 계곡을 가로질러 돌아오는 길에 괜찮은 레스토랑에서 식사를 했다.

"너 괜찮니?"

리암이 너무 조용하다.

3

제바스티안은 아들이 보일 때까지 룸 미러를 돌린다. 리암은 머리를 옆으로 기울여 뒷좌석 구석에 기대어 있다. 아이의 몸은 굵은 선처럼 아이의 목과 흉곽을 지나는 안전벨트로만 지탱되어 있다. 멀미약이 효과를 내는 게 분명하다. 떠나올 때 리암은 마치 그들이 세계 일주 항해라도 떠나는 양 집을 향해 손을 흔들었다. 제바스티안은 차 유리창을 올리고는 켜 있지도 않은 라디오를 끄려 한다. 잠은 확실히 지금 이 순간 그의 아들에게 일어날 수 있는 최선의 일이다.

프라이부르크에서 멀어질수록 제바스티안의 머리는 점점 더 원활하게 돌아간다. 그는 두 팔을 뒤로 쭉 편다. 하품이 폐의 바닥까지 공기를 몰아간다. 이후 몇 주간 그는 충분히 스스로에게 화낼 시간을 가지게 될 것이다. 다시 한번 강자의 도전을 받아들일 필요가 있었기 때문만이 아니라, 그에게는 약자의 도전도 아쉬운 형편이었기 때문이다. 《슈피겔》에 난 것과 같은 그런 기고문을 그가 쓰는 이유는 학술 신문은 그의 글을 실어 주지 않기 때문이다. 자신의 생각을 대중들에게 광범위하게 전하는 것은 전혀 불명예스러운 일이 아니라고 그는 자신을 설득해 본다. 그러나 오스카가 상론 부분을 읽는 모습을 상상하면 뺨까지 피가 솟구친다.

다중 세계 해석은 인간 실존의 핵심적 역설로부터 벗어나는 탈출구에 다름 아니라고 제바스티안은 썼다. 고전 물리학의 관찰 방식에 의거해서는 왜 우주가 생명의 생물학적 욕구에 정말 기괴할 정도로 정확하게 동조하는지 여전히 해명할 수가 없노라고 썼다. 예를 들어서 공간의 팽창 속도가 콩알만큼만이라고 더 크거나 작았더라면 인류는 존재하지 않았을 거라고 했다. 빅뱅이 일어나는 순간에 이미 알려져 있는 조건들과 더불어 하나의 우주가 생겨날 개연성은 10의 -59승이라고 했다. 따라서 지구의 존재는, 6열식 복권을 아홉 번 연달아 맞히려는 시도만큼이나 개연성이 없다고 했다. 추측 통계학적으로 볼 때 인류는 존재하지 않는 것으로 간주할 수 있다고 했다. 이러한 현존의 비개연성에 의해 인간은 완전히 압살당할 지경이 되고, 바로 여기에 창조주에 대한 인류의 절박한 동경의 원인이 있다고 했다.

신을 믿지 않는 사람은 통계학을 열심히 공부해야 한다고, 그 기고문은 논지를 이어 간다. 말하자면 빅뱅에서 하나의 우주가 아니라 상이한 우주들이 10의 59승 개 생겨났더라면, 그것들 중 하나가 생명이 살기에 적합한 것은 놀랄 일이 아니었을지도 모른다는 것이다. 인간의 실존에 대한 유일하게 논리적이며 비신학적 해명은, 공간을(그리고 이로써 시간을) 엄청난 더미의 세계들로 생각하는 것이며, 이때 공간은 매 순간 항상 새로운 층위들로 확장된다는 것이다. 그 안에 있는 각각의 거품 방울이 독자적 세계를 표상하는, 부풀어 오르는 시간 거품인 셈이다. 가능한 일은 모두 실현된다. ─《함부르크 뉴스 매거진》은 이 문구를 헤드라인으로 삼고 싶어 했다.

기고문에서 설명된 것 중에 잘못된 것은 전혀 없다. 오히려 이러한 고찰들은 '옳다'와 '그르다'가 거의 아무런 역할도 못 하는 영역에서 움직인다. 하지만 바로 그 점이 오스카의 신랄한 조롱을 도발한다. 그놈들이 그렇지, 별수 있어? 멍청이들이! 제바스티안은 그가 소리치는 것을 듣는다. 의문사, 그러니까 임의의 '왜?'를 하나 집어 들어서 세상에 냅다 던져 놓고는 의미 있는 답을 얻지 못하면 의아해하지. 셰르 아미, 그저 지저귀기나 할 뿐, 이런 말도 안 되는 질문 나부랭이는 하지 않는, 가지 위의 새들이 너보다 더 똑똑해!

제바스티안은 핸들에서 한 손을 떼어서는 윗입술에 맺힌 땀을 닦는다. 오스카의 빈정거림보다 더 나쁜 것은 그러한 이론들에 대한 몰두가 삶을 방해한다는 사실이다. 최근에 그는 거의 매일 저녁 식사를 마친 뒤 작업실로 물러갔다. 거기서 그는 걸려 버린 레코드판 같은 어떤 공식 조각이 머리에서 회전하기 시작할 때까지 자료를 곱씹는다. 생각을 할 때 나는 소음이 침실의 고요한 어둠 속에서 참을 수 없을 지경으로 커질 수 있기 때문에 그는 여러 밤을 더 이상 잠자리에 들 엄두를 못 내고 지냈다. 한번은 마이케가 자정이 한참 지난 뒤에 그에게 왔다. 복도에서 맨발로 걷는 그녀의 발소리는 어린 여자아이의 발소리 같았다. 그가 올려다보았을 때 그녀는 앞에 서 있었고, 잠옷을 입은 그녀는 작고 가녀리게 보였다. 우리 곁에 있어 줘, 라고 그녀가 말했다. 그가 뭔가 대답하기도 전에 그녀는 몸을 돌려 사라져 버렸다. 제바스티안은 뒤따라가지 않았다. 정말로 그녀를 보았는지 확실하지 않았기 때문이다.

그런 밤을 보낸 다음 날 아침이면 그는 더 이상 자신이 어떤 세계에 있는지 거의 알 수가 없다. 아침을 먹을 때 그는 아내 곁에 있는 남편이 아니라, 자기 집에서 낯선 이 둘과 아연히 마주하고 있는 사람이다. 그러면 그에게는 리암이 갑자기 몇 년은 더 나이 들어 보이고, 아이의 천진한 웃음은 거짓이라 생각되며, 아이의 사랑스러운 얼굴도 완전히 낯설다. 가족 한가운데에 있으면서도 제바스티안은 마치 자신이 어떤 오류로 인해 낯선 우주에 떨어진 것처럼 느낀다. 자신이 자기 삶에서 그저 손님에 불과하다는 끔찍한 느낌을 그는 이미 오래전부터 안다. 리암이 태어난 뒤로 그가 스스로를 사기꾼이라고 여기는 순간들이 있다. 마치 자신에게는 권리가 없는 행복, 그 대가로 혹독하게 벌을 받게 될 행복을 자신이 슬쩍하기라도 한 것처럼 말이다. 그런 순간에 그는 자신의 살가죽을 빌린 외투처럼 벗어 버리고, 자신이 사랑하고 소중히 여기는 모든 것을 깨부수고 싶어진다. 균형을 만들어 내는 정의가 그에게서 그것들을 모두 앗아 가기 전에 말이다. 근자에 들어서는 이것이 개인적 문제가 아니라 물리학적 문제라고 믿는다.

언젠가 그는 오스카한테 이러한 혼란을 가리켜 위대한 사고의 부작용이라고 한 적이 있다. 그러자 오스카는 단호하게 검지를 뻗어 그를 가리켰다. 네 노이로제 가지고 애쓸 거 없어. 너는 절대로 위대한 남자가 되지 못할 테니까. 네게 의미 있는 것들은 네 성(姓)을 달고 있는 것들이지. 그걸 보면 너도 알 수 있잖아.

당시에 제바스티안은 이 말을 듣고 무척이나 화가 났다. 지금은 그 말이 그를 진정시킨다. 어렸을 적에 그는 잠이 들기 전에 종종 야만적인 살인자에 의해 선택을 강요받으면 아버지를 구할 건지 어머니를 구할 건지 하는 질문으로 괴로워했다. 오늘날 그가 설혹 마이케와 물리학, 아니 아예 마이케와 그 나머지 세계(리암은 예외로 하고) 중에서 결정을 해야 한다면, 그의 아내는 그의 모든 학문적 집착과 그 밖의 다른 집착에도 불구하고 추호도 걱정할 필요가 없을 것이다.

오후에 그는 그녀를 기차역에 데려다주었다. 열차가 들어오자 제바스티안은 그녀를 감싸 안고서 사랑한다고 말했다. 그녀는 기특한 말에게 하듯 그의 등을 토닥여 주었고, 몸조심하라고 답하고는 가벼운 경주용 자전거를 검표원에게 들어 올렸다. 손을 흔드느라 제바스티안의 팔이 아파 오기 시작하는 사이에, 그녀는 차창 안에서 밝은색 얼룩으로 흐려졌다. 그는 자신이 작아지는 것처럼 느껴졌다. 점점 더 쪼그라들어서 결국에는 길게 뻗은 커브 길 뒤로 사라져 버리는 듯한 느낌이 들었다.

이제 제바스티안은 이번 휴가가 단기적인 예외 상황이라고 생각한다. 이것이 끝나고 나면 그는 더 이상 과민한 미친 짓거리로 가정의 행복에 해를 끼치지 않을 것이다. 그는 전날 밤의 불쾌한 텔레비전 방송을 잊어버리고, 자신의 「장시간 노출」 원고를 마무리할 것이다. 그러고 나면 바로 오스카에게 전화를 걸어 더 이상 매달 첫 번째 금요일에 방문하지 말아 달라고 부탁할 것이다.

이렇게 결정을 내리자마자 그는 마치 살에 박힌 가시라도 빼낸 듯 해방감을 느낀다. 룸 미러로 그는 리암이 잘 자는지 살피고서 오랫동안 아이의 평화로운 얼굴을 바라본다. 꼬리가 넓은 말똥가리가 도로변에 놓인 두 번째 사체에서 하얀 창자를 낚아챈다. 제바스티안이 까마귀들을 눈여겨보기 시작한 뒤로 그가 센 것만 열다섯 마리가 넘었다. 그것들은 나무에 앉아서, 심지어 상당수는 도로변에 앉아서 눈도 깜빡이지 않고 교통 상황을 관찰한다. 그에게는 새들이 비정상적으로 많은 것처럼 보인다. 아니면, 더 고약하게도, 언제나 같은 새처럼 보인다.

가이징겐에서 볼보는 국도를 빠져나와 A 81번 고속 도로로 바꿔 탄다.

4

급유기 꼭지가 꿀꺽댄다. 새 연료를 채워 넣는 게 아니라 오히려 연료 탱크에서 휘발유를 빨아들이는 것 같다. 숫자들이 값을 알려 주려고 서로 앞을 다투는 동안에 제바스티안은 스펀지로 자동차 앞 유리에 붙은 노랗거나 보라색인 파리 시체들을 긁어 낸다. 계산대에서 그는 초콜릿 바를 하나 산다. 리암이 여전히 잠들어 있자 그는 차에 타면서 그것을 문 옆 수납함에 넣어 둔다. 조심스럽게 차 열쇠를 돌려 시동을 건다. 이렇게 하면 모터에 시동 걸리는 소리를 줄일 수 있기라도 한 것처럼. 자동차는 천천히 주유소를 돌아 나간다.

건물 뒤 주차장은 거의 비어 있다. 캠핑카 옆에서 어느 부부가 캠핑용 의자에 앉아 저녁을 먹는다. 한 젊은 여자는 잔디밭 사잇길에서 개를 산책시킨다. 산들바람이 그녀의 머리카락이 얼굴 쪽으로 나부끼도록 불어 댄다. 태양이 나무의 수관 사이로 비스듬히 비친다. 햇살이 가지들 사이에서 키치 같은 별 모양으로 부서진다. 더러운 화물차들 옆에서 제바스티안은 볼보를 다시 멈춰 세운다. 마지막 몇 킬로미터를 오면서 그는 몇 번이나 텅 빈 암흑 속에서 소스라치며 깨어났다. 깜빡 졸았던 것이다. 그는 휴식이 필요하다.

공기에서 윤활유와 열기가 식어 가는 기계 냄새가 난다. 팔을 흔들고 발을 번갈아 껑충대면서 제바스티안은 휴게소 끝에 도달한다. 난간 파이프에서 바람이 여러 목소리로 노래한다. 골짜기에는 남부 독일의 별 볼 일 없는 작은 도시가 있는데, 도시의 거리가 강물처럼 어른거린다. 아직은 풍경이 이곳이 보덴 호수 주변임을 드러내 주지 않는다. 그러나 길어야 반 시간 뒤면 나무들 사이로 호수가 나타날 것이다. 그들은 호수를 따라 내려가다가 브레겐츠 근처 목적지에 도달하기 전에 호수 동쪽 끝에서 눈에 보이지 않는 오스트리아 국경을 넘을 것이다. 동경 7.47도, 북위 47.57도. 그는 리암과 함께 지도책에서 좌표를 찾아보았다. 세상은 끊임없이 엄청난 양의 정보들을 준비해 놓는다. 단지 다음 순간에 무슨 일이 일어날지 알기 위해 필요한 정보들만 없을 뿐. 나중에 또 한 번 차를 세우지 않기 위해 제바스티안은 화장실에 가기로 한다.

전화벨이 울릴 때 그는 손을 씻고 있었다. 황급히 손가락을 바지에 문질러 물기를 닦고서 그는 어깨와 귀 사이에 휴대 전화를 끼고 여닫이문에 몸을 기댄다. 외과에서 쓰는 녹색 가운을 입은 뚱뚱한 여자가 가운데에 동전 하나만 달랑 놓여 있는 요금 접시를 가리킨다.

"마이케?"

제바스티안은 화장실 청소부 여자를 무시하고 머리를 옆으로 기울인 채 복도를 내려간다.

"당신 잘 도착했어? 호텔은 어때?"

"방해해서 죄송합니다. 잠깐 멈춰 서서 제 말씀을 잘 들어 주시기를 부탁드립니다."

희미하게 제바스티안이 아는 목소리 같다는 느낌이 온다. 연구소에 있는 몇 안 되는 여학생들 중 하나의 것일 수 있을 정도로 충분히 젊다. 그는 휴대 전화의 화면을 보려고 귀에서 전화를 뗀다. 발신자 미상.

"누구시죠?"

"베라 바겐포르트입니다."

제바스티안은 속으로 단과 대학 여자들을 하나씩 짚어 나간다. 베라라는 여자는 없다.

"여보세요. 지금은 그럴 만한 상황이 아니에요. 제가 막 공중 화장실에서 나가는 중이거든요. 당신이 굳이 정확히 아셔야 한다면 말이죠."

"마지막으로 말씀드리겠습니다. 그대로 서 계십시오. 당신 자신을 위해서요."

이 여자는 뭘 팔려는 것도 아니고, 전화번호를 잘못 누른 것도 아니다. 오싹한 전율이 제바스티안의 다리를 타일 바닥에 굳어 붙게 만들었다. 그의 바로 앞에는 가지각색 봉제 동물 인형과 시계와 장난감 자동차로 채워진 유리통이 놓여 있다. 리암은 이 기계를 정말 좋아한다. 1유로를 넣으면 기계가 집게 팔을 움직인다. 집게 팔은 버튼 두 개로 조종할 수 있고 아래로 내릴 수 있다. 대부분 노획물을 잡는 데는 성공하지만, 팔이 되돌아올 때 선로 언저리에 탁 부딪히는 탓에 상품은 거의 언제나 통 안으로 다시 떨어져 버린다. 성공 가능성이라는 주제에 대해 장황한 설명을 해도 리암은 여전히 그 기계를 재미있어한다. 아이가 지금 여기에 있었더라면 녀석은 틀림없이 제바스티안을 졸라서 그 기계에 넣을 동전 하나를 얻어 냈을 것이다.

"우선 저는 당신께 어떤 경우에도 침착함을 유지하시도록 부탁드리겠습니다. 제 의뢰인은 당신이 그러실 수 있다고 생각하십니다."

목소리는 그녀가 마치 메모에 적힌 글을 읽는 것처럼 들린다.

"가장 중요한 것은 다음과 같습니다. 당신은 아무와도 말을 해서는 안 됩니다. 이해하시겠습니까? 아 — 무 — 와 — 도. 이제 그 건물을 떠나십시오. 제가 곧바로 다시 당신께 전화드리겠습니다."

전화 연결이 끊긴다. 제바스티안은 틀림없이 해명이 쏟아져 나올 거라는 듯이 전화기를 흔들어 댄다. 그의 시선이 분홍색 봉제 강아지 인형의 시선과 마주친다. 강아지 인형이 애원하며 그를 보는 것 같다. 마침내 그는 바닥에 들러붙은 몸을 잡아 떼고서 타일이 깔린 마지막 몇 미터를 극복하고 문을 열고 밖으로 나간다.

휴게소 냉방 구역에서 그는 그날 저녁이 얼마나 더운지 잊고 있었다. 여전히 그의 머릿속에는 운전 중에 만난 이미지들이 가득

하다. 눈을 감으면 중앙선 조각들이 그에게 날아오고 까마귀가 상황을 관찰하고 죽은 고양이가 길가에 널브러져 있다. 제바스티안은 건물을 빙 돌다가 주차장이 한눈에 들어오자 멈춰 선다. 거기에는 화물차들이 서 있다. 그는 트럭 천막에 쓰여 있는 글귀를 읽는다. "우리는 표준말만 빼고 뭐든 할 수 있습니다." 캠핑카는 가고 없다. 볼보가 서 있던 자리도 비어 있다. 제바스티안은 혹시 자기가 차를 다른 곳에 주차한 건 아닌지 자문해 보지도 않는다. 그는 자기 차가 어디에 서 있었는지 정확히 안다. 그 자리는 못 견디도록 텅 비어 있다. 이 행성 위 그 어떤 다른 장소보다도 더 비어 있다. 그가 이 사실을 이해하기까지는 몇 초가 걸린다.

그는 하얀 선들로 분할된 아스팔트 면 위를 곡선을 그리며 달려간다. 악몽을 꿀 때처럼 그는 설사 걸을 때마다 다리가 더 길어진다 해도 그 지점을 벗어나지 못하리라고 믿는다. 가속 차선에선 그는 번쩍거리는 자동차 지붕들과 더불어 고속 도로가 빠른 속도로 언덕 너머로 사라지는 모습을 지켜본다. 그제야 비로소 그는 커졌다 작아졌다 하는 경적 소리에 정신이 든다. 제바스티안은 음파의 진동수가 관찰자와 대상 사이의 상대 운동에 달려 있다고 학생들에게 설명하곤 했다. 도플러 효과 말이다. 빛의 경우에도 마찬가지다. 제바스티안의 감각이 조금만 더 날카로워져 있었더라면, 그는 멀어져 가는 차들은 붉은색으로 인지했을 것이고 자신을 향해 오는 차들은 반대로 푸른색으로 인지했을 것이다. 그가 애타게 찾는 볼보처럼 죄다 푸른색으로.

곧이어 그는 엎어진 쓰레기통과 조잡하게 만들어진 의자 한 세트를 지나쳐 풀밭 위를 내달린다. 얼마 떨어지지 않은 곳에서 트럭 운전사 둘이, 머리를 꺾은 트레일러 트럭 운전탑 옆에 서서 커피 잔을 배 앞에 들고 그를 건너다본다. 무슨 이유에서인지 제바스티안은 두 손을 바지 주머니에 넣고 있었는데, 이것이 달리는 데 방해가 된다. 머릿속 스위치가 올바른 위치로 튕겨 오르는 순간, 이미 그의 입은 벌어져서 뭔가 소리치려 하고 있다. 아―무―와―도 말해선 안 된다.

"뭘 잃어버렸소?"

뚱뚱한 남자의 목소리는 그의 풍채에 비해 너무 고음이다. 제바스티안은 괜찮다고 손짓하고는 억지로 어슬렁거리며 걷는다. 그는 모든 움직임을 일일이 자기 사지에 지시해 줘야만 하고, 거의 넘어지기 일보 직전이다. 정신이 나간 사람의 걸음걸이임에 틀림없다. 주차 구역의 소름 끼치는 텅 빈 공간 한가운데에서 그는 다시 멈춰 선다. 들어앉아 있기에는 몸통 속이 너무 비좁아지자 심장은 왼쪽 폐엽을 통해 올라갈 길을 찾는다. 한 맨홀 뚜껑 구멍 속에 다육 식물이 자라고 있다. 제바스티안은 일본식 돌 정원에서 그 식물을 본 적이 있다. 질긴 띠 모양으로 주차장이 그의 주위를 휘감는다. 빙글빙글 도는 뱅뱅이 놀이 기구에서 보면 세상이 이렇게 보이리라. 그것은 리암이 놀이터에서 다른 어떤 것보다도 좋아하던 기구였다. 그걸 타고 놀기에는 나이가 너무 많아지기 전까지 말이다. 제바스티안의 관자놀이가 얼음처럼 차다. 시간은 끝도 없이 많은 카드가 담긴 카드 함이다. 그는 카드를 펼쳐 놓고는 그가 잠자는 리암을 차 안에 남겨 두지 않았던 평행 우주를 찾는다. 아니면 마이케가 보이 스카우트 캠프에 대한 생각을 떠올리지 않았던 평행 우주를. 그것도 아니면 그가 기계 공학을 전공하여 미국에서 사는 평행 우주를. 그는 곧 허공에서 나타나 다시 원래 자리로 돌아올 볼보에 자리를 마련해 주려고 한 발짝 옆으로 물러선다. 제바스티안은 이마를 감싼다. 그의 뒤에 서 있던 화물차는 날아오르기 직전의 딱정벌레처럼 몸을 부르르 떨더니 주둥이를 옆으로 꺾고는 출구 쪽으로 굴러간다. 우리는 표준말만 빼고 뭐든 할 수 있습니다. 베라 **바겐포르트.**[26] 장난꾼들, 사방에 장난꾼들. 다 들통나게 될 거다.

한 가족이 노란색 도요타로 돌아온다. 아이 둘이 뒷좌석으로 기어 올라간다. 여자아이는 리암 또래다.

제바스티안의 전화벨이 울린다.

5

이번에는 그의 몸이 일일이 지시를 기다리는 게 아니라, 명령을 받기도 전에 벌써 반응한다. 입술, 혀, 이가 힘을 모아 휴대 전화에 대고 고함을 지른다.

"당신들 원하는 게 뭐야? 뭐든지 해 줄 수 있어!"

손 하나가 그의 입을 가로막으며 말하는 것을 방해한다. 그것은 그 자신의 손이다. 회선의 다른 쪽 끝에서는 확신 없는 망설임이 길어진다. 그리고 나서 여자 목소리는 목을 가다듬으려 헛기침을 한다.

"교수님, 저는 당신께 지시 사항을 전달하라는 의뢰를 받았습

---

26 Wagenfort. 'Wagen fort.'라는 문장으로 풀면 '차가 가 버렸다.'라는 뜻이 된다.

니다. 단 한 문장입니다. 교수님께서 이해하실 거라고 했습니다. 준비되셨습니까?"

"내 아들." 제바스티안이 신음하듯 내뱉는다.

"죄송합니다. 저는 무슨 일인지 아는 바가 없습니다. 저는 오직 당신께서 그 문장을 이해하는지에만 신경을 써야 합니다. 그럼 시작해 볼까요?"

대화 상대 여자의 친절함이 제바스티안에게 최후의 일격을 가한다. 그는 인간 신체 내부의 얼마나 깊은 곳에서 고통이 생겨날 수 있는지, 그리고 그 고통이 뇌에 다다르려고 안간힘을 쓰면서 날카로운 발톱으로 목을 기어오를 때 어떤 느낌을 주는지 전에는 미처 알지 못했다. 베라 바겐포르트는 숨을 고른다. 그리고 그녀는 말한다.

다벨링은 제거되어야 한다.

해는 우듬지 뒤로 가라앉았고, 사물들의 그림자를 함께 가져갔다. 다음 날까지 그것들을 잘 보관해 두려고. 주변에는 아직도 몇몇 차들이 제자리에 있다. 사람은 하나도 보이지 않는다. 단지 주인 없는 바람만이 바닥 위를 이리저리 뛰어다니다가 빈 종이컵 하나를 빙그르 돌리더니 제바스티안의 바지 자락을 펄럭인다. 제바스티안은 곧 중요한 약속이 있어서 더 이상 수다를 떨 수 없다는 듯 시계를 본다. 9시 30분이 조금 지났다. 시간은 그에게 아무것도 말해 주지 않는다. 그는 여태껏 단 한 번도 그토록 외로움을 느껴 본 적이 없다.

"다시 말씀해 주세요." 그가 말한다.

"질문에는 다음 말을 덧붙이도록 지시받았습니다. 그러면 다

잘될 것이다. 이해하셨습니까?"

"이러시면 안 됩니다. 제발 부탁드립니다."

"그 밖에 기본적인 상황은 아마도 알고 계시겠지요. 경찰은 안 된다는 것 말입니다. 아무한테도 말하지 마십시오. 사모님께도 안 됩니다."

마치 그들이 곤란한 사담(私談)을 나누는 중인 것처럼, 그런데 더 이상 어떻게 말을 이어 나갈지 모르는 것처럼, 잠시 침묵의 순간이 생겨난다. 전화 속 여자 목소리는 호감이 간다. 제바스티안은 그 목소리를 듣고 건강하고 젊은 여자를 상상한다. 아마도 다른 상황에서라면 우리는 서로를 잘 이해할 것 같다고 그는 생각한다.

"이제 휴게소 식당으로 가십시오." 여자는 이렇게 말하더니 메모지가 바스락대는 소리를 낸다. "아직 듣고 계십니까?"

"네."

"거기, 당신이 계신 곳에 휴게소와 식당이 있지요?"

"네."

"계산대 근처에 앉으세요. 맥주 하나와 신문을 사세요. 제가 다시 전화할 때까지 시간이 좀 걸릴 수 있습니다. 전화기를 켜 두세요."

"기다려요!" 제바스티안이 외친다. "내가 할…… 우리가 해 볼……."

휴대 전화의 숫자 판은 전에도 늘 그의 손가락에 비해 너무 작았다. 마침내 그는 통화 목록을 찾아낸다. 발신자 미상의 전화 두 통. 그런데도 그는 그 번호로 전화를 되걸어 자신이 이러한 문제에는 전혀 경험이 없노라고, 약간의 지침이 필요하다고 설명하고 싶다. 또한 그는 왜 하필 자기를 택했는지도 물어보고 싶다. 자기가 지금 뭘 해야만 하는지. 그리고 어떻게 해야 하는지. 그리고 언제 해야 하는지. 베라 바겐포르트가 추측한 대로, 그는 실제로 기본적인 상황은 안다. 그것은 독일식 사실주의에 의해 지독하게 관료화된, 뭔가 밝혀지는 바가 거의 없는 텔레비전 범죄물로 포장되어 일주일에도 몇 번씩이나 법정 공공 방송에서 방영된다. 제바스티안은 여태껏 단 한 번도 그 텔레비전 범죄물을 즐겨 본 적이 없다. 불행히도 그런 영화들 중 단 한 편도 이러한 상황에 처했을 때뭘 생각하고 뭘 느껴야 하는지에 대해서는 가르쳐 주지 않는다. 또한 그런 영화에서는 세 마디 문장에 어떻게 대처해야 하는지도 배우지 못한다. 한 인간의 삶을 결정적으로 바꿔 놓는 것은 언제나 세 어절짜리 문장이다. 나는 너를 사랑해. 나는 너를 미워해. 아버지가 숨을 거두셨어. 나는 아이를 가졌어. 리암이 어디론가 사라졌다. 다벨링은 제거되어야 한다. 세 마디짜리 문장이 끝나고 나면 인간은 완전히 혼자가 된다.

한동안 제바스티안은 멀거니 서 있는, 시간이 많은 인간의 태도를 기억해 내는 데 골몰했다. 그는 짝다리를 짚고 팔짱을 끼고 턱을 가슴 쪽으로 푹 숙인다. 빈 종이컵이 아스팔트 위로 미끄러진다. 제바스티안은 그것을 바라보면서 충격이 불러오는 자비로운 작용을 기다린다.

몇 분이 지난 뒤에 그가 눈을 들었을 때, 그에게는 물안경을 통해 보는 것처럼 주변이 지나치게 또렷하게 보인다. 그의 호흡이 규칙적으로 바뀌고, 심장은 일 초에 한 번 이상 뛰지 않는다. 그는 주위를 둘러본다.(흔들리는 전조등 불빛 한 쌍. 스포츠카에서 내리는 분홍색 외투를 입은 여자) 깊이 생각해 볼 마음만 있었더라면, 아마도 그는 마침내 가장 깊숙한 내부에서 우주를 결속시키는 힘들을 파악해 냈을 것이다. 그는 이제 그들이 자기한테 무엇을 원하는지 안다고 믿는다. 그는 심지어 누가 범인인지도 안다. 그들이 자는 리암의 입과 코에 클로로포름을 묻힌 천 조각을 내리누르는 모습, 그리고 지금 아이를 어떤 집으로, 혹은 곧바로 병원의 중환자실로 데려가는 모습을 상상할 수 있다. 의사들한테, 의식 불명에 빠진 아이의 상태를 인위적으로 그대로 유지하도록 손쓰는 것쯤은 쉬운 일이다. 그것도 그들이, 임무를 완수하라고 제바스티안에게 허락하고 싶은 그 시간만큼만. 리암을 영원히 제거하는 것도 그만큼이나 손쉬운 일이었을 것이다. 그들은 제바스티안이 아들을 정말로 돌려받을 수 있을지 확신하지 못한다는 사실을, 그리고 그럼에도 그에게는 지시를 따르는 것 말고는 별도리가 없다는 사실을 안다.

다벨링이 입을 놀리면 병원 전체가 무너질 거라고 제바스티안은 생각한다. 과장 의사 하나가 어처구니없는 짓을 저질렀고, 그에게는 내막을 아는 사람의 죽음만 필요한 게 아니라 적합한 가해자도 추가로 필요하다. 그들은 적임자를 찾아냈다. 그의 부인이 희생자와 절친한 사이이고, 질투는 가장 사랑받는 살해 동기 중 하나다. 짐작건대 유괴범은 심지어 제바스티안이 이 모든 것을 잘 안다는 사실까지도 분명히 아는 듯하다. 영리한 인간들은 서로 마음을 열 수 있는 법이다. 제바스티안은 웃기 시작한다. 황혼을 뚫고 다시 휴게소로 돌아가는 동안 그는 바람에 펄럭이는 옷을 두 팔로 여민다.

6

배식 창구 근처에는 테이블은 없고 냉장 진열대만 하나 있다. 진열대에는 초록색 사과 하나가 똑같은 모습을 여러 차례 반복하며 반짝거린다. 어떤 좌석이 계산대에 가장 가까운 자리인지 확신할 수 있을 때까지, 제바스티안은 마치 토지 측량사처럼 지독히도 꼼꼼하게 거리를 가늠해 본다. 그는 사람 키만 한 식물 옆에 있는 의자를 택한다. 더 가까이에서 관찰해 보면 그 식물은 플라스틱으로 만들어졌고, 따라서 수없이 많은 식물들로 만들어진 것이다. 땅의 무게는 식물들이 미끈거리는 성분이 되도록 수백만 년 이상 그것들을 으스러뜨렸다. 그것을 끌어 올려서 인공 가지와 잎사귀를 찍어 낼 수 있을 정도로 충분히 인간이 발전할 때까지 말이다. 기화한 화학 성분이 너무나도 강렬하게 부조리의 냄새를 풍겨서 제바스티안은 제대로 속이 메슥거린다. 그는 마치 미쳐 날뛰는 개떼를 부르듯 자신의 생각들을 휘파람으로 불러들이고서 지시받은 대로 맥주와 잡지를 사려고 다시 한번 일어선다.

식당은 사방이 유리로 되어 있다. 밖에서는 저녁 어스름이 자신의 살갗을 유리창에 들이민다. 세 테이블 건너에서 양복을 입은 남자가 소스를 얹은 갈색의 뭔가를 먹는다. 그는 한 번 베어 물 때마다 입술을 훔치고, 시계를 보려고 손목을 돌린다. 화분 식물 뒤에는 분홍색 외투를 입은 젊은 여자가 양 엄지손가락으로 휴대 전화에 문자를 길게 입력하고 있다. 손님들에게는 모두 문 앞 어딘가에서 그들을 기다리는 차가 있는 것처럼 보인다. 자동차가 없으니 제바스티안은 선장들 중 조난자인 셈이고, 방황하는 시선 때문에 남들이 알아챌지도 모른다는 사실을 매 순간 고려해야만 한다. 여자는 휴대 전화가 삐 소리를 내자 미소를 짓는다. 어쩌면 그녀는 애인을 기다리는지도 모른다. 그 남자와 함께 휴게소 가구들 위에서 자기 남편을 속이려고 말이다. 어쩌면 그녀는 그러면서 자신을 베라 바겐포르트라 부를지도 모른다. 이상하게도 그사이에 제바스티안에게는 이것이 전혀 상관없는 일이 되었다.

맥주의 첫 모금을 그는 팔과 다리의 어렴풋한 뻐근함으로 느낀다. 충격이 가라앉았기 때문에 인식의 단계도 지나갔다. 제바스티안은 자신이 처한 상황의 의미를 정확하게 파악했다고 믿었을 때 오류를 범하고 있었다는 것을 인식해야만 한다. 물리학이 경험할 수 있는 것의 한계를 넘어서는 것이 관건이라면, 수학은 표상 능력을 대체하는 것이 관건이다. 그렇지만 "다벨링은 제거되어야만 한다."라는 문장은 그 어떤 수학 공식으로도 요약할 수 없고, 따라서 그의 이성의 사정거리 밖에 머문다. 그것은 결과들을 낳는다. 이제까지 제바스티안은 앞을 보며 살았고 자신의 미래를 탁 트인 평원처럼 조망할 수 있다고 믿어 왔다. 오늘부터 그는 자신의 발밑을 보게 될 것이다. 그의 새로운 세계는 다음번 발걸음 아래에 놓인 작은 땅 한 조각이다. 그는 더 이상 쫓기듯 달리며 고속 도로 출구를 건너다니지 않을 것이다. 심지어 머릿속으로라도 범인들의 위치를 파악하려고 시도하지 않을 것이다. 대신에 그는 자신에게 요구된 바를 그냥 해치울 것이다. 가능한 한 깔끔하게. 외과 수술처럼. 협박자들이 그를 선택한 것은 잘해 낼 수 있는 수임자를 원하기 때문이다. 제바스티안은 그들을 실망시키지 않도록 모든 것을 걸 것이다. 그는 대담하게 잡지의 목차를 펼친다.

계산대 위 시계가 10시 30분을 가리킬 때, 그의 휴대 전화 배터리는 달랑 가느다란 줄 하나를 표시한다. 그가 휴대 전화를 손에 집어 들자마자 벨 소리가 공기를 진동시킨다. 분홍색 외투를 입은 여자가 자기 전화기를 뺨에 갖다 대자 테이블과 의자들이 놀라서 뒤죽박죽이 되었다가 제자리로 뛰어 돌아간다. 그녀는 고개를 끄덕이고 뭔가 말하며 일어나서는 식당을 떠난다. 제바스티안이 그녀를 쳐다보는 동안 다시 전화벨이 울린다. 그는 공포감을 재빠르게 되살려 내지 못한다.

"여보세요?"

"제바스티안, 당신은 여기가 얼마나 아름다운지 상상도 못 할 거야!"

식당에 앉아 있으면서부터 그는 명치 부근에 있는 뾰족한 존재가 놀라울 정도로 거의 요동도 없이 죽어 버렸다고 생각했다. 그러나 마이케의 목소리가 통증을 되살려 놓는다. 그녀가 말하는 사이사이마다 그는 아들의 목소리가 들린다고 생각한다. 그것도 어찌나 또렷한지 틀림없이 마이케도 들을 수 있을 것만 같다. "스물여섯 시간 십삼 분 그리고 **대략** 십 초 후면 이미 보이 스카우트들과 같이 숲속에 있을 거예요!"—— 제바스티안은 다른 전화를 받아야 하는 데다 배터리를 아껴야 한다. 마이케는 안개가 낀 산 이야기를 한다. 파란 눈처럼 하늘을 쳐다보는 작은 호수들 이야기. 수영장과 사우나, 마사지 이야기. 바에 앉아 마시는 쿠바 리브레 이야기.

"마이케!"

이것은 의도했던 것보다 더 쌀쌀맞게 들린다. 제바스티안은 특정 어조를 목표로 삼아야 할 만큼 인내심을 잃어버린다.

"도대체 무슨 일이야?" 그가 느끼는 두려움의 희미한 여운이 그녀의 음성까지도 물들인다.

"끊어야겠어. 배터리 때문에."

"리암 일은 다 잘됐지?"

"차에서 내내 잤어."

"당신, 집에 있어?"

"거의 다 와 가."

"정말 아무 일 없는 거지?"

"당연하지! 마이케, 배터리……."

작은 멜로디, 그리고 화면은 마지막 인사로 서로 얽힌 물고기 두 마리를 보여 준다. 제바스티안은 휴대 전화 제조사가 그것으로 자신에게 무슨 말을 하려고 하는 건지 한 번도 이해한 적이 없다. 그가 다시 한번 휴대 전화를 켜자 숫자 판의 조명이 꺼지기 전에 비밀번호를 입력하는 것까지는 할 수 있었다. 그는 펼친 신문에 머리를 숙이려고 했지만, 이미 머리가 그 자리에 있다는 사실을 확인할 수밖에 없다. 그의 오른쪽 눈 3센티미터 앞 사진 속에 금발 남자 하나가 웃고 있다. 그 자신이다. 그는 사진 하단의 문구를 달 달 외울 정도로 잘 안다. 가능한 일은 모두 실현된다. 프라이부르 크의 교수가 타임머신 살인의 이론을 규명하다.

누군가가 그의 이름을 불렀을 때 그에게는 더 이상 놀랄 힘조차 남아 있지 않다. 계산대의 여자가 테이블로 온다. 그녀의 노랗고 빨간 앞치마 무늬가 그의 눈앞에서 희미해진다.

전화를 건 여자는 그와 말하고 싶어 하지 않았다고 한다. 그녀는 그저, 제바스티안이 원한다면 자동차로 돌아가도 좋다고 전하라고만 했다는 것이다.

7

주차장 가장자리의 가로등들은 불빛으로 만든 폭이 넓은 치마를 입고 있다. 양옆을 호위하던 화물차들이 없어지니 제바스티안의 빈 공간은 더 이상 빈 공간이 아니라, 그저 검은 아스팔트 표면 위에 있는 임의의 한 장소일 뿐이었다. 그와 반대로, 이제는 마치 한 번도 사라졌던 적이 없다는 듯이 예전 장소에 서 있는 볼보 외에는 모두가 빈 공간이다. 제바스티안의 그림자가 서둘러 그를 앞질러서는 운전석 문에 몸을 던진다. 문은 잠겨 있지 않고, 뒷좌석은 비어 있다. 리암의 짐은 없다. 트렁크 바닥은 진공청소기로 한 번 빨아들이는 일이 절실하게 필요한 상태다.

시동 장치가 열쇠의 말을 듣지 않는다. 제바스티안은 몸을 숙여서 개폐 장치들로부터 느슨하게 늘어져 있는 전선 몇 가닥을 찾아낸다. 그가 전선의 양 끝단을 연결하자 자동차에 시동이 걸린다. 그가 정강이뼈로 전선 뭉치를 건드리면 전조등이 깜빡대고 엔진이 쿨럭거린다. 제바스티안은 할 수 있는 한 무릎을 쫙 벌리고는 기어를 넣고 출발한다.

A 81번 고속 도로에는 몇 안 되는 자동차들만 미지의 목적지를 향해 달려가고 있다. 몇 킬로미터를 달린 뒤에 제바스티안은

라디오를 켠다. "아이 해번트 무브드 신스 더 콜 케임." 그는 조용히 노래를 따라 부른다. 시종일관 한 음조로.

일곱 부분으로 이루어진 3장

살인하기에 최적의 시간. 처음에는 모든 것이
계획대로 진행되지만 이후에는 그렇게 되지 않는다.
뭔가를 기다리고 있는 사람을 보여 주는 것은
결코 위험하지 않은 일이 아니다.

1

그 집은 막다른 골목 뒷구석에 자리하고 있으며, 마치 자신이
어느 독거자의 안식처라는 사실이 자랑스러운 듯 다른 건물들과
자신 있게 거리를 두고 있다. 그 집 정원을 보면 낮 동안 아이들이
거기서 놀지 않으며 도우미가 돈을 받고 잔디를 깎는다는 사실을
심지어 어둠 속에서도 알아챌 수 있다. 차량 진입로 옆 장방형 잔
디밭에는 석조 두루미 한 마리가 하늘을 향해 목을 뻗고 있다. 날
아오르려다 받침대에 의해 땅에 붙잡혔다. 아무도 좋아하지 않을
어떤 대상의 김빠진 아우라가 두루미를 둘러싸고 있다.

다벨링의 주소를 알아내기 위해서 제바스티안은 전화번호 안
내 서비스에 전화를 걸 필요조차 없었다. 마이케의 개인 수첩을
살펴보는 것으로 충분했다. 두 시간 전부터 그는 쓰레기통들 뒤에
웅크리고 앉아 있다. 그 집 벽에 등을 기댄 채. 그는 쓰레기통들 틈

으로 휘황찬란한 일몰을 지켜보았고(하늘은 세 가지 빛깔의 바다요, 여기에 금테 두른 구름 산맥까지 더해졌다.) 그러다가 약간 감상적이 되었다. 저녁 하늘의 광학 현상을 바라볼 때면 으레 그런 거니까. 밤은 그것으로부터 아무런 감명도 받지 않고 들이닥쳤다. 그 이후로 제바스티안은 이웃하는 한 다가구 주택의 어른거리는 창문들을 건너다보면서 시간을 때운다. 적어도 세 거실이 똑같은 영화를 보고 있다. 아까는 불길이 일었고, 그 뒤에는 총격전이 있었다. 지금은 살인자가 서두르지 않는 편집 방식으로 자신의 마지막 희생자에게 이제까지의 줄거리가 왜 그랬던 것인지 그 의의를 설명하고 있다. 접전의 다급한 깜빡거림이 뒤따르고, 그것은 이윽고 막간 광고의 화려한 번쩍임에 의해 중단된다. 제바스티안은 범인이 누구인지 안다고 생각한다.

때때로 그는 무게 중심을 옮기고 무릎을 쭉 편다. 결정적인 순간에 다리가 마비되어 차량 진입로에서 비틀거리지 않기 위해서다. 놀라운 속도로 달팽이가 삽날을 가로지른다. 그 삽은 제바스티안이 창고에서 찾아낸 것이다. 매번 그의 시선이 그 연장에 꽂힐 때마다 그것은 조금 더 멀리 있는 것처럼 보이고, 매번 그는 그것을 약간 더 자기 가까이 끌어당긴다.

빛바랜 색조의 롱테이크를 통해 제바스티안은 이웃들이 그사이 저녁 뉴스를 보고 있다는 것을 알아챈다. 다벨링의 집에 있는 문과 창문 들은 마치 그려 놓은 것처럼 보인다. 수석 의사가 이 장소에 언젠가 되돌아오기는 하는 걸까 하고 제바스티안이 막 의심하기 시작했을 때, 정원이 흥분에 빠진다. 자동차 전조등이 나무들을 한 움큼 낚아챘다가 곧이어 그것들을 어둠 속으로 다시 내동댕이친다. 그림자 유격대들이 잔디 위를 스치고 지나간다. 울타리가 왼쪽으로 기울고, 두루미가 자기 둘레를 돈다. 제바스티안은 다리를 몸통 아래로 끌어당기고는 양손의 손가락 세 개씩을 자갈밭에 박고 단거리 육상 선수의 자세로 웅크리고 앉는다. 격자문이 옆으로 미끄러지며 열린다. 자동차가 집 벽으로부터 몇 센티미터 앞까지 굴러 들어온다. 핸드 브레이크가 한숨을 쉬고, 전조등이 꺼진다. 제바스티안은 다벨링이 차에서 내려 연극처럼 하품을 하면서 팔꿈치를 쭉 펴고는 뒷좌석에서 가방을 꺼내기 위해 몸을 돌리는 것을 쓰레기통 사이로 관찰한다. 예상치 못했던 여성분께서 조수석에서 나타나시지도 않고, 밤늦게 산책하는 누군가가 문 옆을 지나가지도 않는다. 다벨링은 혼자 나타난다.

근본적으로 제바스티안은 나약한 사람이다. 지인들과 동료들은 아마도 그의 의지가 강하다고 증명해 줄지도 모르겠지만, 다벨링을 보면서 제바스티안은 사실 강인한 의지야말로 바로 나약한 인간의 트레이드마크가 아닌가 생각한다. 왜냐하면 그는 나약한 인간이라서 끊임없이 뭔가에 대한 의욕을 지녀야 하기 때문이다. 그는 일을 하거나 만들어 내야만 하고, 시도해 보고 단련해야만 한다. 반면에 강한 자는 마치 저절로 그렇게 된 것처럼 모든 것을 이루어 낸다. 이따금 그는 그저 드라이잠강 변 벤치에 앉아 바로 지금 흘러가는 강물 조각을 관찰하는 것만으로도 벌써 힘이 드는 날이 있다. 그러니 손을 뻗어 삽자루를 쥐기 위해서는 얼마나 더 많은 힘이 필요하겠는가! 제바스티안은 연장을 바닥에서 집어들기 전에 달팽이를 조심스레 자갈 위에 내려놓는다.

다벨링은 어찌나 친절한지 제바스티안이 심사숙고를 끝낼 때까지 입상으로 굳어 있어 주었다. 자기 발소리가 낯설게 제바스티안의 귀를 울린다. 마치 지금 다른 사람 하나가 껑충껑충 차량 진입로 위를 뛰어 건너는 것처럼. 보이지 않는 관찰자로서, 지금 이 순간부터 제바스티안의 뒤를 쫓도록 고용된 한 남자로서 말이다. 수석 의사 역시 부스럭거리는 소리를 들었다. 그는 몸을 곧추세운다. 그는 영문도 모르고 제바스티안을 마주 쳐다본다. 삽이 높이 올라가고, 내리치는 소리가 둔탁하게 난다. 다벨링은 쓰러지는 대신에 오히려 등을 꼿꼿이 세우더니 놀라울 정도로 태연한 표정을 보인다. 제바스티안은 다시 팔을 쳐들기 위한 거리를 확보하고는 삽날 모서리를 아래쪽으로 돌려 자신의 희생자의 머리에 온 힘을 다해 내리친다. 즉시 다벨링의 얼굴에 있던 모든 인간적 기색이 사라져 버린다. 무릎이 까인 냄새가 난다. 달짝지근한 냄새와 쇠 냄새. 자동차 열쇠를 쥔 수석 의사의 손이 오그라들며 경련을 일으키자 중앙 잠금장치가 다섯 갈래로 철커덕 소리를 낸다. 다벨링은 무너져 주저앉고, 균형을 되찾고, 비틀거리고, 미끄러지는 손가락으로 자기 차에 꽉 달라붙는다. 다음번 타격은 그의 팔다리를 마치 전기에 감전된 것처럼 버둥거리게 만든다. 그런데도 몸은 바닥에 쓰러지기를 거부한다. 다벨링의 몸이 옆으로 휘청하고, 제바스티안이 허공에 삽을 휘두르고, 지금 무슨 일이 벌어지고 있는 건지 제바스티안이 미처 파악하기도 전에 다벨링이 달리기 시작한다. 눈이 멀어, 어쩌면 심지어 머리가 떨어져 나간 채, 그는 전나무를 스쳐 지나가고, 울타리를 들이박고, 두 손으로 울타리 기둥을 움켜잡기까지 한다. 그는 몸을 공중으로 날리고, 다른 쪽으로 넘어가 뒹굴고, 바닥 없는 어둠 속으로 떨어진다. 텔레비전이 현란하게 깜빡거린다. 제바스티안은 비명 소리와 총소리, 미국 경찰 사이렌의 신경질적인 울음소리를 듣는다. 반사광 불빛들이 앞뜰에 다다르더니 집의 전면을 떠돈다. 반사광의 번쩍임이 규칙적인 박자를 이루다가 가까이 다가오는 경찰차의 회전하는 푸른빛 경고등으로 넘어간다. 갓 깎은 잔디 냄새가 난다.

2

제바스티안은 손바닥의 불룩한 부분으로 눈을 꾹 누른다. 그렇게는 안 된다. 살인 계획을 구상하는 대신에 그의 상상력은 삼류 호러 영화를 찍는다. 그는 개수대에서 얼굴을 씻고 마른 행주를 집어 든다. 마이케의 섬유 유연제가 밴 행주는 물기를 흡수하는 게 아니라 그저 피부에 골고루 발라 놓을 뿐이다. 그러고 나서 그는 냉장고 소리에 귀를 기울이기 위해 가만히 서 있다. 상상력을 많이 발동하면 냉장고 소리가 머나먼 인도양의 철썩이는 파도 소리처럼 들린다.

예상과는 반대로 그는 밤에 두 시간을 잤고, 초인종 소리에 비로소 잠에서 깼다. 현관에는 다벨링이 노란색 트리코[27]를 입고 서서 섬뜩한 느낌이 들 정도로 친밀하게 굴며 고기 자르는 가위를 빌려 달라고 부탁했다. 제바스티안은 비명을 지르면서 벌떡 일어났고 침대에서 땀에 흠뻑 젖은 자신을 발견했다. 그는 도로 몸을

---

27 고기능성 특수 소재 스포츠 의류.

누이고는 눈을 감고서 어제의 기억이 가능한 한 천천히 의식 속에 스며들게 하려고 애썼다. 그의 몸 한가운데에서 소용돌이가 일었다. 강력한 인력의 중심이었다. 그것은 두려움이었다. 제바스티안은 자신이 모든 것을 두려워할 수 있다는 사실을 놀라워하며 깨달았다. 일어나는 것도 두려웠고 누워 있는 것도 두려웠으며, 계속되는 밤도 두려웠고 닥쳐올 낮도 두려웠다. 가장 끔찍한 것은 바로 이러한 두려움으로 인해 또 다른 불운을 불러들이지나 않을까 하는 걱정이었다. 리암의 이름은 모든 것을 불가능하게 만들었다. 제바스티안은 무조건 아들에 대한 생각을 피해야만 했다. 정신적 청소 작전을 펼치면서 그는 사물들이 새로운 질서를 따르도록 만들었다. 리암이 여기에 없는 것은 보이 스카우트 캠프에 있기 때문이었다. 제바스티안은 경쟁자를 제거하기 위해 가족이 없는 틈을 이용할 것이다. 이러한 동기는 그를 위해 사전에 준비되어 있었고, 그는 자신을 협박하는 자의 구상을 따를 의향이 있었다. 복종 속에 자신의 자유가 있고 그러니 유일한 기회도 있다고 그는 생각했다. 이로써 자신이 널리 유포된 그릇된 믿음에 부화뇌동한다는 사실이 마음에 걸리지는 않았다. 정반대로, 그는 기분이 더 나아졌다.

제바스티안이 눈을 떴을 때, 한 남자가 침대 발치에 서 있었다. 그는 종이 봉지를 머리에 뒤집어쓰고 있었다. 제바스티안은 도망을 가려다가 발이 침대 시트에 걸리는 바람에 발을 빼지 못했다. 그는 옷장 모서리에 이마를 찧었고, 켜진 텔레비전을 마주한 채 거실의 카우치에서 잠을 깼다. 화면은 소리 없는 멜로디를 부르는 한 여자의 커다란 입을 보여 주고 있었다. 제바스티안은 더

듬거리는 걸음으로 집 안을 이리저리 돌아다녔다. 가구들은 귀를 틀어막은 제바스티안 자신의 머릿속에 존재하는 것 같은 둔중한 적막 속에 웅크리고 있었다. 미심쩍은 마음으로 그는 화초의 이파리를 만져 보고, 주위에 있는 편지들을 뒤집어 보고, 책장의 책들이 꽂혀 있는 순서를 점검해 보며 모든 것들이 제자리에 있다는 사실을 확인했다. 욕실로 가는 길에 그는 열린 침실 문을 통해서 침대 위에 놓인 침대보가 이상하게 불룩한 것을 보았다. 가만히 다가가면서 그는 그 불룩한 것이 자신이 숨 쉬는 박자에 맞추어 올라갔다 내려갔다 하는 것을 확인할 수밖에 없었다. 그는 침대보를 들추었고, 자신의 얼굴을 들여다보았다. 눈알은 빠지고, 입술에는 추한 미소를 띤. 충격이 공간과 시간을 갈라놓았고, 제바스티안은 도플갱어의 자리에 누워 있었다. 그는 열 손가락을 모두 허벅지 살 속에 헤집어 넣었고, 손이 아파 올 때까지 쫙 편 손으로 벽을 쳐 댔으며, 마침내 몸을 일으키고, 커튼을 열어젖혔다. 이웃집 지붕들 위로 초록색 빛줄기가 가물거렸다.

뒤바뀐 법칙들이 지배하는 세계에 갇혀서 한 번 더 적게 또는 한 번 더 많이 잠에서 깨어났다는 인상은 샤워를 해도 전혀 바뀌지 않았다. 가장 나쁜 것은, 그를 이런 지경에서 헤어나도록 도와줄 수 있는 사람이 더 이상 아―무―도 없다는 사실이었다. 그는 아―무―와―도 말을 해서는 안 되었고, 아무에게도 어쩌면 어제 일은 자기가 그저 꿈을 꾼 게 아닌지 물어볼 수도 없었다. 아니면 정반대로, 자기가 A 81번 고속 도로에 있는 그 휴게소에서 몇십 년 동안 계속된 꿈에서 깨어난 것은 아닌지 말이다. 현실이란 60억

당사자들 사이의 계약에 불과하다고 제바스티안은 생각했다. 그는 이러한 합의를 일방적으로 파기하도록 강요당했던 것이다. 그렇기 때문에 아침에 깨어나는 것은 더 이상 아무런 보장도 해 주지 못했다. 그로서는 새로운 날을 진품 증명서 없이 받아들이는 것밖에는 다른 수가 없었다.

차가운 물이 그의 사지에 힘을 되돌려준다. 그는 당장에 작업실로 달려가서 자기가 쓴 이론적인 글들을 모조리 없애 버리고 싶은 기분을 힘겹게 억눌렀다. 갑자기 그것들이 시간과 공간을 뒤죽박죽으로 만들어 버리는, 그리고 이를 통해서 이성의 생존 조건들을 뒤죽박죽으로 만들어 버리는 것만을 목표로 하는 악마의 소행처럼 보였다. 정각에 그는 그뷔겐에 있는 보이 스카우트 야영장에 전화를 걸어서, 아들이 갑작스럽게 독감에 걸렸노라고 양해를 구했다. 한 아가씨가 오스트리아식 억양으로 리암 이름으로 낸 선금이 환불될 수는 없을 거라고 알려 주었다. 제바스티안은 소리를 지르지도 으르렁대지도 않았고, 그저 "안녕히 계세요."라고만 말했다.

이 일을 성공적으로 마친 뒤에 그는 다음 일로 망가진 볼보를 손보기로 결심했다. 믿음직한 차가 필요했고, 우선은 일단 다른 일상적인 질문에 몰두할 수 있는 게 마음이 편했다. 그래서 그는 시내로 차를 몰았다. 완벽하게 연출된 월요일 아침의 무대 배경을 지나쳐서, 양복을 입고 자전거 짐받이에 서류 가방을 싣고 거리를 달리면서 날씨가 좋다고 애써 기뻐하는 젊은 남자들을 지나쳐서. 가는 도중에 그는 앞으로 지켜야 할 세 가지 행동 원칙을 정했다. 계획을 세우는 데에는 최대 이십사 시간. 실행에 옮기는 데에도 마찬가지 시간. 성공 보장률은 100퍼센트.

당연히 가능한 한 흔적을 남기지 않는 것도 역시 중요하겠지만, 그것은 그저 막연한 가능성일 따름이지 필수적인 조건은 아니었다.

말총머리에 니켈 테 안경을 쓴 수리공은 밖으로 늘어진 점화 전선들을 잡아 뽑고서는, 제바스티안에게 아직도 자동차를 갖고 있는 것 자체가 행운이라고 축하해 줬다. 제바스티안은 행운인지 불행인지에 관한 의문은 미결로 남겨 두고, 한 시간 뒤에 다시 오겠다고 약속했다. 한 빵집의 스탠딩테이블에서 그는 커피를 마셨다. 라디오에서는 정부의 새로운 개혁 정책에 관한 보도가 흘러나왔다. 빵집 여주인은 건강식품의 이름을 단 빵을 팔면서 손님들과 함께 임박한 세계 종말에 관해 토론했다. 제바스티안이 처한 상황의 유일한 장점은 이 모든 것들이 더 이상 그와 아무 상관도 없다는 점이었다. 그는 돈을 냈다. 제바스티안은 수리가 되었을 뿐만 아니라 정비소가 행사 주간인 덕에 완벽하게 세차까지 된 차를 돌려받았다. 심지어 트렁크까지 진공청소기로 청소가 되어 있었다.

지금 시계는 12시를 갓 넘겼다. 제바스티안은 행주를 고리에 걸고 발코니 문 쪽으로 간다. 해가 지붕 용마루 위로 치솟아서 뒷마당의 나뭇가지들 사이로 빛의 사각형을 그린다. 고양이 한 마리가 보도블록 위를 배회하다가 벌렁 누워서는 제 몸을 핥으려고 발 하나를 높이 뻗는다. 그 광경은 단순하고 명료하다. 시내 나들이가 제바스티안에게 좋게 작용했다. 그럼에도 그는 깔끔한 계획을 짜려는 자신의 목표에 한 치도 더 접근하지 못했다. 다벨링을 머릿속에서 실체로 옮겨 보려는 시도들은 죄다 대실패로 끝났다. 적어도 그는 그 수석 의사를 생각할 때 동정심이 아니라 증오심을 느끼기는 한다. 제바스티안은 모든 게 다 남모를 방식으로 그 남자의 책임인 듯한 생각이 든다. 제바스티안은 그토록 유용한 오류를 도덕적으로 극복하지 않도록 주의한다. 또한 다벨링에게 아내도 아이도 없다는 사실에 대해서도 그는 인간애 때문이 아니라 물류 관리 계획 차원에서 기뻐한다.

세 번째로 그는 부엌 서랍을 모두 잡아 빼고 개수대 아래 작은 찬장도 연다.

빵칼과 샤실리크[28]용 꼬치. 코르크 따개. 감자 으깨기. 망치.

비록 인간들이 살생을 저지르기를 즐긴다는 사실은 알지만, 제바스티안은 단 한 번도 그 과정이 간단하다고 생각해 본 적이 없다. 텔레비전 영화에서 당황한 여자가 떨어진 권총을 집어 들어서는 자신을 공격하는 사람의 머리를 깔끔하게 명중시켜 끝장내 버리는 것만 봐도 벌써 화가 날 정도다. 총기 사용법을 모르는 것과 총의 반동에 대해서는 무시하더라도 말이다. 제바스티안의 생각으로는, 평범한 사람들은 혹 총을 쏠 수 있을지는 몰라도 명중시키지는 못한다. 소포 묶는 줄, 비닐봉지, 국수 미는 방망이, 심지어 샤실리크 꼬치(정말 이 물건이 한 번이라도 필요했던 적이 있었을까?)까지, 평범한 사람들은 매일 범죄에 사용 가능한 도구들을 수없이 손에 들지만, 그런데도 그들은 그것들을 치명상을 입히는 데 쓸 줄은 모른다는 것이다.

28　양고기, 양파, 고추 등으로 만든 꼬치 요리.

에틸알코올. 살충제.

제바스티안은 전문가에게 조언을 구할지 진지하게 고려해 본다. 마취과 의사에게는 필요한 재료들을 마련하는 일쯤은 간단할 것이다. 다벨링에게 전화를 걸어서 극적인 이야기를 늘어놓을 수도 있을 것이다. 재료들을 넘겨받기 위해서 그의 집에서 만나게 될지도 모른다. 적포도주로 건배를 할지도 모른다. 운이 좀 따른다면 자살처럼 보일 수도 있을 것이다.

케이크용 포크들. 접착테이프. 고기 자르는 가위.

상표가 붙어 있지 않은 오래된 병이 하나 맨 뒤쪽에 있는데, 목까지 투명한 액체로 채워져 있다. 제바스티안은 그 병을 열고 냄새를 맡는다. 아무 냄새도 나지 않는다. 수상할 정도로 전혀 냄새가 나지 않는다.

다림질할 때 쓰는 증류수를 그의 어머니는 항상 세탁실 선반 맨 위쪽에 보관했다. 그걸 마시면 죽은 물이 네 세포 속에 들어가 그것들을 팽창시켜서 너를 터지게 만들어 버린다. 서늘한 바람이 제바스티안의 목덜미를 건드린다. 다벨링의 경주용 자전거는 사이클링 스포츠 클럽 앞에 있는 보관대에 세워져 있다. 물병 두 개 모두 안장을 지지하는 파이프에 걸려 있다.

오스카는 대학에서 그의 방법론에 대해서 질문을 받으면, 사고의 기술은 답을 고안해 내는 데에 있는 것이 아니라 질문에서 답을 엿듣는 데 있노라고 대꾸했다. 어쩌면 인간도 역시 자기 안에 해답을 품고 있는 문제가 아닐까, 라고 제바스티안은 생각한다. 어쩌면 그것이 인문학자들이 운명이라고 부르는 것일지도 모른다. 다벨링 같은 인간 기계는 자전거를 타다가 죽어야만 한다.

작업실에서 컴퓨터 자판 위로 몸을 구부리고 있는 동안 제바스티안은 오스카에 대한 생각을 멈출 수가 없다. 확고함으로 휘황찬란한 오스카. 아마도 그 역시 구원의 방책을 지니고 있지는 않을 테지만, 어떻게 하면 이 일을 정신적으로 극복할 수 있을지는 알지도 모른다. 스쳐 가듯 제바스티안은 지금 자신이 하필이면 오스카의 도움을 바란다는 사실을 창피해한다. 그러고 나서 그는 인터넷에서 알맞은 글을 발견한다. 널리 유포된 견해와는 반대로, 증류수의 소비는 무해하다. 많은 건강주의자들의 의견에 따르자면 그것은 무균 상태이기 때문에 오히려 건강에 좋다. 제바스티안은 그 글을 마치 자신에게 내려진 사형 선고처럼 읽는다.

그러고 나서 제바스티안은 바로 다시 부엌 식탁에 앉는다. 머리가 그의 손으로 떨어진다. 그는 물리학자이지 화학자가 아니다. 범죄자는 더더욱 아니다. 짐작건대 심지어 실무적으로도 소질이 없을 듯하다. 그의 의뢰인들은 그를 잘못 봤다. 불안한 반 시간 동안 그는 대안적 과거의 가정법적 용법에 빠진다. 그가 몇 주 동안 방해받지 않고 작업하는 데 그렇게 목매지 않았더라면. 그가 쓸데없는 이론들에 집착하지 않았더라면. 그가 자기 시간을 온전히 마이케와 리암과 보내고 그들에게 온갖 행복을 쟁취해 주기만 했더라도! 이제 그는 그러한 경시 때문에 벌을 받고 있다.

그가 찬장에서 유리컵을 하나 꺼내려고 일어섰을 때, 구부린 자세는 척추의 기억 속에 고통스럽게 남아 있다. 맛의 부재는 증류수를 액체 상태의 썩은 시체로 만든다. 제바스티안은 구역질을 극복하고 그것을 마신다. 두 번째 잔을 마시고 나자 그는 울 수 있다. 그가 세 번째 잔을 마시자 눈물이 그의 옷깃으로 흐른다. 열린 발코니 문을 통해서 아랫집의 그릇 부딪히는 소리가 울려 와서 경계선을 표시한다. 그 경계선 뒤에서는 낯선 일상이 가차 없이 제 갈 길을 간다. 만약 그것이 자기 권한 안에 있는 일이라면 제바스티안은 달가닥거리는 접시들과 그것을 쌓고 있는 손까지 모조리, 그리고 지저귀는 새들과 멀리서 부르릉거리는 자동차 엔진을, 그리고 아예 저 밖의 밝고 익살스러운 세상 자체를 단번에 침묵하게 만들 것이다.

그가 가만히 서서 젖은 뺨이 공기 중에 마르도록 둔 채 감정이 폭발한 뒤의 짧은 평화를 즐기는 동안, 그의 지친 뇌는 오스카의 말을 하나 더 인용하도록 부추긴다. 나의 부지런한 친구여, 너한테 생각이란 순전히 힘을 들여 하는 일이로구나. 태어나자마자 명백하다고 여겨지는 해답이야말로 천재적인 것이지.

제바스티안은 집에서 나와 계단을 내려가서 지하실로 들어간다. 그곳에는 좀처럼 사용하지 않는 연장들이 보관되어 있다.

3

휴대 전화의 알람 소리는 제아무리 선의에 의한 것이라 하더라도 필요하지 않았을 것이다. 제바스티안은 그렇지 않아도 자동차 계기판의 시곗바늘에서 눈을 떼지 않는다. 볼보는 어느 숲길에 세워진다. 어둠은 지루해져 버린 소나무들이 빽빽하게 장벽을 이루도록 한다. 몸을 앞으로 숙이면 제바스티안은 좁다란 하늘 한 조각에서 큰곰자리의 꼬리를 볼 수 있다. 전부터 줄곧 그는 기회가 닿으면 반드시 이 별자리를 좀 더 흥미로운 새로운 별자리로 대체해야만 한다는 의견을 지니고 있었다. 운전석 문을 열자 숲의 흙냄새가 그를 엄습한다. 지나간 세대의 썩어 가는 찌꺼기로부터 양분을 흡수하는 식물들의 냄새다. 그의 발이 푹신한 심토(心土)에 닿는다. 그것은 깨달음을 주는 접촉이자 지극히 자명하게도 다음 움직임이 생겨나게 만드는 접촉이다. 제바스티안은 자동차 트렁크에서 배낭을 꺼내고는 길을 나선다.

숲은 자기 안에서 벌어지고 있는 모든 일들이 정상적이라고 여긴다. 제바스티안은 새벽 3시 30분에 길에서 멀찍이 벗어나 애써 산에 오르고 있다는 이유만으로 자신이 우스꽝스럽다고 여기지 않는다. 그는 나무뿌리에 걸려 고꾸라지지 않는 데에, 그리고 나무딸기의 가시덤불을 조심스럽게 소매에서 떼어 내는 데에, 서늘한 바닥에 누워서 아주 차분하게 날이 밝아 오는 것을 바라보고 유혹하는 피로감을 견뎌 내는 데에 완전히 집중할 수 있다.

그가 숲의 가장자리에 다다랐을 때, 밤은 이미 나무줄기들 사이로 물러나 버렸다. 저 높이 샤우인스란트가(街)에 둘러싸인, 풀로 뒤덮인 넓은 저지에는 여명이 깔려 있다. 암소 한 마리가 머리를 들었다가 제바스티안이 한 손가락을 입술에 갖다 대자 다시 기나긴 식사에 전념한다. 그는 철조망 사이를 뚫고 들어가 비탈을 올라가며 정중하게 동물들과 거리를 유지한다. 방금 그는 초원을 대각선으로 가로질렀고, 태양의 정수리가 두 둥근 산봉우리 사이에 자리 잡은 골짜기에 나타나자 맞은편 수풀로 헤집고 들어간다. 유리처럼 맑은 공기가 모든 사물의 윤곽을 또렷하게 만든다. 나무 하나하나가 하나의 개체이고, 잔돌들은 각기 제자리에 있는 소도

구다. 외진 곳의 평평한 바닥에는 빛으로 만든 창들이 꽂혀 있다. 자리만 있으면 풀이 자란다. 벌레들이 햇빛 얼룩마다 윙윙거린다. 어디에선가 딱따구리가 내는 작업장 소리가 울려 퍼진다. 이 시간에는 창조가 동물들의 몫이고, 사람들은 다 최초의 인간, 혹은 최후의 인간처럼 땅 위에 있다.

제바스티안은 최종 연습 때 이미 한 번 이 길을 지나갔고, 그로부터 세 시간도 채 지나지 않았다. 그러나 지형을 안다고 해서 마지막 구간이 덜 힘들지는 않았다. 죽은 가지들은 그물처럼 발에 걸렸고, 빽빽한 잡목들은 돌아가기를 강요했으며, 제일 가파른 구간에서는 손까지 동원해야만 했다. 500미터를 걸은 후에 그는 땀에 흠뻑 젖었고, 휴식을 취하기 위해 나무 그루터기에 앉았다. 그가 점퍼를 벗어 허리에 묶기가 무섭게 모기들이 그의 팔에 내려앉는다. 오른팔에 세 마리, 왼팔에 일곱 마리. 그는 이 전투기 편대를 때려죽인다. 그러자 그것들은 즉각 다른 편대로 대체된다. 백인조 모기 떼 전체가 춤추듯 그의 주위를 날아다니고, 제일 좋은 자리를 찾아다니다가 내려앉아서는 주둥이를 그의 살갗에 꽂아 넣는다. 암컷들만 문다고, 오스카가 언젠가 제네바 호숫가에서 그에게 말해 주었다. 암컷들은 싸우고, 처먹고, 찔러 대지. 그래서 개미, 벌, 모기라는 단어는 다 여성이야. — 제바스티안은 두 손바닥으로 작은 시체들을 뭉개서 자신의 피와 섞이게 한다.

그가 목덜미 끝까지 고개를 쳐들어 바라보면 비탈 위쪽으로 도로변의 경사면이 벌써부터 보인다. 멀리에서 풍력 발전기 두 개가 속삭인다. 발전기의 육중한 회전 날개가 벌목한 초지 위에서 프라이부르크 전체를 내려다보며 돌아간다. 한 무리 보이 스카우트들이 소곤거리면서 작은 등에 취사도구와 야전삽을 지고서 숲을 관통해 행군해서 숲속 빈터의 가장자리에 집결한다. 이 빈터가 동쪽으로 200킬로미터 더 가서 위치해 있는 까닭에 제바스티안은 이러한 상황에 관해 아무것도 알지 못한다.

대신에 시야의 오른쪽 가장자리에서 이는 어떤 움직임이 그가 죽은 물을 한 모금 마시는 동안 그의 신경을 거스른다. 고사리 속에서 바스락거리는 소리가 난다. 뭔가 커다란 것이 가까이 다가온다. 제바스티안이 벌떡 일어난다. 과도하게 흥분한 그의 신경이 갈색 곰의 영상을 보내온다. 적절한 반응을 위한 제안들이 뒤따르지 않는다. 그는 고사리 속에서 한 형체가 몸을 일으켜 세우는 것을, 하지만 곰의 위협적 덩치만큼 부풀어 오르지는 않고, 그저 작은 남자의 아담한 형체만큼만 커지는 것을 바라본다. 연배로 볼 때 그는 제바스티안의 아버지뻘인 듯하다. 그의 얼굴은 챙이 넓은 모자의 그늘 속에 있고, 차양 아래에서는 두 눈이 불안하게 이리저리 돌아다닌다. 제바스티안이 그 모습을 온전하게 파악하기까지는 시간이 한동안 걸린다. 그 남자는 온몸에 장비를 매달고 있다. 오른쪽 어깨 위로는 곤충 채집망이 솟아 있고, 왼쪽 어깨에는 사진기 두 대가 흔들거리고, 팔꿈치 안쪽에는 초롱 모양 채집통이 걸려 있고, 손에는 나비 채가 들려 있다. 그는 지칠 줄 모르고 입술을 뾰족이 내밀었다 양옆으로 늘였다 하는데, 그러면서 머리를 이리저리 돌린다. 마치 눈에 들어오는 모든 것들에게 작은 입맞춤을 보내어 인사하려는 것처럼. 이윽고 그는 팔을 넓게 벌린다. 마치 제바스티안이 이곳에 나타날 줄 알았다는 사실을 별안간 생각해 냈다는 듯.

"이보오!" 그가 낭랑한 '오' 발음으로 부른다. "이 시간엔 흔치않은 동행이로군요. 멋진 날이에요. 보세요."

그가 무릎을 높이 들어 올려 마치 물을 건너듯 걸어가는 동안에 고무장화가 그의 장딴지 주위에서 헐렁거린다.

"최고는 항상 제일 잡기 어려워요. 그들은 홀로 있기, 그림자, 비기독교도적 시간을 선호하죠. 그리고 세상에 가면을, 아니 더 정확히 말하자면 두 번째 얼굴을 내밀지요."

나비 채가 땅바닥에 떨어진다. 노인이 초롱 모양 채집통을 제바스티안의 얼굴 앞에 들이민다. 제바스티안은 그것을 어색하게 양손에 받아 든다. 투명한 벽을 통해 비현실적인 찡그린 얼굴이 그를 바라본다. 둥그런 눈이 흰자위를 드러낸다. 넓은 코와 어둡게 그늘진 뺨, 분홍색 입술의 주둥이는 맹수의 아가리를 연상시킨다. 설사 자신이 무슨 말을 해야 할지 안다고 하더라도 말을 할 수 없었을 제바스티안은 그 낯짝의 빤히 쳐다보는 시선 속에 자신이 불쾌한 방식으로 간파당하는 것을 느낀다.

"박각시나방과에 속해요." 나비 채집가는 이렇게 말하고 자기 허벅지를 친다. 기뻐서라기보다는 모기 때문이다. "스메린투스 오첼라타, 호화 표본이에요. 저 귀부인의 진짜 얼굴을 한번 보세요."

제바스티안이 채집통을 돌리자 축소판 가스마스크가 보인다. 아치형의 겹눈과 주둥이다. 양옆에 털이 난 더듬이가 솟아 있다. 아주 작은 고사리 잎을 닮았다. 한 조각 나무껍질로 변신하는 시각 효과를 위해서 구석으로 기어가 날개를 밀착시키기 전까지, 박각시나방이 자기를 들여다보는 걸 용인하는 시간은 아주 잠깐뿐이다. 제바스티안은 초롱 모양 채집통을 다시 건네준다.

"자연이란 그렇습니다." 나비 채집가가 말문을 연다. "캐리커처와 소극(笑劇)으로 만들어진 미로예요. 서로 농락하는 거지요."

흡족해하며 그는 채집통을 다시 팔꿈치 안쪽에 걸고서 자신의 도구를 집어 든다. 출발하려고 이미 반쯤 몸을 돌린 채 그는 제바스티안의 눈을 처음으로 똑바로 들여다본다.

"그런데 당신은요?"

이제야 제바스티안은 누가 자기 앞에 서 있는지 비로소 알아차린다. 그것은 살인 사건의 막바지면 언제든 어김없이 존재하는 바로 그 목격자다. 공황 상태에 빠지는 대신에 웃고 싶은 충동이 그를 사로잡고, 그는 그것을 어렵사리 억누른다. 살인은 그가 결코 행하지 않을 것임을 절대적으로 확신했던 몇 안 되는 것들 중 하나이다. 중립적 관찰자의 존재로 말미암아 그는 갑작스럽게 자기 계획의 부조리함을 고스란히 의식하게 되었고, 계획한 행동의 의미를 자신이 아직까지 전혀 따져 보지 않았다는 사실을 깨닫는다. '살인하지 말라'라는 신속하게 판단을 내리기에는 충분하지 못하다. 더구나 사람들은 이 계명에 예외 목록을 덧붙이는 것을 잊어버리기까지 했다. 게다가 그는 훨씬 더 간단한 질문에 대답하기에도 이미 시간이 별로 없다.

"버섯요." 그는 이렇게 말하고, 버섯 채집용 칼과 손잡이 달린 바구니가 없다는 사실이 더러운 이물질처럼 닦일 수 있기라도 한 양 눈에 띄지 않게 손을 바지에 문지른다. 나비 채집가가 흥미를 보이며 허점투성이인 그의 장비들을 자세히 살펴본다.

"계절이 좀 이르네요."

"아마 그래서 하나도 못 찾았나 봅니다."

왜소한 남자가 고개를 끄덕인다. 그의 적절한 대답이 기쁜 모양이다. 남자는 인사로 채집통 안의 박각시나방을 흔들더니 자리를 뜬다.

제바스티안은 배낭을 짊어지고 남은 등정에 착수한다. 그러고 나서 곧 그는 자신이 나비 채집가를 실제로 만났는지 더 이상 확신하지 못한다. 너무나도 지쳐 버린 그의 뇌 속에서 지나간 사십 시간에 대한 기억과 다가올 순간들에 대한 생각이 서로 겹겹이 쌓인다. 눈을 감으면 그에게는 고양이같이 생긴 박각시나방의 얼굴이 보인다. 캐리커처와 소극이라. 제바스티안은 생각한다.

그가 왜소한 남자가 사라진 방향을 바라볼 때, 어디에나 새들이 나뭇가지 위에 앉아 있다. 제바스티안은 땅바닥에 웅크리고 앉은 새, 덤불 속에서 흔들리는 새를 본다. 그가 오래 바라볼수록 새들은 점점 더 수가 늘어만 간다. 되새, 산비둘기, 어치, 동고비, 노래지빠귀. 제바스티안은 자신이 어디에서 새 이름들을 듣고 아는지 자문해 본다. 그리고 새들 역시 그의 이름을 알 수 있는지도.

4

차도에 도착하자 제바스티안은 자신의 표식을 힘들이지 않고 다시 찾아낸다. 비록 주인공 없이는 리허설이 그 목적을 달성하기 어렵지만 그는 자신의 일을 진지하게 받아들였다. 성실하게 길을 보측하고, 거리를 측정하고, 시계(視界)를 점검하고, 커브 길의 경사와 만곡을 추정해 보았다. 그는 나무줄기들을 자세히 살펴보았고, 마지막으로 주변을 한 바퀴 돌아보았다. 벌목한 초지를 기억해 낸 것은 마이케와 다벨링과 했던 하이킹 때문이었다. 그때는 다 쓰러져 가는 여관 앞에 번쩍거리는 오토바이 부대가 서 있었다. 오토바이족들은 떼를 지어 산을 기어 올라가거나 골짜기를 지나갈 때 바퀴를 윙윙대며 질주했다.

그는 적당한 장소를 즉각 알아챘다. 도로는 저지의 위쪽 가장자리에서 숲을 벗어나 1킬로미터 정도 되는 내리막 커브로 이어졌다가 다시 나무들 사이로 사라진다. 도로의 포장 상태는 최소 시속 60킬로미터의 속도를 허용한다. 빛나는 태양 아래 있다가 나뭇잎 지붕 아래 미명(微明) 속에 잠겨 버린 운전자는 이후 100여 미터 동안 거의 장님이 될 수밖에 없다. 제바스티안은 길의 왼쪽과 오른쪽에 마치 골대처럼 마주 서 있는 나무 두 그루를 찾아냈고, 높이를 정확히 계산하여 나무껍질에 금을 새겨 놓았다. 그가 지금 불안에 떠는 손가락들로 더듬어 보는 것이 바로 그 표식이다.

그는 비탈을 몇 미터 올라가서 눈에 띄지 않고 그 길을 주시할 수 있는 장소를 찾아낸다. 그곳에서 그는 땅바닥에 앉아, 배낭을 풀고, 자동차의 응급 치료 상자에서 꺼내 온 비닐장갑 한 켤레를 끼고, 검증된 순서대로 자신의 연장들을 준비해 놓는다. 여기까지는 계획을 짤 수 있었다. 하지만 그다음 단계는 그가 통제할 수 없다. 다벨링은 화요일 이른 아침에 훈련을 하거나 — 혹은 하지 않을 것이다. 만약 하지 않는다면, 제바스티안은 수요일에 다시 올 것이고, 목요일에 올 것이고, 계속해서 올 것이고, 영원히 그럴 것이다. 더 정확히 말하자면, 사람들이 제바스티안을 데려가서 정신 병원이나 감옥에 처넣을 때까지 그럴 것이다.

솟아오르는 태양이 그의 어깨에 전율하는 동전들을 흩뿌린다. 덤불숲에 밤공기가 조금 사로잡혀 있다가 이마와 목을 식혀 준다. 그런데도 제바스티안이 감히 벗을 엄두를 못 내는 비닐장갑의 손끝에는 습기가 찬다. 빠른 심장 박동은 매 순간의 길이를 곱절로 늘여 놓는다. 이렇다 할 만한 일이 일어나지 않은 채 반 시간이 지나간다. 그의 두 발 사이에서 바스락대는 소리와 근질거림이 증가한다. 개미들이 애벌레 하나를 조각내는 데 열중하더니, 창백한 조각들을 자기네 굴 입구로 운반해 간다. 제바스티안은 무리 전체가 제멋대로 행동하는 것을 즐겁게 구경한다. 그들은 큰 놈들의 중요성에 대해서는 단 한 치도 관심이 없다. 개미들의 눈으로 보자면, 제바스티안의 행동은 인간의 눈으로 본 별들의 움직임이나 마찬가지로 틀림없이 초현실적으로 느껴질 것이다. 기꺼이 그는 개미 사회에 가입 신청을 할 것이다. 그는 자신의 의무를 믿음직하게 수행할 것이고 제멋대로 굴지 않을 것이다. 그는 무슨 일을 저지를지 모르는 독불장군이 아니고 중간치의 존재이며, 체제의 기어 장치 중에서 작은 톱니바퀴 하나를 차지했을 것이다.

위를 올려다보다가 그는 통통하게 살찐 새와 시선이 마주친다. 그 새 역시 뭔가를 기다리는 것처럼 보인다. 피리새라고 제바스티안은 생각한다. 갑자기 새가 몸을 털더니 날아가 버린다. 아마도 웅웅거리는 소리가 새를 놀라게 만들었나 보다. 이제는 제바스티안도 그 소리를 듣는다. 아스팔트 위에 고무 닿는 소리다. 그것 말고는 아무 소리도 들리지 않는다. 인간이 내는 소리도, 억지로 내는 금속 긁히는 소리도 없다. 프로들은 소리를 별로 내지 않는다.

노란색 등짝이 도로를 힘겹게 올라간다. 페달을 밟는 박자에 맞춰서 경주용 자전거가 가볍게 흔들리고, 기다란 사지가 팽팽하게 중력에 맞서 싸운다. 비록 그 남자가 제바스티안이 있는 곳에서 불과 몇 미터 아래로 지나가고 있지만, 푹 숙인 얼굴을 알아볼 수는 없다. 얼굴은 하얀 플라스틱 헬멧으로 가려져 있다. 그 사람이 다벨링일 가능성을 제바스티안은 80퍼센트로 예측한다. 이 과학자는 완벽한 확실성의 결여를 자연스러운 상태라고 보는 데 익숙하다. 제바스티안은 나무들 사이로 자전거를 탄 남자가 여관을 지나쳐서 완만하게 굽은 커브를 힘들게 올라가는 모습을 뒤쫓는다. 남자가 시야를 벗어나자 제바스티안은 그 뒤로 십 분이 더 지나갈 때까지 손가락 하나도 까딱하지 않는다. 그런 뒤에 강요되었던 평온함이 도취에 찬 움직임이 되어 뿜어져 나온다.

두 팔로 장비들을 들고서 제바스티안은 도로로 달려 내려간다. 그는 쇠줄을 풀어 첫 번째 나무에 감고 그 끝을 인장(引仗) 장치의 구멍에 끼운다. 윈치가 고정된다. 제바스티안은 몇 번 시험 삼아 레버를 작동시켜 본다. 힘차게 철커덕거리는 소리가 그의 신경을 안정시킨다. 그가 쇠줄을 길 건너편으로 끌고 가 두 번째 나무 둘레에 올가미를 또 하나 씌우고 갈고리를 걸고 바싹 잡아당기는 동안, 그는 머릿속에서 다벨링이 정상에 오르는 모습을 뒤쫓는다. 지금 다벨링은 가장 가파른 곳에 있고, 지금은 마지막 커브를 돌고 있다. 그들은 살갗 아래 피가 맥동하는 것을 함께 느끼고, 두 사람 모두 눈에 땀이 흘러 들어간다. 그들은 함께 하나의 과제를 수행하고, 그것이 그들을 서로 극도로 긴밀하게 연결한다. 다벨링이 오르막길 막바지에 있는 뿌예진 결승선에 도달한다. 어쩌면 그는 자신이 주파한 시간을 점검하고, 점퍼를 걸치고, 자신이 오로지 육체의 힘만으로 삼십오 분 만에 빠져나온 계곡을 승자의 시선으로 굽어보는 여유를 스스로에게 베풀고 있을지도 모른다. 어쩌면 그는 자전거에서 내리지도 않고 그냥 두 발로 땅바닥에 버티고 선 다음, 자전거를 돌려, 내리막길에 몸을 맡기고 있는지도 모른다.

숨을 헐떡거리며 제바스티안은 저지 가장자리의 마지막 나무 뒤에 서 있다. 건너편 커브 길 초입을 뚫어져라 쳐다보느라 눈앞의 색채들이 흐릿해질 지경이다. 너무나도 집중한 나머지 하마터면 그는 멀리서 다벨링의 노란 셔츠가 나뭇가지들 사이로 반짝이기 시작하는 순간을 놓칠 뻔한다. 수석 의사는 빠르다. 이 속도라면 그는 제바스티안이 몸을 숨기는 데 일 분도 채 허용하지 않을 것이다. 제바스티안은 단걸음에 쇠줄에 다다라서는 최대로 팽팽해질 때까지 그것을 당긴다. 그러고 나서는 비틀거리며 비탈을 내려간다. 중력에 굴복해 계속 더 멀리 달려가려는 다리를 애써 진정시키며, 숲을 가로지르고 소 방목장을 넘어, 마침내 자동차에 뛰어오른다. 제바스티안은 가까스로 자신을 추슬러 멈춰 서서 곧 폭발이 일어날 것처럼 바닥에 엎드려 머리 위로 두 손을 깍지 낀다.

시간의 아름다운 면은, 도와주지 않아도 알아서 흘러가고 그 자신 안에서 벌어지는 일에 방해받지 않는다는 점이다. 다음 몇 초 역시 사라져 버릴 것이고, 방금만 해도 불가능해 보였던 것조차도 이미 과거가 되어 지나가 버릴 것이다. 기다리는 것은 어렵지 않다. 삶은 기다림으로 이루어져 있다. 그러므로 삶은 손바닥을 뒤집듯 쉬운 일이라고 제바스티안은 결론을 내린다.

타이어가 내는 쉬이익 하는 소리가 점점 다가오고, 더 커지고 높아지다가, 빠르게 지나가려 한다. 도플러 효과에 따라 쏜살같이 지나가면서 음높이를 낮추기도 전에, 그 소리는 물기 묻은 갈고리에 의해 끊겨 버린다. 동시에 사람의 음성이, 끝까지 내뱉지 못한 단어의 첫음절이 들린다. "뭐……."

단단한 것이 부드러운 것을 파고든다. 이어서 기묘한 적막의 순간, 그러고는 어떤 금속이 저항하듯 끼익 소리를 내며 차도에 떨어진다. 충돌, 육중한 몸체의 미끄러짐. 기다란 부품들이 수차례 도로를 두들기고, 작은 부품들이 사방으로 제각각 튕겨 나간다. 물체 하나가 비탈로 털썩 떨어지더니 마치 동물 한 마리가 펄쩍펄쩍 뛰어 달아나듯이 퉁퉁 튀며 굴러간다.

그러고 나서는 침묵이 지배한다. 뭔가가 막 밝아 온 새날 속으로 추락하더니 재빠르게 가라앉았고, 동심원의 파장이 흐트러져 버렸으며, 매끈하고 반들거리고 안을 들여다볼 수 없게, 시간의 표면이 여명 속에 놓여 있다. 아무 일도 없었다는 듯이 새들의 필하모니가 중단되었던 연주회를 다시 시작한다. 제바스티안이 위를 쳐다본다. 빛의 색깔은 변하지 않았고, 가벼운 바람 한 자락이 능숙하게 잎사귀 사이를 스쳐 지나간다. 그토록 복잡할 것 없이 한 남자가 세상에서 퇴장해 버린다. 나무들로 이루어진 문, 약간의 소음, 그러고는 곧바로 모든 것들이 이전과 똑같다. 그 일은 거의 재미있을 정도였다. 적은 노력으로 큰 효과를 거두는 일들이 재미있듯이 말이다. 다벨링이어서, 다벨링보다 더 호감 가는 사람이 아니라서, 다행이다. 이 사건 전체가 최상급 아이디어였노라고 제바스티안은 생각한다. 그리고 이 생각이 어찌나 격렬하게 목구멍을 조이는지 그는 앞으로 몸을 숙인 채 토하기만을 기다린다.

다시 길로 올라오면서 그는 마치 술에 취하기라도 한 양 비틀거린다. 모든 통제력이 그의 사지에서 빠져나가 버렸다. 바로 그것이, 그의 유일한 기회였다. 그는 그저 벗어나고 싶은 마음밖에 없다. 누그러져 가는 긴장은 그를 저항할 힘이 없는, 노곤함의 희생자로 만든다. 쇠줄이 정말로 다벨링을 잡아챘는지 그리고 얼마나 제대로 그랬는지는 더 이상 그의 관심을 끌지 못한다. 오로지 예의범절만이 덫을 제거할 것을 요구한다. 이것이 자기가 인류에게 진 빚이라고 제바스티안은 생각한다. 뭣 때문인지는 몰라도 말이다.

시속 70킬로미터에 가까운 속도는 브레이크를 밟지 않은 몸을 멀리 내던졌을 거라고, 그리고 기왕이면 다음번 커브 뒤쪽까지, 아니면 시내까지 곧바로 내던졌으면 제일 좋겠다고 제바스티안은 생각한다. 그러고는 자신이 어떤 종류의 광경에도 무장이 되어 있노라고 여긴다. 그러나 길 위에 나서자 그는 시원찮은 연극배우처럼 손을 가슴에 대고 누른다. 그가 보는 것은, 그 모든 마음의 준비에도 불구하고 그의 이해 능력을 넘어선다.

거기에는 아무것도 없다. 오로지 아스팔트뿐이다. 태양이 달구고 있고 유겐트슈틸 문양의 나뭇잎 그림자가 드리워진 아스팔트뿐이다. 속도는 자신이 작용한 무대를 깨끗하게 청소해 놓았고, 마지막 나사마저도 관목 숲으로 달아났다. 쇠줄은 마치 팽팽한 기타 줄처럼 반짝거리고, 가운데 왼쪽에 있는 짙은 얼룩을 유일한 변화로 보여 준다. 제바스티안은 인장 레버를 느슨하게 하고, 잠금 갈고리를 풀고, 쇠줄을 감다가 선연한 핏빛으로 자신을 더럽힌다. 장갑 아래 살갗은 오래 샤워한 뒤처럼 부풀어 올랐다. 마지막 남은 힘으로 그는 배낭을 싼다.

5

두려워해야 할 대상들을 두려워하는 기술에 정통한 사람들은 별로 없다. 많은 사람들이 무릎을 덜덜 떨며 비행기에 오르지만, 욕실에서 전구를 갈아 끼울 때는 그와 반대로 주저 없이 접이식 사다리 위에 올라간다. 새 한 마리가 죽은 채로 하늘에서 떨어지면 사람들은 세상의 종말을 믿는다. 그리고 진정한 비극이란 절대로 보편적이지 않고 언제나 개인적인데, 이러한 진정한 비극이 닥치면, 사람들은 사태가 더 나빠질 수는 없으리라고 섣불리 가정해 버린다. 실제로 경악할 일은 아직 닥치지도 않았는데 말이다. 비참함의 어두운 수직갱 속에서 그들은 중간 방음 판 바닥에 앉아, 떨어지다 부딪힌 통에 쿵쿵 울리는 머리통을 감싸 쥔다. 불행의 바닥에 다다랐다고 여긴 그들은 잠시 기력을 회복한 뒤에 올라가는 일에 착수하기로 계획을 짠다. 이때 그들은 자신들이 본격적인 재난을 기다리는 대기실에 있다는 사실을 깨닫지 못한다. 재난은 떨어져 부딪힌 데에 있는 것이 아니라 자유 낙하에 있다.

도시 곳곳에서 샤워실 문이 쾅쾅 닫힌다. 벌거벗은 남녀들이 차가운 타일 바닥에 발을 딛고 서서는 뒤섞인 감정으로 거울 속에 비친 젖은 얼굴을 바라보며 물이 뚝뚝 떨어지는 머리를 수건으로 말린다. 시간상으로 제바스티안은 자기가 방금 일어나서 대학에서의 아주 평범한 화요일을 준비하고 있다고 믿을 수도 있었다. 기진맥진함은 씻은 듯이 사라졌다. 그가 자동차에서 옷을 갈아입고서 벗은 옷가지들을 쇠줄이랑 인장 장치와 함께, 수거해 가라고 내놓은 쓰레기통 속에 던져 넣은 뒤로, 그의 머리는 마치 가스를 채운 풍선처럼 천장으로 떠오르려는 듯 가볍게 느껴진다. 제바스티안은 브뢰첸을 샀고, 자동차를 주차했고, 신문을 가지고 올라왔다. 그는 옷장에서 여름 양복을 꺼내 마치 뭔가 축하할 일이라도 있는 양 머리에서 발끝까지 결백의 색깔로 옷을 입는다. 쪽매 널마루 바닥이 맨발 아래 기분 좋게 느껴지고, 갓 내린 커피 향은 황홀하다. 열린 발코니 문에 서서 제바스티안은 복된 확신의 상태를 체험한다. 그는 자기 아들이 아직 살아 있다고 확신한다. 이처럼 빛이 화환을 이루고 바람이 감싸 주며 새들이 노래하는 아침에 다벨링같이 푸석한 형체는 아마 없어도 괜찮겠지만, 리암 같은 작은 기적이 빠질 수는 없다. 제바스티안의 얼굴을 따뜻하게 해 주는 바로 이 햇살이, 어딘가 그리 멀지 않은 곳에서 자고 있을 그 아이의 머리칼을 어루만지고 있는 게 틀림없다. 제바스티안이 숨 쉬고 있는 공기의 끝단을 리암도 폐로 들이마신다. 심지어 블라우레겐의 넝쿨을 건드리는 손가락 끝에서도 제바스티안은 아들의 심장이 뛰고 있는 것을 느낀다.

그는 습관대로 불필요한 소음을 내지 않으려고 주의하며 커피를 따르고는 신문을 들고 식탁에 앉는다. 한동안 그는 환상을 즐기도록 스스로를 내버려 둔다. 오늘은 일요일 아침이며, 마이케와 리암은 아직 자느라 침대에 누워 있고, 반면에 자신은 또 너무 일찍 잠이 깨서 오로지 자기만을 위한 자유로운 두 시간이라는 선물을 눈앞에 두고 바라보고 있노라고 말이다. 과일 바구니 속 바나나들이 마치 남아메리카로 돌아갈 계획이라도 짜는 것처럼 냄새를 풍긴다. 제바스티안은 그저 앉아 있었으면, 복도를 건너 다가오는 리암의 타박거리는 발소리를 들을 때까지 신문이나 읽었으면 하는 바람이다. 아마도 그것이 아들을 되찾기 위한 최선의, 어쩌면 유일하게 합리적인 방법이었을 것이다. ─ 그에게 이를 위한 마지막 한 조각의 믿음이 결여되어 있지 않았더라면 말이다. 하루살이 한 마리가 커피에 빠져 죽자 그는 그 죽음에 대해 거의 이성을 잃을 지경이 된다. 이 작디작은 날벌레들은 서로 너무 비슷해 보이는 데다 그토록 엄청나게 많이 존재하니, 단지 조직상의 이유만으로도 이미 그것들은 환생을 할 수밖에 없을 거라는 생각이 떠오를 때까지 말이다.

커피를 더 따르고 치즈를 얹은 빵 한 접시를 들고서 그는 거실로 옮겨 간다. 그는 소파 피크닉 도중에 좋아하는 영화를 기다리는 기분으로 리모컨을 작동시킨다. 고향 도시의 하천에 흥미를 느낄 수 없었기 때문에 그는 지역 방송에서 제1방송으로 채널을 바꾼다. 계속 깨어 있기 위해서 그는 볼륨을 높인다. 한 시간 후에는 추가로 라디오까지 켠다. 커피는 식었고, 빵은 거의 건드리지도 않았다. 끊임없이 제바스티안은 채널과 방송사를 바꾸어 대고, 목소리들은 뒤죽박죽으로 비명을 질러 댄다. 의료 스캔들이 나오자 그는 귀를 기울인다. 뭔가의 전문가인 아무개가 나와서 제약 산업계가 약제들을 사람에게 시험해 보는 것을 꺼리지 않는다고 말한다. 예를 들자면 심장 수술 시에 투입하는 새로운 혈액 응고 억제제가 그렇다고 한다. 하지만 지금까지는 주로 아프리카에서 그랬지 바덴뷔르템베르크에서는 아니었다. 이 대중 매체는 그 밖에도 캐나다의 물개, 아시아의 암 연구, 스칸디나비아의 음악 밴드에 관해 보도한다. 기이한 살인 사건에는 신경도 쓰지 않고. 바로 이 지역 방송권에서 벌어진 일인데도 말이다. 중동의 전쟁 영상에 라디오가 싸구려 팝 음악을 배경으로 깐다. 미국 가족 연속극 장면에다 한 여자가 주식 시세를 큰소리로 낭독한다. 모든 것이 모든 것과 관련되어 있고, 모든 것은 각각의 것들과 연관 관계에 있다. 단 하나만이 관계들의 거대한 그물망에서 빠져 있다. 다시 말하자면, 대학 병원의 수석 의사가 수수께끼 같은 방식으로 명운을 달리했다는 뉴스 말이다.

신뢰할 수 없는 텔레비전과 라디오 프로그램에 대한 분노보다 더 컸던 것은 오로지 자신의 어리석음에 대한 노여움뿐이다. 만약 아무도 시체를 발견하지 못한다면 어쩌지? 범인의 시각에서는, 다벨링이 일터에 나타나지 않는 것이 그의 죽음에 대한 충분한 증거가 되지 않는다면? 또는 만약 그가 고꾸라진 게 전혀 치명적이지 않았다면 어쩌지? 애꿎은 사람을 죽인 거라면? 분별 있는 남자라면, 허겁지겁 범행 장소를 떠나지 않고, 희생자를 찾아 그의 죽음에 확신을 가진 뒤에 시체가 즉시 발견되도록 처리했을 것이다. 그러나 제바스티안은, 그 자신도 알다시피, 전혀 분별이 없었다. 그가 저지른 건 그의 능력을 넘어서는 일이었다.

모기한테 물린 곳이 가렵다는 신호를 보내자 그것이 척추와 뒷목을 지나서 날카롭게 뇌를 뚫는다. 시선은 텔레비전에 고정하고 상체는 호전적인 맹수처럼 구부린 채 제바스티안은 팔뚝을 십자로 교차시키고 꼬부라진 손가락으로 긁어 댄다.

벌써 이른 저녁이다. 전형적인 살인범처럼 범행 장소로 되돌아가려고 집을 막 나서려는 참에 제바스티안은 지역 라디오 방송에서 마침내 고대하던 소식을 듣는다. 얼마 지나지 않아 텔레비전 방송사도 역시 그 소식을 알게 된다. 제바스티안은 작은 숲의 흔들리는 영상을 본다. 그사이 너무나도 잘 알게 된 숲이지만, 그럼에도 텔레비전 화면에 비치는 숲은 그가 기억하는 숲과 별로 연관이 없다. 하얀색과 빨간색의 출입 통제 띠, 고사리 덤불 속의 산산조각 난 자전거 잔해들. 소 세 마리가 되새김질을 하면서 카메라를 들여다본다. 과도한 줌이 색채를 입자가 거친 표면으로 바꿔 버린다. 약간 상상력을 발휘하면, 오래된 낙엽과 나무딸기 덩굴들 사이에 놓여 있는 몸뚱이의 비틀어진 사지를 알아볼 수 있다. 한 경찰관의 평평한 손이 카메라 렌즈를 덮는다. 눈부신 저녁 해가 한 기자의 이마에 땀이 방울져 떨어지게 만든다. 이 흥분한 기자는 강력반에서 발견한 사항들을 미리 말하지 않으려고 하지만, 그렇다고 사망자가 과장 의사 슐뤼터의 분과에서 일했다는 사실을 언급하지 않을 수도 없다. 의기양양하게 그는 자기가 내보내는 보도의 짜릿한 요점을 제시한다. 오랫동안 수색을 한 뒤에야 비로소 경찰은 시체의 머리를 발견했다. 머리는 증거를 찾는 경찰들의 머리 위, 나뭇가지가 나누어지는 부분에 끼어 있었고, 탐색 작업 과정을 부릅뜬 눈으로 뒤쫓고 있었다.

텔레비전이 입을 다물 때 제바스티안은 물속에서처럼 앉아 있다. 모든 움직임은 느려지고, 모든 호흡은 소용돌이가 되며, 모든 생각은 부풀어 오르는 거품이 된다. 그는 임무를 완수했고, 이로써 존재 권리를 상실했다. 차후의 행동을 위한 계획도 없고, 움직일 이유도 없다. 밤에 그는 삶의 의미와 관련해서 하나의 이론을 개발했다. 이제, 물속처럼 조용한 집에서, 그 이론이 다시금 또렷하게 그의 눈앞에 나타난다.

다른 모든 이야기처럼 인생은 자신의 존재 원인을 향해 거꾸로 흘러간다. 사람들은 통상적으로 앞에서부터 뒤로 생각하기 때문에 그들에게는 자신들의 현존의 의미가 감춰진 채로 남는다. 하지만 원리를 깨닫고 자신이 미래의 어떤 목표에 쓰이는지를 알아낸 사람은 앞으로의 모든 일을 개인적 천명(天命)의 일부로 볼 수 있게 된다. 그리고 그렇기 때문에 마음의 평정을 잃지 않고 견뎌낼 수 있다.

의심할 것도 없이 제바스티안의 개인적 천명은 리암을 구조하는 것이다. 그는 평정심을 가지고 받아들이고자 하는 일들 중에서 발각과 체포를 상상해 본다. 거기에 덧붙여 마이케의 경악과 부모님들의 혼절, 양심의 고통, 여러 해 동안의 실형 선고도 상상해 본다. 그는 자신이 이러한 것들에 대비가 되어 있다고 믿는다. 그의 진짜 문제가 어떠한 성질의 것인지 더 이상 감출 수 없게 된 순간에도 그는 변함없는 자세로 앉아 혀에서 썩은 맛을 느낀다. 내륙 수로의 맛과 너무 오랫동안 바뀌지 않은 하늘의 맛이다. 그의 앞에 있는 카우치 탁자 위에는 휴대 전화와 일반 무선 전화기, 이렇게 두 대의 전화기가 놓여 있다. 둘 다 이제 막 충전했으며, 여러 번 시험을 해 보았고, 완벽하게 작동할 준비가 되어 있다. 그러나 전화기는 울리지 않는다. 신호음을 울리지 않는 그 전화기들의 방식은 현실과의 모든 연결이 최종적으로 단절되었다는 신호를 보낸다. 아무도 전화하지 않는다. 유괴범도, 리암도, 심지어 마이케나 경찰조차도. 제바스티안이 그것을 이해하자마자, 중간 방음판이 떨어진다. 자유 낙하가 시작된다.

6

제바스티안은 곧잘 강의에서 스스로 고안해 낸 기다림의 유형학을 소개하곤 한다. 기다림이란(그는 이렇게 시작한다.) 시간과의 친밀한 대화입니다. 긴 기다림은 그 이상의 것입니다. 그것은 시간과 그 연구자 사이의 대결입니다. 학생 여러분, 다음번에 안내를 받으려고 학생 사무실에 줄을 설 때에는 책을 가져가지 말아 보세요. (폭소) 스스로를 시간의 손에 넘기고, 예속시키고, 내맡기세요. 자기 자신과 일 분의 길이에 대해서 토론해 보세요. 여러분이 손목에 차고 있는 장치가 젠장 도대체 여러분 자신과 무슨 관계가 있는지 알아내 보세요. 이 기다림이란 게 무엇일지 스스로에게 물어보세요. 미래에 일어날 일을 위해 현재를 배반하는 걸까요? (침묵) 하지만 현재란 무엇인가요? (지속되는 침묵) 기다리다 보면 여러분은 현재의 순간은 존재하지 않는다는 사실을 확신하게 될 겁니다. 여러분의 이성이 그것을 붙잡으려고 하면, 언제나 이미 지나가 버렸거나 아니면 아직 완전히 와 있지 않다는 사실을 말입니다. 과거와 미래는, 여러분이 인식하듯이, 직접 맞닿게 꿰매어져 있습니다. 하지만, 학생 여러분, 그렇다면 인간은 어디에 있습니까? 혹시 우리가 사실은 전혀 존재하지 않는 건 아닐까요? (자제된, 재빨리 누그러지는 폭소) 시간의 옷에 머리와 팔을 넣을 구멍들이 없다고 해서 우리가 정말로 전혀 존재하지 않나요? 그리고 이것도 생각해 보세요. 인간은 단지 우리 행정직 여직원분들의 끝없는 점심시간이 지나가기만을 기다리는 것이 아닙니다. (개별적인 폭소와 이에 연이은 헛기침) 예를 들어서 여러분은 지금 이 강의가 끝나기를 기다립니다. 이어서 여러분은 학생 식당에서 식사를 기다리고, 먹는 동안에는 다음 강의가 시작하기를, 그리고 그 강의 시간 동안에는 집에 갈 시간을 기다립니다. 물론 여러분은 그동안 주말을 내내 기다리고, 더 나아가 방학을 기다립니다. 기다림은, 학생 여러분, 수없이 많은 층위들로 이루어져 있습니다. 통틀어서 말하자면, 여러분은 학사 학위를 받고, 학업을 마치고, 일자리를 찾기를 기다립니다. 여러분은 더 나은 날씨, 행복한 시간, 위대한 사랑을 기다립니다. 우리 모두는, 우리가 원하든 원하지 않든 간에, 죽음을 기다립니다. 모든 단계의 기다리는 시간을 우리는 온갖 볼일들로 보냅니다. 뭔가를 알아챘나요? (의도적으로 길게 늘인, 긴 사이 시간) 인생은 기다림으로 이루어져 있고, 그 기다림을 사람들은 인생이라고 부릅니다. 기다림은 현재입니다. 인간이 시간과 맺는 일반적인 관계이지요. 기다림은 벽에 신의 윤곽을 그립니다. 기다림이란(제바스티안은 끝맺음으로 이렇게 외치곤 한다.) 우리가 우리의 실존이라고 부르는 저 중간 단계입니다!

그의 강연들은 반응이 좋다. 제바스티안이 현상을 제대로 파고들었으며 일상적 표상들을 넘어서서 시간에 대한 새로운 이해로 이끌어 갔다는 인상을 학생들에게 준다.

사실 제바스티안은 자신의 기다림의 유형학조차 제대로 이해하지 못했다. 그는 중요한 범주 하나를 명백하게 간과했다. 이 범주는 시간과는 그다지 상관이 없거나, 아니면 기껏해야 바로 시간의 지양(止揚)과 상관이 있다. 그것은 전적으로 모든 것을 요구하고 다른 데 주의를 돌리는 것을 전혀 허용하지 않는 기다림이다. 텔레비전을 보는 것도 안 되고 책을 읽는 것도 안 되며, 영양을 섭

취하는 것도, 화장실에 가는 것도 안 된다. 이 기다림은 이성이 탈진하지 못하도록, 그리고 육체가 자살하지 못하도록 막는 것으로 구성된다. 이것은 추락하는 사람이, 오지 않는 부딪힘을 기다리는 것이다.

제바스티안은 머리를 뒤로 넘겨 카우치 등받이에 기대어 있다. 손은 허벅지 위에 있고, 발은 대략 어깨 넓이로 벌리고 있다. 이 자세에서 몸은 균형 감각이 필요하지 않다. 심지어 죽은 사람도 그 자세에서는 균형을 유지할 수 있을 것이다. 반쯤 감긴 눈꺼풀 아래로 그는 책장의 위쪽 반, 일주일에 새순 열 개를 만들어 내는 데 열심인 화초의 머리 숱, 그리고 마이케가 자기 갤러리의 예술가들에게 임대로 받은 그림 중 하나의 위쪽 모서리를 본다. 검은 바탕에 빨간색이 잔뜩이다. 그는 이 그림의 이름을 기억하지 못한다. 그런데도 그는 자신의 시야에 전적으로 만족한다. 그의 생각이 성과도 없이 두 지점 사이를 오가는 동안, 아무것도 그를 성가시게 하지 않는다. 한편으로는 계속해서 말을 잘 들어서 유일하게 옳은 일을 하겠다는 확신.(경찰은 안 되고, 아―무―와―도 말하면 안 됨.) 다른 한편으로는 아무것도 안 해서 아들의 목숨을 위태롭게 하고 있다는 두려움. 그 밖에는 생각이 들어설 자리가 없다. 연락이 올 때까지 앞으로 얼마나 더 오래 걸릴지, 질문이 들어설 자리가 없다. 경과하는 매 순간이 이 서투른 살인 계획으로 위험을 모면하리라는 희망을 품을 계기를 주니까, 적어도 경찰이 오지 않았다는 사실만으로도 기뻐해야 한다는 생각 역시 들어설 자리가 없다.

해는 졌고, 공기 중에는 이미 오래전부터 더 이상 살아 있는 리암의 냄새가 나지 않는다. 제바스티안의 기다림이 평생 동안 망자의 유해를 지키는 밤샘의 시작이 아니라는 증거를 제공해 주는 것은 아무것도 없다. 그의 수염이 자란다. 손톱과 머리카락도 마찬가지다. 어두워진 지는 오래고, 그러고는 다시 서서히 날이 밝아 온다.

다음 날 정오 무렵, 내장들의 꾸르륵 소리가 잠잠해진다. 유기체는 당분과 단백질 비축분을 다 소모하고는 지방 저장분을 산화시키기 시작한다. 언젠가부터 등의 통증이 견딜 수 없을 정도가 되었다가 마침내 사라진다. 그 이후로 제바스티안은 더 이상 소파에 앉아 있는 게 아니라 소파의 일부가 되어 버린다. 그라는 인물의 경계가 사라져서는 그 방의 확고한 구성 요소가 된다. 그리고 그 방은 어떤 집에 속해 있고, 그 집은 어떤 도시 안에 있고, 그 도시는 거리, 철로, 수로, 항공로의 그물망 속에 자리 잡고 있고, 또 그것들은 지구를 휘감고 있고, 지구는 태양의 주위를 돌고, 태양은 은하수에 속해 있고, 그리고 기타 등등. 각성과 수면의 중간 상태에서 벗어나 의식이 명료해지는 순간들이 온다. 그 순간에 그는 미래가 무엇을 가져다주든 상관없이 자신이 결코 다시는 예전에 알았던 그 사람이 되지 못할 것임을 안다.

전화벨 소리에는 뇌졸중에 맞먹는 위력이 있다. 몸은 구부러지고, 움찔거림이 왼팔을 통해 전해진다. 제바스티안은 처음에는 전화기를 테이블에서 내동댕이치더니 나중에는 마치 그것을 곧장 뇌에 연결시키기라도 할 것처럼 귀에다 눌러 댄다. 그는 대화를 나누는데, 대화의 의미를 나중에서야 비로소 이해한다. 마이케는 다시 산과 바람, 좋은 날씨에 관해 이야기하고서 그에게 그 밖에는 다 괜찮으냐고 물었다. 그녀는 웃으면서 제바스티안이 말을 더 듬거리는 까닭을 그가 물리학적 관념의 사막에서 완전히 홀로 되었기 때문으로 돌렸다. 그녀는 시간이 별로 없노라고, 저녁 식사 약속이 있노라고 했고, 제바스티안 역시 오래 말할 생각이 없노라고, 마침 중요한 대목을 생각하던 중이라고 했다.

전화가 다시 그의 앞에 놓이자 그는 분노로 몸을 떤다. 잘못된 전화는 올바른 전화의 부재 상황을 100배나 더 악화시켰다. 흥분이 제바스티안을 카우치에서 내몰아 집 여기저기로 떠돌게 만든다. 그의 팔이 다시 가렵기 시작한다. 머릿속 소음이 모욕하듯 큰 소리로 부풀어 오르게 만드는 집요함으로 말이다. 제바스티안은 자기 주머니칼을 찾을 때까지 거실 장식장에서 서랍들을 빼내 바닥에 내동댕이친다. 그는 칼날의 뭉뚝한 쪽으로 부어오른 물린 자국을 긁는다. 흐르는 피가 마음을 가볍게 해 준다. 그는 칼을 안락의자의 옆구리에 찔러 넣는다. 그는 문틀을 마구 치고 의자들을 짓밟는다. 잡지들이 쫓겨 가는 새들처럼 공중에서 펄럭댄다. 꽃병 하나가 벽에 꽂히고, 거부하듯 쫙 편 손바닥 모양 물 자국이 생긴다. 제바스티안은 방 안이 단조로운 쿵쿵 소리로 가득 찰 때까지 이마를 그 물 자국에 찧어 댄다. 어느 틈엔가 그는 발코니에 서서 폐 속으로 공기를 빨아들인다. 숨 막히는 속도로 다음 밤을 향해 돌진하는 함선의 난간을 잡듯 발코니 난간을 움켜잡은 채. 비둘기 한 마리가 화분에 앉자 그는 비둘기에게 고함을 지른다. 내 아들 어디 있어, 이 날아다니는 쥐새끼, 뭐든지 처먹는 놈아, 리암 어디 있어?

그 놀란 짐승이 발코니 가장자리를 지나 저 아래로 곤두박질을 치기 전에, 재빨리 앞으로 나간 손끝이 꼬리 깃털을 스친다. 기다리고 있는 사람을 보여 주는 것은 결코 위험하지 않은 일이 아니다.

7

두 번째 신호에 벌써 오스카가 전화를 받는다.

"그만하라고, 장!"

"장이 누구야?"

"제바스티안!" 오스카의 호방한 웃음에 장은, 그가 대체 누구든지 간에, 분명히 기뻤을 것이다. "며칠 전부터 네 전화를 기다렸어."

이어지는 침묵에서 오스카가 여전히 미소를 짓고 있다는 것을 알아챌 수 있다. 소파가 삐걱거린다. 제바스티안은 오스카가 멋들어지게 잘 어울리는 하얀 셔츠와 검은 바지를 입고서 편안하게 다리를 쭉 뻗고 있는 모습을 상상할 수 있다. 틀림없이 그는 방금 집에 들어왔을 것이다. 밤이면 너는 물고기가 우글대는 양어장에서 송어를 낚듯 이 도시에서 사람들을 낚을 수 있노라고 언젠가 그가 제바스티안에게 선언한 적이 있었다.

제바스티안 자신은 식탁 앞에 몸을 푹 숙이고 앉아 있다. 얼마 전에 마지막으로 가족과 함께 오스카와 저녁을 먹었던 바로 그 자리다. 그는 옷소매를 걷어 올렸고, 팔에는 피가 엉겨 붙어 있다. 그가 입은 밝은색 양복도 여기저기 더럽혀져 있다. 움직일 때마다 그는 자신의 체취를 맡을 수 있다. 식은땀과 불면, 그리고 며칠이 지났는지 더 이상 말할 수 없는 기다림의 악취를.

"지금 몇 시야?"

오스카의 미소가 다시금 웃음으로 번진다.

"시간을 물어보려고 나한테 전화했어? 새벽 3시야."

"맙소사, 곧 다시 날이 밝겠군." 제바스티안이 말한다.

"말하는 게 이상한걸. 마치 네가 몇천 광년 떨어져 있고, 몇천 년 전에 죽은 것 같아."

"크게 틀리지 않았어."

오스카와 제바스티안이 서로 조용히 이야기를 나누자마자 시작되는 특별한 음조, 낮은 음조들에서 어두운 멜로디가 진동한다. 그들의 음성이 함께 울리면 나머지 세상으로부터 분리된 친밀한 공간이 펼쳐진다. 이를 위해서 제바스티안은 이따금 자신의 연구소에서 연구실의 대기실로 통하는 중간 문을 닫고 오스카의 연구실 전화번호를 누른다. 그러고 나서 제바스티안은 그에게 어떻게 하루를 보냈는지, 일은 진척되고 있는지, 스위스의 날씨는 어떤지를 묻는다. 지금도 그는 오스카가 말을 하게 만들고 싶은 욕구를 느낀다. 지난밤에 대해 물어보고, 그가 누구를 만났고 무슨 일을 했는지 설명하게 하고 싶다. 친밀한 음성이 자장가처럼 그를 얼러 대면, 얼마 뒤에 그는 전화기를 내려놓고, 자신이 이 전화 통화를 통해 지금 벗어나려고 하는 그 무(無) 속에서 아무런 저항도 없이 사라져 버릴 것이다.

"왜 내가 전화할 거라고 생각한 거지?" 제바스티안이 묻는다.

"네가 나한테 네 다중 세계 동화의 결말을 이야기해 주려고 할 테니까."

제바스티안은 「천극을 도는 별자리」에 대해서는 더 이상 생각해 본 적이 없다. 지금에 와서야 자기가 흥분했던 것이 우스꽝스럽게 느껴져 이마와 뺨이 수치심으로 뜨끈해진다.

"다른 문제가 있어." 그가 재빨리 말한다. "내가 어떤 남자를 죽였어."

"그래?"

제바스티안은 입을 다문다. 이 아무 상관 없다는 듯한 "그래." 는 자신의 범죄 행위와 거의 맞먹는 범죄 행위이자, 동시에 귀중한 선물이다. 그것은 아주 작지만 면도날처럼 날카로운 무기이다. 제바스티안은 앞으로, 언제든 필요할 때마다, 그것을 자신의 양심에 들이댈 수 있다. 물론 그는 그것을 예상할 수 있었다. 오스카는 펄쩍 뛰며 주먹을 불끈 쥐는 그런 남자가 아니다. 그는 놀라서 머리 위로 두 손을 깍지 끼지도 않고, 머리를 쥐어뜯지도 않는다. 그의 태연함은 겁에 질린 존재를 그 뒤에 감추는 의식적 태도가 아니다. 이 태연함은 화강암으로 이루어져 있고, 그 유일한 한계는 제바스티안의 세계관이 시작되는 바로 그 지점에서 사라진다. 언제나 그렇듯이 오스카는, 제바스티안이 그를 가장 증오하는 이유이자 이제 그에게 무한히 감사하게 만드는 이유이기도 한 바로 그것, 즉 숙명론자다.

"다벨링?" 오스카가 마침내 덧붙인다.

"그걸 어떻게 알지?"

"그 사람 사진이 신문마다 실렸어. 쇠줄 때문에 걱정이 됐지. 너 기억하지. 리암과 오픈카 탄 나치 말이야."

"그건 잊었어. 나는 내 독창적인 아이디어라고 여겼는데."

"독창적인 아이디어는 우리가 바라는 것보다 드물다고."

제바스티안이 프라이부르크에서 식탁 위로 머리를 떨어뜨린 동안, 오스카는 제네바에서 푹 꺼진 소파에 앉아 좀 더 편한 자세를 찾기 위해 이리저리 뒤척인다. 오점 없는 주인의 외모에 견주자면 이 가구의 상태는 죄악이다. 하지만 그것은 오스카가 누릴 수 있는 유일한 것이기도 하다. 그는 비스듬한 지붕창으로 하늘을 바라본다. 연극 조명처럼 눈부신 달이 방을 새하얀 빛 속에 담근다. 오스카는 담배에 불을 붙이고, 연기가 비활성 가스 형태로 입과 코에서 빠져나오게 한다.

"질투야?" 그가 묻는다. "마이크 때문에?"

"말도 안 돼!" 제바스티안이 좀 과하게 화를 내며 소리친다.

"그럼 뭐야? 새 출발의 시도?"

"오스카……."

"아니면 시간의 비가역성에 대한 실험?"

"오스카! 한 남자가 죽었어. 너한테는 그게 눈곱만큼도 상관없단 말이야?"

살인자의 입에서 나오는 이 문장들은 싸구려 카바레[29]처럼 들린다. 친구를 놀릴 기회를 오스카가 그냥 내버려 두는 것은 상황의 진지함 탓이다.

"셰르 아미." 오스카는 재빨리 두 모금을 더 빨고는 담배를 카

---

[29] 소규모 무대에서 희극인이나 가수의 공연, 밴드 연주 등을 혼합하여 보여 주는 대중 공연 예술.

우치 옆 바닥에 놓인 재떨이에 눌러 끈다. "삶이란 단지 자연의 예외 상황일 따름이야. 너 다벨링을 좋아했어?"

"지금 그런 건 아무 상관 없잖아!"

"대답해 봐."

"그 작자를 좋아하지 않았지."

"그에게 친척이 있었나?"

"누구나 친척은 있잖아."

"아내와 아이는?"

"없어."

"그 사람, 스타일은 있었나?"

"너무하는 거 아니야!"

제바스티안이 옷자락으로 이마를 닦으려고 셔츠를 바지 속에서 끄집어낼 때, 수화기에서 쉬익 소리가 난다.

"몽 디외."[30] 오스카가 말한다. "너는 마치 아무 데서나 볼 수 있는 위선자처럼 말하는군."

오스카는 일어서서 지붕창을 연다. 마치 대규모 청중에게 말하려는 것처럼, 그는 팔꿈치를 괴고서 등을 쭉 편다. 제바스티안이 짐작했던 바와 달리 이 순간 오스카가 평온한 것은 단지 숙명론 때문만은 아니다. 신문에서 다벨링의 죽음에 관해 읽은 이래로 오스카에게는 앞서 했던 대화의 모든 문장을 미리 숙고해 볼 시간이 있었다. 더 어려운 부분은 아직 남아 있다. 지금부터는 단어 하나하나가 적중해야 한다. 지금부터는 단어 하나하나가 밧줄의 한

---

30 프랑스어로, '세상에.'라는 뜻.

올 한 올이며, 오스카는 그 밧줄로 친구가 자기한테 넘어오게 만들고자 한다.

그는 우주 전체가 균형의 붕괴 덕분에 존재한다는 사실을 제바스티안에게 환기시키고자 한다. 인간의 의식이 실존하는 것 역시 단지 엄청난 분열의 결과일 따름이라는 사실도. 그 양극(대소, 온랭, 흑백) 사이에 사고(思考)가 펼쳐진다. 대립 관계 없이는 구분 가능성도 없다. 공간도 없고 시간도 없다. 대립 관계 없이는 '무(無)'와 '전부'가 동일할 것이다. 구분이 물질계의 첫째 조건이라면, 어떻게 '선'과 '악'을 구분하는 것의 도덕적 유효성을 믿으라는 말인가? 어떻게 다벨링이라는 사람의 제거에 대해 분노하란 말인가? 그에 관해서는 그가 스타일이 있었는지조차 알려져 있지 않은데 말이다. 오스카는 도입부에 특별한 가치를 둔다. 그 내용인즉슨, 도덕은 멍청한 자들의 규정 종목이라는 것이다. 영리한 인간들은 자유 종목에서 기량을 펼친다.

그가 막 숨을 들이마셨을 때 제바스티안이 선수를 친다.

"그게 다가 아니야, 오스카. 리암이 유괴됐어."

제네바 상공의 종 모양 도시 불빛 속에 듬성듬성 별들이 착 달라붙어 있다. 이 도시는 두려움과 비탄과 구역질과 아주 조금의 행복으로 가득 찬, 괴물 같은, 윗부분이 묶인 자루라고 오스카는 생각한다.

"리암은 보이 스카우트 캠프에 있잖아." 그가 천천히 말한다.

"이제 내 말 잘 들어." 제바스티안이 말한다. "다벨링의 죽음이 리암의 몸값이야. 이해하겠어?"

소파가 지붕창 바로 아래 있기 때문에 다시 거기 앉으려면 오스카는 그저 몸만 돌리면 된다.

"그러면……" 문장 중간에 스스로 중단하는 것은 평소 오스카의 방식이 아니다. "그러면 리암이 다시 거기 있어?"

제바스티안은 손가락으로 얼굴을 덮는다. 이 단순한 질문은 대화를 끝내고 다시 거실의 카우치에 앉는 계기가 되기에 충분했을 것이다. 그 대신에 그는 말하기 시작한다.

몇 안 되는 명확한 문장들(일요일 저녁, 휴게소, 멀미약) 이후로 그는 개별 사항들 속에서 길을 잃기 시작한다. 그는 웃고 있던 트럭 운전사들과 죽은 애벌레를 옮기던 개미, 나비 채집가와 확장된 기다림의 유형학에 관해 이야기한다. 말이 술술 잘 나와서, 모든 것들이 묘사되는데, 모든 것은 무해한 세부 사항들로 이루어져 있고, 그것들은 그 합계로서 하나의 사건을 낳는다. 말을 끝냈을 때, 제바스티안은 마치 반 시간은 말한 것처럼 느꼈지만, 반면에 오스카는 그사이에 담배 한 대만을 더 피웠을 뿐이다.

이어지는 침묵은 처음에는 잠깐의 멈춤이 되고, 그런 뒤에는 있을 수 없는 상황이 되며, 마지막에는 자명함이 된다. 제바스티안은 그가 아는 것을 모두 말했고, 오스카의 심사숙고한 인사말은 그 반대 경우에 해당되었다. 조용한 전화선은 두 빈 공간 사이에 있는 열려 있는 문과도 같다. 프라이부르크에서는 다가오는 아침의 첫 번째 밝은 빛이 제바스티안의 손가락 끝으로 기어온다. 제네바에서는 오스카가 피우던 담배로 새 담배에 불을 붙인다. 두 도시 모두에서 잠에서 깨어나는 새들의 소리가 가끔씩 울려 나온다. 자비로운 밤이 녹아내리더니 사방으로 흩어지며 흘러간다. 여기서나 저기서나 새날은 각 도전자들의 살갗을 몸에서 벗겨 낼 준비가 되어 있는, 모서리가 날카로운 바위로 모습을 드러낸다.

오스카가 다시 말문을 열 때에는 날이 밝아 있다. 그의 음성은 두 전화 사이의 거리를 간신히 극복할 정도의 속삭임이다.

"마이케는 아무것도 몰라?"

"지금까지는 몰라."

"경찰에 가."

"뭐라고?"

"깊이 생각해 봤어. 경찰한테 가." 오스카의 숨소리가 수화기의 얇은 막 위에서 지지직거린다. "경찰한테 그냥 리암이 사라졌다고만 말해. 리암이 다시 돌아오자마자……. 제바스티안? 리암은 돌아올 거야. 내 말을 들었는지 대답해 줘."

"응."

"리암이 다시 돌아오거든 곧장 나머지를 고민해 보자."

아침 햇살이 그를 조금 더 초췌해 보이게 만들었다는 사실 말고는 제바스티안의 자세에는 외견상 별로 변화가 없다. 그의 얼굴에는 아무런 윤기도 없다. 그 어떤 신비로운 조명도 그가 지금 막 수직갱의 밑바닥에 도달했다는 사실을 증명하지는 못한다. 자유낙하는 끝났다. 오스카의 결단은 시스템 하나를 폭파해 버렸다. 그 시스템 속에는 증명할 수 있는 현실은 존재하지 않았으며, 항상 같은 개수의 근거들이 모든 행동에 대해 찬반을 표명했다. 제바스티안은 팔을 뻗어 지난번에 함께 식사를 할 때 친구가 앉아서 밥을 먹었던 의자의 팔걸이를 건드려 보려고 한다. 팔이 너무 짧아서 거기에 가 닿지 못한다.

"내가 너한테 갔으면 좋겠어?" 오스카가 묻는다.

"뭐?"

"내가 기차를 타고 너한테 갔으면 좋겠냐고."

"아니."

"기꺼이 그렇게 했을 텐데. 경찰한테 뭘 얘기할지 정확히 잘 생각해 봐."

"괜찮아."

"제바스티안, 나는……."

통화가 끊긴다. 둘 중 누구도 누가 먼저 전화 연결을 끊었는지 확실히 말할 수 없을 것이다.

일곱 부분으로 이루어진 4장

리타 스쿠라에게는 고양이가 한 마리 있다.
인간은 무(無) 속의 구멍이다.
뒤늦게 형사가 개입하다.

1

리타 스쿠라에게는 고양이가 한 마리 있다. 그녀가 바닥에서
그 짐승을 들어 올리면, 그 녀석은 마치 작은 낙하산을 펼쳐서 추
락에 대비하려는 듯이 네발의 발가락을 모두 쫙 편다. 리타 스쿠
라는 절대로 자기 고양이를 떨어뜨리지 않겠지만, 고양이는 믿지
않는다. 혹시 한번 떨어지기라도 한다면, 그 녀석은 탄력 있게 일
어나서는 경멸에 찬 표정으로 수염을 쓰다듬을 것이다. 바로 그
때문에 리타는 이 애완동물을 사랑한다. 그 녀석은 그녀 자신은
죽을 때까지 포기할 수밖에 없는 두 가지 특성을 지니고 있다. 건
강한 불신과 타고난 우아함이 그것이다.

어릴 적에 리타는 갖은 바보짓을 다 믿었고, 교정에서 벌어지
는 짓궂은 장난의 희생자로서 몇 안 되는 저명인사의 반열에 올랐
다. UFO를 찾겠다고 위를 쳐다보는 것은 리타였고, 반면에 누군

가는 그동안 그녀의 정강이뼈를 걷어찼다. 리타는 작은 새를 구해 주려고 짧은 치마를 입은 채로 마로니에에 기어 올라갔고, 반면에 아래에서는 그동안 사내아이들이 킥킥거리며 그녀의 팬티 색깔에 관해 토론을 벌였다. 아무리 멍청한 속임수라도 그녀한테는 통했 다. 그녀는 꼼수를 부린 내기에서 색연필을 죄다 잃었고, 아무도 그녀를 찾지 않는데도 몇 시간씩이나 숨어 있었다. '도둑과 경찰 놀이'를 할 때면 아무도 그녀를 자기편에 넣으려고 하지 않았다.

그런데도 리타는 열 살 나이에 이미 장차 무엇이 되고 싶은지 알았다. 그것이 도를 지나치자 부모는 말문이 막혀 머리 위로 두 손을 올리고 깍지를 꼈다. 하지만 리타의 훌륭한 자질 중 하나는 놀라울 정도로 고집불통이라는 점이다. 그녀는 자신이 결정한 바 를 고집했으며, 인간은 항상 자신이 가장 잘 못하는 분야에서 가 장 잘할 수 있다는, 영리한 만큼이나 역설적인 주장을 펼쳤고, 지 원했다.

채용 면접에서 그녀는 질문의 반을 잘못 대답했다. 단지 확률 이 론 원칙들에만 의존해도 나오는 결과였다. 벌게진 얼굴로 그녀는 정상 성과 인간의 선의에 대한 자신의 흔들리지 않는 믿음을 각별한 노력과 주의를 통해서 보완하겠노라고 약속했다. 그녀는 채용되었다.

교육 과정은 쉽지 않았다. 범죄학 세미나에서 그녀는 언제나 유도 질문으로 궁지에 내몰리는 미련한 증인 역할을 도맡아 해야 만 했다. 항복을 선언할지 곰곰이 생각하지 않고 지나간 날이 하 루도 없었다. ── 그녀가 실프라는 이름의 교관을 만나기 전까지 는 말이다. 그는 첫 수업 시간에 곧바로 그녀의 본질을 꿰뚫어 보 았고, 점심 휴식 시간에 그녀와 따로 면담했다. 그는 그녀가 간단

한 규칙 하나만 고려한다면 범죄 수사학 경력을 위한 최상의 전제 조건들을 갖추게 될 거라고 설명해 주었다. 그녀는 상대방이 자신의 순진함을 계산에 넣고 있다는 사실을 파악하는 법을 배워야만 하고, 언제든지 자신이 원래 생각했던 것과 정반대되는 것을 출발점으로 삼아야 한다고, 그러니까 언제나 느낌상 가장 하지 말아야 할 것을 행하라는 것이었다.

그때부터는 그저 나아지기만 한 것이 아니었다. 훌륭해졌다. 사람을 잘 믿는 리타의 성품은 어떤 경우에도 너무나 확실하게 틀려서, 그녀는 실프 교관의 조언을 따르는 것만으로도 천문학적 명중률을 거둘 수 있었다. 그녀는 그저 용의자의 사진을 관찰하고 그가 범인이라고 여기기만 하면 되었고, 그러면 그녀는 그 사람이 무죄임을 이미 확신할 수 있었다. 증인 진술서를 읽고서 믿을 만하다고 생각이 되면, 그녀는 그 문제의 인물이 거짓말한다는 것을 알았다. 쉽게 사람을 믿는 리타의 순진함은 너무나도 무자비한 자신감으로 바뀌어 갔다. 어찌나 무자비한지 그녀가 지금까지 살아오면서 겪은 모든 패배에 대해 앙갚음을 하는 게 틀림없어 보였다. 그녀는 용의자들에게 고함을 질러 댔고, 자신의 범죄 수사학적 직감으로 동급생들뿐만 아니라 교관들까지도 넘어섰다. 경위로 임명될 때 콧수염 달린 경찰청장이 그녀와 악수를 했는데, 리타는 자신의 최고 상관의 얼굴이 고통으로 일그러질 때까지 손에 힘을 주어 악수에 응했다.

그럼에도 리타는 여전히 자기 고양이가 더 훌륭한 수사관이 될 역량을 갖췄다고 생각한다. 그녀 자신은 절대로 경찰계의 전설로 부상하지 못할 것이다. 그래도 어쩌면 바덴뷔르템베르크주 최초의 여성 경찰청장은 될 수 있을지도 모른다. 그리고 그녀는 분명히 그것으로 충분할 것이다.

단순히 상황 관계를 뒤집는 것만으로는 만회할 수 없는 게 우아함의 결여라는 문제다. 비록 리타의 부모는 평균적 외모를 지닌 평범한 사람들이지만 유전적 우연은 그들의 딸을 해부학적 예외 상황으로 만들어 버렸다. 첫눈에 그녀의 체형은 남성들의 소망몽에 대한 패러디 같은 느낌을 준다. 그녀의 가슴은 너무나도 풍만해서 그것이 상체를 앞으로 끌어당기는 것처럼 보인다. "걷는다는 것은 넘어진다는 것이다."라는 말이 있다. 리타는 그 산증인이다. 어깨와 몸통은 가늘고, 다리는 관절 인형처럼 높이 붙어 있다. 코르크 마개 뽑개 같은 그녀의 곱슬머리를 젊은 경사들은 갈기라고 부른다. 그들 중 그 누구도 털이 곱슬곱슬한 말을 본 적이 없음에도 말이다. 사람들이 왜 그녀를 보면 말을 떠올리는지, 아니 어쩌면 그보다는 다부진 조랑말을 연상하는지 리타는 즉석에서 밝혀 줄 수 있었을 것이다. 그녀에게는 모든 것들이 약간씩 너무 과하다. 머리숱도 너무 과하고, 다리도 너무 과하고, 입도 너무 과하다. 그녀는 어렸을 적에 한때 뚱뚱했던 적이 있어 그때의 동작들을 잊지 못하는 사람 같은 인상을 준다. 그녀는 큰 보폭으로 걸어 다니는데, 그럴 때면 큰 물결 속의 부표처럼 몸을 이리저리 흔든다. 그녀의 니트 카디건 소매에서는 마치 남자한테서 빌린 것 같아 보이는 손이 밀려 나온다. 목소리 또한 우악스러운 사람에게나 더 잘 어울릴 법하고, 심지어 악의 없는 말조차도 그녀는 모욕하는 어조로 내뱉는다.

이 모든 것에 리타는 익숙해졌다. 그사이에 그녀는 어조에 내용을 맞춰서 말하게 되었다. 그녀는 미소를 지을 때 입꼬리를 아래로 내린다. 그녀는 "예."라고 말할 때 숨을 내쉬는 대신에 들이마시는데, 이것은 동의하지 않는다는 "헤."라는 소리로 귀결되고, 그것은 어떤 대화 상대든 더 이상 말할 기분이 나지 않게 한다. 그리고 화가 났을 때면, 그녀는 마치 'ㅂ'으로 시작하는 단어 하나가 목에 걸려 있기라도 한 것처럼 위아래 입술을 서로 누른다. 바보 짓, 별것 아닌 일, 또는 법석 떨기.

남자든 여자든 길거리에서 사람들이 그녀를 보려고 몸을 돌리는 것을 그녀는 칭찬으로 여기는 게 아니라 신체적 장애에 대한 반응으로 간주한다. 사시사철 그녀는 재킷과 블라우스를 맨 위 단추까지 잠근다. 여름에는 치맛단이 정강이 중간 정도까지 내려오는, 고풍스러운 꽃무늬 옷을 입는다. 이제껏 그 어떤 재단사도 이런 옷이 유행에 맞다고 정의한 적이 없다. 리타가 몸에 걸치면 이러한 의상은 마세라티[31] 위에 붙은 야영장 스티커와 비슷한 효과를 낸다. 영리한 사람은 웃지 않을 수 없고, 멍청한 사람들은 화를 내게 된다. 리타로서는 그래도 괜찮다. 여성 범죄 수사관은 많지 않은데, 그나마 있는 이들에 대해서도 남자 동료들은 그녀들이 익사체를 보기만 해도 벌써 기절해 나자빠질 거라고 주장한다. 그렇기 때문에 리타는 육체에 대한 오성의 우월성을 분명히 드러내 보여 주는 포장이 필요하다. 그녀는 반어적 의상과 냉소적 샌들을 착용한다. 그것들은 법원 관할 지역 전체에서 두려움의 대상이 된다. 그녀가 근무처의 한 공간에 들어서면, 마치 교실에 라틴어 교사가

31 유럽의 고급 세단 브랜드.

나타났을 때처럼 모두들 고개를 떨어뜨린다. 당신은 도대체 유머 감각도 없느냐고 질문하면, 그녀는 이렇게 답할 것이다. 한 인간이 차마 진지하게 말할 수 없을 만큼 지독하게 멍청한 문장은 단 하나도 없노라고 말이다. 그러니 뭐 하러 웃는단 말인가?

리타가 정말로 관심을 갖는 유일한 대상은 경찰 업무다. 그녀는 서른한 살이며, 미혼이고 아이도 없다. 살인 사건 전담반의 일원으로서 그녀는 매일 시체와 관련된 일로 분주하며, 맞아 죽은 아내들과 으깬 감자를 먹다 질식사한 노인들, 지역 고속 열차가 산산조각 낸 자살자들을, 오로지 기절할 생각으로만 가득 차서 조사하지 않을 수 있고, 심지어 치안대 녀석들도 그 누구보다 잘 다룰 줄 안다. 오전 직무 회의 때 그녀는 동료들의 실수와 태만함을 큰 소리로 논평하곤 한다. 누군가가 반론이라도 제기하면, 그녀는 첫 착수 단계 때 이미 자기가 제대로 방향을 잡아 놓았던, 길게 이어지는 일련의 사건들에 대해 주의를 환기시킨다.

고양이는 리타가 행복을 기원하는 몇 안 되는 존재들 중 하나이다. 이 자그마한 동물을 품에 안으면, 그녀는 몇 초 지나지 않아 그 체온을 피부에서 느낄 수 있다. 옷 속을 뚫고 들어오려면 몇 분씩이나 걸리는 인간의 온기와는 완전히 다르다. 게다가 이 고양이는, 대부분의 사람들과는 달리, 의미 있는 임무를 띠고 있다. 고양이는 1층 집 창문에 새들이 접근하지 못하게 한다. 리타는 자신이 관찰당한다고 느끼는 경향이 있기 때문에 날아다니는 스파이들을 견딜 수가 없다.

달걀을 세 개째 해치우고 나서 리타는 자리에서 일어나 방금 자신이 비운 의자에 가르랑거리는 고양이를 올려놓는다. 주방에서 그녀는 저민 새고기로 먹이 그릇을 채운다. 그녀는 고양이에게 용서를 구하려고 그것을 샀다. 한 수석 의사와 그의 머리가 서로 다른 노정으로 자전거 하이킹을 마감한 이래로 리타는 거의 집에 있지 못했다. 어젯밤에 그녀는 콧수염 달린 경찰청장의 전화를 받고 모욕감에 차 자신의 근무처를 나섰고, 몇 시간을 자고 난 아침에도 똑같이 모욕감에 차 깨어났다. 비록 정치적으로 논란거리가 되는 사건들에 경험이 별로 없기는 하지만, 경찰청장이 전화에 대고 호통을 쳐 대고 그녀보고 마술을 부려 기적을 일으키라고 대놓고 요구한다고 해서 놀랄 그녀는 아니다. 밤늦게까지 사무실에 남아 있다가 아침 일찍 7시경에 다시 일하러 가는 것 역시 그녀에게는 아무 문제가 되지 않는다. 그런데도 어제 저녁 전화 통화를 생각하면 위산이 솟구치는 것은, 상급자 형사 하나를 그녀의 상관으로 앉히려 한다는 사실 때문이다. 리타 스쿠라는 젊고, 여성이고, '쇠줄 살인 사건 수사반'은 사실상 그녀가 처음으로 전담한 살인 사건 수사반이다. 설사 사건 전체가 진짜 위기로 확대되는 한이 있더라도, 설사 스포츠머리를 한 내무부 장관의 자리가 위태로워지는 한이 있어도 — 리타 스쿠라는 인원 보강이 필요 없다. 저녁까지 그녀는 구체적인 결과를 제시해야 한다. 그렇지 않으면 다름 아닌 형사계 경정 실프가 슈투트가르트에서 프라이부르크로 전근 명령을 받을 것이다. 그녀가 경력을 쌓는 데 덕을 본 바로 그 지적을 해 준 실프가 말이다.

그가 경찰 대학에서 객원 강사직을 맡기를 사람들은 호기심에 차서 기다려 왔다. 범죄 수사학의 예언자라는 명성이 그보다 앞서 도착했다. 소문에 의하면, 그는 팀 작업을 혐오하고 경찰청에 좀처럼 모습을 나타내지 않으며 사건을 어느 정도는 수면 중에 해결했다고 한다. 사람들은 마술사를 기대했다. 실프가 마침내 경찰 생도들 앞에 섰을 때, 실망감이 차가운 외풍처럼 일동을 뚫고 지나갔다. 이 남자는 50대 초반의 나이로 파파노인처럼 행동했다. 마치 자신의 체격에 대항해서 뭔가를 하려는 듯이 그는 해진 재킷 아래로 어깨를 축 늘어뜨렸다. 한때 금발이었던 머리는 무색의 타래를 이루어 얼굴 쪽으로 늘어져 있었다. 그는 칠판 앞에 구부정하게 서서 분필 조각을 손가락 사이에서 부러뜨렸다. 끊임없이 그는 분명한 이유도 없이 강연을 멈추었고, 비틀거리며 이 발에서 저 발로 발을 바꿔 디뎠으며, 마치 거기서 오래전에 울린 천둥의 메아리라도 듣는 듯이 경악스러운 표정으로 자신의 내면에 귀를 기울였다. 그러고 나서 말을 계속할 때면 아무도 이해하지 못하는 문장을 말했다. "나는 기억력이 없습니다. 그래서 나는 미래를 볼 수 있습니다." 혹은 "두 개의 모순되는 진술들은 대부분 둘 다 옳은 동시에 둘 다 틀립니다."

혹은 그가 가장 좋아하는 문장은 이러했다. "우연은 인간이 범하는 가장 큰 오류의 이름입니다."

학생들 중에서 그 누구도 그 이상한 거동을 위장이라고 여기지 않았다.(그것은 그들 생각이 옳았다.) 그들은 오히려 자신들이 옛날에 성공을 거뒀던 한 남자의 초라한 잔해 앞에 앉아 있다고 생각했다.(여기서 그들은 틀렸다.)

처음에 리타는 마음속으로 그를 저주받은 천재라고 불렀다. 그가 첫 점심시간에 단 한 방에 그녀를 멍청이에서 회의론자로 만들어 버린 다음부터 그녀는 그를 저주받은 천재라고 불렀다. 마지막 세미나가 끝나 작별할 때, 그는 주저 없이 그녀의 손을 잡고 훑듯이 바라보면서 이렇게 말했다. 꼬마 리타, 자네 손마디 한번 어마어마하구먼! ─ 그녀는 자신의 손가락을 잡아 빼서는 그의 얼굴을 가리키며 이렇게 대꾸했다. 그러는 형사님은, 면상에 아주 빨래판을 까셨네요! ─ 그들은 상대의 눈을 들여다보며 웃었다. 그 이후로 리타는 그를 다시 보지 못했다.

물론 그녀는 반미치광이 실프를 좋아했다. 그리고 바로 그렇기 때문에, 자신이 그에게 배운 정확히 그대로, 그를 믿지 않는다. 그녀에게 지금 뭔가 필요 없는 것이 있다면 그것은 천재가 여기 와 앉아 있는 것이다. 아무리 노력하고 주의를 기울여도 그에 맞서서는 아무것도 이룰 수 없는 천재, 게다가 그녀의 인식 방법 체계를 꿰뚫어 보는 천재 말이다. 랄프 다벨링은 이제까지 그녀에게 가장 중요한 사건이다. 어쩌면 의료 스캔들을 풀 열쇠를 지니고 있을지도 모르는 그의 죽음은 그녀의 것이다.

7시에 벌써 심상치 않게 더웠는데도, 리타는 집을 나서기 전에 옷 위에 니트 카디건을 걸친다. 그녀는 립스틱처럼 빨간 그녀의 코르사를 타고 하인리히폰슈테판가로 접어들고, 신분증을 카드 인식기에 들이대고, 이끼 낀 양철 슬레이트 지붕 아래 주차한다. 뒤쪽 출입구를 무시하면서, 그녀는 건물을 빙 돌아간다. 매일 그렇듯이, 어깨에 힘을 주고 턱을 꼿꼿이 든 채, 벽돌 정문을 통해 그 건물에 들어서기 위해서.

2

접수창구에 한 남자가 서 있다. 자기 힘으로는 더 이상 두 다리로 서 있을 수 없는 듯, 양손은 카운터를 받치고 이마는 플렉시 유리에 기대고 있다. 리타는 이러한 사내 녀석들을 잘 알며, 그들을 역겹게 생각한다. 이자는 키가 크고 체격이 당당하다. 살아가면서 분명히 뭔가를 이뤄 낼 수도 있었을 그런 유형이다. 머리는 기름기가 흐르고 길거리 오물처럼 윤기 없는 누런색이다. 그의 옷가지들은 한때 거금을 들였음에 틀림없다. 하지만 지금은 핏자국이 묻어 있고 위에서 아래까지 온통 구겨져 있다. 분명히 이 남자는 여러 날을 그 옷가지들을 입고 지냈을 것이다. 저런 사람들이 제 발로 오든 순찰대에 의해 끌려오든 그것은 상관없다. ── 그들은 짜증 나는 일을 일으키고, 그런 일의 끝에는 결코 의미 있는 결과가 나오는 법이 없다.

술 냄새가 풍길지도 모르므로 이를 피하기 위해 리타는 본능적으로 숨을 멈춘다. 그 낯선 작자는 심지어 딸가닥대는 그녀의 샌들 소리에도 몸을 돌리지 않는다. 멍한 눈으로 자기 앞을 응시하고 있다. 근무 중인 경찰관이 계속 수화기에 대고 말을 하면서 손을 들어 인사한다. 거의 매일 아침 층계참에서 리타는 자신이 더 이상 직접 사람을 상대하는 특정 종류의 업무를 하지 않아도 된다는 사실에 얼마나 기분이 좋은지 생각한다.

조금 숨이 찬 상태로 그녀는 4층에 있는 자기 사무실에 도착해서 니트 카디건을 벗고 검은색 가죽 의자에 몸을 던진다. 책상의 반투명 유리판 뒤에서 그녀는 여전히 자신이 재미 삼아 아빠

신발을 신고 집 안을 타박타박 돌아다니는 아이처럼 느껴진다. 그것은 그녀에게 대수롭지 않다. 오로지 동료 중 누구도 그녀와 방을 같이 쓰고 싶어 하지 않았기 때문에 현재 자신의 직급으로도 개인 사무실을 배정받았다는 사실을 그녀는 정확히 안다. 그녀는 이 공간을, 특히 바닥 아래에 배선되어 카펫에 난 구멍을 통해 책상 다리를 타고 올라오는 컴퓨터 케이블을 사랑한다. 서류장에 있는, 나무랄 데 없이 표제가 잘 붙은 일련의 서류철과 함께 그녀는 전문성의 분위기를 퍼뜨린다. 매일 아침 리타는 용의 피로 목욕하듯 이러한 분위기에 몸을 담그고 나서 전투에 임한다.

자판 옆에는 미결 우편물들이 부채처럼 펼쳐져 있다. 밤새 창문이 열려 있어서 서늘한 공기를 들여보내 주었고, 그것은 건물의 두꺼운 벽 사이에 한동안 유지될 것이다. 저 멀리 아래에서는 여느 때처럼 참새 떼가 전직 공동묘지 정원사가 죽도록 열심히 가꾸는 꽃밭 속에서 소란을 피운다. 고소해하면서 리타는 주차장 다른 편 끝에 있는 나무들의 수관을 건너다본다. 나무들이 워낙 멀리 떨어져 있어서 저 깃털 달린 기생충들은 그녀의 사무실을 들여다볼 수 없다. 사무실이 1층에 있었더라면 리타 스쿠라는 고양이를 일터로 데려왔을 것이다.

한동안 그녀는 다벨링의 기록을 훑어본다. 가장 인상 깊은 것은 사진들인데, 백 번째 보았는데도 그것들은 전혀 그 경악스러움을 잃지 않았다. 유령 열차의 소품처럼 가지 사이에 끼어 있던 다벨링의 머리. 조금 전까지만 해도 자기가 속해 있었던 뒤틀어진 몸 옆에 놓인, 들것 위의 동일한 머리. 하얗고 깔끔하게 척추 한 조각이 몸통으로부터 솟아 올라와 있다. 경동맥과 기도, 식도의 흐트러진 말단들이 박살 난 기계의 삐져나온 호스들을 연상시킨다. 법의학자의 보고서가 설명하기로는, 희생자는 마지막 순간에 함정을 알아챘고 깜짝 놀라 머리를 획 젖혔다. 그렇지 않았더라면 쇠줄이 그의 두개골을 쪼개 놓았을 것이다. 리타는 다벨링의 고결한 몸짓에 늦게나마 고마움을 느낀다. 그의 상태는 이 정도만으로도 이미 충분히 문제가 많다.

새로 도착한 문서들 중에는 과학 수사 연구소의 보고서가 있다. 그 결과는 이 여수사관이 마치 어린 여자아이처럼 박수를 치게 만든다. 항의를 받고 나서야 감식반 남자들은 그녀의 지시대로 2제곱미터의 숲 바닥을 아주 조심스럽게 보전했고, 제법 많은 성난 개미들을 포함해서 그것을 실험실로 가져갔다. 이제 한 남자의 유전자 정보가 앞에 놓여 있다. 그는 비록 이제까지는 어떤 데이터베이스에도 기록되어 있지 않았지만, 그럼에도 빠른 시일 내에 발견될 것이다. 구체적으로 말하자면 그녀에 의해서 말이다. 더구나 격분한 한 프라이부르크 여자가 신원 불명의 누군가를 고발했다. 살인이 일어난 다음 날 아침에 음식물 쓰레기통에서 폐기물 한 무더기를 발견했기 때문이다. 이로써 리타는 필요한 거의 모든 것을 갖추었다. 범행 도구, 범행 신발, 범행 바지, 범행 셔츠부터, 독촉해 대는 부재 상태에서 거의 구체적 형태를 띠기 시작한 살인범에 이르기까지. 발견된 머리카락은 그를 금발로 만들고, 그의 발자국을 통해 그는 키 1미터 90센티미터에 몸무게 85킬로그램의 인물이 된다. 틀림없이 잘생기고 영리한 살인자다. 사람들이 동정심을 느끼면서 철창에 넣는 그런 불쌍한 악당들 중 하나가 아니다.

리타는 병원에서 오전을 보낼 것이고, 끈질긴 기다림 속에서 계속하여 표본에 부합하는 남자를 찾아볼 것이다. 심장학과 부서에서는 다벨링이 협박을 받았다는 소문이 떠돈다. 하지만 어떻게, 그리고 누구를 통해서 협박을 받았는지는 다들 모른다고 한다. 논란의 소지가 있는 이런 유의 상황에서는 실질적으로 누구라도 다벨링의 죽음에 관심을 가졌을 수 있다. 수십억 유로로 달하는 명성을 잃게 된 제약 회사 콘체른. 일자리를 염려하는 간호사. 공모자의 존재가 자신에게 너무 위험하게 되어 버린 과장 의사 슐뤼터. 리타는 그 과장 의사가 자신의 수술실에 진을 치고 틀어박히기 전에, 다시 한번 길목을 지켜 붙잡을 것이다. 대학이 과장 의사에게 징계 절차를 개시할 것을 검토하기 시작한 이래로, 그는 부서에서 완전히 눈에 띄지 않게 되었다. 의료 스캔들을 불러일으킨 형사 고발은 익명으로 이루어졌다. 슐뤼터는 경쟁 관계에 있는 심장 전문의가 그를 중상모략한다고 주장한다.

어쨌든 리타는 오늘도 역시 그녀의 손에 걸리는 모든 사람들을 탐문할 것이다. 오후에 그녀는 한 번 더 사이클링 스포츠 클럽에 들를 것이다. 의료 스캔들을 직접 담당하는 동료들은 그녀에게 이십사 시간 내내 빠짐없이 최신 정보를 제공한다. 리타는 책상에 문서를 던지고 팔을 쭉 편다. 그녀는 형사계 경정 실프가 프라이부르크행 기차표를 사기 전에 이 사건을 해결할 작정이다. 어떠한 경우에도 끈기가 부족해서 실패해서는 안 된다.

슈누어파일 경장이라는 것을 그녀는 노크 소리를 듣고 알아챈다. 언제나 그렇듯이 그는 들어오라는 확실한 신호를 기다렸다가 문을 빼꼼히 열고서 머리를 밀어 넣고는, 들어오라는 반복된 요청에 미소를 짓는다. 리타가 "자, 어서 들어와!"라고 외쳐야 비로소 그는 거인 같은 몸집을 추슬러서는 덩그러니 방 한가운데에서 균형을 잡는다. 슈누어파일은 이 여경위보다 열 살이 어리며, 관할 경찰서에 단 한 명밖에 없는, 나름의 차분한 방식으로 그녀와 어울려 지낼 줄 아는 인간이다. 젊은 여자 순경 지망생들은 그가 경찰청에서 제일 잘생긴 남자라고 생각한다. 하지만 그는 언제나 불안한 인상을 풍겼다. 마치 그의 근육 덩어리 아래 겁에 질린 꼬마 녀석이 하나 들어앉아 있는 것 같다. 어느 날엔가 사람들이 자기를 밖으로 꺼낼지도 모른다고 항상 걱정하면서 말이다. 지금도 역시 슈누어파일은 자기 키 높이의 망루 위에서 마음이 아주 썩 편하지만은 않은 것처럼 보인다. 동료들로부터 어떻게 리타 스쿠라의 변덕을 참아 내느냐는 질문을 받으면, 그는 어깨를 으쓱하면서 그녀는 머리가 좋고 게다가 훌륭한 경위라고 대꾸한다. 그는 그녀의 머리칼이 말갈기 같지 않느냐는 데 대해서는 판단을 내릴 수 없고, 그 밖에 그가 그녀에 대해서 어떻게 생각하는지에 대해서는 가슴에만 묻어 두고 지낸다. 나쁜 소식이 있을 때면, 언제나 이 경장이 임무를 맡는다. 그것은 그도 그녀만큼이나 잘 안다. 그는 책상 옆에 서서 모자를 손에서 돌린다. 리타는 아직 단 한 번도 그에게 앉으라고 권한 적이 없다.

"슈누어파일." 그녀는 이렇게 말하고는 아직도 뭔가 서류에서 점검할 게 있는 것처럼 군다. "자네가 나를 병원에 태우고 가나?"

"예." 슈누어파일이 대답하고서 잠시 생각하더니 말한다. "그것도 하겠습니다."

그는 위를 쳐다본다. 그리고 다시 한번 미소와 함께 그 자세를 취해 보려고 시도한다. 그의 동료들이 절대로 이해하지 못하는 것은 그가 기꺼이 리타 스쿠라와 말을 나눈다는 사실이다. 그는 그녀의 단호한 매너에 전혀 거부감을 느끼지 않으며, 그녀가 군대식으로 자신을 성(姓)으로 불러도 아무 문제가 없다고 생각한다. 생각해 보면 그는 일개 어린 경장이고, 그녀는 전도유망한 경위이다. 대체로 그는 그녀가 흥분하지 않도록 대답할 줄 안다. 그는 이에 자부심을 느낀다.

"나한테 요약해서 브리핑해." 리타는 이렇게 말하고 묵직한 머리 한 타래를 이마에서 들어 올린다.

다른 많은 것들과 마찬가지로 리타는 여름 또한 싫어한다. 그녀에게 맞춰 돌아간다면 한 해 전체가 가을이나 겨울이어야 할 것이다. 추울 때 생각은 더 쉬워지고 옷 입는 스타일은 더 단정해진다.

"머리 잘린 수석 의사가 세 명 더 나타났나?"

슈누어파일은 그녀의 면도하지 않은 겨드랑이로 시선이 향하는 것을 피한다.

"어린이 유괴 사건입니다." 그가 짧게 말한다.

리타의 시선이 마치 그가 가해자, 희생자, 목격자의 삼위일체라도 되는 듯 커다란 증오심을 띠고 경장에게 꽂힌다.

"용기가 있거든 어디 다시 한번 말해 봐."

"어린이 유괴 사건입니다." 슈누어파일이 반복한다.

리타는 그녀의 머리에서 손을 떼고는 안락의자에 다시 몸을 던진다. 등받이가 탄력 있게 뒤쪽으로 기운다.

"노란 머리에 피 묻은 셔츠를 입은 작자?"

"그걸 어떻게 아시죠?"

집어치우라는 투의 손짓으로 그녀는 경외심에 찬 그의 어조를 무시하고 넘어간다. 그녀는 곧바로 그렇게 생각할 수도 있었다. 그녀가 접수창구에 있던 그 작자를 부랑자라고 여겼으니까, 그는 적어도 교수임에 틀림없다.

"아버지인가?"

"아들이 나흘 전에 사라졌답니다."

"그런데 이제야 왔다고?"

"유괴범들이 그를 막았답니다. 그는 감히 경찰에 갈 엄두를 내지 못했답니다."

"돈 문제인가?"

"아닙니다."

"그럼 뭐지?"

"그 사람도 모릅니다."

"뭐라고?"

리타는 벌떡 일어서서 슈누어파일 쪽으로 위협적인 발걸음을 몇 발짝 뗀다. 확연히 눈에 보이게 슈누어파일은 자신이 뒤로 물러서야 할지 곰곰이 생각한다. 그는 그러지 않기로 결정한다.

"지금까지는……." 그가 말한다. "전혀 아무것도 그 남자에게 요구한 바가 없습니다."

"그렇더라도 접촉 시도는 있었겠지?"

"유괴 당일입니다. 그에게 기다려야 한다고 말했답니다."

"뭐 이런 빌어먹을 얘기가 다 있어."

리타는 몸을 돌리고는 창틀 속 유리가 덜거덕거리도록 창문을 쾅 닫는다. 리타는 경장을 보려면 자욱이 떠다니는 안개를 걷어치워야만 한다는 듯 커다란 손으로 허공을 휘젓는다.

"아동 성폭력범처럼 들리지는 않아." 그녀가 말한다. "아마도 가족 관계 사건이겠지. 진술서가 작성되었나?"

"모두 마쳤습니다. 그는 아래층에 앉아 있습니다."

갑자기 리타가 손을 축 내려뜨린다.

"그 사람 설마 의사는 아니지?"

"대학교 물리학 교수입니다."

"신이시여." 리타가 소리친다. "감사드리나이다."

슈누어파일은 그녀가 자신을 염두에 두고 그렇게 말하기라도 한 듯이 비죽 웃는다. 리타가 책상 모서리에 몸을 기대고, 그러자 그녀의 엉덩이가 약간 넓적하게 눌린다. 그리고 그녀는 요구가 과중하다고 느낄 때면 언제나 그러듯이 검지를 들어 올린다.

"아동 유괴는……." 그녀가 훈시하듯 말한다. "언론이 좋아하지 않지."

"우리는 그 둘을 떼어 놓을 예정입니다." 슈누어파일이 말한다. "우선 당장은 언론이 유괴에 관해서 알아야 할 필요가 전혀 없습니다."

리타가 고개를 끄덕이고, 그녀의 어깨에 긴장이 풀린다. 자주 그렇듯이 경장에게 그녀를 진정시키는 뭔가가 생각났던 것이다.

"이봐, 슈누어파일. 아무리 그러고 싶더라도 내가 직접 이 사건을 맡을 수는 없어."

"당연한 말씀이십니다. 서장님은 잔트슈트룀 경사가 이 사건을 넘겨받을 것을 제안하셨습니다."

"잔트슈트룀은 완전 바보 천치잖아." 리타가 말한다. "그에게 이렇게 전해."

슈누어파일이 재빨리 수첩을 꺼낸다.

"그 교수를 태우고 집으로 갈 것. 기술부 놈들에게 알리고, 심리 상담관을 데려갈 것. 전화를 연결하고, 프로그램을 전부 가동할 것. 그리고 그가 견뎌 내는 한 계속 질문할 것. 가족 문제, 교우 관계, 직업. 가능하면 내가 저녁에 들르겠음."

슈누어파일은 수첩을 집어넣는다.

"아래층으로 신속히 내려가 보겠습니다." 그가 말한다. "그리고 알려 주도록 하겠습니다. 그런 다음에 곧장 경위님을 병원까지 모셔다 드리겠습니다."

"좋아."

리타 스쿠라는 슈누어파일을 지나쳐 코르크 게시판을 본다. 거기에는 범행 장소를 촬영한 사진들 옆에 그녀의 고양이 사진이 걸려 있다.

"나흘이라." 그녀가 말한다. "그 교수, 사람 잡을 사람이네."

3

그들은 그에게서 자동차를 빼앗아 갔다. 그들은 그에게서 휴대 전화기를 빼앗아 갔다. 그들은 그에게서 셔츠와 바지를 빼앗아 가서 비닐 부대에 꾸겨 넣었다. 그는 종이로 만든 옷 속에 처박혀 있다. 그 옷은 걸을 때마다 부스럭거리고, 그것을 입고 있으면 그는 자신이 시체와 어릿광대를 섞어 놓은 존재처럼 느껴진다. 이 순간 그는 알루미늄 서랍 속에 눕혀져 엄지발가락에 작은 꼬리표를 붙이고 벽 속으로 밀어 넣어진다고 해도 아무런 이의가 없었을 것이다. 마침내 서늘함, 마침내 고요함. 마침내 잠을 잔다.

그들은 그에게서 집 열쇠를 빼앗아 갔고, 이제는 그에게서 집을 빼앗아 간다. 거리에는 경찰관 세 명이 사복을 입고 서서 집이 감시당하는지 알아내기 위해 집을 감시하고 있다. 복도에는 남자 하나가 배를 깔고 누워서 귀에는 헤드폰을 쓰고 옆에는 검은 상자를 놓고 조그마한 드라이버로 전화기 연결 단자 속을 여기저기 만지작거리고 있다. 두 번째 남자는 벽에 기대선 채 좋은 충고들을 해 주며 담뱃재를 쪽매 널마루 바닥에 톡톡 털어 댄다. 부엌에서는 형사계 경사 잔트스트룀이 식탁에 앉아서 피클과 겨자를 넣은 햄 샌드위치를 준비한다. 아까 그는 이탈리아 파르마산 프로스키토 햄을 **빌려 가도** 괜찮은지 물었다. 제바스티안이 영원히 인생 최악의 나날과 결부시킬 거실의 카우치 위에는 다리가 앙상한, 이끼색 초록 모직물에 싸인 작은 여자가 쪼그리고 앉아서 가족사진이 들어 있는 앨범에 매부리코를 처박고 있다. 사람 옷을 입은 새라고 해도 이보다 더 낯설게 보일 수는 없을 터였다. 이게 바로 그 실험 영화야. 이 집과 나는 줄곧 이 영화가 시작하기를 기다려 왔던 거야. 제바스티안은 생각한다.

이른 아침에 하인리히폰슈테판가를 향해 길을 나섰을 때 그는 이제부터는 관할 기관이 이 상황을 다룰 것이라는 생각에 너무나도 마음이 홀가분해져서 구역질이 났다. 그가 두려워했던 진술은 가장 쉬운 연습에 불과한 것으로 판명되었다. 그는 그저 무슨 일이 일어났는지(집게 팔 기계, 처량한 봉제 동물 인형들, 베라 바겐포르트) 설명하기만 하면 되었고, 그러면서 딱 한 문장만 재현하지 않으면 되었다. 다벨링은 제거되어야 한다는 문장 말이다. 그 뒤로는 모든 것이 저절로 굴러가다시피 했다. 참으로 끝도 없는 일련의 질문들. 그것들은 모든 가능성에 방향을 맞추었다. 단 한 가지, 그가 한 남자를 살해했는지에 대해서만 빼고 말이다.

하지만 이제는 이 관할 기관의 일이 바로 그를 구역질 나게 만든다. 이 사람들은 많은 것을 중요하게 생각하는 것처럼 보이지만, 리암을 다시 데려오려는 시도에는 관심이 없는 모양이다. 매번 그가 스스로에게 경찰은 효과가 입증된 수사 과정을 따르고 있노라고 말할 때마다, 번번이 같은 대답이 그의 머릿속에 메아리친다. 저들도 그저 사람일 뿐, 사람은 아무 능력도 없다.

그는 침실의 열린 옷장 앞에 서서 종이 옷을 몸에서 갈가리 찢어 낸다. 마치 전혀 받고 싶지 않은 지나치게 거창한 선물 포장을 뜯어내듯이. 그는 침대에 눕고 싶고, 의식을 잃고 싶고, 누군가 그걸로 뭔가 쓸모 있는 일을 시작할 수 있다면 그에게 자신의 여생을 넘기고 싶다. 옷을 입는 동안 그는 자신에게 최후통첩을 보낸다. 자정까지는 경찰관들에게 시간을 줄 것이다. 그 이후에는 유괴범들이 정말로 자신에게 원했던 것이 뭔지 그들에게 말할 것이다. 그들이 과장 의사 슐뤼터에게 리암이 어디 있는지 물어보아야 한다고 말이다.

복도에서 기술자가 도청 회로가 방금 완성되었다는 신호로 엄지손가락을 들어 올린다. 제바스티안이 거실에 들어서자 심리 상담관이 미소를 짓는다. 그러자 그녀의 새 부리 같은 코 아래에서 수평으로 틈이 벌어진다. 제바스티안에게는 숨겨야만 하는 추잡스러운 가족 드라마가 있노라고 그녀는 큰 소리로 떠들어 대지 않았다. 하지만 그녀는 그의 일거수일투족을 곁눈질로 관찰했으며 벌써 오래전부터 사진 앨범을 뒤적여 댔다. 리암이 태어나고 첫 몇 해가 그 안에 상세하게 기록되어 있다. 그 뒤로는 사진이 몇 장 들어 있지 않은데, 그 사진들을 찍었던 제바스티안의 모습은 거의 보이지 않는다.

"곧 다 될 거예요. 그럼 시작할 수 있어요."

심리 상담관은 제일 먼저 마이케에게 사건 경과에 관해서 알려야 한다고 그를 설득했다. 그가 거부한다면, 그녀가 직접 아이롤로에 전화하겠다고 했다. 이 전화 통화에 앞서 기계 설비를 제대로 해 놓으려고 애쓰는 경찰관들의 열의는 그들이 리암이 엄마와 함께 있을 거라고 추정한다는 사실을 암시한다. 제바스티안은 부모들이 서로 아이를 훔쳐 가는 사건이 수도 없이 많다는 사실을 안다. 단지 그가 알지 못하는 것은, 여기에서는 이러한 구도가 고려 대상이 안 된다는 사실을 어떠한 방식으로 손님들에게 분명히 알려야 하는가이다.

"이제 아주 잘돼요." 담배를 피우는 기술자는 자기 동료가 방금 고장 난 변기를 고쳤다는 듯한 어조로 설명한다.

그는 눈짓으로 제바스티안을 불러 그에게 수화기를 건네준다. 수화기의 나선형 전선은 검은 상자에서 끝난다. 잔트슈트룀은 햄샌드위치를 들고 복도로 와서는 겨자 냄새를 풍긴다. 그가 손등으로 코를 훔치다가 코를 위로 밀어 올리는 통에 그의 얼굴이 잠시 동안 돼지 면상으로 바뀐다. 심리 상담관은 문틀에 기대서서 엄지손톱을 앞니 사이로 밀어 넣고는 제바스티안에게 호의적으로 고개를 끄덕이기를 멈추지 않는다. 그럴 수만 있다면 그는 마이케가 아니라 오스카에게 전화를 걸어서 오스카가 지난밤에 했던 말을 다시 한번 반복해 달라고 부탁할 것이다. 내가 너한테 갔으면 좋겠어?

이번에는 제바스티안이 "응."이라고 대답할 것이다.

고풍스러운 수화기가 손에서 묵직하게 느껴진다. 제바스티안이 아이롤로에 있는 스포츠 호텔 전화번호를 누르는 동안 경찰들의 시선이 그의 등에 꽂힌다.

엄밀히 말하자면 그것은 예상할 수 있는 일이었다. 마이케는 그곳에 없다. 그녀는 방에서 뒹굴기나 하려고 알프스에 가지 않았다. 그분께서는 여행을 하시는 거잖아요, 그렇잖습니까? 100킬로미터를, 그렇잖습니까? 아니요, 틀림없이 휴대 전화 없이요. 진정한 호사는 연락이 닿지 않는 데 있는 거죠. 그렇잖습니까? 숙달된 웃음. 예, 늦어도 저녁 식사 때까지는요. 그분께서 다시 전화를 하실 겁니다.

제바스티안은 심리 상담관에게 카우치를 넘겨 달라고 부탁한다. 그는 더 이상 어떤 질문에도 대답하고 싶지 않다. 그는 기술자들이 음악이나 텔레비전을 켜지 못하게 한다. 한숨을 쉬어 가며 경찰들은 책과 잡지들을 책장에서 꺼내 뒤적이기 시작한다. 심리 상담관은 창문을 열고 아래 내륙 수로에서 앞으로의 향방을 놓고 다투는 보니와 클라이드의 소리를 엿듣는다. 잔트슈트룀의 휴대 전화가 부엌에서 울린다. 경찰관 두 명이 제바스티안의 진술에 따라 트럭 운전사, 화장실 청소부, 식당 종업원들과 이야기를 나눈 A 81번 고속 도로에서는 새로운 사항이 없다.

기다림. 그간 이 분야에서 워낙 연습을 많이 한 까닭에 제바스티안은 몇 분 지나지 않아 자기 주위에서 벌어지는 일을 더 이상 지각하지 않게 된다. 머리를 뒤로 젖히고서 그는 천장을 응시한다. 천장의 하얀 평면이 기분 좋게 그의 정신 상태와 조응한다. 몸이 따뜻한 모래 더미 속으로 가라앉는 것처럼 느껴지는 동안, 의식은 부드러운 진동 속에 자기 주위를 회전하면서 떠오른다. 제바스티안은 시간이 이음매가 어긋나는 것을 분명하게 감지한다. 초(秒)들의 사슬이 미세한 조각들로 부서진다. 그의 자아는 용해되고, 그러면서도 그와 동일시할 수 있는 뭔가를 남긴다. 육신과 영혼의 바깥에 있는 일종의 관찰 초소를 말이다. 그곳에서 제바스티안은 시간과 공간에 대한 자신의 느낌과 한 치의 일치점도 없는 한 이론에 자기가 왜 그렇게 오랫동안 사로잡혀 있었는지에 대해서 깊이 생각해 보게 된다. 그가 움직이는 세계는 여러 세계가 아니다. 그것은 단 하나의 우주, 하나의 굉음이며, 그 안에서 그는 자신의 현존 말고도 다른 존재의 현존도 감지한다. 그들에게 이름을 붙여 줄 수 있다. 마이케, 오스카, 리암. 그리고 그들은 여러 흐름들로 만들어진 하나의 양탄자 안에 짜 넣어져 있으며, 그 흐름들 속에서는 물질과 에너지가 실제로 동일한 것이다. 다시 말해, 정보인 것이다. 다름 아닌 기억과 경험들로 이루어진 인간의 의식은 순수한 정보이다. 사람들은 책상머리에 앉아 비망록을 작성해야 한다고 제바스티안이란 이름의 관찰 초소는 생각한다. 사람들은, 시간의 수량화를 통해 빅뱅 너머까지 계산해 내려는 오스카의 시도가 무엇보다도 세계를 하나의 거대한 정보 기계로 파악하는 것을 목표로 삼고 있는 건 아닌지 알아내야 한다. 사람들은, 설사 서로 상이한 쪽으로부터 접근해 온다고 하더라도, 그들 둘이 오래전부터 동일한 생각을 탐구해 왔던 것은 아닌지 잘 생각해 봐야만 한다. 시간은 단지 철학적 의미에서뿐만 아니라 물리학적 의미에서도 의식의 산물이며 동시에 의식과 동일하다는 생각 말이다. 사람들은 즉시 오스카와 이야기해야 하며, 의견의 일치를 모색해야 하고, 사람들은 또한……. 문에서 초인종 소리가 나자 제바스티안의 몽상은 무너져 내리고 다음과 같은 문장만을 남긴다. 인간은 무(無) 속의 구멍이다.

누군가가 집에 들어온다. 어떤 여자의 목소리가 잔트슈트룀을 멍청이라고 부르고는, 지난 오후에 무슨 일이 있었는지 묻는다. 좋은 질문이다. 제바스티안의 손목시계는 그가 다섯 시간 동안이나 방 천장의 하얀 표면을 관찰했노라고 주장한다. 그 여자는 안으로 들어와서 담배를 피우는 기술자의 손을 쳐서 텔레비전 잡지를 떨어뜨린다. 제바스티안은 아침에 이미 한 번 관할 경찰서에서 계단을 뛰어 올라가는 그녀를 본 적이 있다. 그는 뒷모습만 보고도 벌써 호감이 가지 않는 여자라고 생각했다. 지금 그녀는 재빠르게 여기저기 시선을 날린다. 마치 예전에 여기에서 뭔가를 잃어버려서 그걸 가지러 다시 온 사람 같다. 그녀가 제바스티안을 향해 다가오자, 곱슬곱슬한 머리카락이 영원한 흥분의 상징처럼 그녀의 머리를 둘러싼다. 커다란 가슴은 가까스로 단추를 잠근 니트 카디건 아래에서 필요 이상으로 심하게 돌출해 있다. 놀라운 크기의 짐승 앞발 같은 손으로 그녀는 제바스티안의 손가락을 으스러뜨린다.

"리타 스쿠라. 형사계 경위입니다."

최소한 그녀는 그를 가만히 내버려 두고 그 대신 동료들에게

꼬치꼬치 묻는다. 잔트슈트룀과 경찰 심리 상담관은 제바스티안의 진술을 공정하게 서로 나눈다. 그들이 끝마치기가 무섭게 리타 스쿠라는 과장 의사라는 이 빌어먹을 놈이 하루 종일 병원에 나타나지 않았다고, 직원 전체가 계속 자신들의 결백을 주장한다고, 그러므로 살해당한 수석 의사 사건에는 새로 알아낸 것이 없으며, 이에 상응해서 간부실에서는 똥줄이 타고 있다고 보고한다. 그녀가 계속 욕을 해 대는 동안에 전화가 울린다.

장면이 경직되었다가 곧바로 다급한 난장판으로 바뀐다. 모두들 떠들어 대고 우왕좌왕하는 한가운데에서 리타 스쿠라는 우두머리가 된다. 그녀는 기술자를 기계 장치로 보내고, 잔트슈트룀을 발코니로, 그리고 경찰 심리 상담관을 제바스티안과 함께 전화기 쪽으로 보낸다.

"제가 신호를 드리면 그때 수화기를 듭니다. 시간을 끈다. 못 알아듣는 척한다. 추가 질문을 한다. 아시겠죠?"

"집사람일 겁니다." 제바스티안이 말한다.

리타는 단호하게 머리를 흔들고, 기술자와 시선 접촉을 유지하면서, 팔짱을 끼고 벽에 기댄다. 제바스티안은 거대한 유리컵을 이 여형사 위에 덮어씌우고 마분지를 컵 아래로 밀어 넣은 다음 그녀를 버둥거리는 곤충처럼 마당에다 던져 버리고 싶어진다. 그녀가 손가락을 딱 튕기자 기자 기술자가 그에게 수화기를 건넨다.

"아빠?"

리암의 목소리가 귀에 댄 수화기에서뿐만 아니라 상자에서도 나온다. 상자 옆에서는 녹음기 릴이 돌아가고 있다.

"잠깐만요, 아빠. ── 에이, 이제 그만 좀 해!"

리암이 수화기 너머 다른 누군가에게 말한다. 뒤편에서 킥킥대는 소리가 들리고, 뭔가가 덜컹거린다. 그러고 나서 리암이 다시 전화를 받는다.

"미안해요." 리암이 웃는다. "여기에는 전화가 하나뿐이고, 게다가 50센트 동전만 들어가요. 필립과 레나가 계속 내 팔을 끌어당겨요. 얘들 생각엔 이게 재밌거나 뭐 그런가 봐요."

"리암." 제바스티안이 말한다.

"아빠? 내가 너무 오랫동안 전화 안 해서 지금 화났어요? 정말로 그럴 수가 없었어요. 우리는 바로 출발했어요. 배낭과 텐트를 가지고요. 무슨 말이냐 하면, 내가 바로 상급반에 들어갔거든요. 왜냐하면 내가 불 피우는 얘기를 좀 했거든요. 집광 효과와 점화 온도의 초과. 그리고 부싯돌에 대한 오류에 관해서도. 실제로 그러려면 황철광이 필요하다고요. 그랬더니 나를 곧장 여행에 데리고……."

"리암! 아무 일 없는 거지?"

제바스티안의 통제되지 않은 외침이 리암의 말 흐름을 끊는다. 자꾸 길어지는 망설임이 장치들에서 삐져나와 거기 있는 모든 이들을 에워싸고는 마치 보이지 않는 젤라틴 덩이처럼 복도를 채운다.

"당연하죠. 최고예요." 마침내 리암이 말한다. "무슨 일 있어요, 아빠?"

"아니." 제바스티안이 재빨리 말한다. "다 괜찮아. 아빠가 그냥…… 걱정이 돼서."

리암이 생각하는 동안 제바스티안은 움찔거리는 횡격막이 적절하지 못한 소리를 내는 것을 막으려고 주먹을 입으로 가져가 하얗게 솟은 뼈들을 깨문다.

"애들이 많이들 향수병에 걸렸대요." 리암이 말한다. "혹시 아빠도 나한테 향수병 걸린 거예요?"

이것은 도저히 견딜 수가 없다. 제바스티안은 대화를 끝내야만 한다. 그는 수화기를 가리고 이마를 벽에 부딪치고 다시 한 번 깊이 숨을 들이마신다.

"너, 눈치챘구나!" 그는 정확히 제대로 된, 기뻐하는 목소리로 말한다. "잘 들어, 리암, 아빠는 전화를 끊어야 해. 우리…… 내가 나중에 너한테 연락할게. 아니면 내일. 내 말은, 아빠가 들를게."

"안 돼요!" 리암이 깜짝 놀라는 것이 확연히 전해진다. "그럴 수 없어요. 우리는 내일……."

"오케이, 리암, 재밌게 지내! 곧 보자! 안녕, 리암! 안녕!"

수화기가 떨어지고 제바스티안도 같이 쓰러진다. 기술자가 단추를 누르고, 딸깍, 날이 어두워진다. 뭔가 부드러운 것이 그의 눈을 감긴다. 낯선 재킷. 그것에서 남자 냄새가 난다. 누군가가 제바스티안을 조심스럽게 바닥으로 미끄러지게 한다. 반란을 일으킨 횡격막이 그를 비명 지르게 한다.

4

실프 형사에게는 잠에서 깨어나면서 이미 자신이 출입문 밖으로 나서지 않을 것임을 아는 그런 날들이 있다. 그는 재빠르고 조용하게 자신의 카키색 카고 바지 속으로 미끄러져 들어간다. 그는 작업복 상점에서 이 바지를 사서는 젊은이들 사이에서 유행하기 전부터 벌써 입고 다녔다. 그는 짐을 싸 놓은 여행 가방을 침대 아래에서 끄집어내어 침실을 나선다. 그리고 이때 문을 조심스럽게 닫기 위해 양손으로 손잡이를 잡는다. 그러고 나서 지나치게 차가운 콜라 한 컵을 들고 아일랜드 식탁 옆에 잠시 동안 서서 마치 처음 보는 것처럼 자기 집 안을 둘러본다. 십오 년 동안 이 공간은 가정이 되는 대신 숙소로 남았다. 특히 부엌에서 실프는 마치 어떤 익살꾼이 그를 현대적 삶을 위한 광고에 편집해 넣은 것 같은 느낌을 여전히 받는다. 그는 잘 닦인 스테인리스와 조작할 줄 모르는 값비싼 주방 가전에 둘러싸여 있다. 다리가 긴 바 의자에 앉는 것은 반항이였을 적부터 우스꽝스럽게 느꼈다. 진정한 원룸형 부엌이라고, 슈투트가르트의 형편에는 좋은 가격이라고, 이사 들어올 때 집주인이 설명했다. 의무감에서 실프는 냉장고에 엽서 몇 장을 붙여 놓았다. 그것들은 마요르카섬, 란차로테섬, 그란카나리아섬을 보여 준다. 휴가 때 생긴 것들이다. 뒷면은 비어 있다. 그는 콜라 컵을 세워 두고, 빵 담는 함, 사용한 적 없는 과일 바구니, 잡지 한 무더기를 창틀에서 치우고 창문을 연다.

퇴각하는 밤은 동녘 하늘에 색 폭탄을 던지고, 그 사이로 드러나는 것은 구름 그라피티. 태양이 곧 그것을 동터 오는 새날의 벽에서 씻어 낼 것이다. 건물들 틈새로 실프는 네거리를 내려다본다. 마치 자동차가 아직 발명되지 않았거나 아니면 그새 다시 잊혀 버리기라도 한 듯 텅 비어 있다. 보행자 하나가 홀로 건물 벽을 따라 조용히 걸어가고 있다. 교대 근무자이거나 잠이 없는 예술가인 모양이다. 밤에도 기온이 20도 이하로는 떨어지지 않는데 그는 외투 깃을 세웠다.

형사가 손목을 돌려 시계를 본다. 토요일 아침 새벽 4시 30분이다. 아마도 그는 이 시간을 특허라도 내야 할 듯하다. 일찍 일어나는 것은 이미 오래전부터 더 이상 그에게 문제가 되지 않는다. 그는 어떤 임의의 시간에도 눈을 뜨고 침대에서 일어날 수 있다. 마치 아무 일도 없었던 것처럼, 마치 잠이 없는 것처럼, 그리고 정말이지 꿈이 없는 것처럼. 인간은 일생의 3분의 1을 꿈들의 복도에서 허비하는데 말이다. 힘들이지 않고 일찍 일어나는 것은 나이가 향상시키는 몇 안 되는 능력들에 속한다. 젊었을 적에 실프는 자신은 절대로 늙지 않을 거라고 즐겨 주장하곤 했다. 사람이 나이가 들면 먹는 일만 기다린다고 했다.

그는 미소를 짓고서 두 발을 비상계단의 철제 격자 바닥에 올려놓는다. 조심했는데도 마치 큰 징처럼 울리기 시작한다. 뭣 때문에 그가 여러 날을 이 길로 집을 나서는지 그리고 마치 가택 침입자처럼 자신의 삶에 숨어 들어오는지는 그 스스로도 만족할 만한 근거를 댈 수 없을 것이다. 때때로 그에게는 현실을 그것의 그로테스크한 발상들까지 한꺼번에 뒷길로 기습하는 것이 의미가 있어 보인다. 밖에서 창문을 닫기 전에, 그는 다시 한번 집을 둘러본다. 아무것도 움직이지 않는다. 모든 것이 마치 형사가 늘 그렇듯 혼자인 것 같다.

자기 스스로를 되돌아볼 때 실프는 한 이십 년쯤 전만 해도 자기가 아주 정상적인 사람이었다고 생각한다. 직업도, 집도, 열정도 있었으며 심지어 가족까지 있었을 수도 있다. 그러고는 분열이 왔다. 젊은 실프는 자동차 열쇠를 꺼내려고 주머니 속에 손을 넣었을 따름인 한 남자를 작전 중에 쏘아 죽였다. 아니면 실프가 주말에 차를 몰고 포도밭으로 소풍을 가는데 범죄 용의자가 그를 도로에서 밀쳐 냈을 수도 있다. ─ 그리고 차의 뒷좌석에는 실프의 아내와 어린 아들이 앉아 있었다. 그 형사는 자신이 기억할 수 없다고 고집을 부린다. '분열'은 그의 형편없는 기억력이 궁색하게 숨기는 어떤 재난의 이름이다.

분열에 뒤이은 일들은 새로운 인물을 요구했다. 실프는 자신의 실존의 잔해에서 아직 작동하는 구성 요소들을 골라냈다. 그 중 하나가 그가 하는 일이었다. 그는 일을 잘했다. 견줄 만한 위치에 있는 대부분의 다른 사람들보다 나았다. 아침이면 그는 자리에서 일어났다. 그는 적절한 간격으로 양분을 섭취했으며, 대중 교통수단과 대중 기호품을 사용했고, 어디가 자기 잠자리인지 잘 알았다. 이러한 활동들이 쌓여서 그 합계가 새로운 인간, 완전한 인간이 되기를 그는 기다렸지만, 그것은 헛된 기대였다. 실프의 문제는 그가 자신의 삶을 소멸시킬 수 없었다는 데 있었다. 왜냐하면 그 삶을 영위했던 남자는 이미 그 전에 끝장이 났으니까. 언젠가 그는, 문제는 계속해 나가기임을 깨달았다. 그 형사는 계속해 나가기의 예술가가 되었다. 약 한 달 전에 그가 자신의 예술을 실행에 옮기는 것을 아프도록 방해한 두 가지 것과 마주치기 전까지는 말이다. 그것은 한 여자, 그리고 사형 선고였다.

그는 그 사형 선고를 음란하게 삐걱대고 땀이 차는 체스터필드 안락의자의 가죽 쿠션 위에서 받았다. 이 안락의자는 영국풍으로 꾸며 놓은 응접실의 일부로, 실프의 주치의는 환자들의 몸에 난 구멍들 속에 충분히 오랫동안 빛을 비춰 본 뒤에 그들을 응접실로 데리고 간다. 두꺼운 양탄자가 바닥을 덮고, 짙은 색 목재가 벽을 덮었으며, 금장된 고전 문학은, 하늘에 닿도록 터무니없이 과하게도 도서관 사서용 이동 사다리의 도움을 받아야 가 닿을 수 있다.

실프가 만난 그 여자는 어떤 의미에서는 이 응접실과 정반대였다. 그녀는 조금 고불거리는 짙은 색 머리카락, 솔직히 믿기지 않을 정도의 들창코, 그때그때의 주위 풍경을 되비추는 편편한 눈, 그리고 사십 대에게보다는 소녀에게 더 잘 어울릴 체격을 갖추고 있었다. 형사는 그 불길한 진료를 받은 직후에 슈투트가르트의 보행자 구역에서 그녀와 맞닥뜨렸다. 좀 더 정확히 말하자면, 그가 갑자기 멈춰 섰기 때문에 그녀가 그의 허리를 들이받았다. 그의 발 앞에서, 최근 들어 빈번히 그러듯이, 포석이 심연을 이루며 벌어졌다. 그 구멍으로 그는 현기증을 일으키는 바닥 부재 상태를 내려다보았다. 시간과 공간의 외부에 존재하며, 그 안에서는 모든 것이 모든 것과 연관되어 있는 상태를 말이다.

어릴 적부터 형사는 인지 가능한 세상 저편에 일종의, 현실의 근원 실체가 틀림없이 존재하리라고 믿었다. 그보다 더 위대한 사내들은 **물자체(物自體)**나 **존재 자체**, 또는 소박하게 **정보**에 관해 말한 바 있다. 형사는 요즘 이에 덧붙여 '근원 텍스트'를 이야기하는데, 이것으로 그는 일상의 볼 수 있고 쓸 수 있는 사용자 인터페이스의 배후에 놓인 그 무엇을 지칭한다. 이 개념이 그의 마음에 드는 까닭은 그것이 현실을 인간이 만든 기계에, 지성의 그 지적 산물에 비유하기 때문이다. 왜냐하면 그의 견해에 따르자면 이 현실이란 다름 아니라 일초마다 개별 관찰자들 모두의 머릿속에서 태어나는, 그러니까 세상에 내놓아지는 창조물인 까닭이다. 오래전에 형사는 방법을 하나 개발했는데, 요즘 그는 그것으로 근원 텍스트를 읽어 내려고 시도한다. 이러한 방식으로 그는 자기가 맡은 사건들을 해결한다. 바닥 부재 상태로 향하는 문이 요구하지 않아도 열리는 것이, 반복되는 두통과 더불어, 그가 가장 최근에 의사를 찾아갔던 이유였다.

그의 뒤에서 비닐봉지들이 바스락거렸다. 그러고는 그의 등에서 비명과 충격. 원래는 그 충돌이 그를 심연의 언저리 너머로 보내 버렸어야 했다. 물론 그는 자기가 추락하고 있다고 잘못 생각했다. 하지만 그는 두려움이 아니라 너무나도 격렬한 동경을 느꼈고, 그래서 앞으로 발을 뻗었으며, 발밑에 탄탄한 바닥을 발견하고 나서는 깊이 실망한 표정으로 자신을 공격한 사람을 향해 몸을 돌렸다. 그의 표정을 보고 여자는 웃었고, 즐거워하며 머리채를 흔들어 댔고, 사과를 하지 않았다. 그 대신 그녀는 형사가 다시 움직이기 시작하자 망설임 없이 그의 뒤를 쫓아갔다. 그가 그녀에게 악수를 청하지도 않았고 이름을 알려 주지도 않았는데 말이다. 그는 마치 띄움닻처럼 그녀를 시내 이리저리로 끌고 다녔다. 의사에게 진료를 받은 뒤에 그는, 예를 들어 피자 한 조각을 산다거나 하는 뭔가 통상적인 일을 할 작정이었다. 이제는 오로지 이 새로운 지인을 어떻게 떼어 놓을까 하는 것만이 문제였다. 그녀는 묵직한 비닐봉지를 들고 있었는데, 그 속에는, 나중에 밝혀지다시피, 그녀가 생활하는 데 필요한 모든 것이 들어 있었다. 그리고 그녀는 뭣 때문에 그들이 언제나 같은 모퉁이들을 지나는지 의아해하지도 않고 형사를 따라다녔다. 그토록 긴 산보를 더 다채롭게 구성하기에는, 실프에게는 상상력이 너무 부족했고 보행자 구역은 너무 좁았다. 그들이 또다시 똑같은 신호등에서 기다리고, 똑같은 길을 건너고, 똑같은 쇼윈도를 흘낏 쳐다보는 동안에 여자는 태연히 그리고 끊임없이 자신에 관해 이야기했다.

열여섯 살 때 그녀는 나체화 수업에 모델을 서기 시작했고, 곧 그 일로 돈을 많이 벌었던 덕에 이른바 제대로 된 교육의 필요성을 별로 절실하게 느끼지 못했다. 시간이 흐름에 따라 화가들은 더 유명해졌고 급료도 더 올랐다. 그녀는 자신이 벌거벗어서 돈을 받은 게 아니라 몇 시간씩 움직이지 않는 중노동의 대가로 돈을 받았다는 사실을 재빨리 파악했다. 그녀는 신체적 고통을 관리하는 데 있어서 대가가 되었다. ─ 그것도 고작 목탄이 사각거리는 소리, 화가들이 날카롭게 호흡 가다듬는 소리와 이따금씩 한숨 쉬는 소리밖에는 그곳의 생기를 찾을 수 없는, 너무나도 지루한 공간에서 말이다. 그녀는 갑자기 깜짝 놀랐을 때처럼 몸을 돌리고는 그대로 서서 오후 내내 이 자세를 유지하는 것을 일종의 교미 경직[32] 상태로 해낼 수 있었고, 화가들은 이에 매혹되었다. 그녀의 재능이 두루 회자됐고, 계약이 끊이지 않았다. 그녀를 담은 그림이 너무도 많이 존재해서 자신은 자기가 누구인지 단 한 번도 자문해 볼 필요가 없었노라고 그녀는 설명했다. 다른 사람들이 어둠침침한 사무실에서 책상 위로 몸을 구부리고 있는 동안, 그녀는 제일

---

32 포유류 암컷이 교미가 끝날 때까지 교미에 유리한 자세로 굳어 있는 상태를 지칭하며, 불편한 상황에 변화가 있을 때까지 수동적으로 기다리는 인간의 태도에 대한 은유이기도 하다.

좋아하는 카페의 정원에 앉아 카페라테 한 잔을 시켜 놓고 바람이 뺨을 어루만지도록 했다. 그녀가 형사에게 고백하기를, 사실 자기는 한없이 편한 이 라이프스타일이 언젠가는 뭔가 달라질 수밖에 없다는 것을 예측하지 못했다고 했다. 끝도 없는 정지 동작이 그녀의 등, 무릎, 팔꿈치를 돌이킬 수 없게 모두 잠식해 버리는 것을 막고 싶다면 절대 다시는 모델을 서면 안 된다고 정형외과 의사가 통지하기 전까지는 말이다.

그들이 슐로스 광장에 있는 맥도날드 유리문 앞에서 마치 약속이나 한 듯 걸음을 늦추었을 때, 여자는 형사에게 이 이야기를 어떻게 생각하느냐고 물었다. 형사에게는 그녀의 장광설이 이야기라는 사실이 그때까지는 눈에 들어오지 않았다. 자기가 누구인지 자문해 볼 필요가 없는 인간은 이야기 서술 기법 분야에 별로 재능이 없다.

그는 자기 생각을 대놓고 말했고, 여자는 그의 말이 마음에 들었다. 그녀가 웃었다. 그녀의 발치에서는 참새들이 서둘러 떠나가는 사탕 포장지와 굴러가는 담배꽁초를 쫓아 깡충깡충 뛰어다녔다. 바람 부는 날이었다. 오랜 산책이 형사를 지치게 만들어 먹을거리와 커피 한 잔에 대한 희망만으로도 강렬한 행복감이 밀려왔다. 그들은 함께 최고의 기분으로 패스트푸드점에 들어섰다. 실프는 여자를 위해 유리문을 잡아 주었고, 맞은편에서 오는 손님들이 자신을 이상하게 쳐다본다고 생각하며 동행인의 목표 의식 뚜렷한 발걸음을 쫓아 구석 자리로 갔다. 여자는 긴 의자에 털썩 주저 앉더니 어깨를 유연하게 움직여 재킷에서 빠져나왔다. 정형외과 의사에게 진단받은 후, 저축해 둔 돈으로는 몇 주를 채 버티지 못했다고 그녀는 말했다. 우화 속 베짱이처럼, 자기는 끝나지 않을 것 같은 여름철 동안 스스로를 혹독한 겨울날에 대한 생각으로 괴롭히지 않았노라고 했다. 그래서 이제는 자기를 돌봐 줄 누군가를 찾아다니고 있다는 것이었다.

이 순간 형사는 무슨 일이 일어날지 깨달았다. 그는 자리에 앉았다가 다시 일어나서는, 그녀에게 뭐라도 가져다줄까 물었다. 예를 들면 햄버거나 사과 파이, 기름진 튀김옷을 입힌 닭고기 나부랭이들을. 그러자 여자는 책망하면서도 거의 애정 어리기까지 한 눈빛으로 그에게 다시 자리에 앉아서 매너 있는 사람답게 웨이터를 기다리면서 그를 쳐다보라고 권했다. 웨이터에게 메뉴판을 갖다 달라고 부탁할 수 있다는 것이었다. 이제 형사는 무슨 일이 일어날지만 아는 것이 아니었다. 아주 우연히 사형 선고와 함께 자신에게 보내진 이 여자가 실제로는 전혀 존재하지 않을지도 모른다는 지울 수 없는 의심이 또한 그를 엄습했다. 맥도날드에서 메뉴판을 요구하는 인간은 한마디로 그의 기이한 형태의 상상력에 지나치게 잘 맞아떨어졌다. 자신의 처지에서는 그냥 미쳐 버리는 것이 가장 쉬운 일이라고 여자는 말하고는 계속해서 그를 거울처럼 되비치는 눈으로 바라보았다. 그러나 자기한테는 삶이 제공하는 것들이 예나 지금이나 광증이 제공하는 것들보다 더 매혹적으로 보인다고 했다.

그들 두 사람을 위한 식사를 사러 카운터의 창백한 아가씨한테로 가기도 전에 형사는 그 여자에게 자신의 주소와 집 열쇠를 주었다. 저녁에 그가 근무를 끝내고 집에 왔을 때 그녀는 집을 정리하고, 진공청소기를 돌리고, 잠자리를 챙기고, 수프를 끓여 놓왔다. 그들이 그날 두 번째로 함께 식사하는 동안에 그녀는 그에게 자기 이름을 알려 주었다. 율리아.

그것이 사 주 전이었다. 아주 당연하게도 그사이 형사는 일찍 일어날 때면 소음을 내지 않으려고 애쓴다. 침대에는 그의 새 여자 친구가 누워서 자고 있다.

5

덜커덩거리는 철제 격자 위에 실프는 조심스럽게 번갈아 발을 디딘다. 그는 너무나도 심하게 후덥지근한 아침 공기를 이 사이로 들이마시고는 이웃집들의 전면을 관찰한다. 이 모든 어두운 창문 뒤에서 사람들이 자고 있다. 의식도 없이, 번데기가 된 구더기처럼 나란히 포개어져서 말이다. 이러한 상상은 자신의 실존을 오늘도 계속 이어 가려는 의욕을 고조시키는 데에는 그다지 도움이 되지 않는다. 그가 막 계단의 반을 내려오자마자, 내면의 관찰자가 발언을 신청한다.

또다시 실프 형사가 소방용 비상계단으로 집을 나섰다, 라고 그의 머릿속에서 말한다. 그는 자신의 새로운 사건에 아무런 의욕을 느끼지 않았다.

이 목소리를 실프는 이십 년도 더 전부터, 그러니까 그의 전기(傳記)를 두 동강 낸 그 분열이 있은 이후로 자각해 왔다. 자기 자신의 행동거지를 무대 밖 오프로 논평하는 이 강박은 마치 고질병처럼 불규칙한 간격으로 그를 엄습한다. 그러면 그의 머릿속에는 더 이상 현재는 없고, 오로지 서사적 과거형만 존재하며, '나' 대신에

삼인칭만 존재한다. 갑자기, 마치 먼 미래에서 누군가가 그에 관해, 그리고 철제 격자로 만든 지퍼로 집 벽에 고정된 이 이른 아침에 관해 이야기하는 것처럼, 그의 생각이 소리를 낸다. 실프는 저항하지 않는 법을 배웠다. 사람은 많은 것으로부터 달아날 수 있지만, 자기 머릿속에서 벌어지는 일로부터는 달아나기 어렵다. 그는 자신의 악명 높은 혼잣말을 내부의 관찰자라고 명명했다. 인간들은 파악할 수 없는 것에 이름을 부여해야만 하기 때문이다. 그 관찰자가 단 몇 시간만 그를 방문하는 경우도 있다. 다른 때에는 그와 몇 주 동안 긴밀한 관계를 유지하며 세상을 멈춤 버튼과 볼륨 조절 장치가 없는 청취극으로 만들어 놓는다. 그 청취극에서는 실프가 혼자 작가, 내레이터, 청취자 역할을 한다. 그 관찰자는 어떤 사건들에 대해서는 침묵하지만, 다른 어떤 사건들에 관해서는 더 철저하게 토론한다. 곤란한 사건의 초반에는 실제로 항상 그가 나타난다고 확신해도 된다. 그는 형사가 생각하는 바를 재현하는 것을 제일 좋아한다.

나한테 없어도 되는 게 하나 있다면 그것은 자전거를 타다 목이 잘린 남자야, 라고 형사는 생각했다고, 형사는 생각한다.

이틀 전에 콧수염 달린 경찰청장이 친히 전화를 걸어 그에게 경의를 표하고는 각별한 존경의 표시로 그의 휴가 계획을 취소시켰다. 프라이부르크 사람들은 그 일을 해결하지 못하네. 청장이 전화기에다 소리를 질러 댔다. 의료 스캔들이 도시 전체를 미치게 만든다네. 처음에는 심장병 환자 넷이 죽더니, 그리고는 수석 의사가 살해되었어. 심지어 신문사 돌대가리들조차 연관성이 있다고 본다네. 휴가는 나중에 가게, 실프! 그 전에 이 다벨링 사건을 해결해.

다른 상황에서라면 실프는 경찰청장의 명령에 아무 저항 없이 복종했을 것이다. 지금도 역시 그는 복종하지만, 저항이 엄청나다. 사태를 냉철하게 관찰하자면, 그의 집에서는 골칫거리 하나가 잠을 자고 있고, 또 다른(혹은 어쩌면 심지어 동일한) 골칫거리는 상당히 오래전부터 그의 머릿속에 산다. 형사는 지금 프라이부르크로 가고 싶지 않다. 그는 하인리히폰슈테판가에서 멀지 않은, 비좁은 관사가 끔찍스럽다. 그는 죽은 마취과 의사나 과장 의사의 과대망상 따위에는 관심이 없다. 그는 지난 몇 해 동안 끊임없이 일했고, 휴식이 필요하다. 지금은 다벨링 같은 것보다 더 중요한 게 있다. 어차피 다벨링은 리타 스쿠라와 그녀의 외무부 장관이 최고의 적임자다.

실프는 빈속에 시가릴로[33]를 피울까 고민하다가 그 생각을 떨쳐 버린다. 한동안 그는 마당에 놓인 쓰레기통의 고요함을 바라본다. 자극적일 정도로 천천히, 고양이 한 마리가 깨끗이 쓸어 놓은 포석을 가로지른다. 실프가 움직이기 시작하자, 고양이는 단걸음에 옆집 출입구로 내뺀다.

어떤 날에는 삶이 어떤 이에게 뒷문으로 삶에 발을 들여놓는 것 말고는 다른 선택을 허락하지 않는다, 라고 형사는 생각했다고, 형사는 생각한다.

그는 꿍음을 내는 격자 계단을 뛰어 내려간다. 무릎과 어깨에서 우두둑 소리가 나는 것을 무시하면서, 그는 소방용 비상계단

---

33 작고 가는 여송연.

끝을 보호하는 차단벽을 옆으로 타 넘는다. 그는 남은 1.5미터를 풀쩍 뛰어 안마당에 내린다.

두 시간이 채 지나지 않았을 때 실프는 진동하는 유리창의 차가운 유리에 이마를 기대고 격심한 두통 발작이 점차 사그라지는 것을 주의 깊게 뒤쫓는다. 창문 아래쪽 가장자리에 있는 틈새를 통해서 에어컨이 그의 얼굴에 공기를 불어 댄다. 크게 커브를 그리며 기차는 작은 도시 하나를 선회한다. 교회 첨탑과 목골 건물, 풀을 벤 초원이 있어 이 도시는 야외 박물관의 전시 작품을 닮았다. 인터시티의 뒤쪽 끝이 시야에 들어오자, 실프는 기차 여행 때면 늘 그러듯 인간의 노력이 빚어낸 이 무슨 기적의 산물 안에 자신이 앉아 있는지 곰곰이 생각해 본다. 인간들은 얼마나 엄청난 덩어리를 가속시키는가, 얼마나 많은 노력을 들여 그들은 필요한 자원을 지구에서 쟁취해 내는가. 그것들을, 위대한 이념에 부응하여, 쓸모 있는 그 뭔가로 빚어내기 위해서 말이다. 그리고 인간들이 그 모든 것을 하나의 목표 아래 완수해 내는 모습이란! 그중 가장 똑똑한 사람들의, 수천 년에 걸친 정신적 노력에도 불구하고 아직도 여전히 완전한 어둠 속에 있는 목표를 위해서 말이다!

다음번 숲이 열차를 집어삼키자 그는 창문에서 시선을 돌린다. 왼쪽 눈초리에서 세상이 추격전으로 변한다.

실프는 슈투트가르트 중앙역에 정시보다 일찍 도착했으면서도 프라이부르크행 5시 기차를 놓치는 일을 정말로 해냈다. 그를 지체시켰던 것은 한 잡지였다. 그것은 플랫폼에 널브러져 있었고 실프는 그것을 밟았다가 하마터면 미끄러질 뻔했다. 그는, 흥분해서 잡지를 뒤적이는 바람에게서 그것을 빼앗았고, 펼쳐진 곳을 눈이 빠져라 읽었다.

기고문에서는 한 물리학 교수가 타임머신 살인자 이론을 다루고 있었다. 그러니까 실프를 총경으로 진급시켜 주었을 뿐만 아니라 더 나아가 그에게 범죄사에 작으나마 자리 하나를 확보해 줄 그 사건을 말이다. 게걸스레 한 줄 한 줄 읽어 내려가는 동안, 형사는 그것들이 오로지 자기한테만 말을 거는 것처럼 느껴졌다. 글을 읽는 내내 그는 운행 시간 알림표가 들어 있는 진열장 앞에 서 있었고, 다른 승객이 부탁을 해도 옆으로 비켜서지 않았고, 열차가 들어온다고 경고하는 확성기 안내 방송도 듣지 못했으며, 도무지 기사에서 눈을 뗄 줄을 몰랐다. 결국 그는 떠나가는 기차의 뒤꽁무니를 놀란 눈으로 뒤따라 바라보았다. 자기가 분명코 예약석 24호차 42번 좌석에 앉아 있으며, 자신으로부터 분리되어서, 또 다른 인과관계의 선로로 평행 우주에 진입하고 있다고 믿을 태세를 갖춘 채 말이다. 마치 사소한 실수를 되돌리기 위해 레버를 찾는 것처럼 그의 오른손이 더듬거리며 관자놀이로 향했다. 그는 그저 너무 늦게 잡지에서 눈을 들었을 뿐이고 문들 중 하나로 뛰어오르지 않았을 따름이다. 그런 사소한 일이 그렇게 빨리 그리고 철회 불가능하게 세계의 기억에 새겨졌을 수는 없지 않은가.

혼자서, 골똘히 생각에 잠긴 채, 실프는 여전히 밤처럼 적막한 플랫폼에 남아 있었고, 같은 자리에서 꼼짝도 하지 않고 한 시간을 보냈다. 다음 열차가 들어왔을 때, 그는 조금도 기다릴 필요가 없었다.

지금 그가 앉아 있는 인터시티는 놓쳐 버린 기차와 완전히 똑같다. 반발심에서 실프는 24호차 42번 좌석에 앉았다. 그는 여행 가방의 왼쪽과 오른쪽에 발을 정돈해 놓고는 손을 무릎 위에 얹고 등을 꼿꼿이 세운다. 이 자세로 그는 새롭게 밀려오는 두통을 물러가게 하고 더 나아가 잠시 동안 허리 디스크의 존재를 잊는 데 성공한다. 그가 얼마 전에 깨달았다시피 나이가 든다는 것은 그저 새벽 4시에 깨서 더 이상 잠이 들지 못하는 것만을 의미하지는 않는다. 노화는 무엇보다도 자기 몸과 다시 시작하는 랑데부다. 자기 몸속의 관(管), 필터, 링크, 펌프와 치르는 단독 대담이다. 그것들은 오랫동안 남몰래 제 역할을 해 오다가 갑자기, 관심을 가져 달라고 요청하면서, 의식으로 파고든다. 자기 자신의 지도를 제작한다는 것은 죽는다는 것과 같은 뜻이며, 스스로를 완전히 파악했다는 것은 죽음을 의미한다고, 형사는 생각한다. 그는 동상처럼 꼿꼿한 채로 오르락내리락하는 기차와 함께 가볍게 흔들린다. 다시 한번 그는 형편없이 지어 놓은 자신의 대체 인생은 이제 돌이킬 수 없이 이음매가 어긋났노라고 스스로에게 말한다. 그런 생각을 하면서 그는 터무니없는 기쁨을 느낀다. 정신적으로 그는 이미 오래전부터 더 이상 이렇게 자신이 강하다고 느껴 본 적이 없었다. 하필이면 여기, 그의 기력이 다해 가는 곳에서 말이다.

바깥에서는 풍경이 급하게 달려가기를 중단하고, 승객들이 몇 명 타고 내린다. 실프는 옆자리에 아무도 앉지 못하도록 자기 옆에 여행 가방을 올려놓는다. 그를 강하게 사로잡았던 잡지가 둘둘 말린 고집쟁이가 되어 옆 주머니에서 삐져나와 있다. 실프가 그 물리학 교수의 설명을 제대로 이해했다면, 그것은 타임머신 살인자의 주장을 입증해 준다. 하지만 여기서 저자가 다중 세계 해석을 대변하는 것인지, 아니면 그냥 설명만 하는 것인지는 그다지 분명치 않다. 형사는 다시 한번 목차를 펼친다. 네모난 사진에는 웃고 있는 금발 교수가 보인다. 그는 행복해 보인다. 실프는 사진 하단의 설명이 마음에 든다. 가능한 것은 모두 실현된다. 어쩐지 그 문장은 현실의 근원 텍스트에 대한 그의 어렴풋한 관념과 맞아떨어진다. 시간 거품 모델은 그가 보기에 너무 지나치게 상투적이기는 하지만 말이다.

아이였을 때 이미 그는 세상이 실제로는 인간의 감각이 알려주는 것과 전혀 다른 성질의 것일 수 있다는 생각에 열광했다. 여름에 어린 형사는 부모님 집 뒤에 있는 정원에 배를 깔고 누워서 나비와 이런 토론을 벌였다. 담장 옆 호두나무를, 하나의 사물로 파악해야 할까 아니면 그 곤충의 겹눈을 통해 관찰했을 때처럼 서로 뭉쳐진 호두나무 2000그루의 혼합물로 파악해야 할까. 토론은 끝이 나지 않았다. 왜냐하면 어린 형사와 나비 둘 다 반박할 나위 없이 옳았기 때문이다. 이 나비로부터, 그리고 음향 탐지기로 방향을 잡는 박쥐와 하루살이로부터 실프는 시간, 공간, 인과성은, 가장 진정한 의미에서 견해의 문제라는 사실을 배웠다. 잔디에 누워 있는 동안이면, 그는 정신이 산만하면서도 동시에 집중해서, 친숙한 인지의 난간에서 잠시 손을 떼고 맨손으로 불가해한 혼돈 위를 어렵지 않게 떠다녔다. 이 아이는 자기 자신이랑 너무도 다정하게 이야기를 나눈다고, 감격한 양친 중 한쪽이 다른 쪽에게 말했다. 조금만 더 했으면 형사는 열 살 나이에 이성을 잃을 뻔했다.

실프가 요즘은 더 이상 정원에 누워 있을 수 없다는 것만 빼고는, 천진난만한 자기 실험은 그동안 작업 방법이 되어 버렸다. 고통스럽도록 끈질기게 그는 범행 장소 묘사와 증인 진술들로 구성된 사용자 인터페이스에 구멍을 뚫는다. 근원 텍스트, 즉 본래적인 것에 대한 추론을 허용할 수 있을 만큼 충분히 구멍이 많아질 때까지 말이다. 그는 우연을 은유라고 이해하고, 모순이 당착 어법임을 알아채며, 세부 묘사가 반복해서 출현하면 주도 모티프로 읽는다. 마치 비행경로에서 포물선의 정점에 도달한 것처럼 명치에 텅 빈 느낌이 생기면, 실프는 본능적으로 가장 가까이에 있는 지지대(책상 모서리, 문틀, 세면대 가장자리)를 잡고서 자기가 일군 노력의 열매들을, 다시 말하자면 예감, 백일몽, 기시감들을 거둬들인다.

그의 근무지 복도에서는 아무도 그가 어떻게 일하는지 파악하지 못한다. 사람들은 그저 그의 성공이나 볼 뿐이다. 동료들은 그와 악수를 하고, 그가 앞에 있을 때는 그를 천재적 천리안이라고 부르고, 그가 없을 때는 뻔뻔스러운 행운아라고 부른다. 타임머신 살인 사건의 진상이 규명된 뒤에 나돈 말에 따르면, 살인자가 그에게 연락해서 자기 자백을 조서로 꾸며 달라고 다정하게 부탁할 때까지 그가 한 일이라고는 며칠을 넋을 놓고 느긋하게 널브러져 앉아 있던 것밖에는 없다고 했다.

사실 형사는 자신과 피의자를 연결시키는 예의 그 실마리들을 탐지해 내기 위해 자신의 인지를 가두는 새장을 박살 내는 것으로 몇 주를 보냈다. 서류 검토와 명상이 뒤섞인 가운데 그는 자기에게 절실히 필요한 우연이 언제 어디서 일어날지를 발설해 줄 힌트를 기다렸다. 언젠가 전화가 울렸고, 전화를 잘못 건 여자는 롤란트라는 사람에 대해 묻기를 전혀 그만두려 하지 않았다. 같은 날 오후에는 회의실에서 새 한 마리가 유리창을 들이박고는 처마 박공에 죽은 것처럼 널브러져 있다가, 젊은 여자 경위가 손을 대자 마침내 아주 멀쩡하게 날아가 버렸다. 잠시 뒤에 형사는 복도에서 넘어질 뻔했고 그러다가 손목시계를 문틀에 부딪혀 유리판을 망가뜨렸다. 카르슈타트 백화점의 시계 코너에서 젊은 남자 둘이 그의 앞줄에 서 있었는데, 그중 한 명은 세 번째 피살자와 닮았다. 그들은 웃으면서 시계 없는 삶은 가능할 뿐만 아니라 편하기까지 하다고 했다. 형사는 수리를 포기했고, 길거리에서 전단지를 하나 받았는데, 슈투트가르트 텔레비전 송신탑의 파노라마 카페에서 열리는 행사를 선전하는 전단지였다. 저녁에 그는 텔레비전을 켰다가 어쩌다 영화를 하나 보게 되었는데, 그 영화의 제목은 「현기증」이었고, 죽은 여자의 귀환을 다루고 있었으며, 형사는 그 결말을 이해할 수가 없었다.

　이후 며칠간 실프는 텔레비전 송신탑 위에 있는 그 카페에 몇 시간씩 앉아 서양 자두 케이크를 먹었고, 자동차들이 저 멀리 아래에서 길로 만들어진 무늬를 관통해 가며 복잡한 궤도를 그리는 모습과 슈바르츠발트가 지평선 부근에서 안개 속에 희미해져 가는 모습을 보았다. 고장 난 시계를 그는 자기 바로 곁 테이블 위에 놓아두었다. 옆 테이블에 젊은 남자가 앉아 바둑판무늬 수첩에다 열심히 뭔가 적고 있을 때, 새 한 마리가 넓은 유리창을 들이박았다. 형사는 깜짝 놀라 고장 난 시계를 테이블에서 내동댕이쳤다. 그의 이웃이 연필을 귀 뒤에 꽂고서 그에게 시계를 집어 주었다. 대화가 시작되었다. 그 젊은 남자는 흰 바지에 푸른 셔츠를 입었으며 허리띠에 달린 가죽 케이스에 휴대 전화를 끼워 놓았다. 두 시간 동안 열띤 담소를 나눈 뒤에 형사는 잠깐 전화를 빌려 써도 되겠는지 물었다. 젊은 남자가 휴대 전화를 빌려주자, 실프는 정중하게 몇 미터 옆으로 비켜나서는 경찰서에 있는 동료들에게 정보를 알렸다. 그가 새로 사귄 사람의 성이 롤란트라는 사실이 나중에서야 비로소 밝혀졌다.

형사는 체포되던 순간에 그 살인자가 보낸 비난 어린 시선을 절대로 잊지 못할 것이다. 그 젊은 남자는 첫눈에 그에게 마음을 열었고, 자신이 미래에서 왔으며 몇 가지 획기적인 실험을 하기 위해서 이 시대에 도착했다고 이야기했다. 자신은 다름 아니라 할아버지 역설[34]의 해결 방법을 연구 중이라고 했다. 그는 과거의 변경이 이후의 사건들에 아무런 영향을 미치지 않는다는 사실을 증명해 보이고 싶다고 했다. 그러니까 자신의 미래의 실존을 위험에 빠뜨리지 않고도 시간 여행자로서 자신의 조상들을 죽일 수 있다는 것이었다. 사복 경찰관 두 명이 카페에 들어서서 다른 손님들이 전혀 알아채지 못했을 정도로 정중하게 그 젊은 남자를 체포할 때까지, 실프는 반 시간을 더 흥미롭게 그의 말에 귀를 기울였다.

심문에서 그 살인자는 희생자들의 2015년까지의 인생 행로가 담긴 서류 다발을 제시했다. 절망의 언저리에서 그는 살해된 사람들이 미래에서 잘 지내고 있으며, 그중 일부는 결혼했고 직업적으

---

34 양자 역학에서는 입자가 빛의 속도보다 빠를 때 시간 여행을 할 수 있다고 설명한다. 만약 과거로 돌아가 자기 할아버지를 죽이고 현재로 되돌아온다고 가정하면, 아버지도, 자기 자신도 태어나지 않게 된다. 따라서 현재 자신이 존재한다는 것은 역설이 된다.

로도 성공을 거뒀노라고 끊임없이 반복해서 확언했다. 게다가 그들이 실험에 동의했다고도 했다. 자신은 저 밖에 있는 다른 사람들과 다르다고 그는 고함을 질렀다. 그는 여기에서 사는 게 아니라, 단지 손님일 뿐이라고, 인과관계가 없는 한 세계에서 연구 여행 중이며 그러므로 그 어떠한 성질의 행동에 대해서도 기소될 수 없다고 했다. 실프가 방을 떠날 때 타임머신 살인자가 외쳤다. 시간의 정글 속에서는 매 순간보다 더 소중한 것은 없다고.

취조실 앞 복도에서 형사는 벽에 몸을 기댔다. 그는 배심 재판이 한 교화 불가능한 자, 고독한 자, 비극적 의미에서 죄 없는 자에게 유죄 판결을 내릴 것임을 이미 알았다.

6

형사가 두 손으로 얼굴을 문지른다. 인터시티가 다음번 커브에 접어들 때, 그는 밖에서 갈매기 몇 마리가 천 조각처럼 소용돌이치는 것을 발견한다. 그것들은 대양 횡단선 뒤를 따르듯 기차를 뒤따르는 것처럼 보인다. 비록 그 속도가, 그것이 명백하게 갈매기가 아니라 착시 효과임을 말해 주지만, 그는 찡그린 눈으로 심지어 오렌지색 부리와 검은 머리까지 알아본다.

부드럽게 그는 돌돌 말린 잡지의 매끄러운 표면을 쓰다듬는다. 사실 그를 이토록 사로잡는 것은 기사의 내용이 아니다. 오히려 그것은 저자의 목소리를 알아냈다는 느낌이다. 글을 읽으면서 그는 그 목소리를 머릿속에서 들었다. 마치 그 물리학 교수가 직접 자기에게 말을 거는 것 같았다. 그것도 친구한테 하듯이. 형사는 이렇게 확신한다. 이 글은 심지어 자기 자신의 설명도 믿지 않는 사람이 쓴 것이다. 근본적인 방식으로 현실의 본질을 의심하고, 미로에서 길을 잃듯 희망을 잃은 사람의 글이다. 형사는 겹눈의 나비로부터 또 하나를 배웠다. 그것은 아무것도 믿지 않는 사람은 또한 아무것도 알 수 없다는 사실이다. 절망에 대항하는 믿을 만한 약 없이는 인식론적인 방향 감각도 없다. 제바스티안이란 사람과 이에 대해 이야기하기 위해서라면 실프는 뭐든 내놓을 것이다. 어쩌면 그는 최근 적절치 않은 상황에서 자기 발 앞에서 열리는, 바닥 부재 상태로 들어가는 문 때문에 물리학 교수가 필요한지도 모른다. 의사가 아니라 말이다.

그의 주치의는 질문을 많이 던진 것 말고는 별로 더 한 것이 없었다. 그는 실프의 수사 성과와 그 대가로 치러야 하는 증가하는 비용, 즉 기억 장애, 두통 발작, 현실감 상실에 대해 물었다. 그다음 주에는 형사의 머릿속에 있는 원자핵들을 자기장의 도움으로 비스듬히 기울여 촬영하기 위해서 형사를 빵처럼 관 속으로 밀어 넣었다. 그런 다음 조금 지나서 그는 다시 나무판자를 댄 응접실에 앉아 있었고, 그가 뭔가 휘저을 수 있도록 진료 보조원이 커피를 가져다주었다. 실프는 설탕 조각을 잇달아 잔에 던져 넣고 끊임없이 저었다. 그러는 동안 주치의는 그에게 그의 머리 안에 몰래 들어앉은 임차인을 소개해주었다. 성명: 글리오블라스토마 물티포르메. 나이: 적어도 여러 달. 어쩌면 심지어 몇 년. 신장: 3.5센티미터. 출생지: 전두엽. 가운데에서 약간 왼쪽. 기능: 기억 장애, 만성 두통, 현실감 상실.

형사의 찻잔 속에서 설탕은 식어 가는 액체와 결합해서 포화 상태의 용액이 된다. 의사가 그의 손을 쓰다듬을 수 있도록 그는 젓기를 중단해야만 했다. 그의 앞에는 탁자 위에 MRI 결과가 놓여 있었다. 실프는 회색조로 찍힌 그 사진이 아주 장식적으로 보여서 그것을 액자에 넣을지 곰곰이 생각해 보았다. 글리오블라스토마 물티포르메라는 이름이 희귀한 나무 종류나 기형 곤충의 이름처럼 들렸던 까닭에 그는 자신의 세입자에게 우선 오붐 아비스, 즉 새알이라는 새로운 이름을 한번 붙여 보았다. 의사가 형사에게 건네줄, 전문의에게 보내는 진료 의뢰서를 아직 작성하는 동안, 형사는 일어나서, 안녕히 계시라고 말했다. 그는 한 번 더, 다시 올 의향이 없었다. 그는 또한 유명한 전문의를 찾아가지도 않을 것이다. 정기적으로 시체 해부에 참여하는 사람은, 자기 두개골을 톱으로 잘라 여는 것에 아무런 희망을 걸지 않는다.

"아직 거기 있는 거야? 내 말 들려? 제기랄."

형사는 미소를 지으며 머리를 젓고는 우두둑 소리가 날 때까지 척추를 편다. 두 열 뒤쪽 좌석에서 누군가가 광포하게 휴대 전화 버튼을 두드린다. 휴대 전화가 생긴 이래로 인간은 마침내 자신들의 형이상학적 고독과 다른 생물들의 실존에 대한 근본적 회의를 표출하기 위한 배출구를 발견해 냈다. 내 말 듣고 있어? 거기 있는 거야? 다른 사람이 정말 거기에 있고, 한 사람의 말을 들을 수 있다고 그 누가 확신을 가지고 주장하려 들겠는가! 이성을 지닌 존재들은 모두 필연적으로 유아론자(唯我論者)일 수밖에 없으며 평생 동안 바로 그 사실을 깨닫지 못하는 데에 몰두한다고 형사는 생각한다. 그 자신이야말로 가방에서 휴대 전화를 찾아내어 자기 집 전화번호를 누르고는 새 여자 친구가 전화를 받을지 기다려야 할 온갖 이유가 정말로 있었을 것이다. 그는 아직도 직접 보지 않고는 그녀가 계속 살아 있는지 제대로 믿지 못한다. 아직 거기 있는 거야? 그는 동일한 질문으로 자신에게 혹은 곧바로 자기 머릿속에 있는 새알에게 전화를 걸 수 있을지도 모른다. 주치의가 옳다면, 실프에게는 사람들이 일반적으로 자신들의 현존이라고 부르는 자기 자신과 랑데부할 때까지 아직 몇 주, 길어야 몇 달이 필요하다. 그는 자신이 유력한 용의자일 수도 있는 사건을 수사하기 위해 이 시간이 필요한지도 모른다. 자신의 새 여자 친구와 새알이 서로 무슨 관계인지 규명할 필요가 있을 수도 있다. 어쩌면 타임머신 살해자는 공범이고 물리학 교수는 귀중한 증인일지도 모른다. 게다가 형사는 더 큰 빈틈을 메워야만 하는지도 모른다. 어떠한 방법으로 산산조각 난 자기 일대기의 조각을 완전한 하나로 이어 맞출 수 있을지를 알아내야만 하는지도 모른다. 약간의 인내심만 있다면 그는 해결책을 찾을 것이다. 적어도 자기 말고는 아무도 이해하지 못하는 해결책 중 하나라도 말이다. 어쨌든 단 몇 시간 동안, 처음에는 죽었다고 선언되었다가 나중에는 살 운명의 남자로 선언되는 것이 매일 일어나는 일은 아니다. 최종적으로 퇴장하기 전에는, 그래도 오직 스스로를 완전하게 만드는 것만이 중요할 수 있다.

점점 더 멀어져 가는 와중에 어딘가에서 율리아는 그 좁은 공간이 슬슬 너무 더워진 까닭에 다른 쪽으로 몸을 돌리고 잠결에 한숨을 쉰다. 실프가 그녀를, 자기 침대에 있는 저 부드러운 피부의 깊이 잠든 존재를 생각할 때면 그의 위장은 두려움과 행복감이 뒤섞인 채 움츠러든다. 이 존재는 온종일 아주 당연하다는 듯 그의 집을 정리해 놓고, 그의 책을 읽고, 그러면서 강아지처럼 이십사 시간 내내 기분이 좋아 빛을 발한다. 그는 사랑의 구원의 힘을 믿지 않으며, 따라서 살고자 하는 자신의 소망을 배의 간질거림과 연결할 생각이 없다. 그럼에도 그는 죽고 싶은 마음이 없고 — 그리고 그의 숙고들은 이제까지 진척을 보지 못했다. 확실은 것은 하나, 실프와 형사는, 만약 그들이 아직도 서로에게 뭔가 특정한 것을 원한다면, 어떤 대가를 치르더라도 서둘러야 한다는 사실이다.

7

칼스루에에서 기차를 갈아탄 뒤에 형사는 깊은 생각은 그만하기로 결심한다. 그는 여행 가방에서 가죽 케이스를 꺼내고, 여기에서 다시 무광의 은색 장치를 꺼낸다. 카드 게임보다 더 크지 않다. 새 여자 친구가 그에게 선물했다. 그녀는 그 체스 게임이 그에게 잘 맞는다고 생각했고, 특히나 언젠가 누군가가 그에 대해 책을 쓸 작정이라면, 셜록 홈스가 바이올린을 연주하는 탐정의 모습을 보여 주었던 것처럼, 그는 체스를 두는 형사로 등장할 수 있으리라고 생각했다. 실프는 자신은 탐정이 아니며 바이올린은 전략 게임이 아니라고 지적하기를 포기하고, 그 작은 상자를 고맙게 받았다. 시작 버튼을 누르면, 디스플레이 화면이 여명의 푸르스름한 색깔로 빛난다. 실프는 체스 규칙을 삼십 년 전에 학교 친구에게서 배웠다. 당시에는 그러면서도 이 게임 중의 게임에 열광하지 않을 수 있었다. 하지만 그가 이 소형 컴퓨터를 처음 손에 쥔 뒤로는 더 이상 이것을 옆에 치워 놓으려 하지 않는다. 율리아는 자신의 성공에 기뻐한다. 그가 푸르스름한 화면 위를 여기저기 눌러 댈 때면, 그녀는 안락의자 팔걸이에 앉아 그의 어깨 너머로 들여다보면서 머릿결로 그를 간질인다. 그가 게임에 져서 그녀와 함께 밥을 먹으러 갈 때까지.

버튼을 누르자 전날 밤에 중단했던 게임이 나타난다. 언제나 그렇듯이 형사는 거기에 들러붙는다. 기계는 절대로 몇 초 이상을 계산하는 법이 없는 반면에, 그는 결정을 내릴 때마다 반 시간씩 뜸을 들인다. 기계는 참을성 있게 그를 기다린다. 그는 가장 간단한 알고리즘을 머릿속에서 전개해 나갈 능력이 없으며, 마침내 "한번 해 보는 거지, 뭐."라는 구호 아래 머리털이 곤두서는 그 어떤 미련한 짓을 할 때까지 자신의 계산 속으로 휩쓸려 들어간다. 그 장치는 그가 스스로 치명적 실수를 하도록 만들어서, 종국에는 제압당했다는 느낌이 아니라 스스로 외통수에 빠졌다는 느낌으로 그를 괴롭힌다.

오펜부르크에서 그는 폰을 밀집 전투 대형으로 전진시켜서 공격 준비를 끝내 놓았다고 생각하고는 퀸사이드를 통해 무모한 비숍 공격에 빠져든다. 결사 항전의 각오로 그의 작은 병사들이 적을 향해 돌진했고, 이제 바로 코앞에서 상대방 여왕의 얼굴을 들여다본다. 재미 삼아 실프는 낯선 적국의 여왕을 리타 스쿠라의 얼굴 특징으로 상상해 본다. 후방에서는 몇몇 흥분한 장교들이 지나치게 복잡한 작전 계획을 세우느라 고군분투하고 있다. 그것은 아직껏 그 어떤 체스 챔피언도 보여 준 적이 없었다. 그것은 또한 여태껏 단 한 번도 성공한 적이 없었다.

실제로 기차가 프라이부르크 중앙역에 진입할 때 실프의 군대는 목숨을 걸고 싸운다. 플랫폼에서는 기다리던 승객들이 짐을 내던지고 손으로 귀를 막는다. 브레이크의 지옥같이 날카로운 끼익 소리가 삼 초를 꽉 채우도록 이어진다. 형사는 재빨리 일어나서 좌석에서 소지품 일체를 황급히 긁어모은다.

약간 초록빛이 도는, 차창에 비친 자기 모습에 바싹 붙어, 길게 이어진 기차 창문을 따라 걷는 동안 그는 백번째 이렇게 자문해 본다. 나는 왜 체스 게임을 할 때 더 강한 적수와 목숨을 걸고 싸우는 걸까. 한 수 무르기 버튼을 사용하지 않고 말이다. 진짜 삶에서라면 그는 당장 백 수라도 없던 일로 만들 준비가 되어 있을 것이다. 한 치의 망설임도 없이 그는 당시 불길한 체크 상태에서 중단되며 끝났던, 자기밖에는 못 두는 독특한 게임에 새로운 방향 전환을 가져올 것이다. 어쩌면 '낙점불입'은 체스 규칙이라기보다는 성격 문제일지도 몰라, 라고 형사는 생각했다고, 형사는 생각한다.

플랫폼 끝에 커피 자동판매기가 있고, 그 앞에는 꽃무늬 옷과 니트 카디건을 입은 여자가 커피 잔이 나오기를 기다린다. 그녀는 굳이 몸을 돌리려고 애쓰지 않는다.

"실프, 진급을 축하드립니다."

그가 경악으로부터 회복할 시간은 충분하다. 리타 스쿠라가 마지막 커피 방울이 떨어지는 것을 바라보는 동안에 말이다. 그녀는 물받이용 격자에서 컵을 집어 들고는 첫 한 모금을 마시려고 입술께로 들어 올린다. 그제야 그녀는 형사에게 자기 오른쪽 앞발을 내뻗는다. 그녀가 하면, 수천 년의 문화사에도 불구하고, 이 몸짓은 어딘가 위협적이다. 연이어 그녀는 그의 가방끈을 잡더니 그에게서 짐을 받아 들고자 하는데, 그는 격분해서 이를 막으려 한다. 그들은 몇 번을 티격태격 밀고 당기다가 결국 리타 스쿠라가, 그녀의 눈에서 읽을 수 있다시피, 그날의 첫 패배를 맛본다. 더 이상 아무 말도 없이 그들은 나란히 걷는다. 남몰래 형사는 자신의 옛 제자를, 그녀의 콧대 위로 팬 가파른 주름과 걸어가면서 이따금씩 컵을 홀짝거리는, 그녀의 오므린 입술을 곁눈질로 바라본다. 그는 그녀를 다시 봐서 기쁘다. 이미 경찰 대학 시절에 그는 그녀의 야심을, 항상 긴장으로 떨리는 그녀의 턱을 좋아했다. 그 턱은 감동적인 방식으로 사람이 세상을 얼마나 진지하게 받아들일 수 있는지를 알린다. 당시에 그는 그녀가 사람을 잘 믿는 것을 부러워하다시피 했다. 그녀의 주름진 이마를 관찰하는 지금 그는, 뭔가와 대면할 때 사물들이 드러내는 첫 모습에 대해 그녀가 품었던 아이 같은 신뢰를 단 하나의 지적만으로 파괴했다는 사실이 참으로 마음 아프다. 쿠션을 넣은 듯한 그녀의 정수리는 그의 어깨까지도 채 닿지 않았다. 그의 기억 속에서 그녀는 더 컸다.

리타 스쿠라가 보폭을 크게 하여 걷는 바람에, 꽃무늬 치마는 마치 폭풍 속에 펄럭이는 돛처럼 다리를 휘감는다. 육교로 올라가는 계단에서 그녀는 그에게서 달아나서는, 그를 내려다볼 기회가 생긴 것을 눈에 띄게 기뻐하며, 위에서 기다린다.

"기차를 놓치셨습니까?" 그녀가 묻는다. "못 일어나신 겁니까?"

"지연 전술이지." 계단을 올라가는 형사계 총경이 헐떡인다. "기대감을 더 오래 만끽하려고."

경멸하듯 리타는 콧방귀를 뀐다. 그녀는 한 시간을 플랫폼에서 기다렸고, 정말이지 한시가 급했다. 실프가 마지막 계단에 다다랐을 때, 그녀는 그를 처음 제대로 바라본다. 그녀의 방황하는 시선은 위치를 가늠하기가 어렵고, 그녀의 표정은 억눌린 분노를 잉태한 듯 보였다. 형사는 곰곰이 생각한다. 왜 그녀는 예쁘지 않은 걸까. 왜 그녀의 경우에는 여성성의 특징들을 모조리 더해도 그 합이 예쁜 여자가 되질 않고 그냥 리타 스쿠라만 나오는 걸까. 그녀의 손등에 있는 핏줄이 심하게 튀어 나와서 인공위성으로 촬영한 아마존강 어귀의 삼각주를 떠올리게 하지만, 그 때문에 그런 것 같지는 않다. 그녀는 조준된 슛 동작으로 커피 컵을 쓰레기통에 던지고, 그와 동시에 다른 손으로는 코를 막고 입 안에 공기를 부풀려 귀를 뚫는다. 그녀의 꼬락서니가 마치 지금 비행기와 함께 추락이라도 하는 사람 같다고 형사가 생각한다. 그러면서 그는 균열이 게걸스레 뇌 피질을 가르는 것을 느낀다. 왼쪽 관자놀이에서 귀까지. 우리 둘은 뱃멀미를 하는 물고기로 세상에 태어났다고 형사가 생각한다. 이 문장이 무슨 뜻인지 알지도 못하면서 말이다. 그러고서 그는 층계 난간머리를 잡는다. 통증이 치밀어 오르자 그는 눈을 감는다. 그는 뒤따라오던 행인들이 그를 피해 가느라 욕하는 소리를 듣고, 리타의 발을 본다. 그 발은 납작한 여름 신발에서 삐져나와 있으며 스타킹에 난 구멍들을 바로잡느라 발가락을 놀리고 있다. 그런데 형사는 눈을 감고 있어서 아무것도 볼 수 없으며, 리타 스쿠라는 스타킹을 신고 있지 않다.

실프는 눈을 다시 뜨고서 여형사의 얼굴을 빤히 쳐다본다. 깜짝 놀라서. 그녀가 하는 말을 시간 차를 두고서밖에는 알아들을 수 없기 때문이다. 그녀의 입술이 조악하게 더빙된 영화 속 여배우의 것처럼 움직인다.

"저한테는 곧 쓰러질 노인 흉내 안 내셔도 됩니다." 그녀가 말한다. "능력이 그게 다가 아니신 거 잘 압니다."

"나도 그러리라 생각하네." 형사가 헐떡거린다.

두통은 시작할 때 그랬던 것만큼이나 재빨리 사라진다. 실프는 소매로 이마의 땀을 닦는다. 리타는 눈썹을 모으고 그를 응시하더니 갑자기 몸을 돌려 두 팔로 허공을 헤치며 걷기 시작한다. 실프는 그녀를 놓치지 않으려고 전력을 다해야만 한다. 로비에서 실프는 자기가 배가 고픈 건지 아니면 단지 이 여자 동료의 화를 돋우고 싶은 건지 알지도 못하면서 샌드위치를 먹겠노라고 고집을 부린다. 그가 확인해야만 하듯, 이 두 느낌은 서로 놀라우리만치 닮았다.

끈적끈적한 스탠딩 테이블 위에 팔꿈치를 받치고서 그들은 함께 형사가 어금니 사이에서 으스러뜨리는 모차렐라 치즈의 나직한 찌익 소리에 귀를 기울인다.

"저는 지옥에서 푹 삶기고 있는데……." 리타가 경멸과 경탄이 뒤섞인 감정으로 말한다. "당신은 치즈를 드시는군요."

사전 경고도 없이 갑작스레 햇살이 넓게 퍼진 다발 모양으로 유리 출입문을 통해 쏟아져 들어와 사람들을, 가위로 오려 만든 실루엣으로 만든다. 성서에 나오는 빛의 스펙터클 한가운데에서 리타 스쿠라라는 감화받지 못한 여자가 손가락으로 꼽아 가며 지옥들에 관해 이야기한다.

"의료 스캔들. 자전거 타다 목 잘린 남자. 거기다 설상가상으로 자기 아들이 유괴당했다고 주장하는 미친놈. 그런데 그 아들은 유괴 사건이라고는 들어 본 적도 없고."

실프는 샌드위치를 내려놓는다.

"그래?"

리타가 테이블에 떨어진 토마토 한 조각을 집어서 입에 넣는다.

"흔해 빠진 콩가루 집안 헛소리인 거죠. 그 인간은 유괴 신고를 하고, 아들 녀석은 도청 장치 설치하자마자 방학 캠프에서 전화를 걸고, 게다가 무사하고.

"그래서 아버지는?"

"수천 번 미안하다고 하더니, 신고 취하하고, 자기는 더 이상 수사를 원치 않는다고 단언하고."

"그건 그 사람이 결정할 일이 아니지."

"저도 압니다. 그래도 그 건은 유야무야 끝날 겁니다. 더 중요한 일을 해야 하거든요."

"아, 그 자전거 타던 남자." 실프가 말한다. "그 사람은 자네가 그렇게 많이 걱정 안 해도 돼."

그녀의 검지가 무기처럼 그의 이마를 겨누자, 형사는 직통으로 새알을 겨눴구나, 하고 생각하고 머릿속에서 나직하게 쪼아 대는 움직임을 감지한다.

"여기서 슈퍼맨 행세 하지 마시죠." 리타가 말한다.

"좋은 의도로 한 말인데."

"혹시 서류 검토하면서 그냥 지나치셨을까 봐 드리는 말씀인데, 그 남자는 과장 의사 슐뤼터의 오른팔이었습니다. 이상한 우연이죠, 안 그렇습니까?"

형사는 하품을 참고 나서 먹고 남은 샌드위치를 그녀에게 건네고는 종이 냅킨에 손을 닦는다.

"언론이……." 리타가 입에 한가득 넣고 말한다. "우리를 잡아 먹으려고 안달이 났습니다. 사람들은 흰 가운을 입은 신들이 혐의를 받는 걸 좋아하지 않아요."

"그래서 자네가 특별히 역까지 나와서 한 시간을 기다린 건가? 나를 직접 기차에서 데려가려고?"

리타는 마지막 빵 조각을 이 사이에 채워 넣고서 지나치게 오래 씹는다. 그녀는 실프가 가방에서 시가릴로 한 갑을 꺼내도 뭐라고 하지 않는다.

"방해받지 않고 말씀을 나누고 싶었습니다." 평소의 그녀치고는 말소리가 온순하게 들린다.

"여기는 금연 기차역이에요!" 간이식당 주인이 판매대 뒤에서 소리친다.

"그리고 여기는 흡연 미치광이시고요. 영업 감찰국에 친한 친구가 많으시고요." 리타가 되받아 소리친다.

실프는 코로 연기를 내뿜고는, 피어오르는 연기가 빛과 노니는 모습을 바라본다. 간이식당 주인이 판매대를 닦기 시작한다.

"생체 실험 말입니다." 리타가 말한다. "끔찍한 일이에요. 그렇게 생각하지 않으십니까?"

"유괴 사건의 그 남자……." 실프가 말한다. "그 사람 직업이 뭔가?"

"물리학 교수입니다." 리타가 말한다. "하지만 여기서 중요한 건 그게 아닙니다. 의사 하나를 데리고 뭔가 입증하려고 한번 해 보세요. 그들은 모두 벽을 쳐 버립니다. 바로 거기서 당신의 능력이 필요한 겁니다. 실프 형사님?"

그는 더 이상 귀를 기울이지 않는다. 그는 시가릴로를 이 사이에 끼우고 바닥에서 가방을 집어 들더니 벌써 출구 쪽으로 몇 발짝 뛰어가고 있다.

"따라오게." 그가 어깨 너머로 소리친다.

출입구 유리문 뒤에는 열기로 만들어진 벽이 서 있다. 주정차 금지 구역에 주차되어 있는, 립스틱처럼 빨간 코르사의 지붕 위로 공기가 아른거린다. 문득 존경심이 일어 리타는 뒤쪽 문을 연다. 형사는 감동해서 뒷좌석에 올라탄다. 에어컨이 있으면 했던 그의 바람은 어긋났다. 리타가 욕을 해 대며 러시아워의 교통 혼잡 속에 차를 끼워 넣으려고 애쓰는 동안, 실프에게는 그가 마지막 구원의 가능성으로 생각해 놓은 나이트 수를 둘 짬이 난다. 그의 방어는 참담한 지경에 빠져서 퀸이 자기 장교들에 의해 꼼짝달싹도 못 하게 된다. 이럴 때는 오로지 앞으로 도망가는 것 말고는 방법이 없다. 또 다른 말 하나가 격전 중인, 적국 왕궁의 한구석으로 향한다. 리타가 빈틈을 발견한다. 찔끔찔끔 앞으로 나간다. 룸 미러 속에서 그녀의 눈이 형사의 눈을 찾는다.

"우리 곧장 본론으로 들어갑시다, 실프." 그녀가 말한다. "저는 형사님에게 경찰청장한테 전화하라고 제안할 작정이었어요."

그 실수는 심지어 초보자에게도 너무 멍청한 짓이다. 그것이 어찌나 용서할 수 없이 경솔한 짓인지 실프는 화면이 잠깐 깜박거리더니 자기 말이 사라진 후에도 그것을 좀처럼 믿을 수가 없다. 전투에 열중한 나머지 그는 적이 탐내는 싸움터를 간단히 엄호하기만 하면 될 일을 간과해 버렸다. 기운이 쭉 빠져서 그는 합성 섬유 쿠션에 몸을 파묻는다. 리타의 코르사는 수명이 다할 때까지 새 차 냄새를 풍기는 바로 그런 자동차 중 하나다. 형사는 그 판을 그만둬 버릴까 고민해 본다. 자기 왕을 쓰러뜨리고 항복하는 것이다. 그는 성이 나서 바깥을 내다본다. 그는 드라이잠강 변의 초원에 밝은 반점들이 흩뿌려져 있는 모양을 본다. 눈발이 날렸거나, 날개를 활짝 펴고 배를 대고 엎드린 갈매기 떼거나, 아니면 잠자는 양 떼일지도 모른다. 만약 양이 언제고 잠을 자기나 한다면 말이다. 형사가 이 문제에 아주 자신이 있는 것은 아니다. 리타가 헛기침을 한다.

"잘 들으세요, 실프. 청장님한테 의료 스캔들에 형사님이 제일 절실하게 필요하다고 말하세요. 그리고 자전거 남자 사건은 저한테 맡기고요. 어차피 형사님은 그 사건을 중요하게 여기지도 않잖습니까." 그녀는 룸 미러를 통해 대답을 기다리는 시선을 던진다. "그 사건들은 밀접하게 연관되어 있어요. 우리는 이렇든 저렇든 협력하게 될 겁니다."

실프는 그 대국을 저장한다. 그는 동경에 차서 다른 우주를 생각한다. 그곳에서 그는 아둔한 나이트 수를 두지 않으며, 아예 체스 컴퓨터를 상대로 한 모든 게임에서 이긴다. 그러니 이 세상에서는 계속 질 수밖에 없다. 왜냐하면 통산해서는 승리 또는 패배도 없고 참 또는 거짓도 없으며, 단지 승리 **그리고** 패배, 참 **그리고** 거짓만이 존재하기 때문이다.

"도대체 듣기는 하시는 겁니까?" 리타가 묻는다.

"아니." 실프가 말한다. "그렇지만 자전거 남자 사건은 자네가 계속 맡아도 되네. 그리고 나머지 터무니없는 짓들도 전부. 나는 물리학 교수 건을 맡겠네. 그러니 지금은 앞을 보게나."

"왜죠?"

"신호등 때문에!"

급정차는 두 옥타브 높은 도 음을 내며 형사의 축 늘어진 몸뚱이를 안전벨트를 기준선 삼아 접어 놓는다. 그는 신음 소리를 내면서 명치를 문지른다.

"제 말은……." 리타가 교차로를 비워 주기 위해서 차를 후진하면서 미심쩍어하며 말한다. "그것 때문에 일부러 오셔 놓고 왜 그 일을 안 하시려는 겁니까?"

그것 때문에라. 실프는 왜 자신이 리타 스쿠라를 첫눈에 좋아했는지 안다. 그와 똑같이 그녀는 그녀 방식대로 이 세상에서 길을 잃었다. 그는 룸 미러에 떨떠름한 미소를 선사한다. 그녀가 곧 도착하지 않으면 그는 멀미를 할 것이다.

"내 나이가 되면……." 실프가 말한다. "범죄를 더 이상 유명세에 따라 평가하지 않는다네."

"형사님이 최근 이룬 성공은 그 주장에 반대되는 이야기를 하는데요."

"들어 보게, 리타. 이 다벨링 건은 자네가 가져도 돼."

그녀는 기쁨을 완전히 감추지 못한다. 그녀는 하인리히폰슈테판가로 급회전해 들어가 진입구 자동 기기에 출입 카드를 갖다 대고는, 이 시간쯤이면 슬레이트 지붕 아래 자리들은 벌써 찼기 때문에 나무 그늘에 주차한다. 그녀의 손은 핸들에 그대로 놓여 있다. 갑작스러운 적막 속에서 어느 노래하는 새의 멜로디가 깜짝 놀랄 만한 음량으로 들린다.

"저는 제 확신의 정반대를 출발점으로 삼아야 한다는 사실을 결코 잊은 적이 없습니다." 리타가 말한다. "이 규칙에 따르자면, 원래는 제가 형사님을 믿어야만 합니다."

"자네는 착한 아이야." 실프가 말한다.

마음이 말랑말랑해진 순간이 지나간다. 리타는 운전석 문을 열어젖힌 후 결연하게 발을 땅에 내딛고, 주먹을 양 옆구리에 받치고서, 형사가 차에서 완전히 내리기를 기다린다.

"다음과 같은 사항이 적용됩니다." 그녀가 말한다. "형사님이 여기에 있는 한 우리는 한 사무실을 같이 씁니다. 제 사무실요."

그녀는 자동차 문을 닫아 잠그고는, 건물 쪽으로 가려는 형사를 제지한다. 그는 그녀를 내려다보고 입술에서 아버지의 미소에서 나는 맛을 느낀다.

"두 가지 더 있습니다." 그녀가 말한다. "첫째, 속임수는 안 됩니다."

"그건 그렇고, 난 새 여자 친구가 생겼다네." 형사가 말한다.

"그 사람이 형사님을 정기적으로 방문하는 복지 기관 직원이 아닌 게 확실한가요?"

"전혀 확실하지 않지." 실프가 말한다. "나는 위에서 물리학자 서류를 가져올 것이고, 그다음에 내 새 사건을 방문할 거네. 그동안 내 가방을 봐 줄 수 있겠지."

"그리고 둘째." 리타가 그의 뒤에서 소리친다. "내 사무실에서는 금연입니다!"

형사의 등에서 웃음이 보인다.

5장

형사가 사건을 해결하지만
그렇다고 이야기가 끝나지는 않는다.

1

토요일 아침 일찍 10시에 프라이부르크는 반쯤 깨어나 있다. 아직도 골목들은 그림자 속에 누워 있다. 대성당 둘레로 노천카페의 테이블과 의자들이 곧 시작할 주말 영업이 두렵기라도 한 듯 작은 무리를 지어 몰려든다. 여종업원들이 목동처럼 그 사이를 이리저리 돌아다니며, 의자를 제자리로 몰고, 테이블의 등을 쓰다듬어 주고, 재떨이를 올려놓는다.

형사는 단 한 번도 프라이부르크를 각별히 좋아했던 적이 없다. 그가 보기에 이곳 사람들은 지나치게 행복하고, 그들이 행복한 이유는 너무나도 진부하다. 언제나 그 행복은 약간의 휴가 냄새를 풍기는데, 태양이 빛날 때면 특히 그렇다. 대학생들은 손수 페인트칠한 자전거의 안장 위로 엉덩이를 들어 올린다. 바틱 염색 옷을 두른 기혼녀들은 단골 부티크로 가는 길이다. 건강 식품점 문에는 이미 유모차 정체 현상이 생긴 지 오래다. 이곳에서는 그 누구도 인생의 의미에 대해 질문할 필요가 없는 것처럼 보인다. 오직 단 하나의 표정에서만 형사는 회의의 표명을 발견한다. 그 표정은, 사진 현상소 입구에 있는 엽서 진열대 옆의 큰 새장 속에 든 청황앵무새의 표정이다. 그 새가 하도 꿰뚫어 보듯 자기를 보아서 형사는 그 새 근처에 있는 등나무 의자를 골라 앉는다.

"난 아그파야." 앵무새가 말한다.

"난 실프." 형사가 말한다.

"조심해." 앵무새가 말한다.

형사는, 유명 브랜드 청바지를 입고 달마티안 한 마리를 줄에 묶어 데리고 다니면서도 그에게 1유로를 구걸하는 초록색 염색 머리 여학생을 쫓아 버린다. 실프가 그녀에게 복지의 실질적 장점과 가난의 도덕적 장점을 동시에 누릴 수는 없노라고 설명해 주려고 하자, 그녀는 그에게, 그녀의 견해로는, 그가 가운뎃손가락으로 무엇을 할 수 있는지 말해 준다. 실프는 얼굴을 찌푸린다. 하다못해 슈투트가르트처럼 혐오스러운 도시에서도 사람들이 전 세계를 대상으로 한 로토에서 1등을 뽑았다는 사실만큼은 최소한 인정하는데 말이다.

"저희 아직 가게 문 안 열었습니다만, 그래도 앉으셔도 됩니다." 여종업원이 기계적인 동작으로 테이블 위에 메뉴판을 분배하면서 그에게 외친다.

그 말에 따르며 실프는 고맙다는 뜻으로 한 손을 들어 올린다. 아까 그 여학생보다 별로 나이가 많아 보이지 않는 여종업원은 해골 그림이 찍힌 두건을 머리에 두르고는, 슬리퍼를 신고 미니스커트를 입고 있었다. 미니스커트가 너무 짧아 그녀가 몸을 구부리면 분홍색 팬티가 보일 정도다. 실프는 둘둘 말린 서류 한 무더기를 테이블 위 자기 앞에다 매만져 편다. 리타는 사무실에서 물리학자 관련 조서를 책상 한 귀퉁이에 아무 말도 않고 쾅 하고 패대기쳤다. 앞서 그녀는 플라스틱 의자를 끌어다 놓아 바로 그 귀퉁이가 장차 실프가 작업할 장소임을 확실히 해 둔 바 있었다. 실프는 그 자료를 제일 가까이 있던 순경에게 건네주며 복사를 맡겼고, 그래서 그에게는 이제 조심스럽게 다루지 않아도 되는 복사본이 생겼다.

다년간의 직업적 연륜에도 불구하고, 이렇게 종이 쪼가리가 되어 버린 인간의 운명을 대면할 때면 그에게는 가벼운 전율이 엄습한다. 그가 펼치는 서류 하나하나가 자신의 인생과 낯모를 한 남자의 인생이 교차하는 지점이다. 처음 읽을 때 이미 서로 얽혀 버린 실타래는 절대로 다시 풀 수 없을 것이다.

단 일 초도 실프는 유괴 사건을 당한 프라이부르크의 물리학자가 누구인지 의심하지 않는다. 그가 잔트슈트룀이 기록한 진술서를 훑어보는 동안, 웃고 있는 제바스티안의 사진이 그의 눈에 선하다.

자동차는 그냥 사라져 버린 게 아니오. 그것은 특수한 성질을 지닌 무(無)로 변했던 거요. 일어나서는 안 되었을 돌발 사고가 남겨 놓은 끔찍한 흔적으로 바뀌었던 거지. 잔트슈트룀 경사, 우리가 절대로 일어나지 않을 거라고 믿는 것들 중에서 아주 놀랄 만큼 많은 것들이 실재한다는 사실, 알고는 계시오? 지구가 태양 주위를 돈다는 가정만큼이나 확고하게 그런 일은 발생하지 않을 거라고 우리가 확신하는 것들 중에 말이오. 자신의 죽음도 이런 것들 중 하나지. 그리고 리암 같은 사내아이가 사라지는 것도 역시 그중에 하나고. 그런 일이 일어나면 세상은 궤도에서 이탈해 버린다오.(잔트슈트룀이 신경질적인 필체로 쓴 메모: 증인이 소리 지르기 시작한다.) 잔트슈트룀 경사, 당신은 그걸 다시 정상으로 돌려놓아야만 하오. 그게 당신이 해야 할 일이오. 이해하시겠소?

실프는 잔트슈트룀이 그 증인을 이해하지 못했다고 확신한다. 하지만 이와 반대로 그는 증인을 이해한다. 말로 나와 적혀 있는, 이 도와 달라는 울부짖음이 학문적 기고문에 쓰인 냉철한 글귀들과 동일한 머리에서 나온 것임을 상상할 때면, 동정심이 그의 목구멍을 타고 뜨겁게 치밀어 오른다. 그 물리학 교수는 세상을 본인의 이성이 지닌 힘으로 제압하는 데 익숙해져 있었던 것이다. 그래서 그는 사흘 동안이나 아들의 소식을 기다린 뒤에 그렇게 말하고 있는 것이다.

여종업원이 메뉴판 놓는 일을 끝마쳤다. 이제는 야외 장식 양초 차례. 그것은 밝은 아침 햇빛 속에서는 무용지물의 상징이 된다. 손님 하나가 사진관에 다가가서 새장의 창살을 두드린다.

"자, 웃으세요." 앵무새가 말한다.

서류의 다른 부분들을 실프는 대충 훑어보고 만다. 잔트슈트룀의 필체에서 일이 점점 감당 못 할 지경이 되었음을 알아볼 수 있다. 경찰 심리 전문관의 짤막한 소견서는 제바스티안이 정신분열증을 앓는 것은 아니라고 확언한다. 감식반은 볼보가 유괴 다음 날 전문적으로 청소되었다고 적고 있다.

"뭐 드시겠어요?"

실프는 서류를 내려놓는다.

"이건 변증가를 위한 거로군." 그가 중얼거린다.

"뭐라고 하셨나요? 당뇨병 환자시라고요?"[35]

여종업원의 눈은 털을 뽑아 정리한 눈썹 아래 치켜 올라가 있고 맑은 초록색이다. 아마도 컬러 콘택트렌즈를 낀 듯하다. 그것이 그녀에게 모든 것을 아는 고양이의 맑은 눈초리를 마련해 주도록 말이다. 실프는 그것이 제 기능을 발휘하고 있음을 인정하지 않을 수 없다.

"조심해." 앵무새가 말한다.

"신문 하나. 그리고 카페라테요." 형사가 말한다.

"그건 드셔도 돼요." 여종업원이 고개를 끄덕인다. "설탕이 안 들어 있거든요."

커피와 우유가 서로 다른 색의 층을 이루며 포개져 담긴 긴 유리컵과 신문을 들고서 여종업원이 테이블로 돌아온다. 그녀는 기다란 숟가락을 유리컵 옆에 정갈하게 내려놓고, 설탕이 든 종이봉지를 미니스커트 호주머니 속에 슬쩍 집어넣는다. 설탕을 넣은 커피를 더 좋아하면서도 실프는 그녀가 그러도록 내버려 둔다. 그가 신문을 펼친다. 헤드라인이, 뻘겋게 배경 색까지 깔고, 1면 전체를 뒤덮을 지경이다. 백의(白衣)의 도살자. 거대한 물음표가 표제에서 그 단호함을 한 조각 덜어 낸다. 여종업원은 빈둥거리며 테이블 곁에 서서 단체 관광객 무리를 관찰한다. 그들은 머리를 뒤로 젖히고 대성당의 첨탑을 넋을 잃고 바라보고 있다. 헤드라인 아래로는 대문짝만 한 사진들이 실렸다. 한 사진은 노란색 스포츠 트리코를 입은 골격이 뚜렷한 남자를 보여 준다. 그는 진지한 표

---

35 변증법론자(Dialektiker)와 당뇨병 환자(Diabetiker)는 발음이 비슷하다.

정으로 카메라를 들여다보며 우승컵을 그 앞에 들이댄다. 다른 사진은 가운 차림의 대머리 의사를 보여 준다. 그는 한 손을 자신과 관찰자 사이로 들어 올리는 데 완전히 성공하지는 못한다.

"그래 봐야 그저 교회 탑일 뿐이지." 여종업원이 약을 올리듯이 말하고서 신문 쪽으로 분명치 않은 손짓을 하며 이렇게 덧붙인다. "다 헛소리예요."

"뭐가 헛소린데요?" 실프가 묻는다.

"거기 그 사람은 저기 저 사람을 죽이지 않았어요." 그녀는 번갈아가며 두 사진을 가리킨다. "여기 분 아니시죠?"

"내 여자 친구와 나, 우리는 슈투트가르트에 삽니다."

실프는 사람들이 누군가를 노망난 노인네인가 싶어 살펴볼 때 어떤 얼굴 표정을 짓는지 안다. 그것은 그가 옳은 길을 간다는 확실한 표식이다. 여종업원은 눈썹을 치켜올린 채 고개를 끄덕이더니, 테이블 모서리를 이리저리 훔치면서 자기가 그곳에 있는 것을 정당화하는 일에 착수한다. 그녀의 동작들은 기계의 움직임처럼 정밀하며, 절대로 목표를 벗어나는 법이 없다. 정확히 따지고 들자면, 형사에게는 앵무새 얼굴을 그려 넣은 덮개를 쓴 저 앵무새 역시 머리에 나사밖에 안 들어 있는 것처럼 느껴진다. 반면에 단체 관광객들은 꼭 컨베이어에 실려서 막 그림 속에서 빠져나오고 있는 것처럼 보인다. 어쩌면 내가 이곳 전부를 통틀어 피와 살로 이루어진 마지막 존재일지도 몰라, 라고 형사는 생각했다고, 형사는 생각한다. 그리고 로봇들 사이에서 발생한 범죄를 규명하는 일을 한다고.

"그렇지만 그 사람한테는 범행 동기가 있잖아요." 실프가 말한다. "분명히 이 수석 의사가 생체 실험에 관해 알고 있었고, 그 것으로 과장 의사를 협박했던 거예요."

그는 머리를 들고, 여종업원이 자기를 미심쩍게 바라본다고 확신한다. 그 고양이 시선을 그는 신체적 접촉처럼 느낀다. 특히 이마와 관자놀이에.

"다 헛소리라니까요." 그녀가 고집스레 되풀이한다.

"그걸 어떻게 알죠?"

"직감이죠."

그녀가 해적 두건을 톡톡 치자 실프는 인정하며 고개를 끄덕인다. 왜냐하면 그녀가 대부분의 사람들처럼 횡격막과 췌장 사이에 직관이 있다고 생각하는 게 아니라 자신의 뇌 깊숙한 곳을 직관의 위치로 짐작하기 때문이다

"저기 저 남자 같은 사람은⋯⋯." 그녀는 인조 손톱으로 슐뤼터의 반쯤 가려진 낯짝에 구멍을 뚫는다. "일을 제대로 하거나 아니면 아예 하지 않아요. 쇠줄로 저지른 멍청한 짓은 그저 우연히 성공한 거잖아요."

실프는 우연의 본질에 대해 언급하기를 단념하고 다음 질문을 서두른다.

"그럼 누가 그랬을까요?"

"난 코닥이야." 앵무새가 말한다.

"아그파야." 실프가 정정한다.

"저 짐승은 신경을 긁어요." 여종업원이 말한다. "슐뤼터가 다른 사람한테 그 일을 맡겼거나, 아니면⋯⋯."

그녀가 깊이 생각에 잠기자 실프는 그녀의 배터리가 나갈까

봐 걱정이 된다.

"아니면요?" 그가 다그치듯 묻는다.

"아니면 저기 저 남자의 죽음이 여기 이 남자랑 아무 상관도 없는가. 혹시 뭔가 드시고 싶다면, 저희 가게엔 설탕이 안 든 것들도 있답니다."

그녀는 몸을 돌려서 특유의 정확한 동작으로, 슬리퍼의 리듬 감 넘치는 짝짝 소리의 에스코트를 받으며, 카페 입구로 향한다. 그들은 로봇의 하드 디스크에 외래어 사전을 탑재해야 한다고 형사는 생각한다. 그것 말고는 그들은 이미 아주 훌륭하게 일한다.

"조심해."

실프는 그 새가 자기한테 뭔가 특정한 메시지를 전하려 한다는 인상을 받는다. 생각에 잠겨서 그는 천진하게 기장 줄기를 갉죽거리며 먹는 앵무새를 관찰한다. 그 밖에는 아무 일도 일어나지 않기 때문에, 그는 서류를 챙겨 넣고 휴대 전화를 꺼낸다. 철도 안내소가 그에게 아이롤로발 첫 열차가 11시 전에는 프라이부르크에 도착하지 않을 것임을 알려 준다.

2

아이롤로발 첫 열차 안에는 마이케가 앉아 있다. 그곳에서 그녀는 자신이 유령 열차의 동승자 같다고 느낀다. 열차가 덜커덩거리면서 꼬불꼬불한 난코스를 통과하는 동안, 차창 앞에서는 일련의 디오라마가 펼쳐진다. 기름진 초록빛 초지 위의 하얀 염소들.

그중의 하나가 주둥이를 올렸다 내렸다 한다. 가파른 산봉우리 파노라마 앞의 미끄러져 가는 케이블카. 자신의 나무 오두막집 옆에서 손도끼를 휘두르는 늙은 남자. 잘 기른 암소들이 정치적 중립을 선전한다.[36] 작은 나라들에는 세부 사항 속에 엄청난 것이 들어 있다.

마이케는 특별히 행복하거나 불행할 때면 목록을 작성한다. 자기 인생에서 가장 멋진 날들의 목록이 있고(결혼식이 1위를 차지한다.), 엄청난 재난(기입된 것이 별로 없다.), 가장 중요한 성공('현대 미술 갤러리' 설립), 가장 난처한 상황(새로 온 청소부 아주머니가 전시회 오프닝 직전에 박살 난 의자 한 무더기를 길거리에 내놓는다.)에 대한 목록들이 있다. 마이케는 좋아하는 요리, 불쾌한 동시대인, 그리고 꼭 이루고 싶은 소망의 일람표들을 작성한다. 그녀의 기억은 잘 분류된 정신적 저장소이며, 그 안에서는 기록 보관인이 신착 자료들을 범주화한다. 그녀는 자신에게 일어난 거의 모든 일들에 대해 자기가 그것을 어떻게 생각했는지 정확히 말할 수 있다. 목록 작성은 그녀가 기억을 확인하는 개인적인 형식이다. 지난밤 이후로 수수께끼 같은 전화 통화에 대한 새로운 목록이 생겼다.

호텔 프런트 직원이 방으로 전화를 연결해 주고 나서 마이케가, 전화를 건 말더듬이가 자기 남편이라는 사실을 알아채기까지는 꼬박 일 분이 걸렸다. 무슨 일이 있어도 침착하라고 그가 어찌나 오랫동안 부탁을 해 대던지, 마이케는 결국 공황 상태에 빠지고 말았다. 그녀가 그를 엄하게 질책했을 때에야 비로소 그는 종

---

36 정치적 중립국인 스위스는 복지 환경이 좋다고 알려져 있다.

잡을 수 없는 이야기를 했다. 리암이 유괴되었고, 하지만 그럼에도 아주 건강하게 보이 스카우트 야영지에 있다는 것이었다. 자기가 최대한 아침 일찍 아이를 거기서 데려올 거라고 했다. 또한 마이케 그녀도 휴가를 중단하는 것이 좋겠다고 했다. 사실 꼭 그럴 필요가 있는 것은 아니지만, 사람 일은 절대로 알 수 없는 거라고 했다. 어쩌면 그녀에게 경찰이 몇 가지 질문을 하겠다고 할지도 모른다는 것이었다.

끊어진 녹음 테이프처럼 제바스티안의 보고는 한창 말하던 도중에 끝나 버렸다. 그들이 침묵하는 동안 전화선에서 쏴아 하는 소리가 났다. 언젠가 오스카가 우주 전체가 쏴아 하는 소리로 가득 차 있다고 말한 적이 있었다. 다른 곳에서 마이케는 그러한 방해 음들이 도청 조치 때문에 유발된다는 이야기를 들은 적이 있었다. 혼란스러운 몇 초 동안 그녀에게는 이 두 진술이 마치 똑같은 이야기를 하는 것처럼 느껴졌다.

도대체 무슨 일이 일어난 건지 물어볼 수 있을 정도로 그녀가 충분히 마음을 가다듬었을 때, 수화기에서 거칠게 꿀꺽하는 소리가 들려왔다. 제바스티안은 자기를 믿어 달라고 했다. 처음에는 떼를 쓰더니 다음에는 갑자기 고함을 질러 댔다. 그는 오스카에게 전화할 수도 있다고 했다. 오스카는 자기편을 들어 줄 거라면서. 마이케의 경악은 분노로 바뀌었다. 그녀는 그에게 정신을 차리라고 했다. 그러고는 더 이상 아무런 응답도 들을 수 없었다. 마침내 그녀는 제바스티안이 통화 중에 막 잠이 들려 한다는 사실을 알아챘다. 그것은 그가 한 말 전부보다 더 그녀를 경악시켰다. 그녀는 아침에 프라이부르크로 가는 첫 열차를 타겠다고 약속했다. 그는 전화를 끊기 전에 리암한테 정말로 아무 일도 일어나지 않았노라고 맹세했다.

이제 마이케는 쿠션에 비스듬히 기대어 다리를 뻗는다. 맞은 편 좌석의 수녀가 지나치게 세게 묵주를 손목에 감는 바람에 묵주 가 수녀의 손목 복사뼈에 빨간 테두리를 그리며 칼자국을 새긴다. 수녀는 승객들이 지나갈 때마다 대화를 시도해서 사람들을 귀찮 게 한다. 마치 불쌍한 주 예수 그리스도에게, 인간들은 여전히 주 님이 자신들을 가만히 내버려 두기를 절대로 원치 않는다는 것을 증명해 보이려는 듯이 말이다. 네 가장 가까운 이웃을 사랑하라. 마이케는 몸서리를 친다. 아름다운 스위스 말을 쓰는 말끔한 차장 에게 그녀는 자신의 비예[37]를 검사해 준 데 대해 과장해서 감사를 표한다.

밤에 그녀는 거의 잠을 자지 못했고, 머릿속으로 다양한 시나 리오를 생각해 보는 것으로 많은 시간을 보냈다. 유괴 시도의 실 패. 그게 아니라면, 리암이 숲에서 길을 잃었다가 다시 발견되었 다. 아니면, 제바스티안이 나쁜 꿈을 꾸고는 비몽사몽 간에 그녀 에게 전화를 걸었던 것이고, 이따가 그녀가 문을 열고 들어가면 그는 깜짝 놀라 나동그라질 것이다.

아침 무렵이 되자 그녀의 생각은 윤곽을 잃어버렸고, 가정은 더 터무니없어졌으며, 질문은 허방을 짚었다. 그녀는 이미지로 생 각하기 시작했으며, 십 년 전 어느 날 밤 주위를 맴돈다. 마치 아 직도 거기에서 마이케 인생에서 가장 어둡고 이해할 수 없는 것들 모두의 원인을 찾을 수 있기라도 한 듯이. 그것은 그녀가 가장 좋

---

37 스위스에서 차표를 지칭할 때 통용되는 말. 프랑스어로 '차표'라는 뜻.

아하는 기억들 목록에서 1위를 차지하는 바로 그날 밤이었다.

어느 연회장, 담배 연기로 자욱하다. 흥에 취한 사람들 무리가 음악에 맞춰 몸을 흔든다. 친구들, 지인들, 친척들, 그리고 그들 가운데 날카롭게 각이 진 형체 하나. 그것은 정처 없이 이리저리 떠돌아다니고, 신경질적이고, 주인을 잃은 그림자처럼 눈에 띈다. 마이케의 기쁨에 찬 경악(아니면 경악에 찬 기쁨이었던가?), 그것은 이 그림자가 북적대는 인파 속에서 새신랑과 마주칠 때마다 매번 반복된다. 당당하고 차가운 눈초리로 두 남자가 서로 눈을 바라본다. 언제쯤인가 마이케가, 이미 대책 없이 만취해서, 두 남자의 연미복 소매를 움켜잡고 억지로 3인조 춤을 추게 만들려고 한다. 손님들이 박수를 치며 환호한다. 오스카는 이를 뿌리치고 한마디 말도 없이 연회장을 떠난다. 그런 다음, 오스카가 사라지자마자 턱을 한껏 열고 마이케에게 키스하는 제바스티안의 얼굴을 담은 클로즈업.

결혼 첫해 동안 하루도 빠짐없이 마이케는 매일 아침 식탁 너머로 자신에게 미소를 보내는 이 남자의 내면 깊은 곳에서 그 무엇인가가 터지거나 치밀어 오를지도 모른다고 예기했다. 이성이나 선의로 억제할 수 없는 무엇인가가 말이다. 하지만 그런 일은 일어나지 않았다. 제바스티안은 범상치 않은 인물에서 좋은 남편이자 자식 사랑이 지극한 아버지로 발전해 갔다. 그는 학부 최연소 교수로 프라이부르크 대학에 임용되었다. 마이케는 갤러리를 열었고, 오스카가 꼬박꼬박 저녁 식사에 나타나도록 애썼다. 일상이 이 작은 가정을 돌봐 주었다.

오래전부터 마이케는 스스로를 그저 행복한 가족의 일부로만 생각한다. 그들이 함께하는 삶이 지금 얼마나 잘, 혹은 잘못 굴러가고 있는지와는 전혀 상관없이, 그녀는 리암이 태어난 이후로 한 가지 사실만큼은 절대로 다시 의심해 본 적이 없다. 제바스티안과 자신이 같은 세계에 산다는 사실 말이다. 그리고 그녀는 어떤 수단을 동원해서라도 그것이 그렇게 유지되도록 애쓸 각오가 되어 있다.

어쩌면. 마이케는 이렇게 생각하면서 객실 통로로 철제 카트를 밀고 오는 동양 아가씨를 바라본다. 어쩌면 집에서 나를 기다리는 것은 내가 그토록 여러 해 동안 크든 적든 의식적으로 두려워했던 바로 그 재난일지도 모른다. 어쩌면 그 재난은 허리케인처럼 여자 이름을 달고 있을지도 모른다. 어쩌면 심지어 내 이름일지도.

그녀의 생각은 벌써 또다시 금방이라도 불가해의 심연 속으로 굴러떨어질 듯하다. 그녀는 동양 여자에게서 커피를 산다. 잔이 어찌나 뜨거운지 손에 들고 있기가 거의 불가능할 지경이다. 출입국 관리 공무원 둘이 객차에 나타난다. 그녀가 신분증을 꺼낼 수 있도록 독일 측 공무원이 마이케에게서 커피를 받아 준다.

걱정거리들이 수천 개 작은 바늘로 그녀의 옆구리를 찔러 대는 동안, 그녀는 이렇게 생각한다. 무엇이 프라이부르크에서 그녀를 기다리고 있든 간에, 이것 하나는 믿을 수 있다. 제바스티안이 리암에게 아무 일도 없다고 맹세한다면, 그 말은 틀림없다. 다른 것들은 모두 견뎌 낼 수 있을 것이다. 마이케가 자전거 타는 것을 좋아하는 이유는 무엇보다도 자기 힘을 올바로 평가했다는 게 입증되는 것을 즐기기 때문이다. 그녀는 커피를 마신다. 입술을 데지만, 그래도 또 한 모금을 마신다. 스위스의 목가적인 분위기는 국경 뒤로 처졌고, 밖에서는 창백한 태양이 또 하루의 냉혹한 여름날에 대한 서곡을 지휘한다. 두고 보면 알겠지. 마이케가 생각한다. 나중에 그녀는 형사에게 똑같은 말을 할 것이다. 두고 보면 알겠죠, 라고. 그때는 이미 그녀가 오래전에 프라이부르크 중앙역의 신문 가판대에서 자기 친구 랄프 다벨링의 얼굴을 발견한 후일 것이다. 그녀의 인생에서 가장 끔찍한 날의 목록이 새로 만들어져 있을 것이다. 그리고 지극히 의심스러운 인물 목록에서는 형사가 2위를 차지할 것이다. 여러 해 동안 이 일람표의 맨 앞자리를 차지했던 오스카 바로 앞이자, 신규 진입자로서 일약 1위에 올라 있을 제바스티안의 뒤다.

3

햇빛을 반사하는, 눈처럼 하얀 회칠. 열린 방문들과 발코니 문들, 초현대식 경주용 자전거가 기대어져 있는, 담쟁이덩굴로 휘감긴 가로등. 블라우레겐 향기로 단장을 끝낸 집이 보기에 예쁘다. 하지만 그것은 속이 빈 포장이나 마찬가지다. 그토록 많은 아름다움은 행복을 요구하는데, 여기에 사는 사람들은 더 이상 행복하지가 않다. 형사에게는 모든 것들이 거짓되고 공허해 보인다. 마치 거리 전체가 그림엽서가 되어 버린 것처럼, 자기 자신에 대한 회상이 되어 버린 것처럼 보인다. 그가 수상교(水上橋)에 들어서자, 내륙 수로의 석탄색 버팀목 위에 있던 보니와 클라이드가 그에게로 다가온다. 실프는 시내 중심가를 느릿느릿 산보하다가 샀던 건포도 브뢰첸을 주머니에서 꺼낸다. 두 오리는 빵 조각이 곧장 부리로 휩쓸려 들어가도록, 물결을 거슬러 헤엄친다.

"꺼져— 꺼져— 꺼져." 오리들이 꽥꽥댄다.

"조심해." 형사가 녀석들에게 소리친다. "조심해!"

하지만 보아하니 보니와 클라이드는 앵무새 아그파의 말은 전혀 못 알아듣는 것 같다. 그 녀석들은 2인조 수중 발레 선수처럼 턴을 하더니 경쾌한 속도로 물길을 저어 내려간다. 실프는 손에서 빵 부스러기를 떨어내고는 초인종 패널 판에 있는 이름들을 자세히 살펴보기 위해서 집의 입구에 들어선다. 그가 막 자신이 찾던 것을 발견했을 때, 천둥소리가 집의 배 부분을 진동하게 만든다. 위에서 누군가가 문짝이 떨어져라 문을 닫았던 것이다. 빠른 발소리가 서둘러 계단을 내려와 한 여자를 앞서간다. 바로 뒤이어 그녀가 형사를 지나쳐 출입문 밖으로 뛰쳐나간다. 그는 쓰지도 않은 모자를 인사 삼아 살짝 쳐들려고 이마를 잡는다. 그는 그 여자의 얼굴을 알아볼 수가 없다. 금발이 그녀의 머리 주변에서 흥분해 춤을 추다가 그녀의 눈 위로 쏟아져 내린다. 그녀가 자전거 자물쇠를 끄르려고 몸을 숙였던 것이다. 한동안 형사는 돌처럼 굳어 서 있다. 그 여자는 민소매 셔츠에 짧은 슬랙스를 입었고, 오전의 햇살은 그녀의 그을린 팔과 다리를 광을 낸 목재로 바꿔 놓는다. 그와 대조적으로 금빛 머릿결은 너무 지나치게 밝게 느껴진다. 마치 창백한 다른 사람한테서 그것을 빌리기라도 한 듯하다. 여자는 몹시 화가 나 있다. 그녀는 자전거를 홱 돌리고 한쪽 다리로 허공을 가르더니 이미 전속력으로 달리면서 발끝을 페달의 고리 속으로 밀어 넣는다. 몇 초 지나지 않아서 그녀는 인상 깊은 비스듬한 자세로 다음번 모퉁이를 돌아 사라진다. 형사는 여태껏 이보다 아름다운 사람을 본 적이 없었던 기분이다.

그는 초인종 누르기를 포기하고 계단을 올라가다가 3층에서 한 현관문에 다다른다. 누군가가 문 뒤에서 엿듣고 있는 것을 알아챌 수 있다. 그는 가까이 다가가서 한쪽 귀를 나무 문짝에 대고 다른 사람의 엿듣기에 자신의 엿듣기를 맞세운다. 그 긴장은 전구에 불이라도 들어오게 했을 것이다. 두 남자는, 단지 나무판자 하나로 분리된 채, 마치 단 하나의 존재로 융합하려는 듯 온 힘을 다해서 자신들의 감각을 서로에게 향한다. 문이 열어젖혀진다.

제바스티안이 문지방 위에 서 있다. 방금 중단한 말다툼의 부스러기를 입술에 묻히고 있다. 폐에 공기를 가득 펌프질해 넣었고, 소리를 지르려고 연구개를 쫙 벌린 상태다. 그의 시선이 속절없이 형사의 두 눈 사이에서 우왕좌왕한다.

"쓰레기통 있으십니까?" 형사가 묻는다.

그는 자신의 **미래의** 초대자에게 빵 부스러기가 떨어지는 구겨진 종이 봉지를 건네준다. 재빠른 동작으로 제바스티안은 그의 손에 있는 종이 뭉치를 쳐서 떨어뜨린다.

"꺼져요!"

당연히 형사는 이미 오래전부터 발을 문 안에 들여놓고 있었다. 좁은 틈새로 그들은 서로 얼굴을 바라본다. 욕을 하거나 계속해서 집에 들어가려고 씨름하는 대신, 그들은 갑자기 바싹 붙은 채 함께 서 있다. 언어가 그것을 지칭할 어떤 개념도 준비해 놓지 못한, 그 뭔가가 이루어지는, 고요함으로 만든 캡슐 속에 봉해진 것처럼. 하나의 조우. 상이한 두 종류의 무질서가 교차하는 지점에서 함께 멈추기.

우리의 인생 여정이 돌이킬 수 없게 뒤얽히는 순간이로군, 이라고 형사가 생각했다고, 형사는 생각한다.

시간은 제바스티안 등 뒤에 서 있는 어느 집 안에 놓인, 물이 드는 수도꼭지의 형상으로 흘러간다. 시간은 멀리 골목길에서 들려오는 압축 공기 해머 소리가 되어 흘러간다. 아마도 논의해야 할 수많은 의문들이 있었을 것이다. 왜 그들 각자에게 이 사람이 자기를 도우러 왔다는 느낌이 드는지. 한 인생이 산산조각 나는 것을 막을 수 있는지. 어떻게 그것을 나중에 이어 붙이는지. 낯선 사람들 사이에도 첫눈에 다시 알아보는 것과 같은 뭔가가 있는지.

그렇지만 그들은 영원히 그렇게 서 있을 수 없다.

"교수님." 실프가 나직하게, 그리고 유감스럽다는 듯 말한다. "경찰에서 나왔습니다."

제바스티안은 즉각 문을 놓고는 뻣뻣한 다리로 집 안 복도를 지나간다. 방문객을 돌아보지도 않고, 그는 거실 소파에 몸을 던지고는 팔꿈치를 무릎에 받치고 머리를 두 손에 얹는다.

"유감스럽지만……." 제바스티안이 잠시 동안 쳐다보다가 빨개진 눈을 부빌 때, 형사가 말한다. "제가 아직도 안 가고 여기 있습니다."

또다시 정적이 공간에 스민다. 이번에는 친밀함이 없다. 침묵은, 역에서 서로 다른 환승 열차를 기다리는 두 여행자와 닮았다. 제바스티안이 마치 저 위에 뭔가 볼 거라도 있는 양 천장을 바라보는 동안에, 형사는 방을 둘러본다. 가구들은 한때 세련된 배치를 이루도록 자신들을 연결해 주었던 응집력을 상실했다. 가구들은 대기 시간의 엑스트라처럼 무관심하게 널브러져 있다.

여기서는. 실프는 음울한 마음으로 생각한다. 모든 것들이 몇 초 만에 과거가 되어 버렸다.

그는 물건들에게는 틀어막을 수 있는 귀가 없는 까닭에 그 방이 어쩔 수 없이 함께 목격해야만 했던 한 장면의 메아리에 귀를 기울인다. 아직까지도 여전히 한 남자의 그림자가 출구를 찾으려고 이리저리 허둥대며 이 벽에서 저 벽으로 휙휙 스쳐 지나간다. 금방이라도 자기한테 떨어져 내릴 것 같은 뭔가 무거운 것을 막으려는 듯 두 팔을 들어 올린 채. 안락의자의 가죽 커버 속에 한 여자의 비명이 처박혀 있다.

그건 영화야! 현실이 아니야!

매니큐어를 칠한 그녀의 손가락이 카우치 탁자 위에 있는 잡지 더미를 흐트러뜨린다. 그녀는 잡지들을 바닥에 내동댕이치고 싶지만, 그래도 그렇게 하지는 않았다.

랄프가 **피살**당해? 내 아들이 **유괴**되었고? 그런데 나는 아이롤로에서 자전거를 타고 있었다고? 행복해하면서, 아무것도 모르고?

행복과 무지는 동의어랍니다, 친애하는 물리학자 사모님. 실프가 생각한다.

남자의 주먹이 연달아 내려치는 통에 소파 팔걸이가 진동한다.

날! 좀! 봐! 나는 당신한테 전화할 수 없었다고, 빌어먹을!

잠시 침묵, 심호흡.

그렇게 큰 소리 내지 마!

남자의 웃음이 커튼을 움직인다.

걱정하지 마. 그 아인 죽은 듯이 자고 있으니까. 멀미약 먹였거든.

웃음이 잠잠해진다. 카우치 탁자의 유리판 위에서 여자 손자국이 증발한다.

뭔가가…… 어긋나 버려서…… 나는 어쩔 수가…….

그러면 나는?

남자 목소리가 부풀어 올라 벽들을 서로 떼어 놓더니, 모든 말들이 몇 초씩 울려 퍼지는 대성당이 되도록 공간을 확장시킨다.

내가 무슨 일을 겪었는지 알고 싶어? 이런 느낌이 든다고, 이런!

마른 몸뚱이가, 격렬하게 어깨가 뒤흔들린 뒤에, 안락의자에 쓰러지자 의자가 옆으로 튕겨 나간다.

제바스티안, 이거 놔!

마지막 비명은 번개 같고, 쾅 닫히는 현관문은 천둥 같다. 남은 것은 폭풍 뒤 고요다. 노골적인 조롱. 이웃집 개가 세 가지 소리로 짖어 댄다. 대, 중, 소.

"모든 것을 잃어버렸다는 느낌을 아시나요?" 제바스티안이 묻는다.

"선생님께서 상상하실 수 있는 것보다는 잘 압니다."

"그런데 성함이 어떻게 되십니까?"

실프. 서서히 제바스티안이 천장에서 시선을 내리고 발음하기 좋은 그 이름을 되뇐다. 실프.

그들의 시선이 교차한다. 집 안 어딘가에서 뭔가가 바닥에 떨어지지만, 아무도 고개를 돌리지 않는다. 형사는 날이 갑자기 얼마나 어두워졌는지 깨닫고 놀란다. 지나가는 자동차의 전조등이 그 공간을 들어 올려서는 빙글 돌린다. 제바스티안은 소파에, 실프는 안락의자에 앉아 있다. 실프는 소파에, 제바스티안은 안락의자에 앉아 있다. 그러고 나서 자동차는 사라진다. 그들은 서로 고개를 끄덕인다. 도시 근교 들판에서는 탈곡기들이 작업을 하고, 어디에선가 율리아가 자면서 신음 소리를 낸다. 숨 가빠하며 형사가 공기를 내뱉는다, 한 번(알), 두 번(새). 새알 내부에서는 날카로운 부리가 껍질을 쪼고 있다. 날은 다시 밝았고, 여름날 정오, 창문에는 먼지 뽀얀 빛의 띠. 제바스티안은 불신과 관심이 뒤섞인 감정으로 실프를 관찰한다. 그는 앞으로 몸을 굽힌다. 거의 그가 형사를 손안에 쥐려는 듯 보인다.

"저는 더 이상 수사를 원치 않습니다." 그가 말한다.

"선생님은 누가 아드님을 유괴했는지 알고 싶지 않습니까?"

"잊어버리고 싶습니다."

"아주 나쁜 전략입니다. 사람들은 그걸 너무 늦게야 알아채죠."

"너무 늦은 것에는 관심이 없습니다. 전 지금의 것에 관심이 있습니다. 미래라는 단어의 의미는 제게서 사라져 버렸어요. 이해하시겠습니까? 종결시켜야만 하는 상황도 있는 법입니다."

"이미 선생님께서 그렇게 상세해지기 시작하시기 전에 말이죠." 형사가 말한다.

얼굴에서 머리카락을 쓸어 올리려고 제바스티안이 팔을 들어 올리자, 그들 둘은 그의 손이 얼마나 심하게 떨리는지 본다. 다시 미끄러져 내려온 소매 밑의 살갗은 긁힌 상처로 빽빽하게 채워져 있는데, 어떤 것들은 눅진거리고 염증이 생겼고, 어떤 것들은 누르스름하게 딱지가 졌다. 제바스티안은 커프스단추를 잠근다.

"마실 것은 뭘 드릴까요?"

"요기 차요."

"뭐라고요?"

"부엌에서 찾아보세요. 사모님 같은 여성분은 그런 걸 갖고 계시죠."

"어떻게 마이케를 아시나요?"

"조금 전에 제 옆을 지나쳐 가셨습니다."

제바스티안은 일어나서 거실을 떠나기 전에 머뭇거린다. 실프는 부엌 수납장에서 나는 달그락 소리를 엿듣는다. 그 소리는 제바스티안이 차 봉지를 발견하자 중단된다. 형사가 조용히 일어나 방을 가로질러 가는데, 마치 밟으면 부러질 것 같은 마른 가지들이 사방에 널려 있기라도 한 듯 조심스럽다. 그는 작업실을 쉽게 찾아낸다. 책들이 서가를 가득 채우고 바닥에도 수북이 쌓여 있다. 기이한 모양을 한 붉은색 판지 조각이 책상 위 컴퓨터 자판을 덮고 있다. 능숙한 손가락 놀림으로 실프가 종이 더미를 뒤적거린다.

'자연 상수들의 정확도 문제.' — '부조리의 합목적성에 관하여.' — '유물론과 형이상학적 농업.' — '우리는 우주가 살아 있는 한 관찰자를 고려해서 구상되었다고 주장할 수 없다……'

아니면 한 관찰자에 의해서, 형사가 생각한다.

그는 서랍들을 여닫는다. 요기 차는 십오 분에서 이십 분 정도 약한 불에서 은근히 끓여야 한다.

연필들, 쓰던 클립들. 대학 편지지. 맨 뒤쪽에 놓인 사진 한 장. 거기에는 젊은 남자 둘이 연회복을 입고 같이 서 있다. 나뭇가지처럼 호리호리하게, 손은 자연스럽게 줄무늬 바지 주머니에 집어 넣고서. 서로 얼굴을 마주 보고 있기는 하지만, 시선은 막연한 먼 곳으로 사라진다. 실프는 사진을 제자리에 놓는다. 정상적인 형사라면 그러한 서류들 사이에서 결정적 증거와 마주칠 것이다. 실프는 아무것도 찾아내지 못한다.

제바스티안이 차를 들고 올 때, 실프는 이미 오래전부터 안락의자에 다시 앉아 있다. 생강과 카르다몸 냄새가 공간을 점령한다.

"맛이 아주 좋은데요."

조심스럽게 제바스티안은 잔을 내려놓는다. 그의 손은 진정되어 있다.

"예술품을 사 모으십니까?" 실프가 묻고서 물감이 덕지덕지 발린 그림 두 점을 가리킨다. 그림에서 붉은색과 까만색을 두껍게 바른 색채의 폭발은 콕콕 쑤시는 두통을 형상화한다. 화가의 견해는 분명 달랐을 것이다. 화가는 그 그림들의 제목을 캔버스를 가로질러 거친 글씨로 붓질해 놓았다. 「협박 I」과 「협박 II」라고.

"집사람이 갤러리를 하나 운영합니다."

"그리고 자전거를 즐겨 타시고요?"

"심문을 시작하시는 겁니까?"

"심문이 아닙니다." 실프는 찻숟가락으로 거부하는 손짓을 한다. "탐문이죠."

"어디에 차이가 있나요?"

"선생님께 있죠. 선생님은 용의자가 아닙니다. 신고자이자 증인이시죠."

제바스티안은 웃으면서 대꾸하지 않는다.

"선생님께서 준비가 되셨다면……." 실프가 말한다. "몇 가지 질문을 했으면 좋겠습니다."

"유괴에 대해서요?"

이제는 형사가 웃는다.

"아니요. 시간의 본질에 대해서요."

4

"당신은 특이한 형사시로군요. 제가 시간의 본질에 대해서 이야기하고 싶지 않다는 건 아닙니다. 그게 결국 제 직업인걸요. 하지만 정말로 제가 당신한테 신입생들에게 하듯 말하기를 원하시나요? 저로서는 그것만으로도 벌써 거의 과거로의 여행처럼 느껴질 듯하군요. 마치 모든 게 다 지나가 버린 것처럼요. 저를 기분 좋게 하려고 그러시는 겁니까? 마치 아무 일도 없었다는 듯이 당신과 이야기하기를 원하시는 건가요? ── 이제 저를 뇌가 없는 인형처럼 봐 주십시오."

제바스티안은 계속 말하기에 앞서 차를 한 모금, 그리고 또 두 모금, 세 모금을 마신다.

"학창 시절에 한때 저는 이야기를 하나 써 보려고 했습니다. 한 인간이 자기가 순전히 인형들에게만 둘러싸여 있다는 사실을 확인하게 되는 이야기를요. 이 이야기가 어떻게 되었는지는 모르겠습니다. 글로 써 놓지는 않았거든요. 그러니까 저는 인형과 이야기하듯 당신과 이야기하겠습니다, 형사님. ── 친구와 말하듯이 말이죠.

물질주의가 뭔지 아십니까? 돈에 대한 애착? 아닙니다. 어쩌면 그것도 가능하겠네요. 제가 말하는 물질주의란 모든 것을 하나의 원칙, 즉 물질의 원칙으로 소급시키는 세계관입니다. 심지어 이념과 사상마저도 이 견해에 따르자면 그저 물질적인 것의 현상 형식일 따름입니다. 예를 들어 꿈은, 생화학적 산물입니다.

사랑받는 견해죠. 그것은 종교적 믿음을 그저 제거하기만 한 게 아니라 곧장 대체해 버렸습니다. 이 물질주의, 즉 유물론의 계명은 세 가지이며 소박합니다. 우주의 물질성을 의심하지 마라. 모든 사건들의 연대기적 인과론을 맹목적으로 신뢰하라. 경험 가능한 현실의 객관성과 유일성을 경배하라.

이 교리들은, 신도 이보다 더 잘할 수는 없으리만치, 세계의 유물론자들에게 뿌리내렸습니다. 비록 유물론적 원칙들에 ─ 겉보기에는! ─ 모순되고 그 때문에 ─ 당분간은! ─ 설명할 수 없는 상태로 남는 현상들이 여기저기 있기는 합니다. 그렇지만 그런 의심스러운 경우에 대해서는 확실한 치료법이 있죠. 그냥, 세계상에 난 구멍들 위에다가 이름표를 붙이는 겁니다. 예를 하나 들어 볼까요?

심지어 가장 천재적인 과학자도 왜 사과가 위에서 아래로 떨어지는지 알지 못하며, 그래서 그는 이 무지함을 중력이라고 부릅니다. 우연 또한 그러한 이름표입니다. 아마 기시감과 직관도 역시 그럴 겁니다. 이름을 지어 줌으로써 꼼짝 못 하게 붙잡아 놓은 불가사의들. 당신은 모든 개념의 99퍼센트가 그러한 이름표들이라고 말씀하시겠죠? 당신이 옳을지도 모릅니다. 만일 제가 모든 학문들을 단 하나의 학문으로 통합시킬 수 있다면, 이미 오래전부터 존재해 온 뭔가가 도출될 것입니다. 바로 언어죠.

저는 이름표를 단 한 번도 좋아해 본 적이 없습니다. 학생일 적에는 칠판에 숫자를 적기는 하지만 중력이 뭔지 설명하지는 못하는 선생님은 믿기 어려웠습니다. 선생님 말씀을 더 오래 경청하는 대신, 저는 기다렸습니다. 칸트를 충분히 읽을 수 있는 나이가 될 때까지. 언제나 저는 제 오성이 비밀 책동을 하지 않나 의심해 왔습니다. 그 녀석이 인지에 뭔가를 덧붙인다는 사실을, 인지된 것 전부를 미리 만들어 놓은 질서 안에 집어넣는다는 사실을 어렴풋이 느꼈습니다. 이런 방식으로 오성은 자기가 파악할 수 있는 세상을 만들어 냅니다. 칸트는 그것을 증명할 수 있었습니다. 그는 저에게 시간과 공간이 인간의 직관 형식임을 제시해 주었습니다. 제가 그를 믿었는지는 중요한 게 아닙니다. 저는 **느꼈던** 것입니다. 그가 제대로 짚었다는 것을.

모든 길이 인식으로 인도해 주지만, 어떤 길도 되돌아가게 해 주지는 않습니다! 오랫동안 저는 제 연구들이 최소 입자와 그 합법칙성이 아니라 그것을 연구하는 물리학자와 연관된 게 분명하다는 사실을 감내해 왔습니다. 어느 즈음엔가 저는 과학자들이 진실을 얻기 위해 객관적 현실 속에서 분투하고 있는 건지 아니면 현상 세계 속에서 그러고 있는 건지 하는 물음과 화해하고 말았습니다. 계속 스스로를 괴롭히는 대신에 저는 동료들을 화나게 만들었습니다. 우리가 물리학 대신에 심리학을 해야 한다는 주장으로요. 순전히 정의(定義)상의 문제예요, 안 그렇습니까? 논리가 있는 한, 절망할 이유는 없습니다. 바닥 없는 심연 위에 놓인 이 믿음직한 난간이 존재하는 한 말입니다. 어쩌면 사람들이 공연히 저를 밀교주의자라고 부른 게 아닐 수도 있겠네요.

그럼요, 담배 피우세요! 이로써 당신은 이 집에서 흡연이 허용된 두 사람 중 하나가 되시는 겁니다. 재떨이 여기 있습니다. 당신이 그것의 대상성을 믿을 수 있든 없든 간에요. 그것은 자신의 목적을 어떻게든 달성할 것입니다.

시간의 경우도 아주 흡사합니다. 그것은 자신의 목적을 달성하고, 그 이상 우리가 그것에 관해 아는 것은 많지 않습니다. 일반적인 확신에 따르자면 시간은 엄격하게 규정된 절차이며, 원인과 결과의 필연적 순서입니다. 인류가 평화적으로 공유하는 유일한 것이 자신들의 오류란 말입니다!

이 집을 예로 들어 보죠. 1896년에 건축이 시작되었고, 1897년에 목수들의 망치 소리가 거리에 울려 퍼졌으며, 그로부터 얼마 지나지 않아 건물이 완공되었습니다. 당신 생각에는, 그것이 지어진 원인이 무엇이라고 간주할 수 있을까요? 회사 난립기[38]의 주택 부족? 아니면 네오고딕과 네오바로크에 대한 심미적 사랑? 제가 그 원인을 말씀드리죠, 실프 형사님. 그 건물이 지어진 원인은 그것의 완공이었습니다.

당신은 미소를 지으시는군요. 하지만 몇 가지 사실이 제 테제를 뒷받침합니다. 당신은 한 건축가의 계획이 집으로 실현될 개연성이 얼마나 높다고 보십니까? 마음 편히 알아맞혀 보세요. 80퍼센트요? 좋습니다. 완성된 건물보다 건축 계획이 선행했을 개연성은 거의 100퍼센트입니다. 건축 과정이 집을 **가능하게 합니다**. 하지만 집은 건축 과정

---

38 1870년대와 1880년대에 독일에서 산업과 과학 기술이 폭발적으로 발전하면서 경제에 거품이 형성되던 시기.

을 **규정합니다.** 그러므로, 건물이 그 자신을 지은 원인일 가능성은 반대되는 가정의 가능성보다 다소 더 높습니다.

여전히 미소 짓고 계시는군요. 만약에, 당신께 한번 여쭤보죠, 만약에 결과가 그 자신의 원인에 논리적으로 선행한다는 사실을 우리가 증명할 수 있다면, 시간이란 무엇일까요? 이제는 웃으시는 군요. 제 생각엔, 당신은 처음부터 제 말씀을 이해하고 계셨던 것 같네요. 당신의 멍한 눈을 보니 알겠네요.

아무 말도 하지 마십시오. 이 시답잖은 두뇌 게임은 잊어버리세요. 이건 그저 당신 상상력의 골문을 흔들어 놓으려던 것뿐입니다. 찻잔 받침은 사용하지 말아 주세요, 실프 형사님, 제가 특별히 재떨이를 하나 갖다 놨잖습니까. 아니면 당신 눈에는 그게 안 보이세요?

다중 세계 해석 이야기로 넘어가 봅시다. 당신은 그 이론이 생겨난 책임이 신에게 있다는 사실을 아셔야만 합니다. 더 정확히 말하자면, 신의 부재 탓인 거죠. 인간의 삶에는 어리석게도 기적이 근저에 놓여 있습니다. 한 인상적 경우의 우연의 일치를 말하는 겁니다. 빅뱅 때 우주는 정말로 무수히 많은 미래의 발전 가능성을 가지고 있습니다. 생명체를 허락하는 가능성의 몫은 보잘것 없이 작았습니다. 그럼에도 우리의 현존을 유발한 그 변형이 결정되었던 것입니다. 우리가 관찰하는 모든 자연 상수들은 그것들 사이에 인간이라는 이름의 하찮은 양의 생물 자원이 있을 수 있다는 점을 정확히 겨냥하고 있습니다. 유효한 물리 법칙에서 아주 조금만 더 벗어났더라도 우리는 존재하지 않았을 거란 말입니다.

이 말을 잘 음미해 보십시오, 형사님. 당신은 개연성이 없습니다. 저는 개연성이 없습니다. 우리는 10의 59승 중 1의 개연성을 지닌 우연입니다. 0이 59개가 달린 1이란 말입니다, 실프! 그렇게나 여러 번 당신이 주사위를 던져야만 한다는 말입니다. 그러다 적어도 한 번은 당신의 현존이 나오게 하려면요.

그런 숫자를 마주 대하니 속이 안 좋아지시나요? 어지러우신가요? 저는 당신을 나쁘게 받아들이지 않을 수 있습니다. 이런 상황에서 신을 해고해 버리다니. 우주라는 이름의 이 정밀 기계의 시계 제작자로서 특별히 고안되었던 신을 말입니다. 이 얼마나 영리하지 못한 짓이었던 겁니까! 물리학자는, 홀로 남겨진 채, 자신의 실존을 혐의 사건으로 제기하고는 자기 자신을 수사합니다. 빅뱅 때 세계가 한 개가 아니라 10의 59승 개가 생겼더라면 어땠을까요? 적어도 그중 하나는 인간이 살아가기 위해 필요한 조건들을 갖추고 있을까요? 이렇게 해서 말입니다, 실프 형사님, 신에 대한 의문은 통계 문제가 되고 맙니다.

당신은 이 문장을 이미 읽어 보신 적이 있죠? 그리고 제가 그 문장을 썼습니다. 그러므로 우리는 뭔가를 거의 공유한 셈입니다.

최소 입자들은 그것들이 관찰되는 순간 이전에는, 하나의 상태가 아니라 다수의 서로 겹쳐지는 상태로 존재한다는 사실을 양자 역학이 발견해 낸 이래로, 유니버스가 아니라 멀티버스[39]라는 아이디어는 그저 철학적 편리를 위한 임시변통이 아니라 일관적 해석입니다. 더 나아가서 그것은 인간에게 자유 의지를 용인합니다. 왜냐하면 우리가 개별 세계 안에서 얼마나 심하게 인과 메커

[39] 다중 우주.

니즘에 지배되는지는 아무 상관도 없기 때문입니다. ─ 우리가 우리의 행동을 통해서 항상 새로운 우주들을 만들어 낼 수 있는 한은요. 이를 통해서 우리는 우리가 원하는 결정을 내릴 자유를 누립니다.

이것들이 다중 세계의 장점이죠. 그것의 단점은 심지어 평화를 사랑하는 물리학자들조차 남을 가르치려 드는 다혈질로 변하게 만든다는 겁니다. 그들은 욕합니다. 다중 세계 해석은 지적인 디자이너를 피해 가려고 용을 쓰는 발작적 시도에 불과하다고. 다 코르[40]라고 저는 말하겠습니다! 그런 주장은 검증 가능한 가정의 영역을 벗어난다고 그 현학자들은 비방합니다. 저로서야, 역시 다 코르! 멀티버스의 비판자들도 그 옹호자와 똑같이 모두 옳습니다. 그리고 그들은 똑같은 방식으로 틀렸습니다. 모두 다 같이요. 왜냐하면 그들은 말하자면 모두, 그래요, 잘 들으십시오, 왜냐하면 그들은 모두 유물론자이기 때문입니다.

저는 당신의 눈에서 놀라움을 읽습니다. 저는 당신을 황당하게 만들 작정입니다. 다중 세계 해석을 둘러싼 논쟁은 저에게는 전혀 중요하지 않습니다.

표정 하나 까딱하지 않으시네요? 참 골치 아픈 분이시로군요, 형사님. 심문을 받을 때는 ─ 알아요, 탐문요 ─ 전부 다 말해야 하죠, 그렇지 않나요? 제가 정말로 골몰하고 있는 게 뭔지 이야기해 드리죠. 장담하건대, 당신은 제 책상을 슬쩍 들여다보면서 ─ 요기 차라니, 깜직한 생각입니다! ─ 거기에서 날마다 벌어

---

40 프랑스어로, '저도 그렇게 생각합니다.'라는 뜻.

졌던 정신적 범죄를 하나도 파악하지 못했습니다.

　제 자백을 이렇게 진술서로 꾸미세요. 저는 자연 과학자이지만 유물론자는 아닙니다. 제가 뭔지는, 아직 모르겠습니다. 어쨌든 저는 시간과 공간뿐만 아니라 물질조차도 '감각과 오성'이라는 생산 협동조합의 생산물로 간주합니다. 제 세계는 견고한 대상들이 아니라 복잡한 과정들로 구성됩니다. 모든 상태와 진행 형태들은 동시다발적으로, 그리고 이로써 시간과 무관하게 존재합니다. 우리가 이것들에서 보는 것은 단편들입니다. 우리의 이마 뒤에 있는 시간 영사기에서 돌아가는 필름 롤의 영상들. 그것들은 우리에게, 현실이란 구체적 사물의 춤이라고 보여 줍니다.

　실험을 하나 해 보세요, 실프. 사진기를 챙기세요. 밤에 고층 빌딩의 옥상에 서 보십시오. 노출 시간을 몇 초 동안으로 선택하고 교차로를 찍어 보십시오. 무엇이 보이십니까? 자동차와 전철의 불빛이 보이죠. 그것도 직선이나 파선으로 말입니다. 선으로 짠 그물. 당신이 노출 시간을 길게 잡을수록, 그물은 더욱 촘촘해지지요.

　그리고 이제 이 찻잔을 예로 삼아 보세요. 당신이 저 위 높은 곳에서 찻잔 사진을 찍을 수 있었다고, 그리고 찻잔이 100만 년 동안 노출되어 있었다고 상상해 보세요. 그 사진은 찻잔이 아니라 관통할 수 없는 망상 조직을 보여 줄 것입니다. 가운데에는 가장자리가 너덜너덜한 밝은 얼룩이 있을 것이고, 그곳에서 고령토가 땅에서 생겨나죠. 주위에는 고령토를 캐내서 도자기로 만들어 내는 사람들의 자취가 있을 거예요. 찻잔의 생성, 운송, 사용, 파손. 그 구성 성분들의 순환 구조로의 회귀. 마찬가지로 당신은 ── 우리는 저 위에 아주 높이 있어서, 궁극적 새의 관점에서 내려다봅니다 — 찻잔의 제조나 사용 과정에 참여했던 모든 사람들의 발생사와 소멸사를 알게 됩니다. 게다가 이 찻잔 인간들과 관계를 맺었거나 맺고 있거나 맺게 될 존재들과 대상들의 섬세한 그물망도요. 그리고 그것들의 조상과 후손 등등도. 당신은 — 아니에요, 옆을 보지 마시고, 찻잔을 보세요! — 이 찻잔이 시간과 공간의 한계를 넘어서 완전히 모든 것과 연결되는 것을 볼 것입니다. 왜냐하면 완전히 모든 것이 하나의 그리고 동일한 절차의 일부이기 때문이죠. 그리고 당신이 이제 노출 시간을 무한히 길게 놓고 피사체와의 거리를 무한히 멀리 잡을 수 있다면, 당신은 실재를 보게 될 겁니다. 그것이 정말로 어떠한지를 말입니다. 시간도 공간도 없는 뒤엉킴. 존재하지도 않는 신의 잠자리 앞에 놓여 있는 촘촘하게 짠 깔개. 아멘.

아직 듣고 계시죠? 제 말을 들을 수 있으세요? 저는 당신을 겁먹게 만들 생각은 없었습니다. 머리가 아프세요? 약을 가져올까요?

물론이죠, 벌써 다시 괜찮아지셨나요. 항상 다시 괜찮아지죠. 그게 제가 최근에 배운 것들 중 하나랍니다.

마지막으로 하나만 더 발언하도록 허락해 주십시오. 우연에 대한 몇 마디인데요, 이걸 언급했을 때 당신 눈이 무척이나 반짝이더군요. 만약 당신도 역시, 실프, 제가 짐작하는 대로, 유물론자가 아니라면, 당신은 다음의 연관 관계를 가지고 뭔가를 시작할 수 있을 겁니다.

어느 산책하는 사람이 잔잔한 호숫가에 서 있듯이 인간이 현실 앞에 서 있다고 가정해 봅시다. 매끄러운 수면은 그에게 익숙한 세상은 반사하고 그 기저에서 벌어지는 사건들은 은폐합니다. 이제 커다란 나뭇가지 하나가 이 수면 아래 흘러가고, 단지 두 잔가지 끝만 각각 서로 다른 지점에서 물 밖으로 솟아 있습니다. 우리의 산책자는 이것을 그로테스크한 시간적 일치라고 느끼지 않을 것입니다. 적절하게도 그는 이 잔가지들이 물 아래에서 서로 연결되어 있다는 것을 전제로 삼을 것입니다. 알지 못하는 사이에 그는 우연이 뭔지 이해한 것입니다.

차를 전혀 마시지 않으셨네요, 형사님. 벌써 가시려고요?"

5

제바스티안이 이 모든 것을 이야기했다는 사실을 형사는 있을 수 없는 일이라고 여긴다. 당연히 그 어떤 시점에도 그의 눈은 멍했던 적이 없었다. 하지만 그 교수가 뭔가 말을 했을 테고, 그 나머지는 실프가 자기 힘으로 보충했다. 강연 내내 그는 또 한 번 사형 선고라도 기다리듯 찻잔을 저어 댔다. 이제 그는 간신히 균형을 잡아 놓은 인형처럼 가볍게 기우뚱거리면서 거실에 서 있다. 그는 두통과 맞서 싸우며, 그가 여기에 온 이유인, 바로 그 질문들 중 하나가 자기 안에서 무르익기를 기다린다.

"당신을 밀교주의자라고 부른 게 누굽니까?" 마침내 그가 묻는다.

"오스카예요." 제바스티안이 말한다.

그는 형사를 밝은 눈으로 바라본다. 그의 안색이 나아졌고, 허벽지 위에서 열 손가락을 모두 써 가며 피아노 소나타를 연주하는 모양새가 연설이 그에게 좋게 작용했다는 사실을 드러내 준다.

"그게 누군가요?"

"탁월한 질문입니다."

마치 블라우레겐 나무에 앉은 박새의 지저귐에서 정답을 엿듣기라도 하려는 듯 제바스티안은 비스듬히 머리를 기울이고 허공에 귀를 기울인다. 제일 좋아하는 사람이라고, 지저귀는 소리가 들린다. 제일 좋아하는 사람.

"제네바에서 새로운 입자 가속기를 연구하는 훌륭한 물리학자죠. 혹시 물리학에 관심이 있으시거든, 거기로 가 보세요. 거기에서는 우주의 창자 속을 들여다본답니다."

"짐작건대 유물론자들인 모양이군요."

"감 잡으셨군요." 제바스티안이 웃는다. "그런데 오스카의 경우에는, 저는 더 이상 전혀 확신할 수 없어요. 어제서야 비로소 저는 우리가 평생 동안 서로를 오해했던 건 아닌지 깊이 생각해 봤지요."

형사는 고개를 끄덕이기 전에 그를 일 초, 너무 오래 바라본다.

"그런 입자 가속기가 실용성도 있나요?" 그가 묻는다.

"오스카라면 이렇게 대답할 겁니다. 부산물로서는 그렇다고요. 예를 들어서 의학은 가속화된 입자들을 암세포 방사선 요법에 사용합니다."

"대단하군요."

실프의 비틀거림이 더 심해진다. 그는 안락의자를 더듬거리다가 우연히 그 가구의 측면 가죽 속에 꽂혀 있는 스위스 주머니

칼을 손에 넣는다. 그는 그것을 소파 탁자 위에 놓는다. 펴진 칼날에 피가 들러붙어 있다. 두통이 갑자기 씻은 듯이 사라진다. 마치 누군가가 스위치를 전환한 것처럼.

"선생님 덕분에 많은 도움이 되었습니다." 형사가 말한다.

제바스티안은 생각에 잠겨 작은 칼을 바라보면서, 그것이 정황 증거가 되는지, 만약 그렇다면 무엇에 대한 증거인지 생각해 본다. 모든 에너지가 단박에 다시 그를 떠나 버렸고, 그가 마침내 고개를 들어 쳐다보니, 형사는 벌써 복도에 서 있다. 그는 출구 방향이 아니라 집 안으로 더 깊숙이 들어간다.

"문은……." 그를 뒤따라가며 제바스티안이 소리친다. "저 앞이에요!"

"가기 전에 아드님이랑 인사나 할까 해요."

"그렇지만 아이는 자는데요."

"이제는 아니에요."

실프가 아이 방으로 방향을 틀어 손잡이를 누르는 동안, 제바스티안은 마치 오후에 영화를 보고 나서 일광 속으로 들어서는 관람객처럼 눈을 껌뻑이며 복도에 남아 있다.

리암은 좀 더 커야 크기가 맞을 책상 의자에 앉아서, 읽고 있지도 않던 책을 앞에 펼쳐 들고 있다. 방은 어두컴컴하고 너무 비좁아서 가구들이 밀쳐 대며 서로 들이박고 있다. 커튼을 통해서 떨어지는 한 줄기 빛이 리암의 정수리를 금과 은의 합금으로 도금한다. 햇살 왕관을 쓴 천사. 실프는 감동을 억누르기 위해 침을 삼킨다.

"안녕." 그가 헛기침을 한 번 하고 말한다. "난 경찰에서 나왔단다." 그리고 리암이 반응하지 않자 이렇게 말한다. "진짜 형사야. 텔레비전에 나오는 것처럼."

책을 덮고 리암이 의자와 함께 몸을 돌린다.

"난 어리지만 바보는 아니에요." 아이가 말한다. "나랑 완전히 정상적으로 말씀하셔도 돼요."

실프는 리암의 걱정스러운 표정을 들여다보면서 이 사내아이가 몇 살일지 자문해 본다. 아이의 부드러운 머릿결은 오래 잠을 잔 탓에 눌려 있어서 군데군데 두피가 보인다. 그 아래 얼굴은 진지하고 주의 깊다. 갑자기 실프는 아이가 섬세한 귀로 관찰자의 목소리를 들을 수 있지 않을까 염려스럽다. 그 관찰자는 지금 막, 아이의 섬세한 귀가 관찰자의 목소리를 들을 수 있는지 묻는다. 그리고 리암이 그 때문에 그렇게 이상하게 바라보는 게 아닌지 말이다.

"어디 아프세요?" 사내아이가 묻는다.

실프는 앉을 곳을 찾아 주위를 둘러보다가 정돈되지 않은 침대 가장자리를 택한다.

"아니." 그가 말한다. "지금은 아냐."

리암은 책을 옆으로 치워 놓는데, 그러자 세 살은 더 어려진다. 아이는 앉아 있는 두 사람의 무릎이 서로 거의 닿을 정도로 가까워질 때까지 의자를 조금 더 돌린다.

"여기서 뭐 하세요?"

"나는 네 유괴 사건을 수사하고 있단다."

아무 소리도 않고 아이는 손톱을 다시 좀 깎아야만 하지 않을까 고민하는 것처럼 자기 손가락을 바라본다.

"맞아요." 이윽고 아이가 말한다. "유괴."

"너 방학 캠프를 중단해야 해서 화났니?"

"화난 게 다 뭐예요." 이제는 아이가 어찌나 심하게 눈을 비벼 대는지 실프는 아이의 손목을 꽉 잡았으면 좋겠다 싶다. "아빠가 오늘 아침에 나를 그냥 데려와 버렸어요. 아빠는 아주 이상했어요. 무슨 일이 일어난 건지 말해 주지도 않아요."

"그건 나도 잘 알지." 실프가 말한다. "나한테도 역시 아무도 무슨 일이 일어난 건지 말해 주지 않거든. 하지만 우리 같은 사람들도 있어야지, 뭐."

미소가 리암의 얼굴에 나타나고, 그 때문에 아이는 상냥해 보인다. 그저 조숙하고 이지적이기만 한 게 아니라. 아이의 눈에는, 속수무책의 재난이 닥쳐오는 것을 지켜보는 작은 동물에게서 보일 법한 무력한 뭔가가 들어 있다.

"다 밝혀내실 거예요?"

"당연하지."

"약속?"

"약속."

사내아이가 자기 눈이 반짝이는 것을 감추려고 바닥을 내려다보기에 실프는 한 손을 아이의 어깨에 얹는다.

"리암." 그가 말한다. "너는 그뷔겐으로 가던 중에 유괴되었니?"

"아빠가 그렇게 말씀하셨어요?"

"그냥 대답해 봐."

"우리 아빠는 거짓말 안 해요. 아빠는 무엇보다도 진실을 사랑하시거든요."

"너를 제일 사랑하시지." 실프가 말한다. "그다음에 진실이고."

리암이 머리를 들자 아이는 다시 쪼그라든 어른처럼 보인다.

"만일 내가 유괴되지 않았다고 말하고 아빠는 그 반대를 주장하시면요. ─ 그러면 둘 다 사실일 수 있나요?"

"그럼." 형사가 즉시 말한다.

"그러면 난 유괴에 대해선 아무것도 모른다고 할래요."

"누가 너를 그뷔겐으로 데려갔니?"

"아빠요."

"확실해?"

"난 자고 있었어요. 깨어났을 때는 벌써 날이 어두웠고, 낯선 침대에 누워 있었어요. 이런 건 서류에 적혀 있지 않나요?"

"어느 정도는 그렇지." 재빠른 동작으로 실프는 입과 턱에서 웃음을 훔쳐 낸다. "하지만 어차피 이미 아는 것들에 대해 질문하는 게 내 일이란다. 네가 아주 깊이 잠들었을 수도 있을까?"

"애들이 그렇죠." 리암이 아주 진지하게 말한다. "더구나 멀미약을 먹으면 졸리잖아요."

"내가 그걸 좀 볼 수 있을까?"

"난 갈 때 하나랑 올 때 하나밖에 안 먹었어요."

형사는 고개를 끄덕이고는 리암의 머리 너머로 벽에 걸린 유리 액자 속 모형도를 본다. 그 모형도는 짙은 푸른색 바탕 위로 우측 하단 구석에 놓인 태양계 도해를 보여 준다. 화살표 하나가 태양과 그 행성들을 20개 항성 무리 안에 있는 아주 작은 점으로 표시한다. 또 하나의 화살표가 이 항성들을 은하수의 별 안개 속으로 사라지는, 거의 알아볼 수 없는 입자로 요약한다. 은하수는 다시금, 상위 은하계들의 군집 속에서 손톱 크기만 한 작은 더미를 형성하고, 그것은 엄청나게 많은 다른 은하계 군집들과 함께 초대형 성단(星團)으로 합쳐진다. 이 초대형 성단은 결국 이미 알려진 우주 전체에서 작은 안개에 불과하고, 증기 형태의 커다란 원반으로 모사된 우주는 덮개처럼 모형도를 뒤덮어 버린다. 그 위에 다음과 같은 문장이 하나 적혀 있다. 천문학자에게 은하계가 있다면, 핵물리학자에게는 원자가 있다.

실프가 시선의 초점을 바꾸자 유리는 어두운 배경 너머로 그의 얼굴을 되비친다. 그에게는 이 그림이 이 방에서 세상을 내다볼 수 있는 유일한 창문처럼 보인다.

"아빠가 너한테 일 이야기를 해 주시니?"

"아빠는 내가 아직 전부 다 이해하지는 못하는 걸 잘됐다고 생각하세요. 왜냐하면 아빠는 누군가에게 설명하는 게 생각에 도움이 된대요."

"그래서 아빠가 하시는 일에 너도 관심이 있니?"

"나도 시간 연구가예요. 전에는 자주 침대에 누워서 순간을 잡으려고 해 봤어요. 기회를 노리다가 갑자기 **지금**이라고 속삭였죠. 하지만 언제나 그 순간은 아직 오지 않았거나 이미 지나가 버린 뒤였어요. 이제는 당연히 나도 시간이 전혀 다른 거라는 걸 알아요. 그리고 저기 저건……." 아이가 침대 옆에 있는 똑딱거리는 자명종을 가리킨다. "모두 거짓말이에요."

"그럼 시간은 뭐니?"

예기치 않게 생기발랄한 움직임으로 리암이 몸을 돌리더니 종이와 연필을 찾느라 자기 책상 서랍을 뒤진다. 실프는 더 잘 볼 수 있도록 아이 위로 몸을 숙이고, 낯선 머리에서 나는 아이의 냄새를 느끼고는 입으로 숨을 쉰다. 리암은 한 뼘 정도 떨어져 있는 빨간 원 두 개를 그린다.

"이게 뭐게요?" 아이가 묻는다.

"모르겠는걸." 실프가 말한다.

리암이 조바심을 내며 연필로 종이를 탁탁 친다.

"두 개가 서로 관계가 있나요?"

"둘이 서로 비슷해 보이네. 그 이상은 모르겠는데."

"아주 좋아요. 그러면 지금은요?"

아이는 새끼손가락 끝을 한 원에, 엄지를 다른 원에 갖다 댄다.

"이제는 둘이 연결되었구나." 형사가 말한다.

"이제 이렇게 한번 생각해 보세요. 우리 둘은 이 원이고, 이 종이는 삼차원 공간이고, 그리고 내 손은 미지의, 더 높은 차원에서 왔다고요……."

"너 우연 이야기를 하는 거구나." 실프가 말한다.

"아니에요." 리암이 발끈해서 말한다. "사차원 이야기예요. 시간에 대해서 물어보셨잖아요."

"이 원들에게는 네 손이 우연이란다. 아니면 기적이든가."

리암은 곰곰이 생각한다.

"그럴 수 있겠네요."

"이걸 너 혼자서 생각해 낸 거니?"

"거의요. 아빠가 좀 도와주셨고요. 아빠는 늘, 사실은 아주 간단한 수수께끼를 풀려는 거라고 하세요."

"다만 유감스럽게도 우리는……." 실프는 우선 자기 이마를 톡톡 치고는 리암의 이마를 친다. "그저 평평한 바탕 위에 있는 빨간색 작은 원에 불과하지."

리암의 웃음은, 비록 아직 주름살로 흘러 들어가지 못하고 새로 길을 찾아야만 하지만, 아이가 제바스티안과 무척이나 닮았음을 분명히 드러낸다. 아이는 자기 아버지와 똑같이 두 손으로 머리를 쓸어 넘긴다. 아이의 팔뚝에는 모기 물린 자국이 하나도 없다.

"어렸을 적에……." 아이가 묻는다. "아저씨도 그걸 연구하셨어요?"

"그럼." 실프가 말한다. "나는 곤충들과 이야기 나누길 좋아했단다."

"그렇지만 그건 물리학이랑은 상관없잖아요."

"가끔은 몇 시간씩 빗물받이 통 옆에 서서 물에 빠진 벌들을 구해 주었단다. 나는 그것이 벌들에게 무엇을 의미하는지 생각해 보았지."

"수의사가 되고 싶으셨어요?"

"벌들에게는 내 손이 운명이었어. 일종의 사차원이기도 하고."

"아저씨 괴짜시네요." 리암이 말한다.

형사가 아이의 코끝을 가볍게 튕길 때 그들에게는 함께 웃는 것이 이미 쉬운 일이 되었다. 실프는 문으로 간다. 그는 기분이 홀가분하다.

"약속하셨던 거 잊지 마세요." 리암이 말한다.

"너 오스카를 아니?"

"네, 오스카 아저씨 멋있어요."

"너는 내가 아저씨를 찾아가 봐야 한다고 생각하니?"

"물론이죠."

형사가 작별 인사로 손을 들자, 리암이 답으로 손을 흔든다.

복도에서는 제바스티안이 이제껏 그 자리에 꼼짝도 않고 그대로 서 있다. 혼란이 그의 피부 밑에 바짝 들어앉는다. 그는 아이 방에서 나는 중얼거리는 목소리와 웃음소리를 들었다. 실프가 그를 지나쳐서 현관문으로 간다.

"안녕히 계십시오." 그리고 형사가 다시 한번 말한다. "선생님 덕분에 많은 도움이 되었습니다."

실프가 층계참에서 종종걸음으로 계단을 내려가는 동안 그의 머리 위에서 지붕 기와가 무너진다. 서까래, 들보, 도리가 사방으로 이리저리 날아간다. 벽돌 건물의 눈부시게 빠른 소멸은 코가 풀리는 스웨터처럼 위쪽 가장자리로부터 건물을 빙 돌며 진행된다. 기초가 사라지고, 땅이 닫힌다. 종이가 백지가 될 때까지 연필이 건축 설계도의 선을 빨아들인다. 건축가의 머릿속에서 오 층짜리 회사 난립기 건물에 관한 아이디어가 증발해 안개가 되어 흩어진다. 어디에선가 날아오르는 유황앵무의 귀에 거슬리는 경고 소리가 울린다.

6

"다시 괜찮으세요?"

"네. 더위 때문에. 물 감사합니다."

최근에 형사는 늘 자신의 안부를 알리고 다른 사람들에게 이런저런 것에 대해 감사하느라 바쁘다. 이것은 틀림없이, 일찍 일어나는 것과 비슷하게, 나이 탓일 것이다.

그의 위로 몸을 숙이는 이 젊은 여자는 플라스틱 염료처럼 새빨간 색으로 머리를 염색했고, 그것은 실프가 몇 년 전에 보았던, 한 아가씨가 시종일관 뜀박질하던 영화를 생각나게 한다. 그가 다음 질문을 꺼내 보려고 시도한 친절한 몸짓은, 등을 대고 누워 있었던 까닭에 세련되지 못한 손짓이 되고 만다.

"제가 지금 어디 있는 건지 말씀해 주실 수 있을까요?"

"프라이부르크예요." 젊은 여자가 말한다. "아니면 행성의 이름을 말씀하시는 건가요? 은하계요?"

실프는 웃어 보려고 하다가 곧장 다시 그만둔다. 뇌가 뜨거운 액체 속에서 첨벙대고 있기 때문이다.

"별들 사이의 별자리는 저도 압니다. 여기는 무슨 가게인가요?"

"여기는 '현대 예술 갤러리'예요."

"아주 잘됐네요. 어차피 막 여기로 오려던 참이었거든요."

"아마 그래서 문 쪽으로 들어오셨나 봐요."

"그랬을 수도 있죠. 마이케 있습니까?"

"안마당에 새들한테 가 있어요. 두 분이 서로 아시나요?"

"마이케 남편의 친구입니다."

이미 다시 딛고 서도 괜찮겠다고 느끼면서도 실프는 그 젊은 여자가 자신이 일어서는 것을 도와주도록 내버려 둔다. 그녀의 머리칼에서는 망고 향기가 나고, 그에게 내민 팔의 하얀 살결에서는 코코넛 향기가 난다. 모욕당한 그림들과 마음 상한 조각들, 적대적인 몇몇 설치 미술들을 지나쳐서 그들은 열린 뒷문에까지 이르지만 문턱에서 발이 묶인다. 실프는 낙원의 한 조각을 보고 있다고 생각한다. 작은 안마당은 이끼가 낀 벽들로 둘러싸여 있고, 빛의 들보로 만든 지붕 뼈대가 위로 펼쳐져 있으며, 우람한 마로니에 잎사귀들에 덮여 있다. 햇살이 마술을 부려 한 여인의 정수리에 이미 본 적 있는 금속성 광휘를 만들어 낸다. 그녀는 자전거 자물쇠를 끄를 때와 비슷한 자세로 큰 새장의 미닫이 천창으로 몸을 굽힌다. 앵무새들의 외침이 안마당을 이국적인 장소로, 프라이부르크 번화가의 집들 사이에 숨겨진 호주의 아웃백으로 만든다.

"마이케, 손님 오셨어."

이름을 불린 여자는, 마치 아무것도 못 들었다는 듯이, 마분지 상자에서 낟알들을 꺼내 도기 대접에 붓고 작은 접시들에 땅콩을 나누어 담는다. 머리가 노란 새들 중에서 세 마리가 새장 바닥에 내려앉아 그 과정을 관찰한다. 마이케는 모이 주기를 마치고 몸을 일으킨다.

형사는 만반의 대비를 했다고 생각했지만 그럼에도 뜨악하게 놀란다. 마이케의 눈은 무표정하고, 입술은 굳게 닫혀 있다. 얼굴은 너무 작아진 가면처럼 광대뼈 위로 팽팽히 당겨져 있다. 대화를 시작하는 데 대한 그녀의 노골적인 불쾌감 덕분에 형사는 몇 초간 평정을 잃을 시간을 번다. 마이케의 찬란한 모습 위에는 그림자 하나가 드리워져 있고, 실프에게는 이 그림자가 큰 남자의 윤곽을 지닌 것 같은 느낌이 든다. 갑자기 그는 마이케를 보호하기 위해서라면 뭐라도 할 태세가 된다. 늘 그렇듯이 재난의 사회자로서 이곳에 왔지만, 그는 재난이 그녀를 비껴가게 해 주기 위해서 자신을 희생하고자 한다. 마이케는 울타리 기둥처럼 꼿꼿하게 자신 앞에 서 있고, 증인의 아내 이상은 아무것도 아니다. 그러므로 그저 한 사건의 부속물일 따름이다. 실프가 자신의 직업을 저주한 것은 이번이 처음은 아니다. 유리 뒤에서, 항상 유리 뒤에서 수사관은 자신의 일을 한다, 라고 그는 경찰 대학에서 강의하곤 했다. 타인의 삶은 그에게 그 자신의 과거와도 같다. 말하자면, 그는 그것을 관찰할 수는 있지만 발을 들여놓을 수는 없고, 뭔가를 바꾸기에는 언제나 이미 너무 늦다.

실프는 마이케에게 존대를 쓸 것이고, 질문을 할 것이며, 그러면서 무엇이 자신의 목구멍을 죄어 오는지 그녀에게 발설하지 않을 것이다. 명확한 말들은 그렇지 않아도 사용하지 못할 것이다.

감정들에 반감이 있는 것은 아니지만, 그것들이 늘 온 힘을 다해 두드려 댈 필요는 없잖아, 라고 형사는 생각했다고, 형사는 생각한다.

"왜 그렇게 저를 이상하게 쳐다보세요?" 마이케가 묻는다.

"당신이 실존하는 걸 보고 있는데요."

"누구시죠?"

"실프입니다." 실프가 말한다.

"이분이 제바스티안을 안다고 하시던데." 빨간 머리 여자는 이렇게 설명하고서 갤러리 실내로 사라진다.

마이케의 눈썹이 놀라서 2센티미터 위로 이동한다.

"제발 나쁜 소식들은 가져오지 마세요."

"그림 때문입니다." 형사가 서둘러 확언해 주자 마이케의 눈썹이 제자리로 되돌아온다.

"새들한테 얼른 물 좀 주고요."

그들은 같이 창살 앞으로 간다. 구부러진 부리의 도움을 받아 다른 앵무새 한 마리가 새장 기둥을 기어 내려온다. 실프의 얼굴 높이에서 그 녀석은 가던 길을 멈춘다. 붉은 원형 얼룩무늬가 너무 진하게 바른 립스틱처럼 그 녀석의 뺨을 치장한다.

"이 새들이 말할 줄 아나요?"

"우리 말은 못 해요."

"오늘 아침 일찍 시내에서 앵무새와 대화를 나눴습니다."

"그건 틀림없이 아그파였겠군요. 조심해, 조심해?"

그것은 미소를 지어 보이기 좋은 기회였을 것이다. 마이케는 그 기회를 쓰지 않고 내버려 둔다. 그녀는 창살 사이로 물뿌리개 목을 밀어 넣고 물그릇을 채운다.

"저 녀석은 뭐라고 불리나요?"

"왕관앵무예요. 유황앵무과에 속하죠."

"제 말은, 개인적으로는요?"

실프의 얼굴 앞에 있는 새는 감정 평가를 끝내고서 땅콩을 먹어 치우는 데 끼기 위해 철창 아래로 마저 기어 내려간다. 마이케는 대답하기 전에 일말의 망설임을 극복한다.

"얘 이름은 랄프예요."

"그러면 저기 저 두 마리는……." 재빨리 실프는 서로 부리를 비비면서 홰에 웅크리고 앉아 있는 작은 한 쌍을 가리킨다. "서로 사랑하나요?"

"둘 다 수컷이에요. 저 녀석들은 뇌와 생식선을 자극하려고 애무하는 거예요."

"남자들의 우정이 거기에 도움이 되나요?"

"왕관앵무의 경우에는요." 마이케가 무표정하게 말한다.

밝은색 속눈썹을 지닌 그녀의 눈이 살짝 불타오르고 마치 눈을 깜박이는 것을 잊기라도 한 양 경직된다. 그녀가 형사의 얼굴을 무정하게 들여다본다.

"안으로 들어가시죠." 그녀가 말한다. "거기서 그림에 관해 이야기해 보시죠."

마이케가 걸어가는 쪽에는 두 의자가 그 공간의 중앙에 놓여 있는데, 편안한 대화를 나누기에는 서로 너무 멀리 떨어져 있다. 그것들은 빨간색이며, 등받이가 척추가 아니라 앉은 사람의 오른쪽 어깨를 받쳐 주도록 휘어 있다. 실프는 디자이너의 설계 의도가 마치 색깔 있는 구름처럼 그 오브제들 주위에 떠다니는 것을 보고서 도무지 내키지 않는 마음으로 앉는다. 그는 그럴듯한 자세를 찾는 데 성공하지 못한다. 마침내 그는 버스 정거장의 불량배처럼 몸을 앞으로 기울이고 팔꿈치를 무릎 위에 받친다. 그는 마이케가 굽은 의자에 우아하게 다리를 꼬고 앉아 명백하게 그녀의 예술 작품들 중에서 가장 아름다운 작품을 구현해 내고 있음을 깨닫고는 뺨에 바람을 불어 넣는다. 그녀 뒤에는 엄청난 사진 작업의 결과물이 벽 전체를 뒤덮고 있다. 비록 대상의 형체를 전혀 알아볼 수 없는 사진이지만 실프는 즉시 그게 뭔지 알아챈다. 노출 시간을 몇 시간씩 설정해 놓고 찍은 교차로의 야경이다.

조형 예술에 대해서 실프는 아는 바가 없다. 그저 정신이 혼미해진 순간에만 그는 예술품 구매 희망자 행세를 할 수 있었다. 땀이 그의 머리카락을 타고 뒷목으로 흘러내린다. 마이케가 그의 앞에 앉아 있는 그 모습. 다가갈 수 없게, 현실을 초월하여, 자신이 사는 집 앞의 내륙 수로처럼 서늘한 입김을 발산하면서. 그 모습 그대로 그녀는 이 갤러리의 유일한 예술 작품을 구현한다. 그리고 실프는 이 작품이라면 의자까지 몽땅 앉은자리에서 사들일 것이다. 그는 그녀를 자신의 집에 전시할 것이다. 그녀는 결코 움직여서는 안 되고, 아무 말도 해서도 안 된다. 아무튼 그가 집에 있는 동안에는 안 된다. 제바스티안이 그녀를 사랑하는 것은 놀랄 일도 아니라고 형사는 생각한다. 마이케 같은 여자 옆에서는 자연법칙에 대한 의문들은 빛이 바랜다. 그 어떤 상상 가능한 평행 우주에도 그녀는 존재할 것이고 항상 그 모습 그대로일 것이다.

마이케도 역시 천벌을 받을 만큼 턱없이 비싼 새빨간 지롬 의자를 바라보지만, 그 위에는 예술 작품이 아니라 세련되지 못하고 땀을 흘려 대는 인간이 하나 앉아서 그녀에게 이상야릇한 시선을 던지고 있다. 그녀의 머릿속에서는 죽은 랄프 다벨링과 유괴당한 리암이 언제라도 폭발할 수 있는 그 뭔가로 팽창하는 데 전념하고 있다. 마이케는 희생자다. 그녀는 휴가를 다녀온 것 말고는 아무 짓도 안 했다. 그녀의 죄라면 단지 며칠 집을 비운 것뿐이며, 그 후에는 어떻게 자기 남편이 처음에는 낯선 사람으로 변했다가 그 뒤에는 괴물로 돌변하는지 지켜봐야만 했다. 그 괴물은 그녀에게 고함을 질러 대고, 그녀의 어깨를 움켜잡고, 그녀를 바닥에다 내동댕이쳤다. 말다툼을 한 지 세 시간도 지나지 않았지만 그것은 이미 그녀가 상상할 수 없는 일이 되어 버렸다. 그녀는 불행을 예상했지만, 그녀가 예상한 것은 손가락으로 가리킬 수 있는 불행이었지, 자기 나라 말을 더 이상 한마디도 이해하지 못하게 되는 불행이 아니었다. 그녀의 인생에서 가장 끔찍했던 날의 목록이 새로 작성되었고, 매번 다음 날이 그 전날을 1위 자리에서 밀어낼 것이다. 그것은, 마이케가 예감하듯이, 한참 동안 그렇게 계속될 것이다.

지롬 의자에 앉은 남자는 마치 물로 녹아 버려서 그런 식으로 지표면에서 사라지기라도 하려는 듯 땀을 흘린다. 수집가치고는 너무 많은 땀을 흘리는 것이, 싼 매물을 찾는 평범한 미술 애호가에 딱 어울린다. 오로지 그의 눈만이 서늘하다. 그 안에서 마이케는 뭔가 다가갈 수 없는 것, 현실을 초월한 것, 이 남자가 할 수만 있다면 앉은자리에서 구입할, 모든 예술 작품 중에서 가장 아름다운 것의 반영을 본다. 그 예술품은 그녀 자신이다. 그 시선에 맞서는 동안 그녀는 침착해지고, 점점 더 침착해져서, 거의 죽어 가는 것에 대한 어떤 두려움도 없이 내적 죽음으로 들어선 듯하다. 그녀는 이러한 시선 교환을 오랫동안 견디어 낼 것이다. 그녀는 영원토록 눈 깜빡임을 포기할 수 있다. 그녀에게는 언제나 내용보다 오래갈 수 있는 형식이 남아 있다.

"무엇을 도와 드릴까요?"

마이케의 질문이 완벽하게 성공한다. 빨간 머리 여자가 출입문 옆에 있는 책상에 앉아서 커다란 안경을 쓰고 슬로 모션으로 서류철을 넘긴다. 형사가 무게 중심을 옮긴다. 너무 높은 팔걸이에 팔을 올려놓은 그의 다음번 앉은 자세는 처음 자세만큼이나 부자연스럽다.

"저는 「협박 I」과 「협박 II」 때문에 왔습니다."

마이케의 얼굴은 그림자가 드리워지지 않은 가면이다.

"저희 집에 다녀오셨나요?"

"아주 잠깐요."

"그 그림들에 관해 이야기하시다니, 이상하네요."

안마당으로 난 문을 통해 앵무새의 목소리가 들어온다. 목소리는 그 장면에 토를 다는 짓을 계속한다. 마이케는 다리의 배열을 바꾼다.

"제가 오늘 휴가에서 돌아왔을 때, 벽에 「협박 I」과 「협박 II」 옆쪽으로 손 모양 물 얼룩이 하나 있었어요."

실프는 대답하지 않는다. 그 물자국은 그도 보았다.

"남편이 꽃병을 벽에다 던졌어요. 왜냐하면……. 죄송해요." 마이케는 턱을 움찔한다. 처음으로 그녀의 입술이 미소의 기미를 보인다. "날이 안 좋네요. 사방에 조짐들이……."

미소가 깊어진다. 그 미소에는 형사의 가슴을 미어지게 하는 힘이 있었다.

"그 그림들의 배후에는 슬픈 이야기가 감추어져 있어요. 세상이 그것들로 가득 차 있고요."

"그림들로요, 아니면 슬픈 이야기들로요?"

"그게 그걸 수도 있죠."

"그 말씀이 맞을지도 모르겠네요."

"그 이야기를 듣고 싶으세요?"

"물론이죠."

"그것들은 그 화가의 마지막 작품이에요. 그는 유화 물감 40파운드를 캔버스 위에 발랐죠. 남은 것들을 다 써 버리려는 듯이 그렸어요. 그러고 나서 그는 그림과 인연을 끊었죠."

마이케가 나직하고도 빠르게 이야기한다. 뮤즈들의 총아이자 마이케가 친히 발굴한 그 예술가는 어느 날 한 젊은 사내 녀석과 사랑에 빠졌다. 그 녀석은 곧 그의 집에 들어가 살았다. 두 사람의 관계는 공원 벤치를 모두 그리스 비극 무대로 바꿔 버릴 수 있을 정도였다. 예술가에게는 광기 어린 듯 번뜩이는 두 눈을 제외하고는 눈에 띄는 점이 없었던 반면에, 그의 남자 친구는 미켈란젤로의 스케치에 따라 완성된 인물처럼 보였다. 늘씬하고, 구릿빛 피부에, 유연했다. 순전한 육체, 영혼이라고는 없는.

전시회 오프닝 때면 사람들은 그 청년이 우아하게 전시 공간들을 돌아다니는 것을 보았다. 그는 오로지 관람객의 관심을 전시에서 떼어 놓을 생각만 했다. 남자 여자 할 것 없이 모든 시선이 그를 뒤쫓았다. 그날 저녁이 탈 없이 잘 지나가면, 그림보다는 그에 대한 이야기가 더 사람들 입에 오르내렸다. 그는 자기 애인의 작품을 좋아하지 않았다. 그는 그 어떤 예술도 좋아하지 않았다. 그는 예술이 세상에 존재하는 이유는 오로지 삶의 아름다움을 앞지르기 위해서라고 믿었다. 그가 그 말로 무엇보다도 뜻하고 싶었던 바는 자기 자신의 아름다움이었다.

"질투가 뭔지 아시나요?" 마이케가 묻는다.

"들어 보기는 했죠." 형사가 주장한다.

이 년의 세월이 흘렀다. 청년은 멍 자국을 자랑스럽게 과시하고 다녔다. 싸움이 더 이상 격해질 수 없는 지경에 이르자 청년은 최후통첩을 했다. 그림이냐 자기냐.

"화가는 사랑을 택했겠군요." 실프가 추측한다.

"잘못 짚으셨어요." 마이케가 말한다.

예술가는 예술을 택했다. 그는 애인을 쫓아내고 절망을 색채로 가공해 「협박 I」과 「협박 II」를 창조해 냈다. 그런 뒤에 뮤즈들은 그의 젊은 친구를 따라갔고 그를 떠나 버렸다.

"그 후 그는 다시는 의미 있는 그 무엇을 캔버스에 옮겨 놓지 않았어요." 마이케가 말한다. "때때로 사랑은 파괴적 분노의 형태로 나타나곤 하죠."

그녀는 마치 이물질을 떼어 내야만 한다는 듯이 작은 손가락으로 눈초리를 훔친다. 아무도 다음 말을 할 책임을 느끼지 못한다. 마이케가 자신의 발끝을 유심히 훑어보는 동안 실프의 머릿속에 있는 생각의 오케스트라는 그가 해야 할 질문들과 그가 해야 할 진술들로 이루어진 다성부의 교향곡을 연주한다. 운명의 시련들의 구조에 관한 철학적 이야기. 그가 관심 있는 척하는 그림 가격에 대한 문의. 앵무새 사육에 관한 잡담. 마침내 입을 열었을 때 그는 생각할 수 있는 모든 어순 중에서 가장 구제 불능의 문장을 만들어 내고 말았다.

"어떻게 랄프 다벨링의 죽음을 잘 넘기고 계시는지요?" 그가 묻는다.

그 이름이 입에서 떨어지기가 무섭게 마이케가 펄쩍 뛰어오른다. 그녀는 마치 문을 잘못 열고 들어가서 실수로 다른 사람들의 대화에 끼어들기라도 한 것처럼 주위를 둘러본다.

"어떻게 랄프 다벨링을 아시나요?"

"신문에서 봤어요."

"거기에 제가 그 사람이랑 친구 사이라는 사실도 나왔나요?"

"그건 제바스티안한테 들었어요."

"거짓말하시는군요!" 마이케가 소리 지른다.

그 말은 그녀가 맞다. 왜냐하면 형사에게 마이케와 다벨링의 친분 관계에 관해 이야기해 준 것은 제바스티안이 아니라 마이케 자신이기 때문이다. 더 정확히 말하자면, 태양에 구릿빛으로 그을린 피부가 마치 덧칠한 인공 도료처럼 느껴질 지경인 그녀의 창백한 두 뺨이 그녀의 경주용 자전거와 함께 공동으로 말해 준 것이다. 주머니에 넣은 두 손으로 그녀는 바지의 안감을 주무른다.

"당신 누구세요?"

"유감입니다."

"가세요."

마이케는 앉아 있는 남자를 가파르게 내려다볼 수 있을 때까지 그에게 다가선다. 실프는 굼뜨게 몸을 일으킨다. 그는 그녀가 평정을 유지하려고 애쓰다가 냉정을 잃는 모습을 추적할 수 있다. 자기 통제는 부서진 투구처럼 그녀에게서 떨어지고, 노골적 분노의 표현이 겉으로 드러난다. 실프는 그녀가 부들부들 떠는 움켜쥔 주먹 한 쌍을 들어 올릴 때, 그것이 자기를 향하고 있다고 느끼지 않는다. 그녀가 치는 것은 제바스티안의 가슴이고, 그녀가 손톱으로 할퀴는 것은 제바스티안의 피부다. 그녀를 꼭 붙드는 것 역시 그의 팔이며, 심지어 진정시키는 소리를 내는 것도 그의 목소리다. 마이케는 형사가 의도하지 않았던 포옹 속에서 무너져 내린다. 마이케의 몸 아래에서 그는 자신의 복부 지방이 얼마나 잘 늘어지는가를, 자신의 앞부분이 얼마나 푹신한가를 느낀다. 마이케가 그를 밀쳐 내고 거리를 확보할 때까지는 불과 몇 초밖에 걸리지 않는다. 이런 부류의 사건에 대해서는 프로그래밍된 것이 없는 기계처럼 무심히, 빨간 머리 여자가 그들 쪽을 건너다본다.

"저는 당신에게 경고해 드리려고 여기에 왔습니다."

형사는 거절당한 애인의 달콤한 속삭임을 듣는다. 그것은 자기 입에서 나온다. 재빨리 그는, 납득할 수 없는 이유로 마이케를 향해 뻗쳤던 손을 거둬들인다.

"무슨 일이 있어도 당신은 제바스티안 편이어야만 합니다. 그는……."

"두고 보면 알겠죠." 마이케가 말한다.

그녀는 얼굴에서 물기를 훔쳐 내고 머리를 가지런히 넘긴다. 오 초가 더 지나자 그녀는 다시 범접할 수 없는 갤러리 소유주로, 타인의 운명의 관리자로, 그림이 되어 버린 비탄의 판매자로 변한다. 그리고 삼 초 뒤.

"실수하지 마세요. 앞으로 모든 걸 저한테 맡기세요."

"꺼져 주세요."

그녀는 소리를 지르지 않는다. 그녀는 정중한 부탁으로 표현한다. 형사가 순종한다. 문에 달린 차임벨이 "환희여, 아름다운 신들의 불꽃이여."[41]를 연주한다. 마이케는 진열창으로 다가가서 그가 작은 보폭으로 골목길을 내려가는 것을, 그리고 마치 보이지

---

41 베토벤 9번 교향곡 4악장 「환희의 송가」 도입부.

않는 수많은 문턱을 넘어야만 하는 양 무릎을 들어 올리는 것을 바라본다. 그는 견딜 수 없을 정도로 오랜 시간에 걸쳐 다음 골목에 이르는데, 그 골목에서 굽어 돌아가는 대신에 그냥 공중으로 용해되어 버린다.

7

리타 스쿠라는 재수 옴 붙은 하루를 보낸다. 일 분이 경과할 때마다 더욱 나빠지는, 그런 종류의 하루다. 오후 2시경에 그녀는 층마다 졸도에 대비해 준비되어 있는 안락의자 하나에 털썩 주저 앉는다. 심지어 감긴 눈 뒤에서도 그녀는 목욕 가운을 입은 형상들이 발을 질질 끌며 복도를 지나가는 것을 보고, 맨발에 느슨히 걸린 슬리퍼의 철썩거리는 소리를 듣는다. 아침 녘부터 소독약 냄새가 그녀를 안개처럼 에워싼다. 소독약은 청결함을 널리 유포해야 하건만, 그저 비듬투성이 두피와 상처가 난 등, 잘라 낸 종양만 생각나게 한다. 네온 형광등 불빛도 똑같은 집요함으로 리타를 뒤쫓아 다닌다. 그것은 심지어 건강한 얼굴도 비참하게 일그러진 얼굴로 분장시켜 버리고, 여름날의 야외를 조롱 조의 무대 배경으로 만든다. 초콜릿 광고의 알프스 파노라마보다 더 신뢰가 안 가게 말이다.

리타 스쿠라는 건강을 올바른 태도의 문제로 간주할 만큼 충분히 젊다. 이런 곳에서 그녀는 이방인이다. 사람들이 서로를 쳇 조각으로 구멍 낸다거나 또는 유혈이 낭자하게 개별 부위로 토막을 낸다는 사실이, 이른바 자연스러운 죽음을 동반하는 저 부패하는 모습을 보는 것보다 더 견딜 만하다고 그녀는 늘 생각해 왔다. 인간 존엄성의 종점에서는, 왜 리타와 같은 누군가가 있는 힘껏 사람들을 뒤쫓는 것인가 하는 질문이 제기된다. 그 사람들은 그저 감질나도록 느린 몰락을 빠른 몰락으로 대체한 것뿐인데 말이다. 진짜 범죄자는, 다시 말해서 질병과 삶의 유한성과 이에 대한 공포는 그 누구도 감방에 처넣지 못하면서.

영혼이 없는 인조 가죽 안락의자에 기대어 니트 카디건으로 몸을 단단히 감싼 리타가 그런 것들을 생각할 리는 만무하다. 왜냐하면 그녀는 그런 타입이 아니기 때문이다. 오히려 자기가 시간을 허비하고 있다는 생각이 그녀를 걱정하게 만든다. 아직 이 일을 한 지 오래되지는 않았지만, 그녀는 진척이 없으면 즉시 알아차린다. 그리고 리타가 혐오하는 게 하나 있다면, 그것은 막다른 골목이다.

이 망쳐 버린 날에 그녀가 거둔 유일한 성공은 과장 의사 슐뤼터를 뻔뻔스럽게 기습 공략해서 억지로 짧은 대화를 하게 만들었다는 것이다. 아침 일찍 그녀는 활기에 가득 차 접수창구를 무시하고 지나쳐서는 심장학 병동으로 가는 엘리베이터를 잡아탔으며, 복도에 놓인 알루미늄 수납장 뒤에 숨어 있었다. 과장 의사가 회진을 돌기 위해 하얀 가운 한 무리를 몰고 나타났을 때, 그녀는 제일 가까이 있는 병실 문가에서 그의 길을 가로막았다. 슐뤼터는 놀란 것처럼 보이지 않았다. 한마디 말도 없이 그는 그녀의 소매를 움켜잡았다. 자기 것이 아닌 신체 부위를 다루는 그의 노련함이, 그녀를 움켜잡는 강도와 그녀의 해부학적 특수성들에 대한 무심함에서 드러났다. 그는 여형사를 유리문 쪽으로 밀어붙이고는, 등 뒤로 문을 닫아 버렸다. 문으로 차단당한 수석 의사들과 간호사들은 금붕어들의 무관심을 흉내 내며 유리창 너머를 주시하면서 즉각 대화를 나누는 척하기 시작했다.

리타와 과장 의사 슐뤼터는 납품 창고로 올라가는 층계참에, 청소용 양동이와 빨래거리 카트, 폐기 처분한 휠체어들 사이에 서 있었다. 자신의 평소 습관과 달리 리타는 거의 아무 말도 꺼내지 않았다. 슐뤼터가 목소리를 높이지 않고 연설을 끝내기까지는 오 분도 걸리지 않았다.

히포크라테스 선서를 단순한 요식 행위가 아닌 진심 어린 중대사로서 행한 그의 뒤를, 경찰이 이 주 전부터 터무니없는 누명을 씌우며 캔다는 것이다. 이런 상황에서 복잡한 업무를 수행한다는 게 무엇을 의미하는지까지 리타 같은 돌대가리 경찰관에게 자기가 해명해야 할 일인지 잘 모르겠다고 했다. 환자 몇 명은 약 처방을 거부했다고 했다. 제약업계의 위탁을 받고 허가받지 않은 약제들로 자신들을 독살시킬까 두려워서 말이다. 마취 의사의 끔찍한 죽음이 모든 관련자들 중에서 자신에게, 즉 슐뤼터에게 가장 심한 타격을 주었다는 것을, 짐작건대 리타는 더욱 상상하기 어려울 것이라고도 했다. 그는 이 게임을 더 이상 같이 하지 않겠노라고 했다. 리타와 그녀의 동료들이 자신을 공개적으로 완전히 살인자 취급하는 것을 즉시 그만두지 않는다면, 그들은 다 같이 명예훼손 소송을 각오해야 할 것이며, 이로 인해 경찰 스캔들로 매운맛을 보게 될 거라고 했다. 골프광인 자기가 정기적으로 교제하는 영향력 있는 인물들의 이름을 일일이 열거할 필요는 없으리라고 자신은 생각한다는 것이었다.

연설의 끝맺음으로 그는 다벨링이 죽던 날 밤의 알리바이를 냉담한 표정으로 제시했다. 제네바 호숫가의 몽트뢰 팔라스 호텔에서 사교 목적의 단기 휴가. 그가 어찌나 자신감에 가득 차 주요 자료를 진술하던지 즉각 리타는 잔트슈트룀 경사에게 점검 지시를 해야겠다고 마음먹었다. 그런 후에 슐뤼터는 좋은 하루 되라고 인사하고, 가운 무리에게 오라고 손짓하고, 한 간호사에게 문을 잡고 있도록 시키고, 계획했던 첫 번째 병실을 향해 복도를 행진해 갔다.

그의 뒤꽁무니를 쫓기에는 자존심이 너무 강한 리타는 이를 갈며 뒤에 남아 자기 직업을 저주하다가 그 문은 다른 쪽에서만 열 수 있다는 사실을 뒤늦게 깨달았다. 슐뤼터를 용의자로 소환하기에는 그녀가 확보한 증거가 너무나 불충분했다. 그는 심지어 수사 판사가 진술을 강요할 수 있는 증인도 아니었다.

남은 오전 시간 동안 여형사는 병원 본관을 배회하면서 간병인들과 환자들, 신참 의사들을 질문으로 괴롭혔지만, 쓸 만한 정보는 하나도 얻어 내지 못했다. 모두들 유능한 수석 의사이자 친절한 동료인 다벨링을 진심으로 좋아했다. 유감스럽게도 아무도 그를 잘 알지는 못했다. 미혼에 아이가 없었음. 주말이면 자발적으로 당직 근무를 했음. 그의 끔찍한 최후에 대한 한결같은 경악. 한 수습 간호사의 결백한 표정 앞에서 리타는 마침내 평정심을 잃었다. 그녀는 그 아가씨가 눈물을 철철 흘릴 때까지 커다란 손으로 허공을 난도질했다. 그러고 나서 그녀는 그 작은 여자를 꼭 껴안고 진정시키고 위로하기까지 해야 했다. 어느 성마른 여형사가 그녀를 심하게 대했기 때문이었다.

이 빌어먹을 병원의 직원들은 독수리가 그들 가운데 하나를 채어 간 다음 바닥에 움츠려 있는 토끼 가족들처럼 구는군. 리타는 이렇게 생각하면서 한 환자가 발코니에서 몰래 담배를 피우는 모습을 관찰한다. 사실 그녀는 그들을 나쁘게 받아들일 수도 없다. 밖에서 사람들이 고통받고 죽임을 당하는 동안, 여기 이 안에서는 인명 구조 산업이 그 누구에게도 컨베이어 벨트에서 눈을 뗄 틈조차 허용하지 않는다.

그녀는 휴대 전화를 열어서 슈누어파일에게 전화를 건다. 그의 순순한 목소리는 최악의 상황에서도 그녀에게 영혼의 평온을 가져다준다. 당연히, 삼십 분 안에, 그는 그녀를 데리러 올 것이고, 그것도 엄청나게 즐거워하면서 그럴 것이다. 또다시 점심 먹는 걸 잊지 않도록 그동안 그녀는 병원 카페테리아에서 칠면조 샌드위치를 주문해야 한다고 그가 수줍게 덧붙인다.

리타는 엘리베이터를 타고, 엘리베이터가 여러 층을 통과하며 하강하는 동안, 거울 속에 비친, 네온 빛에 칙칙해진 자기 얼굴을 빤히 들여다본다. 만일 프라이부르크 경찰이 주말을 넘겨서도 이렇다 할 만한 결과를 내놓지 못한다면, 언론은 스포츠머리 내무부 장관을 지옥처럼 달달 볶아댈 테고 그러면 장관은 콧수염 달린 경찰청장의 모가지를 비틀 것이고, 기타 등등. 리타는, 그녀도 아주 잘 알다시피, 먹이 사슬에서 가장 말단이다.

엘리베이터 문이 열리자 그녀의 기분을 끌어올리는 데 적합하지 못한 광경이 그녀를 기다리고 있다. 넓은 로비는 한산함이 지배한다. 방문자들이 급한 발걸음으로 그곳을 가로지른다. 어디에선가 허무주의를 내뿜는 실내 분수가 찰싹거리고, 그 연못 속에는 금붕어 한 쌍이 헤엄친다. 관례상 세워 놓은 실내 야자수가 갓 닦아 놓은 허망함의 인상을 뒷받침한다. 입구의 왼쪽에는 빨간색, 노란색, 파란색 의자들이 놓인 카페테리아가 있다.

휘황찬란한 호사로움 한가운데에, 바닥 타일의 물결 문양 두 개가 서로 만나는 바로 그 지점에, 형사계 총경 실프가 앉아 있다. 그는 꾸부정한 등을 하고 유별나게 노란 의자에 웅크리고 앉아서 어떤 기기를 눈앞에 바싹 들이대고는 화면을 여기저기 톡톡 치고 있다. 우연히 쇼핑센터 유아 코너에 접어든 노인. 접시에 케이크 세 조각을 담은 환자가 하나 지나가자 형사는 눈으로 그를 뒤쫓는다. 마치 그가 아는 사람이기를 고대하며 바라보는 것처럼 보인다.

리타는 멀리서 그를 관찰한다. 그에게 소독약을 뿌려서 그가 커다란 세균처럼 바닥에서 종말을 맞는 것을 보고 싶다는 소망이 식욕을 떨어뜨릴 정도로 눈에 생생한 환상으로 바뀔 때까지. 그녀가 걸어와 그의 옆에 다가설 때까지 실프는 그녀를 전혀 알아채지 못한 것처럼 보인다.

"도대체 여기서 뭐 하시는 겁니까?"

"체스." 형사가 고개도 들지 않고 답한다. "자신을 망각하려는 인간의 가장 고결한 시도 중 하나지."

"효과가 있습니까?"

"게임도 안 되고 잊지도 못해."

그가 한숨을 내쉰다. 바로 직전까지 리타 스쿠라는 아주 당연히 형사가 그녀 때문에 여기에 있는 거라고 전제했다. 그녀를 방해하고, 감시하고, 더욱 나쁘게는 그녀를 도우려고 말이다. 그가 두 번째로 한숨을 내쉬고는 초조하게 목발 한 쌍의 둔탁한 두드림 소리를 찾아 주위를 두리번거리자, 그녀는 더 이상 확신할 수 없다. 실프는 자기 일로 여기에 온 듯하다.

"누구 찾으십니까?"

그는 들키기라도 한 것처럼 머리를 젓고는 몸을 일으켜서 품위에 맞는 자세를 취하려고 해 본다.

"아, 아니." 그가 말한다. "아마 여기서 다 해진 모닝코트를 입고 발을 질질 끌며 모퉁이를 도는 제2의 실프를 발견할까 봐 두려운가 보네."

"내가 언제고 병원에 와야만 한다면⋯⋯." 여형사가 말한다. "나는 다른 것 말고 이브닝드레스만 입을 거예요."

"다들 그 말을 믿을 걸세, 꼬마 리타. 그런데 아무리 그래 봐야 그때가 오면, 사람들은 자기 자신의 퇴락한 복제품으로 변하고 말지."

"형사님이 그걸 어떻게 아신다고 그러십니까?"

"모르는 게 없는 거야말로 훌륭한 형사의 가장 중요한 특성 아니겠나."

리타는 짜증이 나서 코로 숨을 푹 내쉬고 카운터로 가서 죽은 새를 얹은 빵을 주문한다. 웨이터는 웃지 않는다. 그녀 역시 농담으로 한 말이 아니다.

"어떻게 되어 가나?" 그녀가 그가 있는 테이블로 와서 앉자 실프가 묻는다.

"끔찍해요." 브뢰첸이 첫 입에 풍비박산 난다. "의사들은 동료를 배신하느니 차라리 자기 할머니를 고발할 겁니다. 내가 이런 지혜를 형사님한테 배웠다는 사실을 배제할 수는 없죠." 리타는 손목에 묻은 마요네즈를 핥아 먹는다. "그건 그렇고, 우린 협정을 맺었잖습니까. 담당 영역의 명확한 분리 말입니다. 재차 말하지만, 도대체 여기서 뭐 하시는 겁니까?"

"만약에 자네가 곧 죽어야 한다는 사실을 안다면, 자네는 뭘 할 것 같은가?"

샌드위치가 허공에서 멈춘다.

"뭐 하자는 겁니까, 실프?"

"나는 자네와 대화를 나누려고 하는 거라네. 항상 일 이야기만 할 필요는 없지 않은가?"

리타는 이미 시건방진 대답을 하려고 숨을 들이마셨지만, 생각을 달리하고는 곰곰이 생각해 본다.

"제 고양이한테 새 집을 찾아 줘야죠." 그녀가 말한다. "순회 여행을 하면서 제가 사랑하는 사람들을 모두 방문할 겁니다."

"그건 긴 여행일까?"

"상당히 짧겠죠."

실프가 고개를 끄덕인다. 입구에서 서로 마주친 방문객 둘이 대화를 시작한다. 희망을 포기해서는 안 됩니다, 라고 한 사람이 말한다. 희망이 말입니다, 그놈이 제일 마지막에 죽지 않습니까, 라고 다른 이가 말한다. 둘은 웃음을 터뜨리고는 곧장 다시 웃음을 멈춘다. 그들은 자동 미닫이문의 감지 회로 위에 서 있다. 양쪽 문이 급하게 열렸다 닫혔다 한다.

"1층 집이어야만 할 겁니다." 리타가 말한다. "정원이 있고. 제 말은, 고양이를 위해서요."

끝이 뾰족한 손가락으로 그녀는 접시에서 칠면조 고기 부스러기를 모아 입에 밀어 넣고는 씹지도 않고 삼켜 버린다. 그녀가 가장 하고 싶은 것은 당장 집으로 가서 커튼을 닫고, 새 지저귀는 소리가 안 들리게 귀를 솜으로 틀어막는 것이다. 침대에 누워서 고양이를 쓰다듬으며 왜 자신이 부모님 말씀을 귀담아듣지 않았는지 자문하는 것.

"병원이 우리에게 좋은 영향을 주지는 않는군." 실프가 그녀의 폭 숙인 이마에다 대고 말한다. "그러면 차라리 다시 일 얘기나 하지."

"좋지요." 리타가 말한다. "그래, 형사님은 어떻게 돼 가십니까?"

형사가 그녀의 접시에 손을 뻗자 그녀는 두 번째 브뢰첸 반 조각을 집어 들어서는 반항적으로 베어 삼킨다.

"늘 똑같지, 뭐." 실프가 말한다. "일과 관련해서는, 나는 완전히 옛날 그대로라네. 범죄 수사 방법의 진정한 스탈린."

리타는 기이하게 여기며 그를 바라본다.

"아마도 내가 자네의 그 자전거 타다 죽은 남자의 살해범을 찾은 것 같네." 형사가 말한다.

하마터면 리타는 브뢰첸 조각을 테이블에다 뿜을 뻔한다. 그녀는 자신의 보잘것없는 점심 식사의 잔여물을 관찰하면서 분노가 폭발하기를 기다린다. 폭발은 일어나지 않는다. 그녀는 그저 피곤함을 느낄 뿐이다. 완전히 쓰러질 지경으로.

"제가 경고드렸죠." 그녀가 힘없이 말한다. "저를 방해하시면 안 된다고 말입니다."

"하지만 자네는 빈손으로 거기 서 있지 않은가?"

"그래도 그건 제 손이라고요!"

증명해 보이기 위해 그녀는 형사에게 자기 손바닥을 보여 준다. 그 크기에도 불구하고, 손은 예쁘게 모양이 잡혀 있다. 실프는 일어서서 체스 게임기를 챙겨 넣고는 펜촉이 종이 냅킨을 찢어발기는 고풍스러운 만년필을 꺼낸다. 그는 전화번호 하나를 갈겨쓴다.

"나는 아직 세부 사항을 하나 더 확인해야만 하네. 만일 그 결과에 관심이 있거든 나한테 전화하게. 그동안 나는 숲에서 산책이나 하겠네."

형사가 막 테이블을 떠나는 순간 슈누어파일이 입구에 나타나서 누군가를 찾으며 주위를 두리번거린다. 그가 완벽하게 어울리는 유니폼을 차려입고 등장하자 옆 테이블들의 대화가 모조리 중단된다. 실프는 뚜렷한 목표 의식을 갖고 그를 향해 간다. 실프는 도움을 바라며 눈을 리타에게 고정시킨 그 경장을 다시 길거리로 밀어내 버린다.

실프 퇴장, 형사와 리타가 동시에 생각한다.

일곱 부분으로 이루어진 6장

형사가 고사리 덤불 속에 웅크리다.
사소한 증인이 두 번째로 등장하다.
많은 사람들이 제네바로 차를 몰다.

1

냉장고처럼 차가운 공기가 앞 좌석 사이를 지나 뒤쪽으로 흘러가서 형사의 관자놀이에 난 가느다란 머리카락을 움직인다. 형사는 약간 추운 것이 불쾌하다고 생각하지 않는다. 비록 공기의 흐름이 슈누어파일의 적의에 찬 등에서 직통으로 나오는 것처럼 보이기는 하지만 말이다. 경장은 에어컨을 최대로 틀었고, 무전기를 크게 틀어 놓았다. 지지직대며 비틀거리는 목소리가 대화를 압도할 정도지만, 어차피 그들은 대화를 나누지 않는다. 슈누어파일은 룸 미러로 형사에게서 눈을 떼지 않는다. 실프는 그에게 간략한 손가락질로 시내 여기저기로 운전대를 돌리게 하는 한편, 신문에 실린 사진 하나를 무릎 위에 올려놓고 균형을 잡는다. 그 사진은 거리의 일부와 함께 서로 맞바로 마주 보고 선 나무 두 그루를 보여 준다.

마지막 집이 숲속으로 물러나고 귄터스탈 계곡의 빛과 그림자 장식이 자동차 계기판 위를 떠돌기 시작할 때, 슈누어파일은 자신의 냉랭한 침묵을 깬다.

"범행 현장에 가고 싶다고 지금 말씀하셔도 됩니다."

"아, 이런!" 실프가 소리친다. "지금 자네가 나를 꿰뚫어 본 거로군. 그러니까 자네는 그 사건이 어디에서 일어났는지 아는가 보지?"

"누구나 다 압니다. 게다가 저는 감식반과 같이 거기 있었습니다."

"그거 잘됐군."

형사는 사진을 갈기갈기 찢더니 창문을 열고 종이 쪼가리들을 바깥으로 휘날려 버린다. 만족스레 그는 차를 스쳐 가는 따스한 바람에 코를 들어 올린다. 로즈마리, 타임, 오레가노 향이 난다. 숨을 깊게 두 번 들이쉬고 나자 실프의 눈앞에 자신이 예쁜 석조 건물 앞에 서서 장미 관목을 열심히 자르고 있는 모습이 선하게 떠오른다. 집의 담장이 저녁놀 속에 빛난다. 민첩한 도마뱀들이 고석들 틈 속으로 사라진다. 가상의 형사가 밀짚모자를 목덜미 쪽으로 넘기자, 모자챙 아래로 이마를 가로지르는 흉측한 수술 흉터가 드러난다. 그가 단지에서 포도주 한 잔을 막 따르려고 할 때, 차 유리창이 위로 올라간다. 슈누어파일의 손가락이 중간 콘솔 박스 스위치 위에 놓여 있다. 남프랑스가 갑자기 중단된다.

"에어컨이 켜져 있을 때는 유리창을 닫아 놓게 되어 있습니다." 슈누어파일이 말한다. "뿐만 아니라 제가 알기로는 형사님은 이 현장 담당이 아니십니다. 스쿠라 형사님이 담당이시죠."

실프는 앞으로 몸을 굽히고 그의 어깨를 툭툭 친다.

"당신네 프라이부르크 사람들은 자기네 범죄를 사랑하는구먼. 마치 당신네들이 직접 저지르기라도 한 것처럼 말이야."

잠시 동안 그는 머리카락이 빽빽하게 덮인 슈누어파일의 머리통을 관찰한다. 이 머리카락의 원시림 아래에서는 뇌가 이 총경이 한 젊은 경장의 경력을 끝장내는 데 10킬로칼로리 이상 소모하지 않을 거라는 생각으로 괴로워하고 있다. 그런데도 슈누어파일이 리타 편을 드는 것이 실프는 기쁘다. 그는 얼마든지 해명할 마음이 있다. 사소한 격투 경기가 아무리 즐거워도 힘이 넘치는 여형사에게서 뭔가를 빼앗는 것은 전혀 자기 관심사가 아니라고 말이다. 반대로 그는 그날 아침 이래로, 더 정확히 말하자면 네모난 사진에서 미소 짓는 물리학자가 자신의 인생에 들어선 이래로, 모든 사람들을 만족시키고 싶다는 새롭고도 거역할 수 없는 충동을 느낀다.

형사는 이렇게 외치고 싶다. 슈누어파일, 오늘 아침에만 해도 그 사건 때문이라면 기차에 올라타고 싶지도 않았는데, 바로 그 사건이 나를 제대로 매료시켰다는 걸 자네는 상상할 수 있는가? 마치 내가 마지막 기회를 얻은 것 같은 느낌이 든다는 것을 말일세. 내가 한 물리학 교수의 인생을 정상으로 되돌려 놓음으로써 거대한 분열을 복구할 기회라도 얻은 것처럼! 슈누어파일, 갑자기 저기 내가 구해 내야만 하는 누군가가 존재한다네. 한 남자가 말이네. 그 남자가 생각해 낸 이론은 마치 그가 내 머리 한복판에 들어앉아서 내가 직접 해낼 수 있는 것보다 더 내 생각을 잘 표현해 주는 것처럼 들린다네. 하지만, 슈누어파일, 만약 그가 그만두려하지 않는다면, 내가 그 사람을 돕기 위해서 그를 불행에 처박아야만 하는 그런 일이 벌어질 수도 있는 걸까? 이 사건의 미세한 불협화음을 조심스럽게 받아들일 줄 모르는 다른 사람이 그렇게 하지 못하게 하려고? 어떻게 생각하는가, 슈누어파일, 이것이야말로 염병할 고전적 딜레마 아닌가!

그러면 슈누어파일은 머리를 젓고는 이렇게 대답할 것이다. 아프신 모양입니다. 병원에 가 보십시오. 그리고 건강한 사람들이 차분히 자기 일을 하게 두세요. 아니면 그는 전혀 아무 말도 하지 않을지도 모른다. 왜냐하면 그는 아무것도 이해하지 못할 테니까. 왜냐하면 그에게는 이해할 그 무엇도, 말할 그 무엇도 없을 테니까.

"아무 걱정 말게나." 실프가 그 모든 것 대신에 이렇게 말한다. "나는 여전히 내 아동 유괴 사건을 수사 중이니까."

슈누어파일의 목 근육이 움찔한다. 샤우인스란트 케이블카의 산록 정차장에서 그는 규정대로 깜빡이를 켠다. 주둥이를 높이 치켜들고서 자동차는 숲속으로 기어 올라간다. 태양은 마치 스트로보스코프 광선처럼 나무들 사이에서 깜빡거린다. 형사는 저녁에 여자 친구에게 전화를 걸어서 그녀와 고전적 딜레마에 관해 이야기를 나눌까 생각해 본다. 현기증이 나는 일 초 동안 그는 율리아의 전화번호를 모른다고 생각하다가, 그녀가 자기 집에 사니까 자기 전화번호가 그녀의 전화번호이기도 하다는 사실을 떠올린다. 바로 지금 그녀는 그녀가 앉으면, 형사와는 반대로, 아주 그럴싸해 보이는 아일랜드 식탁에서 차를 한 잔 마시며 오래된 서류나 그의 책 중 하나를 들여다보고 있다. 자동차 여행의 마지막 몇 분은 별생각 없는 가벼움 속에 지나간다.

"다 왔습니다." 자동차가 길가에 멈추자 슈누어파일이 말한다.

"이 열차의 종착역인 범행 현장입니다. 모두 하차해 주십시오." 실프가 갑자기 기분이 좋아져서 외친다. "그 나무들을 나한테 보여 주게."

슈누어파일은 핸들 뒤에 그대로 앉아서 군인처럼 시선을 정면으로 향한 채 자동차를 나설 채비를 하지 않는다. 그는 리타 스쿠라를 향한 충성심으로 질식해 죽어야 마땅하다고 실프는 생각한다. 그는 업무상 명령을 할 의욕이 없다. 그는 등부터 먼저 밖으로 내밀며 순찰차에서 기어 내린다. 두 나무 둥치는 도움 없이도 쉽게 알아볼 수 있다. 그것들은 외견상으로는 동일한 두 세계를 갈라놓는 어떤 문의 문설주처럼 길 양쪽에 버티고 서 있다. 양쪽 모두 숲이 삼차원 퍼즐처럼 하늘까지 쌓아 올려져 있다.

양쪽 반을 서로 갈라놓는 것은 얼마나 쉬운가, 라고 형사는 생각한다. 여기와 저기, 이전과 지금, 삶과 죽음. 그것은 어디서나 가능하다. 그냥 줄 하나로 말이다.

공기가 맑은 맛이 난다. 물처럼 마실 수 있을 것 같은 맛이다. 이에 더해, 멈추지 않는 새들의 재잘거림. 더 자주 야외에서 수사를 해야 한다고 형사가 생각했다고, 형사는 생각한다.

나무껍질에 난 쇠줄 마모 자국을 후딱 살펴보고 나서 그는 덤불을 헤치고 나아간다. 그는 도랑을 건너고, 나무딸기 덤불을 조심스럽게 셔츠에서 떼어 내고, 한 손을 바닥에 짚고 경사를 미끄러져 내려간다. 감식반이 남긴 흔적이 수도 없이 많다. 발자국들에 남은 석고 찌꺼기, 파헤쳐진 땅바닥, 잘린 나뭇가지들. 실프는 두 팔로 고사리 덤불을 가르고는 적절해 보이는 순간에 초록색 표면 아래로 잠수한다. 쭈그린 자세로 웅크린 채 그는 주위를 둘러본다. 그는 연갈색의 돌돌 말린 잎사귀들이 달팽이집처럼 달라붙은, 털이 난 줄기들에 포위된다.

경사를 내려오느라 그는 더워졌다. 셔츠는 등에 달라붙고, 혀는 윗입술에서 소금기를 발견한다. 실프는 소매를 걷어 올리고서 기다린다. 그는 이 장소가 그에게 뭔가 보고할 게 있다고 확신한다. 머리 비듬이나 머리카락 같은 것이 아니기 때문에 감식반이 찾아낼 수 없었던 그 무엇이 말이다. 경계 위반의 이야기 말이다. 한 인간의 삶을 결속시켜 주는 막이 얼마나 얇은지에 관한 이야기. 실프는 한 인간이 다른 사람이 죽는 것을 기다린다는 것이 어떤 건지 알고 싶다. 개미들이 나비 애벌레의 몸뚱이 위에 짙은 색 작은 더미를 형성한다. 자기 몸뚱이가 조각나서 실려 가는 동안 애벌래는 둔하게 이리저리 몸을 구부린다. 그것 말고는 거기에 형사의 이해를 도울 법한 것이라고는 아무것도 없다.

나선형의 음조가 나사처럼 그의 이관(耳管)을 뚫고 들어온다. 이때 모기들이 실프가 확신을 하려면 아직 필요한 바로 그 증인 진술을 하려고 달려든다. 일곱 마리가 오른쪽 팔뚝에 내려앉더니 곧장 침을 찌른다. 형사는 벌떡 뛰어올라서는 그것들을 때려잡는다. 살아남은 것들이 망설임 없이 다시 공격해 오고, 보이지 않는 동료들의 지원을 받고, 실프의 목덜미를 간질이고, 팔과 손을 끊임없이 찔러 댄다. 황급히 실프는 소매를 풀어 내리고 바짓가랑이를 털어 내고 얼굴을 문지른다. 진정이 되었을 때 그는 약간 떨어진 곳에서 한 왜소한 남자를 발견한다. 그는 파묻히기라도 한 듯 고사리 덤불에 처박혀서 형사의 무도병을 느긋하게 관찰하고 있었다. 그들의 시선의 마주치자 배가 불룩한 형체가 움직이기 시작한다.

"야비한 기생동물들이죠, 안 그래요?"

나비 채집가가 가까이 다가오더니 가르치듯 검지를 들어 올린다.

"그놈들은 헥사포드, 그러니까 6각류 곤충들 중에서 쥐새끼 같은 존재랍니다." 실프가 아무 말도 하지 않으니까 그가 덧붙인다.

형사는 제일 먼저 부어오르기 시작하는 손등을 바라본다. 물린 곳을 칼날로 피가 나도록 긁고 나서 팔을 내밀고 위풍당당하게 검사장 사무실에 들어가면 어떨까 생각해 본다. 여기 보십시오. 내가 당신에게 결정적인 증거를 가지고 왔습니다! ──나직하게 그는 웃기 시작한다. 그것은 분명히 참을 수 없는 가려움 때문에 판결이 내려지는, 범죄 역사상 최초의 사건일 것이다.

"내 장비를 비웃으시는 겁니까?" 나비 채집가가 그냥 서 있다. "채집망이에요. 그리고 여기는 덫, 인생과 닮은꼴이죠. 쉽게 들어가지만 다시 나오기는 매우 어렵답니다."

형사는 자신의 팔뚝에 침을 바르는 데 몰두한다.

"최근 들어 여기서 일이 많아요." 나비 채집가가 말한다. "경찰이 내 단골손님들을 겁먹게 만들었답니다." 그 남자의 얼굴에서 수많은 미세한 주름들이 하나의 커다란 걱정으로 합쳐진다. 원망하면서 그는 초롱 모양 채집통을 가리킨다. "보세요. 비었잖아요!"

"도대체 뭘 찾으시는데요?"

"다리 여섯 개짜리 명물요." 그 왜소한 남자가 손을 내민다. "프란츠 드라이어입니다. 연금 생활자이자 불멸로 가는 노정에 있는 취미 생활 나비 채집가죠. 그런데 당신은 뭘 찾으시죠?"

"두 발 달린 특수 사건요."

"키가 크고, 금발에다, 친근한 얼굴을 한?"

"그 남자를 보셨습니까?"

"며칠 전에 고사리 덤불 속에 앉아 있었죠. 당신이랑 거의 같은 곳에요."

"고맙습니다." 형사가 말한다. "당신 덕분에 많은 도움이 됐습니다."

"관련 전문 잡지에서 나에 관해 읽게 될 겁니다!"

실프는 답인사를 하고, 중요하지 않은 증인을 무한 속으로 놓아준다.

헉헉거리고 욕을 해 대면서 그는 도로에 도착한다. 삐삐 하고 울리는 인공적인 소리가 숲의 목가적 분위기를 망쳐 놓을 때, 그는 손가락으로 머리카락을 빗어 잔가지들을 떼어 낸다.

"그래 좋아, 이 비열한 인간아. 듣고 있으니 말해 보게."

"리타 스쿠라가 최상의 컨디션이라고! 감동적이군. 유감스럽게도 내가 그사이 값이 올랐다네."

"자네가 원하는 게 뭔가, 이 야비한 협박꾼 양반아?"

실프는 인공적 침묵을 끼워 넣고, 들러붙어 있는 마지막 가시 열매를 바지에서 잡아뗀다. 몇 미터 더 가자 경찰차가 주차해 있는데, 무정부적으로 우거진 자연의 한가운데에서 그것은 초대받지 않은 손님처럼 보인다. 차 앞 유리창 뒤에 슈누어파일이 밀랍 인형처럼 창백하고 뻣뻣하게 앉아서는 형사에게 눈길 한 번 주지 않는다. 형사는 몸을 돌리더니 자기 발치를 본다. 그가 다음 문장들을 말하기 위해서 필요한 것은 모멸감을 느낀 경장이 아니라, 완전한 집중과 설득력이다.

"잘 듣게, 리타. 사건을 완전히 규명하려면 내가 아직 시간이 조금 더 필요하다네. 자네 상관들의 기선을 제압하기 위해서 자네에게 이름을 알려 주지. 안 그러면 그 사람들이 월요일에 GSG 9[42]를 우리 목에 들이밀 걸세. 자네 아직 거기 있는 거야? 내 말을 듣고 있나?"

"쓸데없는 소리 그만하세요, 실프. 원하는 걸 말씀하세요."

"나는 내 사람이 자유의 몸이기를 원한다네. 내가 사건을 종결할 때까지, 구류 없이. 그리고 언론의 개입 없이."

이 통지는 효과가 없지 않다. 리타가 대답할 수 있기까지는 제법 오래 걸린다. 마침내 말문을 열 때 그녀의 목소리는 아주 불안하게 들린다.

"우리는 살인자에 관해 이야기하는 겁니다. 내가 보기에, 당신은 더 이상 보이는 게 없나 보군요."

"그리고 자네는 아직 다 못 본 거라네, 꼬마 리타. 말하자면 자네의 사건에 용의자로 물망에 오를 수 있는 사람들 전부를 말일세. 자네 지금 어디에 있나?"

"제 사무실에 있습니다."

"경찰청장이 다시 전화를 걸어 댈 때까지 가만히 앉아 기다릴 작정인가?"

"형사님은 정말 못된 인간이에요. 형사님이 저한테 요구하시

---

42 독일 연방 경찰 소속으로 대테러 작전 등에 투입되는 특수 부대.

는 바를 제가 보장해 드릴 수 없다는 걸 잘 아시잖습니까."

"그리고 자네가 그 일을 할 수 있다는 것도 잘 알지. 결심이 서면 다시 전화해 주게."

실프는 전화를 끊는다. 경쾌한 발걸음으로 그는 경찰차에 다가가서는 뒷좌석으로 미끄러져 들어가 경직되어 있는 슈누어파일의 어깨를 툭툭 치며 말한다.

"내 관사에 내려 주게. 그러고 나서 경찰서로 가서 리타 스쿠라의 사무실에서 내 여행 가방을 가져다주고. 추측건대 자네가 오늘 산 채로 거기서 다시 빠져나올 수 있는 유일한 사람일 걸세."

경장은 모터를 부르릉거리게 한 뒤 액셀러레이터를 꾹 밟는다. 그들이 뱀처럼 꼬불꼬불한 좁은 길을 따라 골짜기 쪽으로 좌우로 흔들거리며 내려가는 동안, 실프는 더 이상 뇌리에서 사라지려 하지 않는 문장 하나를 혼자서 흥얼거린다. 일이 끝나기 전에 뭔가를 끝내야 한다.

2

실프가 옷을 입고 신발을 신은 채 관사의 소파 위에서 잠을 자고 있다. 마치 자신이 맡았던 살인 사건들 중 하나의 시체처럼 보인다. 같은 시각, 제바스티안은 서랍 손잡이마다 마이케의 미적 감각이 드러나는 가족 부엌에 서서 복잡한 저녁 식사를 조리하는 데 열중하고 있다. 그가 자기 아들을 보이 스카우트 야영지에서 두 팔로 감싸 안던 날, 절망한 그의 아내가 문으로 뛰어들어 왔다가 끔찍한 언쟁 뒤에 다시 뛰쳐나가고야 말았던 날, 그리고 마지막에는 형사 하나가 그와 물리학에 관해 대화를 나누고 싶어 했던 그날 — 이 괴물 같은 하루는 계속해서 고집스럽게 끝나기를 거부한다. 그날 오후 제바스티안은 발코니에서 밖을 바라보는 것 말고는 더 이상 아무 일도 하지 않았다. 마이케에게 상황에 익숙해질 시간을 주고 싶었던 까닭에, 갤러리에 전화를 걸지 않으려고 완전히 골몰해서 말이다. 집의 침묵과 리암의 예의 바른 신중함을 더 이상 견딜 수 없게 되자, 그는 저녁거리를 사러 집을 나섰다.

지금 그는 찬장 맨 뒤쪽에서 찾아낸 요리책을 보면서 태국 요리를 만들고 있다. 그 책은 그때까지도 계속해서 얇은 비닐로 싸여 있었다. 달갑지 않은 여행 기념품이었다. 극도로 전문화된 조리 도구들에게 자기가 굴욕감을 느끼고 있다는 사실을 알리고 싶은 듯 그는 등을 굽힌 채 조리대에 서 있다. 그 도구들 중 단순한 깡통따개마저도, 제바스티안이 자신에게 할당된 과제를 해내는 것보다 더 자기 의무를 잘 완수한다.

훌륭한 물리학자 되기. 행복한 삶을 꾸려 나가기. 사랑하는 사람들을 파멸시키지 않기.

태풍의 눈 속처럼 고요하다. 제바스티안은 찬성과 반대를 견주어 보지 않고 아무런 결정도 내릴 필요 없이 요리책의 조리법을 따르는 걸 즐긴다. 묵직한 절구 속에서 그는 고수풀 열매, 통후추, 커민 열매를 거친 가루가 될 때까지 으깬다. 그는 잘게 썬 칠레 고추와 생강을 커터기에 던져 넣고, 마늘을 으깨고, 새우를 해동시키기 위해 물에 담가 두는 걸 거의 잊을 뻔한다. 이따금 그는 몸을 굽혀서 쇼핑백에서 또 다른 요리 재료를 꺼낸다. 쇼핑백 두 개가 애완동물처럼 그의 발치에 웅크리고 있다. 매번 뭔가 집어 갈 때마다 그것들은 터질듯이 팽팽했던 부피를 잃어 간다. 십 분 전에 리암이 들어와서는 그때부터 계속 저녁 식사에 대한 일상적 조바심과 싸운다. 유리컵과 그릇들을 하나씩 찬장에서 부엌 식탁으로 옮겨 오고, 소금 통을 채워 놓고, 끊임없이 할 일을 더 달라고 함으로써 말이다.

"우리 왜 여기서 먹어요?"

"더 아늑하잖아."

사실 제바스티안은 식당의 친근한 환경 속에 아들과 함께 앉아 있을 자신이 없다.

"식탁보 좀 깔아 줄래." 그가 세 번째 말한다.

씻어 놓은 채소는 먹음직스러운 신호등 빛깔로 빛나고, 이로써 그것은 새우와 함께 불그스름한 혼합물 속에서 스러지기 전에 자신의 현존의 시각적 절정에 다다른다. 리암이 냄비 속을 들여다보려고 레인지 옆에 오자, 제바스티안은 아이의 머리를 쓰다듬어 준다. 그리고 둥그런 아이의 두상이 자기 손바닥에 얼마나 완벽하게 들어맞는지를 알아채고는 침을 꿀꺽 삼킨다. 아들 몰래 그는 아들의 옆얼굴을 들여다본다. 매끈한 이마와 둥그런 콧방울이 달린 섬세한 코, 밝은 눈을 관찰한다. 눈의 밑바닥에서 이미 매혹적이기도 하고 위험하기도 한 심연의 그림자를 예감할 수 있다. 그리고 그는 이러한 모습을 보면서 뭔가 묵직한 것이 위장 속으로 가라앉는 것을 느낀다. 그는 애착의 크기에 경악한다. 그것은 성인 남자인 그를 그의 모든 복잡한 기억과 확신, 희망, 생각과 함께 사랑의 유체 역학밖에는 더 이상 아무것도 통용되지 않는 시공간의 부재 상태로 휩쓸어 갈 수 있다. 리암이 손가락을 튕겨서 요리 주걱을 빙글빙글 돌리는 동안, 제바스티안은 고통스러우리만치 명확하게 모든 존재와 사물들에 내재하는, 잠재적인 '더 이상 존재하지 않음'을 경험한다. 이제부터 리암은 언제나 리암의 부재로서도 생각될 수 있고, 그러한 부재는 참아 내기 어렵다. 제바스티안은 반(反)리암과 뗄 수 없게 쇠사슬로 연결되어 있고, 눈에 보이는 아이의 몸은 지옥으로 가는 입구의 잘 닫히지 않는 문 역할을 한다. 아들을 되찾은 이래로 제바스티안은 아이에게 집에서 나가버리라고 하지 않으려고 엄청나게 애쓰고 있다.

"제기랄!"

그는 멍청하게도 눈을 비볐다. 칠리와 양파즙이 효과를 발휘해서 제바스티안은 어쩔 수 없이 개수대로 가서 차가운 물로 얼굴을 씻는다.

마이케가 현관문을 열고 복도로 들어서기가 무섭게 음식 냄새가 그녀의 코로 치솟는다. 화해의 냄새가 난다. 부엌에는 제바스티안이 눈은 붓고 코는 빨개져서 레인지 앞에 서 있고, 리암은 손가락으로 그를 가리키며 자지러지게 웃고 있다. 아이의 이 사이에 고인 침은 몰래 집어 먹은 파프리카 조각 때문에 초록 물이 들어 있다. 마이케는 문틀에 멈춰 선다. 그녀는 리암과 함께 웃고 제바스티안과 같이 울부짖고 싶다. 그녀는 자기가 왜 단지 귀가 시간을 계속 뒤로 미루기 위해 무릎까지 꿇고 갤러리 전체를 닦았던 것인지 자문해 본다.

"도대체 여기 무슨 일이야?" 그녀는 이렇게 물어보고는 팔에 뛰어드는 리암을 붙잡으려고 무릎을 굽힌다.

"아빠 눈에 태국이 들어갔어요!"

리암은 뽀뽀를 받고서 레인지 쪽으로 다시 달려간다. 아이는 거기에서, 까치발을 들고 서서, 밥을 젓는다. 마치 요리 주걱에 들러붙은 끈끈한 덩어리가 자신을 정상성의 토대에 붙들어 매어 주기라도 하는 것처럼, 헌신적으로.

"오늘 하루 어땠어?" 제바스티안이 이렇게 묻자 아주 잠시 동안 정말로 모든 것이 예전과 똑같아 보인다.

이 '예전과 똑같다'는, 이 순간 마이케에게 벌어질 수 있는 최악의 사태다. 그녀는 의자에 주저앉아서 퍼져 나가는 무언(無言)의 상태에 하릴없이 미소 짓는다. 그녀는 마치 자기가 며칠이 아니라 몇 년씩 떠나 있었고, 이제 돌아와 보니 자신은 그저 구경꾼으로밖에는 그 삶에 참여하는 게 허락되지 않는 것처럼 느낀다. 양미간을 찌푸린 채 자기가 만든 카레를 맛보는 제바스티안이 그녀에게는 사전 경고도 없이 자기 역할로부터 떨어져 나온 연극배우처럼 낯설어 보인다. 그녀는 그를 움켜잡고 흔들어 대고 그에게 고함치고 싶다. 혹은 어쩌면 그를 포옹하고 어루만지고 그의 냄새를 맡고 싶기도 한 것인지도 모른다. 뭐든 하고 싶다. 그래서 남편을 돌려받을 수만 있다면.

유감스럽게도 그날 아침 이후로 그녀는 그를 향해 그 어떤 움직임도 취할 수 없다. 그래서 그녀는 그저 앉아 있고, 바라보고, 생각해 볼 수 있다. 심지어 다벨링의 죽음조차 그녀가 반쯤 이성을 잃게 만든 원인이 아니다. 또한 리암의 불가사의한 유괴 때문도 아니다. 이 두 가지가 동시에 발생했다는 것, 그리고 그녀가 끝내 아무것도 이해하지 못한다는 사실 때문이다. 공허는 적이 아니며,

적이 없으면 가족을 방어할 수도 없다. 마이케가 지금까지 살아오면서 행복을 조금 덜 경험하고 불행을 좀 더 경험했더라면, 그녀는 이 공허함의 통칭을 알았을 것이다. 그것은 두려움이다.

"이상한 날이었어." 마이케가 목구멍에 절실하게 필요한 헛기침을 한 뒤에 말한다. "한 웃기는 작자가 갤러리에 날 찾아왔어."

"아빠 키만 했어요?" 리암이 묻는다. "나이만 많고? 불룩한 배에 코끼리 얼굴?"

"네가 어떻게 아니?"

"그 아저씨는 우리 형사님이에요."

"너 농담하는구나."

마이케는, 그것이 가능하기는 하다면, 한층 더 창백해졌다. 조야하게 회칠된 그녀의 평온함 가장자리가 부서져 내린다.

"금방 끝나!" 제바스티안이 그녀에게 소리치고, 그의 명랑함은 텔레비전 요리사의 명랑함처럼 어색하게 들린다. 마이케는 그에게 주의를 기울이지 않는다.

그녀는 리암에게 말한다. "네 말은, 그 기분 나쁜 인간이 경찰이라는 거니? 그리고 그 사람이 여기 왔다고? 두 사람한테?"

"당신이 나가고 나서 바로." 제바스티안이 나직하게 말한다.

"난 못 견디겠어." 마이케가 속삭인다.

"그 아저씨가 모든 걸 정상으로 만들어 놓겠다고 약속했어요." 절망한 열광이 리암의 억양이 커브를 틀게 만든다. "그 아저씨 되게 똑똑해요."

"**지금도** 모든 게 정상이란다, 얘야." 마이케가 리암에게 말하고서 제바스티안에게 이렇게 말한다. "당신들 무슨 이야기 했어?"

제바스티안이 냄비를 들고 식탁으로 와서 카레를 접시에 떠 담는다.

"시간의 본질에 관해서."

그는 리암에게 밥을 나눠 달라고 부탁하고 행주로 세라믹 레인지 상판을 여기저기 닦는다. 탄내가 피어오른다. 제바스티안이 발코니 문을 기울여 연다.

"시간의 본질이라." 마이케가 경멸 조로 되뇐다.

그녀는 밥을 소스와 비비고, 맛을 보지도 않고 소금과 후추를 뿌린다.

"그 사람 또 와?"

"그랬으면 좋겠다." 리암이 말한다.

아내와 아이가 포크와 나이프를 들고 접시 앞에 앉아 있기 때문에 제바스티안은 기분을 북돋는 시선을 한 바퀴 던지고 밥에서 새우를 건져서는 보란 듯이 한꺼번에 두 개씩 포크에 꿴다. 마이케는 마치 뭔가 잃어버리기라도 한 양 부엌을 둘러본다. 숟가락을, 냅킨을. 대답을.

"중범죄는 신고를 그냥 취하할 수 없어." 제바스티안이 말한다. "그 사람들은 유괴 사건을 수사해. 그게 형식적 절차야."

마이케는 접시 옆에 포크와 나이프를 놓는다.

"경찰이 그뷔겐에 가 봤대?" 그녀가 묻는다. "그 사람들이 직원들을 심문했대? 누가 리암을 거기에 데려다 놓았는지 알아냈대?" 그녀의 목소리는 꼭 누군가가 그녀에게 텍스트를 불러 주는 것처럼 들린다. "그 사람들이 휴게소에도 가 봤대? 증거를 찾아봤대? 증인을 찾아냈어? 주유소 직원한테 물어봤대?"

"마이케." 제바스티안이 말한다. 그 말 말고는 아무 말도 안 하고, 그 대신 다시 한번 부른다. "마이케."

발코니에서 멀지 않은 마로니에 속에서 검은지빠귀 한 무리가 회의를 한다. 말다툼이 들리는 것으로 보아 긴급한 주제로 토의를 하는 모양이다. 그런데 수관 속에 검은지빠귀들이 앉아 있기는 한 것일까? 그것들이 구식 건물을 엿보는 것일까? 아니면 오로지 예외의 경우에만 땅 근처 생활 터전을 벗어나는, 지표(地表)에 고착된 새들인 것일까? 그런데 무엇이 예외의 경우를 규정하는 것일까?

까치 한 마리가 가지에 내려앉자 평온함이 되돌아온다.

"벌써 토요일이라 아쉽다." 리암이 슬퍼하며 말한다. "그렇지 않으면 오스카 아저씨가 여기 왔을 텐데."

제바스티안이 아들 위로 몸을 굽혀서 아이의 팔을 잡는다.

"쉬쉬." 그가 소리를 낸다. "안 그래도 괜찮아."

리암이 포크 위에 카레를 듬뿍 얹어서 입에 밀어 넣는다. 아이는 한 번, 두 번 씹더니, 접시에 시선을 고정한 채 가만히 앉아 있고, 그사이 눈에는 눈물이 맺힌다.

"아직 너무 뜨겁니?" 제바스티안이 묻는다.

리암이 머리를 가로젓더니 꿀꺽 삼킨다.

"매워요." 아이가 작은 소리로 말한다.

"저런." 마이케가 자기 접시를 밀어 놓는 동안 제바스티안이 팔을 늘어뜨린다. "당신도 맛없어?"

"맛있어." 그녀가 말한다. "그런데 배가 안 고파."

"밥은 먹을 수 있어요." 리암이 말한다. "밥은 맛있어요."

몇 번 더 떠먹은 후에 제바스티안도 포크와 나이프를 옆에 내려놓는다. 자기가 음식을 씹는 소리가 온 부엌에 들리기 때문이다. 마이케가 물을 마신다. 리암은 밥알 한 톨 한 톨을 포크 날에 꽂으려고 시도한다. 물방울이 하나 수도꼭지에서 떨어져 개수대의 스테인리스 수반에 맞는다.

"유괴 다음 날 아침에……." 마이케가 말한다. "그때 당신이 그뷔겐에 전화를 걸어서 리암이 아프다고 말하지 않았어?"

"지금 꼭 이래야 돼?" 제바스티안이 묻는다.

"그런데 보이 스카우트 캠프에서는 아무도 아프다는 소식에 놀라지 않았던 거야? 리암이 이미 오래전에 거기 와 있었는데도?"

"내가 그 일에 관해 아는 건 이미 전부 당신한테 말했어."

"당신은 혹시 이상하다고 생각하지 않아?" 마이케의 목소리가 히스테리 나선형으로 고조된다. "당신들의 그 슈퍼맨 형사가 왜 아직도 이 의문을 밝히지 않은 건지 말이야."

"아니."

"그렇다면 내가 그걸 지금 당신한테 말해 줄게."

제바스티안은 양손으로 귀를 막고 싶다는 생각에 맞선다. 이런 새된 목소리를 그는 지금껏 단 한 번도 아내에게서 들어 본 적이 없다. 그가 마이케를 알게 된 뒤로, 그는 그녀가 강하다고 간주해 왔다. 이러한 강함의 조건들이 뭔지 한 번도 알아보지 않고서 말이다. 마이케가 그를 움켜잡고 흔들고 싶었던 것과 꼭 마찬가지로, 그 역시 식탁 반대편에 앉은, 이 무너지기 직전의 피조물이 진짜 자기 아내를 놓아줄 때까지 괴롭히고 싶은 충동을 느낀다. 죽어서도 스타일과 자세에 신경을 쓸, 평상시의 냉철한 마이케가 다시 나타날 때까지 말이다. 제바스티안은 다음 말을 듣고 싶지 않다. 그 말은 이미 오래전부터 그 공간에 있었고, 오로지 당사자들 중 한 사람에 의해 말해지기만을 기다려 왔다.

"경찰은 수사를 하지 않을 거야." 마이케가 말한다. "왜냐하면 그 사람들은 당신을 믿지 않으니까."

"난 먼저 내 방으로 갈게요." 리암이 말한다.

아무도 아이를 붙잡지 않는다. 제바스티안은 구부정하게 의자에 앉아 팔을 옆으로 축 늘어뜨리고 있다. 그는 마치 떠나가는 기차를 눈으로 뒤쫓듯 리암을 본다. 접시 위의 음식에선 더 이상 김이 나지 않고 소스 위에는 주름진 막이 생긴다. 송별 음식이 이런 모양일 거라고 제바스티안은 생각한다. 또는 더 정확히 말하자면, 마치 관찰자 하나가 그의 머릿속에 들어앉아 있기라도 한 것처럼 뭔가가 그의 내부에서 새롭고도 낯선 목소리로 생각한다.

"문제는……." 그는 말을 꺼내고서 자신의 침착함에 놀란다. "당신이 나를 믿지 않는다는 거야."

마이케는 컵에 든 물을 다 마신다. 그러고 나서 그녀는 손을 어디에 두어야 할지 모른다.

"제바스티안." 그녀가 나지막하게 말한다. "내가 당신한테 한 번이라도 질투할 빌미를 준 적 있어? 랄프 때문에?"

갑작스럽게 일어서다가 제바스티안의 무릎이 식탁 다리에 부딪히고, 접시들이 식탁보에 카레를 튀긴다. 부엌을 등진 채 발코니 문가에 서서 제바스티안은 유리창에 희미하게 반사되는 자기 얼굴을 살핀다. 그는 뭘 해야 할지 아는 것처럼 보인다. 소리 없이 그가 자신이 말했어야 할 문장을 먼저 말해 보여 준다. '진실', '신뢰', '나', 그리고 '다벨링'이란 단어가 그 안에 들어 있었을 것이다. 그와 마이케를 위한, 추측건대 유일한 구원이 거기 있었을 것이다. 새로운 감정이 그의 입술을 닫아 버린다. 그것은 너무 늦었다는, 왠지 모를 장엄한 확신이다.

"제발, 제바스티안! 제발 그러지 좀 마!"

그가 몸을 돌리자 마이케의 눈이 그에게 애원한다. 제바스티안은 벽을 미끄러져 내려와 머리를 무릎 사이에 감추고 싶은 욕망을 느낀다. 어쩌면 그것도 좋은 생각이었을지 모른다. 어쨌든 그의 다리가 이끄는 불확실한 방황보다는 나았을 것이다. 문지방에서 그는 마이케를 제대로 바라보는 데 다시 한번 성공한다. 그녀는 거기 앉아 있다. 여느 때보다 훨씬 쇠약해지고, 축 처지고, 수척해진 채. 그는 그녀를 가혹하게 만들고, 낯설게 만드는 두려움의 냄새를 맡는다. 그는 바르르 떨리는 그녀의 속눈썹과 식탁보를 움켜쥐며 안달하는 그녀의 손을 본다. 제바스티안은 저렇게 작은 손을 가진 존재가 어떻게 이런 세상에서 살아남을 수 있는지 이해가 가지 않는다. 어떻게 그런 존재가 아이를 키울 수 있는지. 자기 같은 남자를 사랑할 수 있는지. 그는 그녀와 리암은 희생자일 뿐이라는 마이케의 확신을 공유한다. 죄는 그가 혼자 짊어지고 간다. 그것도 현관 밖으로.

"당신 차 좀 쓸게." 그가 거기에서 소리친다. "내 것은 압수당했어. 나중에 봐."

집을 나서는 그 짧은 순간 제바스티안은 그 어느 때보다 인간의 약점을 분명하게 느꼈다. 직립 보행, 언어 능력, 자유 의지를 둘러싼 그 모든 억지로 꾸민 듯한 거동은 우스꽝스러운 속임수로 판명된다. 저편에는 자동차 열쇠와 층계 난간, 주철 가로등, 나무들, 집들이 있다. 골목길에 서 있는 마이케의 소형차. 세상은 유도 시스템이며, 그것을 따르는 게 마땅하다.

자유로움을 주는 명료성은 제바스티안의 생각들을 조망 가능한 바둑판식 그리드로 나눈다. 그의 머릿속에 있는 목소리는 그에게, 그가 지금 막 용서받지 못할, 아마 보상하지도 못할 잘못을 범했다는 사실을 알려 준다. 그의 인생은 끔찍한 것이 되어 버렸으며, 빈틈없이 이어지는 그 끔찍한 것들 중에서도 부엌을 떠난 일은 최고 걸작이다. 즉시 돌아서서 계단을 다시 올라가 이야기의 국면을 전환시키는 것은 별로 힘들지 않을 것이다. 그러나 제바스티안 속에 있는 관찰자는 깨닫는다. 용서받을 수 없는 잘못은 부주의나 오류 또는 지식의 부재를 특정으로 하는 것이 아니라는 것을. 그것의 특수성은 모든 정황을 아는데도 아무런 대안을 허락하지 않는다는 데에 있다.

여러 성조의 철커덕 소리를 내며 중앙 잠금 장치가 튀어 오른다. 시동이 걸리는 모터의 진동이 팔과 다리로 전해진다. 지극히 평범한 사람으로서 제바스티안은 자신이 살고, 장보고, 일하는 구역의 골목길로 소형차를 몬다. 그는 이제껏 단 한 번도 세상에 뭔가 의미 있는 일이 일어난 적이 없다는 듯이 하루 온종일 교통 흐름이 원활한 간선 도로를 경과해 연결과 접합부, 합류점으로 이루어진 거대한 그물망 안으로 들어간다. 그것은 신경 세포 접합부가 엄청나게 큰 뇌를 에워싸듯 지구를 둘러싼다. 파괴적 결정을 내리기 위해 필요한 것이 얼마나 적은지 놀랍다고 제바스티안은 생각한다. 얼마 지나지 않아서 그는 고속 도로에 다다른다.

3

리타 스쿠라와 실프 형사에게 공통점이 하나도 없다는 얘기는 아니다. 리타처럼 실프도 어릴 적에 새를 싫어했다. 그에게는 그럴 만한 구체적 이유가 있었다. 새들은 그가 호두나무 아래에서 인식론적 대화를 함께 나누던 나비들을 먹어 치웠다. 새들은 절대로 고통이나 기쁨을 내색하지 않는 경직된 얼굴을 하고 있다. 그것들은 고정된 시각으로 그를 주시했고, 그가 생각하기에는, 전혀 자격도 없는 지식을 감추고 있었다. 그에게는 오로지 그것들만 상공에서 대지를 보는 것이 부당해 보였다. 그가 그 당시에 이미 현실을 창조해 내는 것은 언제나 관찰자라는 사실을 분명히 알았더라면, 그는 새들을 실패한 세상의 원흉으로서 더욱더 경멸했을 것이다.

게다가 그것들은, 깊이 생각하거나 놀거나 잠자고 싶어 하는 다른 존재들은 전혀 개의치 않고, 신경에 거슬리는 소음을 만들어 냈다. 어린 실프가 한밤중에 부모의 침대로 왔던 적이 한두 번이 아니었다. 그는 소리쳤다. 잠을 잘 수가 없어요. 새들이 정원에서 소리를 지르고 지붕 위에서 발을 굴러 대요!

그 일을 두고 부모들은 그가 독립해 나간 뒤로도 몇 년 동안을 웃어 댔다. 실프에게는 그것이 우스운 일일 수가 없었다. 왜냐하면 부모와 적들이 한통속이라고 믿어 왔기 때문이다. 부모들이 그 잠 못 이루는 밤마다 새소리 같은 건 전혀 들을 수가 없다고 그에게 맹세했던 까닭이다.

실프가 이에 대해 더 이상 생각하지 않은 지는 이미 오래였다.

그런데 이제 그가 그것에 관한 꿈을 꾸었음에 틀림없다. 그는 부리처럼 뾰족한 무엇인가가 두개골의 무른 내부로 뚫고 들어오는 것 같은 느낌을 받으며 잠에서 깨어났다. 만약 그에게 마침내 깊이 생각해 볼 여유가 좀 더 허용되었더라면, 그는 어린 형사가 큰 형사의 머리 안에 든 새알에 대해 뭐라고 말했을지 자문해 볼 수 있었을 것이다.

심란해진 그는 어두컴컴한 공간에 누워 있다. 정신을 차릴 때까지는 한동안 시간이 필요하다. 그의 주위를 둘러선 그림자들은 프라이부르크 관사의 가구들이고, 그의 신경을 건드리는 날카로운 소리는 새의 목구멍에서 나는 게 아니라 전화기에서 울리는 소리다.

"리타, 자네인가?"

다른 편에서는 밝은 웃음소리가 울려 퍼진다.

"미안하지만, 리타는 여기 없어. 나야."

형사의 인생에는 나라고 말할 사람이 별로 없다. 그가 좀 사귀었다 싶은 사람들은 대부분 얼마 지나지 않아 교도소 철장 뒤로 사라진다. 그래서 그는 너무 오랫동안 생각할 필요가 없다.

"어디서 내 관사 전화번호를 알아냈어?"

"당신이 가르쳐 줬잖아."

율리아가 옳다. 모든 '나'에게는 '당신'이나 '너'가 하나씩 딸려 있다. 실프가 그녀를 만난 이래로, 그의 새 여자 친구는 단 한 번도 틀린 적이 없다. 심지어 그녀는 그 사실을 의아하게 여기지도 않는 듯하다. 형사는 그녀가 전화가 놓인 탁자 옆 안락의자에 누워서 양말에 난 구멍을 검지로 꼼지락대는 모습이 눈앞에 있는 것처럼 훤하다.

"자는 걸 깨웠어?" 그녀가 묻는다.

실프는 아직 불을 켤 기회가 없었다. 부엌과 욕실의 약간 열린 문들 뒤로, 마치 온 나라를 위한 밤이 거기서 생산되기라도 하는 양, 뚫고 들어갈 수 없는 어둠이 진을 치고 있다.

"아니." 그가 고집스레 주장한다. "뭣 때문에 그래?"

다시 웃음.

"잘 지내는지 물어보려고."

별스러운 청도 아니건만, 실프에게는 그럼에도 화들짝 놀랄 일이다. 율리아는 리타 스쿠라보다 열 살 더 많지만, 그의 눈에는 리타 스쿠라와 똑같이 명백하게 젊음과 늙음을 가르는 경계선의 다른 쪽에 서 있다. 그녀는 새로운 세대에 속하며, 그 세대의 구성 원들은 스스로를 인간들이라 부르지 않고 사람들이라고 부르며, 실용적 교제 형식을 취하고, 세상을 좋은 동료로 취급한다. 복잡한 것을 싫어하는 그 많은 특성들이 아니더라도 실프는 사물의 무한한 복잡성에 대해 경외심을 지닌 자신을 느긋하게 구닥다리라고 느낄 수 있다. 율리아처럼 "나는 직업도 없고, 가족도 없고, 하르츠 IV 실업 수당을 받을 마음도 없다."라는 말로 생면부지인 사람의 인생에 밀고 들어오는 사람은, 잘 지내느냐고 물어보려고 전화를 걸 수 있다.

"잘 지내." 실프가 말한다. 그 말은 사실인 동시에 거짓이기도 하며, 따라서 추가 설명이 필요하다. "살인자를 찾았어. 이제 문제는 경찰한테서 그를 보호하는 거야."

"나는 당신이 경찰에서 일한다고 생각했는데."

"그렇다고 일이 더 간단해지지는 않아."

"살인자한테 홀딱 반해 버렸나 보지?"

이번에는 실프가 웃지 않을 수 없다. 그는 한 번만이라도 율리아의 눈으로 삶을 바라보고 싶다. 그것은 틀림없이 구조가 명료한 건물과 닮았을 것이다. 그렇다고 1가구 주택 같지는 않을 것이고, ― 그건 너무 지루할 테니까 말이다 ― 아마도 입구와 출구, 벤치와 천장이 있는 서커스 천막과 비슷할 것이다. 톱밥의 달큼한 향기를 형사는 분명히 맡을 수 있다.

"조금 다르게 표현하자면 말이야……." 형사가 말한다. "나한테 그 남자는 위대한 사람이야. 사람들이 뭔가를 빚진 그런 유의 사람 중 하나. 나는 그에게 이 사건의 철저한 진상 규명을 빚졌어. 다른 모든 것들은 그를 끝장내 버릴 거야."

"하지만 살인자의 인생을 끝장내는 게 당신 임무잖아."

"거기에도 정도 차가 있다고."

"착한 경찰이 불쌍한 가해자를 구한다! 낭만적으로 들리네."

전화선이 긴 데다 집 크기가 작아서 실프는 발코니 문에 다가갈 수 있다. 문 밖에 있는 발코니는 서 있기가 거의 불가능할 정도로 작다. 사람들은 사실 언제나 오로지 자신을 구하려고 할 따름이라고 형사가 생각한다. 변주되는 건 무엇으로부터 구하느냐일 뿐이고.

"당신이 믿든 말든……." 실프가 말한다. "나는 그 남자를 돕기 위해서라면 무슨 일이라도 할 거야."

"당신을 믿어." 율리아가 부드럽게 말한다. 그녀는 그의 긴 침묵을 제대로 해석한다. "나는 당신이 나한테 말해 주는 걸 전부 믿어. 구조적 이유 때문에라도.”

“무슨 말이야?

“그 말을 이해 못 하겠어?”

“응.”

“나는 당신을 사랑한다고.”

자기도 모르게 형사는 머리를 흔든다. 삶이 완전히 뒤죽박죽 되었다는 생각, 그것이 다시 저기 나타났다. 저 멀리에서 두통이 쿵쾅쿵쾅 도착을 알린다. 실프는 불현듯 마이케를 생각하지 않을 수 없다. 동시에 그는 자신이 점심 식사를 건너뛰었고, 자느라고 저녁 식사를 놓쳤다는 걸 느낀다. 그는 시가렐로에 불을 붙이고 연기를 들이마신다. 그의 몸속 어딘가에서 니코틴은 자신이 분비 시킬 수 있는 몇 가지 행복 호르몬들을 발견한다. 가벼운 어지럼 증, 부드러운 해방감. 죽는 것도 틀림없이 그럴 것이다. 공복에 피 우는 시가렐로 연기처럼.

“그러니까 며칠 더 머물겠네.” 율리아가 말한다.

“그럴 것 같아.”

“좋아, 그럼 내가 당신을 보러 갈게.”

“내일은 안 돼.” 형사가 재빨리 말한다. “이미 계획이 있어.”

“그럼 모레.”

아래쪽에서 청소년 무리가 거리를 지나가고, 그들의 목소리 가 실프한테까지 올라온다. 어머니의 사랑으로 살이 찌고 유약한 젊은 남자애들, 그리고 거미 다리처럼 보일 정도로 속눈썹을 치장 한 여자애들. 그들은 서로 어깨를 치고, 드잡이를 하고, 주차한 자 동차의 어두운 내부를 들여다보려고 그 위로 몸을 구부린다. 그들은 목적이 없고, 사소하며, 그저 이야기의 한 에피소드에 불과한 것처럼 보인다. 그들을 바라보면서 실프는 인간들이 힘을 합쳐서 이 지구상에서 할 수 있는 게 고작 저런 짓거리라는 것을 믿을 수 없다. 여자애들 무리는 한 술 더 떠서 제대로 뛰지도 못할 신발을 신고 있다.

"내가 곧 정해진 기간 없이 여행을 떠나야만 한다면 뭐라고 하겠어? 그것도 혼자서." 그가 자신의 여자 친구에게 묻는다.

"실프." 율리아가 입을 떼자 형사는 그녀의 목소리에 깃든 진지함에 놀란다. "당신은 내 과거에 대해 묻지 않았어. 나는 당신의 미래에 관해 묻지 않을 거고. 이런 걸 '딜'[43]이라고들 하지."

"오케이." 실프가 말한다. 원래 혐오하지만 '딜'에는 잘 어울리는 단어를 쓴 것이다. 아마도 삶은, 만약 그에 합당한 개념들이 있기는 하다면, 서커스 천막일지도 모른다고 형사는 생각한다. 자기 손가락을 더럽히지 않고도 모든 것을 만져 볼 수 있는 고무장갑 같은 개념 말이다. 율리아는 그런 것들을 아주 많이 안다.

"오케이." 그는 다시 한번 말한다. "그럼 모레 봐."

그들은 전화로 키스를 보낸다. 실프는 입술을 서툴게 내밀어서 쪽 소리를 너무 크게 낸다. 그는 수화기를 창문턱에 놓아두고 시가렐로를 끝까지 피운다. 통화 중 신호음의 규칙적인 뚜뚜 소리가 어둠과 조화롭게 섞인다. 율리아와 통화하는 내내 그 관찰자는 한 번도 말하지 않았다. 스스로도 설명할 수 없는 졸음이 엄습하자 형사는 당장 다시 잠자리에 들기로 마음먹는다.

43　영어로, '비밀 거래', '밀약'이라는 뜻.

4

태양은 연무 속에 도시 뒤편으로 가라앉았고, 빛뿐만 아니라 대낮의 열기까지도 가져갔다. 밤은 평소와 다르게 빠른 속도로 호수 바닥에 있는 은신처로부터 솟아 나와서 도시의 골목길로 기어들어갔다. 마치 여름이 바로 오늘 끝나기라도 해야 하는 것처럼, 날은 축축하고 서늘하다. 벌써부터, 조명 상태가 나쁜 보도 냄새, 치켜올린 어깨 냄새, 축축한 모자 냄새가 난다.

마이케의 자동차는 호숫가에서 멀리 떨어지지 않은 곳에 주차되어 있다. 제바스티안은 운전대 뒤에 앉아서 자신이 대체 어디에서 겨울을 나게 되려나 상상해 보려 한다. 자신이 어떤 모습일지, 무엇을 먹을지, 누구와 무엇에 대해서 이야기를 나누게 될지를 말이다. 그는 성공하지 못한다. 그는 결코 몇 시간 앞 이상은 내다보지 못했던 느낌을 기억해 낸다. 그것은 매일 새날이 자신을 새사람으로 만들어 낼 수 있었기 때문이었다. 아이 적에 그는 그렇게 살았다. 당시에 그는 자신이 현재를 살아간다고 느꼈고, 시간이 아니라 자기 자신이 소멸하는 것을 정상이라고 여겼다. 비록 그것은 행복한 상태였지만, 제바스티안은 사십 대 초반에 미래를 잃어버린 것에 마음이 편치 않다. 성인에게 시간의 결여란 명백히 일종의 실향(失鄕)이다.

그는 호숫가 산책로의 불빛이 비치는 시커먼 수면 위를 바라본다. 그는 여기서 멈춰 선 게 아니다. 그는 좌초했고, 다음 발걸음을 뗄 힘을 내지 못하는 것이다. 그는 휴대 전화를 꺼내 전화번호부에서 당연히 이미 오래전부터 외우고 있는 번호를 하나 찾을 수도 있었을 것이다. 아니면 즉시 시동을 걸고 특정한 집으로 가는 익숙한 길을 따라가거나. 아니면 반대로 시동 장치에서 차 열쇠를 뽑고 차에서 내려 케데오비브 부두를 따라 산책을 하고, 그러고 나서 차를 몰고 집으로 가거나.

그가 프라이부르크를, 그리고 더불어 지난 며칠간의 공포를 뒤에 남기고 떠나온 이래로, 독감에 걸린 것처럼 피로감이 그를 사로잡는다. 증상도 비슷하다. 눈은 화끈거리고, 목은 따갑고, 사지가 욱신거린다. 제바스티안은 어떻게 자신이 여기까지 올 수 있었는지 거의 기억하지 못한다. 하물며 자신이 도대체 왜 여기로 왔는지는 말할 나위도 없다. 눈을 감으면 고속 도로가 속도도 늦추지 않고 그의 머리를 관통해 질주한다. 맞은편 차로에서는 전면 유리창들이 분홍빛 저녁 하늘의 작은 조각들을 북쪽으로 운반해 간다. 도로변에는 시든 해바라기들이 고개를 숙이고서 자신들이 곧 누울 지상의 왕국을 관찰한다.

몇 번이나 자동차가 좌우로 휘청거렸다. 제바스티안은 더 빨리 숨을 쉬었고, 허벅지를 꼬집었다. 아무것도 도움이 되지 않자 그는 다벨링을 떠올렸다. 그는 피, 뼈, 자전거 파편 같은 일련의 이미지들을 떠올렸고, 거기에 "내가 그 짓을 했다."라는 자막을 붙였다. 효과가 기대했던 것보다 약했다. 위장 부위의 근질거림, 그것은 오 분 동안 시선을 도로 쪽으로 유지하기에도 별로 충분치 못했다. 그가 반복해서 시도할수록, 효과는 점점 더 미미해졌다. 50킬로미터를 지난 뒤로는 다벨링에 대한 기억은 그를 전혀 자극하지 못했다.

그 대신에 이제 그는 왜 살인자가, 범죄 소설이 주장하듯, 자신의 범행 장소에 되돌아오기를 즐기는지 안다. 그것은 살인자들을 부르는, 뿌리칠 수 없는 악의 매력 때문이 아니다. 또한 속죄하고픈 마음과 현장에서 즉각 체포되리라는 은밀한 희망 때문도 아니다. 그것은 오히려 그 사건이 정말로 일어났다는 사실을 믿을 수 없기 때문이다. 살인자가 회귀하는 것은, 살해당한 사람을 산 사람으로 끝도 없이 계속 생각하지 않을 수 있게 하기 위해서다. 혹여 제바스티안이 시간을 되돌릴 수 있다 하더라도, 그는 다벨링의 살해를 없던 일로 만들지는 않을 것이다. 리암을 구하기 위해서라면, 아니, 단지 리암을 구한다는 환상만이라도 얻을 수 있다면, 그는 — 이것만큼은 확실하게도 — 생판 다른 일이라도 더 할 수 있을 것이다. 하지만 그는 자기가 죽인 희생자의 잔해를 찾아보지 않고서는 범행 현장을 떠나지 않을 것이다.

제바스티안은 심지어 다벨링 같은 엑스트라조차 아무런 뒤끝 없이 무대에서 내쫓을 수 없다는 사실을 깨닫는다. 그는 자신이 졌다는 것을 안다. 하지만 그가 오로지 텔레비전 영상의 범주 안에서만 자신의 범죄를 생각하는 한, 이 앏은 허공을 떠돌 뿐이다. 그에게 임박한 모든 것들, 체포, 고통스러운 살인 재판, 어쩌면 징역형, 가정 파탄 — 그의 앞길에 놓인 이 모든 비참함이 그에 대해 어떤 권리도 없는 낯선 세계에서 솟아나 이곳으로 넘어오는 것처럼 보인다. 그가 저지른 일을 믿지 않는 사람은 그와 그의 주변에 일어났던 일 또한 이해하지 못한다. 그가 제네바 호숫가에 와 있는 것의 최대 이점은, 자기가 죽인 희생자의 머리를 보여 달라고 한밤중에 프라이부르크 법의학 연구소 문을 두들겨 댈 수 없다는 것이었다.

마치 이러한 깨달음으로 뭔가가 결정되기라도 한 것처럼 그는 시동을 걸고 차를 돌린다.

뤼드라나비가시옹 거리에서 그는 초인종에 대고 자기 이름을 누른다. 짧게, 길게, 짧게, 짧게. 그리고 오스카가 집에 없다는 사실을 아는 데 겨우 몇 초밖에 기다릴 필요가 없다. 재킷에 감싸인 채 그는 건물 출입구에 자리를 잡고 선다. 피로가 불안에게 자리를 내어준다. 불안은 신문들을 거리로 내몰고, 덜커덩거리며 자전거를 타고 가는 한 남자를 쫓아 버리고, 사이렌이 비명을 질러 대게 만든다. 평소 제바스티안은 제네바에서 오스카와 만날 때면 동반되는 흥분을 사랑했다. 오스카와 그는 과거에게 억지를 써서 모든 변화의 피안에 한구석을 얻어 냈고, 그곳에서는 불멸의 숨결이 불어온다. 중독된 사람처럼 제바스티안은 항상 다시 이곳으로 왔다. 왜냐하면 그는 저 위 다락방에서 신이 되었고, 실현되거나 실현되지 못한 삶의 모든 가능성들의 지배자가 되었기 때문이다. 이 망사르드 다락방에 그의 힘과 생기의 원천이 있었다. 그리고 지금 그가 이 발을 디뎠다 저 발을 디뎠다 하게 하는 바로 그 불안의 원천도.

술에 취해 소란을 떠는 술꾼들이 한 덩어리로 서로 부둥켜안은 채 하나의 존재가 되어 그에게로 다가오면서 벌써 저만치서부터 독일 말로 제일 좋은 나이트클럽이 어디냐고 묻자, 그는 벽에서 튕겨 나와 어둠 속으로 사라진다.

벌써 몇 년 전에 네온등 하나가 나가서 '르 세르클 에 롱'[44]이

---

44 프랑스어로, '원은 둥글다.'라는 뜻.

라는 술집에서 문패를 대신하는 푸른빛 원은 둥글지 않고 한쪽이 트여 있다. 보도까지 멀찍이 밀어 놓은 쓰레기통과 배회하는 고양이 몇 마리가 관광객들을 멀리한다. 그 홍등가가 여행 가이드들의 현지인 추천지가 된 뒤로 오스카는 새집을 구해야겠다고 말하곤 했다. '세르클'은 사람들이 자기를 알아보지 **못**하게 하려고 집을 떠난, 지구의 마지막 인간들의 만남의 광장이라고 오스카는 말하곤 했다.

그곳엔 촛불이 밝혀져 있다. 초는 병목에 꽂혀, 인간과 사물의 영혼을 깜빡거리는 그림자로 벽에 그려 낸다. 테이블은 두셋씩 앉아서 적포도주를 마시는 잘 차려입은 남자들보다는, 차라리 맥주를 마시며 카드놀이 하는 사람들에게 어울린다. 마치 서로 놀라게 만들면 안 된다는 듯이 대화는 나지막하고 움직임은 조심스럽다.

제바스티안은 입구에 있는 가죽 커튼을 옆으로 젖힌다. 하나밖에 없는 전등불 아래에서 컵을 씻는 바텐더는, 서로 오래전부터 면식이 있으면서도 그에게 눈인사조차 하지 않는다. 오스카는 등을 바에 기대고, 그의 앞에는 둥그런 안경을 쓴 홀쭉한 젊은 남자가 열심히 자기 발끝에 대고 말하고 있다. 오스카가 그의 말을 듣는지는 알 수 없다. 그는 다리를 꼬고 팔꿈치를 구부린 채 움직임 없이 서 있다. 손은 키스를 하기 위해서 반지를 내밀 때 보이는 호의와 오만함이 뒤섞인 채 늘어뜨려져 있다. 똑같은 포즈로 그는 아침 안개 속에 숲속 빈터에서 나무 그루터기에 기대어 있을 수도 있을 것이다. 하얀 셔츠를 살짝 풀어 헤치고 손가락 사이에는 권총을 든 채.

제바스티안을 발견할 때, 그는 눈썹을 치켜올리는 것 이상의 반응을 자신에게 허용하지 않는다. 그럼에도 제바스티안은 자기 친구가 온몸으로 경악하는 모습을 볼 수 있다. 오스카가 가슴을 움켜쥐고 무릎을 꿇으며 무너져 내릴지도 모른다고 기대할 정도다. 그는 이 남자를 반평생 알아 왔다. 그는 오스카가 이런 식으로 경직되는 것을 한 번도 본 적이 없다.

안경 쓴 친구는 상황이 바뀐 것을 전혀 눈치채지 못했다. 말할 때 그의 눈은 둥그런 안경 뒤에서 이리저리 방황한다. 질문에 대한 답을 듣지 못한 까닭에 마침내 그가 머리를 들자, 그의 나이는 열여덟 살로 곤두박질친다. 제바스티안은 시간의 양자화에 대한 이론을 저명한 그 주창자와 논의하기 위해 먼 길을 마다 않고 달려오는 천재 청소년들을 안다. 그리고 그들은 제네바의 한 술집에서 한 남자와 마주치게 되는데, 그는 사색가의 주름과 백발이 아니라 모범적인 프로필과 테뉴어[45]의 화신의 미소로 자신의 오성을 장식하고 있다. 오스카는 입을 그 친구의 귀에 갖다 대고 몇 마디 한다. 곧바로 청년이 손을 들고 화장실 쪽으로 멀어져 간다.

다음 몇 초간 그들은 서로 마주 서 있다. 먼저 팔을 뻗은 사람은 오스카다. 어떤 인간도 해가 뜨나 해가 지나 혼자서 버틸 수는 없다. 한데 섞인 그들의 체취는 눈에 보이지 않는 본향(本鄕)이다. 그곳에는 그들이 공유하는 공간이 단지 살을 에는 냉기나 타는 듯한 열기만 알 뿐, 인간의 생존 조건에 대해서는 알지 못한다는 데 대한 아픔이 산다.

오스카는 벽감에 있는 테이블에서 예약석 표시를 치우고, 제

---

[45] 종신 재직권. 영년 교수직 제도를 말한다.

바스티안이 어느 정물화의 조야한 복제품을 마주 보도록 자리에 앉힌다. 거기에는 깃털 옷을 입은 꿩이 그려져 있는데, 목이 그릇 가장자리에 꺾인 채 걸쳐져 있다. 맞은편 좌석에서 오스카는 공간 전체를 조망할 수 있다. 주문하지도 않았는데, 바텐더가 잔 두 개와 위스키 한 병을 가져온다. 그 위스키는 화장실에 들렀다가 '세르클'을 떠난 안경 쓴 친구와 나이가 같다. 그들은 건배를 하고, 마신다. 오스카의 외적 평온함은 훼손되지 않았다. 그는 발을 떨지도 않고, 양복바지의 보풀을 잡아 뜯지도 않는다. 시선을 고정하고 그는 제바스티안을 바라본다.

제바스티안은 손가락으로 목재 테이블의 나뭇결을 따라 그린다. 그는 햇수를 세지 않으려고 집중하고, 자신이 벌써 몇 번이나 행복과 불안의 미묘한 칵테일로 충만감을 느끼며 '세르클'에 앉아 있었던가를 묻지 않으려고 집중한다. 여기에서 보면, 나머지 자기 인생은 자신과 마이케와 리암이 심금을 울리는 주연으로 등장하는 영화에 대한 기억이나 다름없다. 명목상의 학회 때문에 주말 동안 프라이부르크를 떠날 때면 언제나 그는 자신을 기다리는 오스카를 만났다. 그는 비웃는 듯하고, 신랄하고, 눈썹을 높이 치켜올리기는 했지만, 화가 나 있지는 않았다.

아마도 오스카의 가장 탁월한 특성은 그의 지성이 아니라, 인내심일 거라고 제바스티안은 생각한다. 그의 인내심은 자연법칙이나 진배없는 힘과 유효성을 지녔다. "시간이 얼마나 빨리 흘러가는지."는 오스카에게 한 번도 그저 확인하는 말이었던 적이 없다. 항상 질문이었다.

그리고 아마도 마이케와 리암의 가장 뛰어난 특성은 그들의 한없는 신뢰일 거라고 그의 내면은 생각을 계속한다. 반면에 제바스티안의 특성은 그러한 신뢰를 양심의 가책 없이 악용할 수 있다는 것이다. "그것이 정말로 진실일 수 있는가."는 제바스티안에게 한 번도 질문이었던 적이 없다. 항상 물리학적 문제였다.

그의 검지는 나뭇결을 따라 테이블 반대쪽으로 기어갔고, 오스카가 잡자 그는 그에게 손을 맡긴다.

"겨우 며칠이었을 수도 있어." 제바스티안이 말한다.

"몇 시간이겠지." 오스카가 대꾸한다.

"형사가 하나 내 뒤에 붙었어. 그 사람은 아무것도 알아채지 못했을지도 몰라. 아니면 전부 다 알거나."

"아마도 전부 다겠지. 설마 너는 그 사람들이 널 찾아오지 않기를 바랄 정도로 멍청했던 거야?"

"희망은 가장 나중에 죽는 법이야." 제바스티안이 경직되어 말한다.

"명예는 절대로 죽지 않고."

오스카가 목을 축이고는 잔을 테이블에 내려놓는다.

"셰르 아미." 그가 말한다. "삶이 있고, 이야기가 있어. 인간에게 내려진 저주는 이 둘을 잘 구분할 줄 모른다는 거야."

"다시 한번 말해 봐."

"뭘?"

"내가 전화로 다벨링에 관해서 이야기했을 때, 그때 넌 뭐라고 했지?"

"그렇군." 오스카가 말한다.

"나는 그 '그렇군.'이란 말로 사십팔 시간을 연명했어."

오스카가 그의 손을 꼭 잡는다.

"너 그것 때문에 온 거야?"

제바스티안은 대답하지 않는다. 그는 앉은 채로 몸을 돌려 공간을 둘러본다.

"알아봤는데……." 오스카가 말한다. "그런 걸 강제된 긴급 피난이라고 하더군. 범죄를 저지르도록 강요받은 사람은 법적 책임이 없어."

"당연히 나한테 책임이 있지."

바텐더가 잔에 윤을 낸다. 손님들은 서로 이야기를 나눈다. 아무도 벽감에 있는 테이블에는 전혀 주목하지 않는다. 놀라우리만치 모든 것이 평상시와 같다.

"너한테서 처음으로 그 말을 듣는군." 오스카가 말한다. "네가 협박당했다는 걸 믿어 주지 않을까 봐 두려운 거야?"

"문제는 다른 데 있어."

"마이크?"

제바스티안이 고개를 끄덕인다.

"그녀가 알아?"

제바스티안이 어깨를 으쓱한다.

"너 그녀에게 전부 다…… 이야기한 건 아니지?"

제바스티안이 머리를 끄덕인다. 그는 위스키 병을 자기 쪽으로 끌어당겨서 두 번째 잔을 단숨에 비운다. 토탄과 약간의 꿀 냄새, 좋은 술이다. 오스카는 담배에 불을 붙이고서 창문을 본다. 창문은 자기 얼굴을 반영할 뿐, 아무것도 보여 주지 않는다. 서로 뒤엉킨 그들의 손이 저려 오자 제바스티안은 손을 다시 뺀다.

"그녀는 날 살인자라고 생각해." 그가 말한다.

"이유 없이 그러는 건 아니지. 내가 네 말을 제대로 이해했다면 말이야."

"그녀가 결과를 미리 전제하지 않는다면, 그녀에게 진실을 이야기하기가 더 간단할 텐데."

"어쩌면 네가 좀 많이 바라는 게 아닐까?"

"오스카." 제바스티안이 손을 눈에 대고 누르자 그는 다시 칠리의 효과를 느낀다. "그녀는 내 편이 되어 주지 않을 거야. 나는 그녀를 잃을 거야. 그리고 리암도."

오스카는 담배를 눌러 끄고 새 담배에 불을 붙인다. 그것은 그의 통상적 흡연 빈도를 넘어서는 일이다.

"너는 포기하지 않을 거야." 그가 말한다.

"황당한 것은 이 모든 상황을 직접 연출했다는 느낌이 든다는 거야. 현실에서 말고, 이론에서."

"너의 그 다중 세계 이데올로기를 말하는 거야?"

"미시 세계에서 어떤 결과가 나오는 동시에 나오지 않을 수 있다면, 그것은 또한 거시 우주에서도 가능할 것이 틀림없어. 내가 항상 그렇게 주장하지 않았던가?"

"이렇게 말해 보자고. 너는 양자 역학에서 고전 물리학으로 넘어갈 때 겪는 어려움과 그저 소맷귀만 스치는 연애 중이라고."

제바스티안은 눈물이 흐르는 눈을 셔츠 소매로 닦아 낸다.

"리암은 유괴된 동시에 또한 유괴되지 않았어. 그 이후로 모든 것이 유효성을 잃었어. 나는 1인 우주의 거주자가 되었어. 그 우주의 이름은 죄과이고."

바 뒤에서 커피 기계가 쉬익 소리를 낸다. 누군가가 점잖게 웃는다. 꿩의 목은 조금 전에 그릇의 다른 편 가장자리에 걸려 있었다.

"정신 차려." 오스카가 말한다. "넌 말도 안 되는 소리를 하고 있어."

"아니야!" 제바스티안이 붉어진 눈으로 친구의 얼굴을 들여다본다. "만약에 내가 며칠 동안 방해받지 않고 일하는 데에 그렇게 정신이 팔려 있지 않았더라면, 나는 리암을 보이 스카우트 야영장에 데려가지 않았을 거야. 이것이 인과성이지. 너도 그걸 좋아하잖아."

"집어치워." 오스카가 말한다.

"나는 다중 우주 이론이랑 작별한 지 이미 오래야." 제바스티안의 목소리가 더욱 커지고 빨라진다. "나는 물리학적 방법으로 시간이란 단지 인간의 인지 작용의 한 기능에 불과할 뿐이라는 사실을 증명하고 싶었어. 나는 네 발밑에 놓인 토대를 빼내 버리고 싶었다고."

그가 오스카를 가리키자 오스카는 그의 손가락을 낚아채 다시 테이블 위에 놓는다.

"너는……." 제바스티안이 말한다. "조만간 시간과 공간이 양자화에 의해서 물질들이 지니는 대부분의 특성을 공유한다는 사실을 증명하게 될 거야. 그것은 코페르니쿠스, 뉴턴, 아인슈타인에 이은 다음번 위대한 전환이 되겠지. 너는 뭔가 획기적인 것을 만들어 내고 싶은 욕심을 더 이상 몰라. 그리고 욕심 속에 죄가 있지."

그의 잔이 오스카의 잔과 거칠게 부딪힌다. 그들은 서로 시선을 거두지 않고서 마신다.

"심지어 그렇다 하더라도……." 오스카가 말한다. "나의 업적이란 그저 우리가 인류사라고 부르는 끝없는 오류의 연속에 또 하나의 오류를 추가하는 것일 뿐이야. 그게 다야. 너는 죄가 뭔지 아무것도 몰라."

"쉬운 말로 그걸 설명해 주지." 제바스티안이 말한다. "너는 물리학을 택하기로 결심했고, 그것에 신의를 지키지. 나는 두 사람을 선택하기로 결심했고 그들에게 신의를 지키지 못했어."

오스카가 테이블 위로 연기를 뿜는다.

"너 정말 변했구나. 제법 내 마음에 드는걸."

"오스카." 제바스티안이 묻는다. "너한테 양자 물리학보다 중요한 게 있긴 해?"

오스카가 의자에서 몸을 뒤로 던지며 그의 얼굴을 완전히 바꿔 놓는 웃음을 터뜨리자, 등받이가 부러지는 소리를 낸다. 제바스티안은 이 웃음을 벌써 천 번도 더 봤지만, 그런데도 당혹스럽다. 그의 입꼬리 역시 치켜 올라가고, 그렇게 그들은 갑자기, 서로에게 미소를 지으며, 온기와 잔잔한 빛이 만들어 내는, 외부 세계가 그들에게 더 이상 아무런 해도 끼칠 수 없는 보관함 속에 들어 있는 것처럼 앉아 있다. 그 순간은 올 때 그랬듯이 순식간에 지나간다.

"너는 여기 앉아서······." 오스카는 말한다. "나를 바라보면서 이런 질문을 하는 거야, 정말 진지하게?"

제바스티안은 자신의 빈 잔을 흥미로운 연구 대상처럼 관찰하다가 마침내 그것을 옆으로 밀어 놓는다.

"내가 이야기를 하나 해 주지." 오스카가 말한다. "유괴가 일어난 다음 날에 네가 나한테 전화를 했어. 나는 일이 끝난 후 곧장 출발해서 늦은 저녁에 프라이부르크에 도착했지. 우리는 밤새도록 같이 앉아 이야기를 나눴어. 그러고 나서 나는 새벽 6시쯤에 제네바로 돌아왔고 그런대로 정시에 연구소에 나타났지."

제바스티안의 입이 조금 벌어진다.

"너 돌았구나." 그가 말한다.

"그리고 넌 자신을 방어하기 시작해야 돼."

"내 진술서에는 리암이 사라지고 나서 내가 내내 혼자 집에 있었다고 쓰여 있어."

"마이크가 알아서는 안 되었던 거지. 네가 나한테 원조를 요청했다는 사실을. 그녀한테가 아니라."

"너는 그날 밤에 실제로 무슨 일을 했던 거야?"

"내가 만났던 누군가가 공공연하게 기억할 만한 짓은 아무것도 안 했어."

제바스티안은 손으로 테이블 모서리를 감싸 쥔다. 위스키가 머리까지 오르고, 머리통이 지금 막 어깨에서 떨어져 나가려는 듯한 느낌을 받는다.

"난 알리바이를 원하지 않아." 그가 잠시 침묵했다가 말한다.

"비엥."[46] 오스카가 말한다. "그렇다면 다른 얘기를 해 보지." 그는 되비치는 창문을 다시 한번 보고 머리카락을 쓸어 넘긴다. 그의 손이 떨린다. "우리는 스위스에 있어. 그러니까 우리한테는 며칠 시간이 있어. 이 주 안에 나는 내 일들을 처리할 수 있어."

"너 무슨 말을 하는 거야?"

---

46 프랑스어로, '좋아.'라는 뜻.

"여기 이곳이……." 오스카가 테이블을 톡톡 친다. "세계에서 유일한 대륙은 아니야."

"넌 우리가 달아나기를 원하는 거야? 숨어 버리자고? 베두인 족이랑 살자고?"

"그건 아니지." 오스카는 몸을 앞으로 구부린다. "중국에 연구 센터가 있어. 남미에도. 내 리그에서는 약간의 불규칙성쯤은 대수롭지 않게 넘어갈 거야. 우리 손에 입을 맞추면서 맞아 줄걸."

제바스티안이 이 말의 의미를 이해할 때까지 몇 초가 지나간다. 그는 테이블을 놓아주고 무게 중심을 이동시키고는 한쪽 팔꿈치로 몸을 떠받치려고 하다가, 다시 조용히 앉아 있는다.

"그러면 리암은?" 그가 묻는다.

"우리는 걔를 데려갈 거야. 넌 직업상으로는 한동안 뒤로 물러나 있어야만 할 거야. 아이를 돌볼 시간이 있을 거야."

"진지하게 말하는 거 아니지?" 제바스티안이 속삭인다.

"전혀 그렇지 않아." 오스카가 말한다. "최근 몇 년 동안 너에 겐 네 아내가 중요했지. 네 가족이. 물리학이. 나한테는……." 그가 작은 담뱃갑과 라이터를 평행선을 이루도록 나란히 놓는다. "항상 우리만이 중요했어."

테이블 아래에서 그들의 무릎이 마주친다. 오스카가 손을 뻗어 제바스티안의 머리를 자기 쪽으로 끌어당긴다. 그들이, 이마와 이마를 맞대고, 테이블 위로 몸을 기울이고 앉아 있게 될 때까지. 같은 공기를 호흡으로 공유하면서. 제바스티안은 무게를 모두 싣고 기대어서 그들의 머리가 서로 닿아 점점 따뜻해지는 지점에 집중한 채, 이곳을 통해 자신의 육신에서 빠져나와 친구의 정수리

아래에서 숨을 곳을 발견할 수 있었으면 하고 바란다.

물론이다. 그럴 수 있을 것이다. 그것은 심지어 모종의 논리를 결여하지도 않을 것이다. 도망가기. 처음이 아니라 마지막으로. 길게 이어지는 일련의 작은 도주들은 사후에 목적과 원인을 제공해 준다. 모든 것이 질서를, 아니 거의 의미마저 얻을지 모른다. 그는 더 이상 노리갯감이 아니라, 자기 불행의 주인일 것이다. 이번에는 그가 자기 손으로 리암을 유괴해서 자신이 이미 오래전에 되어 버린 것, 다시 말해 범죄자임을 공언할 것이다. 흘러가는 시간은 비상사태를 정상이라고 부르도록 그를 도울 것이다.

그리고 정상을 과거라고 부르도록. 제바스티안은 생각한다.

흐느낌이 그를 격렬하게 흔들어 놓아서 그들이 서로 아플 정도로 머리를 들이박을 때에야 비로소 제바스티안은 자신이 울고 있다는 것을 깨닫는다.

"너도 알다시피, 나는 너를 항상……." 그가 말한다.

"우리가 굳이 그 얘기를 할 필요는 없어." 오스카가 말한다. "좋은 시점이 아니잖아."

"리암을 바라보고 있노라면……."

그는 말하는 것이 힘겹게 느껴진다. 그는 친구 목덜미에 두 손을 깍지 끼고 얹어서 자기 상체가 테이블 상판으로 가라앉지 못하게 막는다.

"리암을 바라보고 있노라면." 그가 말한다. "뭔가를 후회하는 게 불가능해."

"심지어 나조차도 그런걸." 오스카가 말한다. "과거는 인색해. 그것은 아무것도 다시 내주지 않지. 무엇보다도 결정은 말이야."

오스카의 바지 주머니에는 면 손수건이 들어 있다. 그는 제바스티안의 눈과 뺨을 닦아 주고 나서 그를 자기한테서 떼어 내어 그의 몸이 수직을 이루도록 되돌려놓는다.

"너 취했어." 그가 말한다. "그런데도 돌아갈 거야?"

제바스티안이 고개를 끄덕인다.

"정말 유감이군."

제바스티안은 몸을 돌리고 양 입술을 서로 지그시 누른다.

"이렇게든 저렇게든……." 오스카가 말한다. "다 지나갈 거야. 그러고 나면 너는 새사람이 될 거고. 더 나은 사람은 아니겠지만, 여전히 살아 있을 거야."

필터 없는 담배가 재떨이 안에서 타들어 갔다. 오스카는 담배를 눌러 끄려고 하다가 손가락을 데자 움찔한다.

"하나만 더 말해 줘." 오스카가 말한다. "왜 네가 오늘 저녁에 제네바로 왔는지 말이야."

"너한테 우리가 앞으로 더는 보지 못할 거라고 말하려고."

제바스티안이 일어서자 한 남자가 그를 올려다본다. 그 남자는 더 이상 그 자신과 닮아 보이지 않는다. 위대함도, 아름다움도, 귀족적 면도 없는 얼굴. 갑자기 너무나도 속절없어서 서로 교대로 나타나는 표정이 청사진처럼 느껴진다. 미소의 스케치. 조롱의 다이어그램. 소진의 윤곽. 슬픔의 해부.

"내 부탁 하나 들어줘." 제바스티안이 말한다. "그냥 자리에 앉아 있어. 그리고 내가 떠나는 동안 보지 말아 줘."

펑은 눈을 떴고, 허공을 응시한다. 바 뒤에서 유리잔들이 쨍그랑거린다. 밖에서는 밤이 기다린다. 안개는 도시의 거리로 밀려 들어왔다. 비 냄새가 난다.

5

한 시간 전부터 북소리가 그를 불러 대고, 진군할 때 그가 지켜야 할 박자를 제시한다. 그리고 그는 북소리가 옳다는 것을, 마침내 출발해야 할 시간이라는 것을 안다. 그럼에도 그는 마치 자신이 뭔가 중요한 일을 끝내야만 하고, 뭔가를 꼼꼼히 점검해야 하며, 뭔가를 차분히 이해해야 한다는 듯 시간을 끈다. 다음 순간, 전장에서처럼 뚫고 들어오는 하나의 외침.

알람 시계의 디지털 화면이 4 하나와 0 두 개를 보여 준다. 형사는 자주 정시에 깨어난다. 그칠 줄 모르는 외침은 이웃집 아이의 울음소리로 판명된다. 반면에 북소리는 비가 만들어 낸다. 비가 마치 기계처럼 작동하며 창문에 부딪힌다. 실프는 침대에서 다리를 휙 꺼낸다. 그는 이미 오래전부터 더 이상 그래 본 적이 없을 정도로 푹 쉬었다고 느끼고서, 하루가 아직은 한참 동안 시작할 마음이 없다는 사실을 알아채고 깜짝 놀란다. 그는 전등 스위치를 올리지만 성과를 보지 못하고, 발코니 문으로 걸어간다. 마치 집이 빠른 속도로 밤을 뚫고 달려가기라도 하는 듯, 물방울들이 유리창 위에서 수평으로 달리기 시합을 한다. 밖에는, 도시에서는 본래 찾을 수 없는 어둠이 지배한다. 가로등들이 꺼져 있다. 오로지 깜빡이는 경고등의 노란 불빛만이 지옥을 밝힌다. 나무 한 그루가 차로에 널브러져 있고, 다른 하나는 주차되어 있는 자동차

세 대 위로 삐딱하게 쓰러져 있다. 굴복한 적에게 여전히 만족하지 못한 채, 폭풍이 나뭇가지들을 우악스럽게 잡아당긴다. 예외적으로 인간이 만들어 내지 않은 무질서다. 실프는 음미하며 그것을 바라본다.

마침내 그는 한기를 느끼며 몸을 돌려 책상에 앉는다. 서랍 속에서 그는 엽서 뭉치를 발견한다. 라이터 불빛 아래서 그는 첫 번째 엽서 뒷면에 다음과 같이 적는다.

"사랑하는 율리아. 나를 만나러 올 때, 당신이 존재한다는 증거로 이 엽서를 가져와. 중요함.(대문자. 솜씨 없게 그린 느낌표 세 개) 실프."

그는 엄지손가락을 라이터에 데고, 얼굴을 두 번째 엽서 위로 깊숙이 숙인다.

"친애하는 마이케에게. 무슨 일이 벌어지든 믿음을 잃어서는 안 됩니다. 당신에게는 제바스티안을 파멸시킬 권리가 없습니다. 부탁입니다.(잉크 얼룩. 그가 다시 느낌표 세 개를 휘갈겨 쓰다가 생긴다.) 당신의 형사 실프."

자기 작품에 만족하며 그는 첫 번째 엽서는 슈투트가르트의 자기 주소로, 두 번째 엽서는 '현대 예술 갤러리'로 발송지를 적어 넣는다. 만약의 경우를 대비해서 그는 주치의가 처방해 준, 마지막 남은 두통약 두 알을 삼키고, 체스 게임기를 들고 소파에 앉는다.

처음부터 그는 자기 왕가(王家)에 지나치게 신경을 별로 안 썼다. 자기편 장교들의 영웅적 죽음을 그는 창백한 얼굴로, 하지만 침착하게 지켜보았다. 대다수 보병들 역시 실프의 광신 때문에 희생되었다. 마지막 남은 폰, 룩, 나이트로 그는 상대편 킹을 에워싼다. 마지막 남은 농부와 탑, 기사[47]로 그는 상대편 왕을 에워싼다. 상대편 왕은 따분해하며 표준 방어 뒤에 진을 치고서 아마 줄담배를 피워 대고 있을 것이다. 실프는 그가 셔츠를 반쯤 풀어 헤친 것을 본다. 맥없는 손가락 사이에는 권총을 쥐고. 만약 형사가 지금 자기 맞수들에게 숨 돌릴 틈을 허용한다면, 만약 그가 한 수 한 수 그들이 자기네 우두머리를 구하러 나설 수밖에 없도록 몰아가지 못한다면, 그는 곧장 끝장날 것이다. 전에 두던 판을 다시 불러올 때 이미, 적의 우세와 그들이 견고하게 구축한 토대, 그리고 항상 적시에 적재적소에 포진하고 있는 그들의 말에 대한 분노가 즉각 그를 사로잡았다. 그의 모든 공격을 컴퓨터는 계산으로 이루어진 그물에 잡아넣는다. 실프는 결정론자, 초특급 유물론자에 맞서 싸우고 있다. 그 녀석은 상황과 유효한 법칙들에 대한 정확한 지식을 바탕으로 과거와 미래를 정확하게 규정할 수 있으며, 결과적으로 그 녀석의 가장 중요한 능력은 살고자 하는 모든 것에게 몰락의 시점과 방법을 예언해 줄 수 있다는 것이다.

형사는 컴퓨터를 컴퓨터 자신의 무기로 쳐부수기로 결정한다. 그는 소파 위에 발을 올리고서 가능한 모든 수와 응수를 계산하는 데 착수한다.

날이 밝을 때까지 그는 자세를 1센티미터도 바꾸지 않았다. 저 아래 길거리에서 두꺼운 나무 밑동을 먹어 치우는 전기톱의 투덜거림이 그의 장고에 동반한다. 비 기계는 몇 단계 낮아졌고, 그림자 없는 빛은 방에 있는 대상들을 병약해 보이게 만든다. 8시쯤

---

47 각각 폰, 룩, 나이트에 해당한다.

에 형사는 다리를 뻗고 목덜미를 주무른다. 그는 단 한 수도 두지 않았다. 그 대신에 그는 지금 어느 방향에서 적수에게 다음 공격을 할 수 있을지 막연하게나마 생각을 마쳤다.

길에서 그는 축축한 톱밥으로 된 양탄자 위를 지나간다. 서커스 공연장 냄새가 난다. 그는 부러진 가지들을 넘어 정거장으로 가는 길에 엽서 두 장을 우체통에 넣는다. 전차 안에서는 모르는 사람들이 서로 눈을 반짝이며 저마다 자기들 이웃들이 입은 피해에 관해 이야기하고, 그까짓 자연재해 하나가 반쯤 잊혀진 신의 컴백 같은 효과를 발휘할 수 있다는 점에 너무도 행복해한다.

실프는 물리학 연구소 근처에서 전차에서 내려 소피드라로셰 거리를 거치는 우회로를 택한다. 평화적인 내륙 수로는 흙탕물로 변했고, 엄청나게 많은 나뭇잎과 플라스틱 병을 함께 휩쓸어 간다. 보니와 클라이드는 어디에도 보이지 않는다. 제바스티안이 모퉁이를 도는 순간, 실프는 아슬아슬하게 때맞춰 주차된 어느 차 뒤로 몸을 낮춘다. 제바스티안은 팔을 몸에 바싹 휘감고 있다. 그는 재킷도, 가방도, 우산도 없이 걸어간다. 그는 밤의 절반을 고속도로에서 보내고 그 뒤 두 시간 동안 자기 연구실의 회전의자에서 잔 남자처럼 보인다.

결국 그대는 우리한테 되돌아왔군, 형사가 생각했다고, 형사는 생각한다.

그는 제바스티안을 뒤쫓고픈 충동을 간신히 억누른다.

잠시 뒤 그는 자연 과학 도서관의 잠겨 있는 유리문 앞에 서서 개관 시간을 알아본다. 오늘이 주말이고, 그래서 아직도 한 시간을 더 기다려야만 한다는 것을 이해하기까지 시간이 꽤 걸린다. 이에 순응하여 그는 구스타프미에 빌딩을 관통해서 자신의 젖은 발자국을 되짚어 가다가, 적막하긴 하지만 어쨌든 문을 연 카페테리아를 발견하고는 방금 닦아 놓은 테이블 중 하나에 가 앉기 전에 큰 소리로 더블 에스프레소를 외친다. 그는 휴대 전화기를 자기 앞에 놓고서 그 옆에 두 손을 펼쳐 놓는다. 전화벨이 울리기까지는 오 분도 채 걸리지 않는다.

"이 비열한 범죄자!"

실프는 리타 스쿠라가 모욕적인 말을 고르면서 중복을 피하려고 주의하는 것이 반갑다. 그녀의 목소리를 들으니 좋다.

"내 평생 제일 말도 안 되는 일요일 아침을 마련해 줘서 감사하군요." 그녀가 말한다.

그리고 마음이 홀가분해진 것처럼 들린다. 실프는 휴대 전화를 어깨와 뺨 사이에 끼운다.

"밤새 안녕하신가?" 그가 말한다. " 날씨가 좋군, 안 그런가?"

"당연히 저는 거짓말을 할 수밖에 없었습니다." 리타가 현혹되지 않고 말한다. "왜냐하면 저 역시 결국 이르든 늦든 다른 방식으로 범인을 잡아 넘길 수 있을 테니까요."

"당연하지." 실프가 말한다. "더 일찍 — 아니면 그야말로 뒤늦게."

리타가 씩씩대는 소리가 수화기의 얇은 막을 떨리게 만든다.

"형사님이 검사장을 알기나 하세요?" 그녀가 소리친다.

"그런 유형의 인간한테 조건을 내걸려고 해 본 적이 있느냐는 말입니다."

형사는 그를 알기만 하는 것이 아니다. 심지어 그의 모습을 눈앞에 훤히 떠올려 볼 수도 있다. 그가, 체지방 속에 웅크린 채, 검사장의 격에 맞는 커다란 책상 뒤에 앉아 있는 모습을 말이다. 검사장이, 갓 부임하자마자, 그 거대한 가구를 자기 비용으로 배달시켰을 때 프라이부르크 법원에서 터져 나온 폭소를 슈투트가르트에서까지 들을 수 있었다.

이 거인 남자는 일요일 당직을 싫어한다. 게다가 그는 여름을 싫어한다. 여름에는 리타 스쿠라 같은 여자들이야 꽃무늬 옷을 입고 이리저리 쏘다니지만, 반면에 남자들은 여민 셔츠 깃 속으로 땀을 떨어뜨린다. 아마도 검사장은 여형사에게 들어오라고 하지 않았을 것이다. 문이 두드려짐과 동시에 홱 열어젖혀졌다. 이미 그녀는 그의 어제 저녁을 전화 통화로 망쳐 놓았다. 그리고 이제 그녀는 그 앞에 서 있다. 바덴주의 잔 다르크가 자신을 비장의 무기로 삼아 위풍당당하게 입성해서 양손을 도전적으로 허리춤에 받치고 있는 것이다. 그녀가 말하는 동안, 검사장은 머리카락을 하나씩 뽑아 잠시 관찰하고는 바닥에 떨어뜨린다. 그러면서 그는 마치 뭔가를 이리저리 씹어 대는 듯 부단히 턱을 움직인다. 리타가 말을 마치자마자 그는 신음 소리를 내며 안락의자에서 몸을 일으켜 창문을 닫는다. 그가 그녀에게 말할 내용을 남이 들어서는 곤란하다.

"잘 들으세요." 리타가 이제 전화로 말한다. "완전히 자백했을 경우에는 사십팔 시간 동안 구류 처분하지 않겠습니다. 더는 어쩔 수 없었어요. 제가 하느님을 걸고 도주 위험이 없다고 맹세해야만 했단 말입니다."

"도주 위험이 있었다면, 그 사람은 오래전에 도망쳤을 거네. 스위스까지는 그리 멀지도 않잖아."

"그게 그렇게 간단하다면……." 리타가 감정이 상해 말한다. "왜 형사님이 검사장 양반한테 직접 설명하지 않은 겁니까?"

빨갛게 물들인 머리에 눈썹을 민 한 뚱뚱한 여자가 앞치마 속에서 헤엄치며 다가와 찻잔을 테이블에 놓는다.

"원래 여기는 셀프서비스예요." 그녀가 말한다.

"왜냐하면 이건 바로 자네 사건이기 때문이지, 꼬마 리타." 실프가 말한다. "탁월한 업무 처리야. 자네는 0.0초 만에 경찰청장이 될 걸세."

그는 카운터 여자가 말한 금액의 두 배를 그녀의 손바닥에 올려놓고, 죽일 듯한 그녀의 시선을 피하려고 한눈을 판다. 커피는 놀라우리만치 맛이 좋다. 아예 날 자체가 좋다. 형사는 옳은 일을 하고, 자신이 원하는 것을 얻는다.

"아첨꾼." 리타가 말한다. "당연히 그건 내 사건이죠. 게다가 형사님이 나를 방해하는 마지막 사건이고요."

"나를 믿어 주게나. 나는 그저 윗분들의 명령을 받고 일하는 것뿐이라네. 자네는 절대 다시는 내 도움을 받아야만 하는 곤경에 처하지 않을 걸세."

"그 말을 들으니 기쁘네요."

형사는 그사이에 리타의 씩씩거리는 소리를 깡통에 채우면 제일 좋겠다고 생각한다. 좋지 못한 시간들을 위한 여행용 식량으로.

"그럼 이제 그놈이 누군지 대시죠." 그녀가 말한다.

"남자인지 어떻게 아나?"

"여자들은 희생자의 머리를 자르지 않아요."

"신약 성서는 달리 보던걸."

"틀렸어요, 실프 형사님. 살로메는 세례 요한의 머리를 자르라고 시킨 거예요. 기껏해야 간접범에 불과하죠. 아니면 단순한 사주거나."

"성경에 충실하군." 실프가 인정하며 말한다. "게다가 독일 형법에 대한 기본 지식까지 갖추었고. 그런데 만약에 살로메가 그 행위를 하도록 살인자를 협박했다면 어떻게 되는 건가?"

"여기는 형법 강의실이 아니에요." 리타가 투덜댄다.

"강제에 의한 긴급 피난이지." 실프가 말한다. "지배적 견해에 따르면 면책 사유이고."

"누가 ── 그런 ── 거죠?"

단어 하나를 말할 때마다 리타의 손마디들이 공기를 손날로 갈라 버리는 소리가 실프의 귀에 들리는 듯하다. 양성 교육을 받을 때 그녀는 놀라울 정도로 백발백중의 사수였다. 형사는 그녀의 손에서 이미 그것이 보인다고 생각한다. 그는 한 번쯤, 그녀가 어깨 넓이로 다리를 벌리고 팔을 쭉 뻗고서 발터 PPK 권총으로 자신을 겨눈 동안 그녀 앞에 서 있어 보고 싶다. 총알이 그의 이마에 구멍을 뚫고 전두엽에 있는 새알을 관통해 고통 없이 뇌 깊숙이 파고들 것이다. 실프는 무릎을 꿇으며 옆으로 쓰러지는 자신을 본다. 그는 경찰 일을 하다가 몇 번 다른 남자들이 그렇게 되는 것을 본 적이 있다. 이마에 난 구멍을 통해서 그는 날아가 버릴 것이다. 리타의 손에 의해 풀려나서. 그리고 시공간이 존재하지 않는, 우주의 망상 조직과 최후의 결합을 할 것이다. 시쳇말로 과거라고 불리는 상태에 편입되어서.

멋진 꿈이야. 형사는 생각한다.

"물리학자라네." 그가 말한다. "자기 아이가 유괴되었던 남자 말일세."

그는 시가렐로에 불을 붙인다. 첫 몇 모금을 그는 절대적 평온 속에 음미할 수 있다. 전화에서는 숨소리조차 흘러나오지 않는다.

"좋습니다." 마침내 리타가 말한다. 비록 약간 잠겨 있기는 하지만 그녀의 목소리는 사무적으로 들린다. "감사합니다."

"기다려 보게나." 실프가 입에서 시가렐로를 떼더니, 마치 대화 상대가 테이블 맞은편에 앉아 있기라도 한 양 몸을 앞으로 숙인다. "그 남자는 협박을 당했다네."

"어쨌든." 그녀가 천천히 말한다. "그 사건은 의료계 스캔들이랑은 아무 관계도 없어 보이는군요."

"그건 자네가 아직 모르지." 형사가 날카롭게 말한다. "내 말을 귀담아들었나? 나는, 제바스티안이 협박을 당했다고 했네."

"경찰청장이 행복에 겨워 울 겁니다."

"리타!" 형사는 앞치마를 두른 여자가 그새 또 자기 옆에 서 있는 것을 거의 눈치채지 못한다. "내가 왜 자네에게 그 이름을 말해 주는지 자문해 봤는가? 자네가 이 사건을 뺏기지 않도록 하기 위해서야! 자네는 이 돼지우리 전체에서 제일 이성적인 사람이야. 내가 자네를 잘못 봤다고 말하지는 말게!"

"그만 됐습니다, 실프."

"그 남자는 죄가 없네." 형사가 소리친다.

"그건 얼마든지 좋아요. 중요한 것은 의료계 스캔들과는 연관이 없다는 거죠."

대화는 끝이 났고, 통화는 끊겼다.

"여기서 담배 피우시면 안 돼요." 앞치마를 두른 여자가 말한다.

"이런 젠장." 실프가 말한다.

"여기는 절대 금연이에요."

형사는 그녀의 밀가루 반죽 같은 얼굴을 들여다보고 경찰 배지를 휙 꺼낸다.

"에스프레소 한 잔 더." 그가 말한다.

뚱뚱한 여자가 노 젓듯 황급하게 팔을 휘저으며 카운터로 돌아가는 동안에, 그의 머리가 양손 안에 가라앉는다. 자신이 방금 중대한 실수를 범했다고 생각하지 않는 것은 거의 불가능하다. 그는 엄지와 검지 사이에 시가렐로를 들고 있다. 담뱃재가 그의 오른쪽 관자놀이를 스치고 테이블 위에 떨어진다. 머리카락 타는 냄새가 난다.

6

다시 또, 밀가루 반죽 같은 얼굴이다. 면도한 눈썹, 빨갛게 염색한 구름 같은 머리. 이번에는 형사를 불친절하게 마주 보는 여사서의 일종이다. 그녀의 살찐 손가락들이 중단 없이 그리고 아주 정확하게 컴퓨터 자판 위에서 움직인다. 실프의 관자놀이 뒤에서 익숙한 지끈거림이 도착을 알린다.

"원하시는 게 있으세요?"

그 질문에는 쉽게 대답할 수가 없다. 아마도 실프는 새로운 리타 스쿠라를 한 명 원할 것이다. 자기 경력이나 콧수염 달린 경찰청장을 생각하지 않고, 오로지 어떻게 하면 형사계 총경님께서 진실과 정의를 위한 사명을 다하시도록 도울 수 있을까만 생각하는 리타 스쿠라 말이다. 그리고 그는 머리를 뒤로 빗어 넘긴 날씬한 여사서를 원한다. 높은 천장 바로 아래까지 사방 벽이 떡갈나무 책장으로 덮인 광대한 공간을. 사다리를 타고 가장 높은 곳에 꽂혀 있는 2절판 대형 서적을 향해 올라가는, 몰아지경의 학자를. 고풍스러운 책상들 위에 놓인 초록빛 전등갓을.

혐오감에 휩싸여 실프는 갓 청소한 카펫 바닥 냄새를 들이마신다. 알루미늄 책꽂이들이 그 공간을 통행 가능한 작은 구역들로 분할하고, 그 사이에 컴퓨터 모니터들이 꺼진 채 놓여 있다. 그가 유일한 손님이다. 리타와의 대화가 류머티즘처럼 그의 뼛속에 들어앉아 있다. 그는 살아 숨 쉬는 뭔가를, 이성과 지지를 갈망한다. 어쩌면 또한 그저 새로 받아 놓은 목욕물의 온기도.

"원하시는 게 있으세요?" 여사서가 천천히 그리고 또박또박 반복한다. 추측건대 그녀는 망연자실한 외국인 연구자들을 상대하는 일이 적지 않은 듯하다.

"양자 물리학요." 형사가 말한다. 소리 없는 폭소가 그 여자의 턱과 뺨을 진동시키고, 그것을 보고 실프는 자신이 농담을 했다는 것을 깨닫는다. 그는 함께 웃기를 포기한다.

"그럼 찾아보세요." 그녀가 말한다.

실프는 책등이 우주론적 람다 항들이나 불명 질량 문제의 연구들로 위협하는 일련의 장서들에 처음부터 시간을 허비하지 않고, 곧장 컴퓨터들 중 하나 앞에 주저앉아서 목록 시스템에 제바스티안의 이름을 입력한다. 목록이 길다. 실프는 모르는 단어보다는 아는 단어가 더 많이 들어 있는 제목의 논문 두 편을 선택한다. 그는 메모지에 분류 번호를 적고 접수대로 다시 돌아간다. 여사서는 매끄러운 얼굴에 안경을 쓰고는 정기 간행물 서가로 뒤뚱뒤뚱 걸어간다. 그녀가 상자에서 꺼내는 편철들의 파손되기 쉬운 외형은 평범한 시민에게 읽을 생각을 하지 말라고 경고한다. 기분을 돋우려고 어깨를 두드리는 통에 실프의 등이 진동한다. 그러고 나서 여사서는 그가 그의 노획물과 단둘이 있도록 해 준다.

「양자 우주론의 토대로서 에버렛의 다중 세계 해석」.

「요동치는 스칼라 장, 즉 동일한 것의 영원한 회귀」.

모종의 노력으로 실프는 이런 노작(勞作)을 감행하는 의의가 무엇일지 묻는 일을 차단해 버리고, 어디 한번 해 보자, 웃음거리가 될지도 모르잖아, 라고 자기 스스로를 격려하고 첫 번째 글을 읽기 시작한다.

리타와 통화한 다음부터, 더 이상 시간이 없다는, 그리고 자신이 행하는 모든 일들 때문에 동시에 훨씬 더 중요한 뭔가를 게을리하고 있다는 느낌이 그를 괴롭힌다. 그러한 상태에서는 그의 방법이 효과를 발휘하지 못한다. 사물들에 잠깐 들러 혹시 실재의 저변으로부터 뭔가가 표면으로 솟아오를까 귀를 기울이고 잠복하려면, 무엇보다도 이것 한 가지, 즉 내적 고요함이 필요하다. 지금 그에게는 정상적인 이해를 위한 분투만이 겨우 남아 있다. 그로서는 기껏해야 평균적인 성공만을 거둘 수 있는 종목이다. 그의 이성이 일깨워져서 촌충처럼 기다란 단어들을 따라 내달리고, 헛발을 딛고, 그리고 넘어지고, "우주에 적용해 보자면, 양자화 장치는 일반적 파동 기능들을 수용하는 것으로 귀결된다."라는 반쯤밖에 꿰뚫어 볼 수 없는 문장의 미늘에 걸려 물에 젖은 바닥에 미끄러지듯 다음 문단으로 미끄러진다. "모든 것이 가능하고 어디에선가 실현되고 있다."라는 잘 아는 문구 위로 비틀거리다가 뚫고 들어갈 수 없는 벽에 봉착하듯 끈 이론과 초대칭 이론[48] 앞에 착지한다.

실프는 한마디도 이해하지 못한다. 그는 심지어 제바스티안의 상론에서 논점이 뭔지조차 감을 잡지 못한다. 지끈거리는 두통은 쇠망치질이 된다. 그는 잡지들을 옆으로 치워 놓고 컴퓨터를 켠다. 인터넷 검색 엔진의 시작 페이지에서 그는 전 체스 세계 챔피언 카스파로프가 다시 투옥됐다는 보도를 발견하고 그 짧은 텍스트를 힘들이지 않고 읽은 다음 기분이 조금 나아진다. 희망에 가득 차서 그는 제바스티안의 이름을 가상 세계로 들어가는 문에 공개한다.

그러자 곧 '천극을 도는 별자리'라는 제목 아래 사진 두 장이 그에게 빛을 발한다. 제바스티안의 앳돼 보이는 웃음과 그 옆에 있는 한 남자의 인상적 얼굴. 실프가 『파우스트』를 영화로 만드는 감독이라면 즉각 그 남자를 메피스토의 배역으로 계약했을 법하다. 오랫동안 형사는 두 남자를 바라본다. 웃음과 침묵, 갈망과 기다림, 백의 왕과 흑의 왕. 머리가 둘인 예언자라고 형사는 생각한

---

48 자연의 모든 입자에는 그 짝인 초대칭 입자가 존재한다는 이론. 이러한 변환 대칭성을 이용하여 초끈 이론을 설명한다.

다. 그는 인터넷 사이트가 실제로 보여 주는 것이 뭔지 파악하는데 꽤 오랜 시간을 쓴다. 과학 프로그램 「천극을 도는 별자리」의 한 회가 다운로드할 수 있도록 제공되고 있다. 자막: 물리학자들의 논쟁. 실프는 의자를 더 바싹 끌어당겨 바로 보기 명령을 클릭한다.

작은 재생창의 비좁은 감옥 속에 제바스티안과 오스카가 쭉 뻗은 안락의자에 앉아 있다. 그 둘 사이에서 사회자가 오프닝 멘트를 하면서 보란 듯이 팔꿈치를 자연스럽게 무릎에 괴고 있다.

21세기. 예기치 못했던 도전들. 자연 과학과 철학의 교차점.

혼자 무대 위에 있었더라면, 사회자는 안경, 턱수염, 덥수룩한 머리카락으로 천재적 과학자에 대한 세간의 표상을 체현해 보여 주었을 것이다. 콧대 높은 두 게스트 옆에서 그는 그저 말쑥하지 못하게 보일 뿐이다. 오스카는 한쪽 팔을 안락의자 팔걸이 위로 늘어뜨리고는 자기 구두 앞부리의 광을 꼼꼼하게 평가하고 있다. 다른 쪽에서는 제바스티안이 반항적인 표정으로 카메라를 똑바로 들여다보다가 발언권을 얻자 움찔한다. 그가 어찌나 오랫동안 무선 마이크를 두 손으로 잡고 돌려 대는지 형사는 텔레비전 앞에서 초조해진다. 마침내, 도입부도 전혀 없이, 제바스티안이 말하기 시작한다.

"평행 세계 이론은 양자 역학의 해석에서 연원하는데, 양자 역학에 따르면 하나의 시스템은 특수한 개연성 안에서 가능한, 모든 상태를 동시에 허용합니다. 소립자들은 우리 세계의 기본 구성 요소들입니다. 그것들의 실존이 우리의 실존을 규정합니다. 그것은 우리도, 그리고 우리 주위에 있는 눈에 보이는 사물들도 매 순간 생각 가능한 모든 상태를 허용한다는 것을 의미할 수도 있습니다."

노골적으로 호흡을 가다듬고 마이크를 살짝 들어 올림으로써 사회자는 세 개 이상 연속하는 긴 문장은 심지어 공영 방송 시청자들에게도 무리라고 신호를 준다. 제바스티안은 끄떡도 않는다. 모든 경계 저 너머에서 형사가 그에게 고개를 끄덕여 준다.

"우리는 그것을 그냥 이미지로 표상해 보아도 좋습니다." 제바스티안이 말한다. "케네디가 운명의 날에 댈러스로 여행하지 않고 총에 맞아 죽지도 않은 우주가 있습니다. 그리고 제 생일날 치즈 케이크가 아니라 초콜릿 케이크가 나오는 우주도 하나 있고요."

그 덕분에 스튜디오 안은 웃음바다가 된다. 이제야 비로소 카메라는 방향을 틀어 무대 위 세 남자들끼리만 스튜디오에 있는 것이 아니라는 것을 보여 준다. 영상 한구석에서 형사는 '생방송'이라는 아주 작은 표시를 발견한다. 모니터 위의 저 제바스티안은 자신에게 곧 닥칠 운명의 반전에 관해 아직 아무것도 모른다는 생각에 사로잡혀서 실프는 다음 문장을 놓쳤고, 제바스티안이 손짓으로 자신이 다음 말로 끝맺음할 것을 예고할 때에야 비로소 다시 귀를 기울인다.

"가능한 일은 모두 일어납니다."

관객들이 박수를 친다. 제바스티안의 열정은 그 말이 구원의 약속처럼 들리게 한다. 사회자도 박수를 보낸다는 것을 암시하고는 오스카한테 발언권을 내준다. 오스카는 제바스티안의 자세한 설명을 미소 띤 얼굴로 좇고 있었다. 비웃는다기보다는 재미있어하며, 마치 조숙한 태도로 설교하는 아이 옆에 있는 어른처럼.

"제바스티안이 설명한 것은……." 입술을 마이크에 바싹 갖다 대고, 형사를 몸서리치게 만드는 목소리로, 그가 말한다. "신을 피해 가는 안이한 시도입니다."

사람들이 웅성거리고, 자제하는 웃음소리가 들린다. 제바스티안은 마치 그 상황이 자신과는 갑자기 더 이상 아무런 상관이 없다는 듯 고개를 돌려 측면 세트를 바라본다.

"그 말씀은 설명을 해 주셔야겠습니다." 오스카가 말을 계속 이어 나갈 채비를 하지 않자 사회자가 말한다.

"아주 간단합니다."

스튜디오의 완벽한 고요 속에서 오스카가 물을 한 모금 마신다. 그가 무대 위에서 벌어지는 일을 장악하고 있다는 사실을 간과할 수 없다.

"다중 세계 해석에 따르자면 그 어떤 창조주도 언제고 결정을 내려 본 적이 없는 것이 틀림없습니다. 우리는 그냥 존재할 뿐이죠. 왜냐하면 어떻게든 가능한 것은 모두 어딘가에 존재하기도 하니까요."

제바스티안과 대화를 나눈 이래로 형사는 머릿속에서 문장을 하나 만드는 중이다. 자신도 이 말을 완전히 이해하지는 못하지만, 그는 모니터 위의 이 남자들과 그것에 관해 토론해 보았으면 정말 좋겠다고 생각한다. "세상이 실존하는 것을 바라보는 관찰자들이 있기 때문에 세상은 현존하는 그대로이다."

실프는 텔레비전 녹화물이 발언 중에 끼어드는 것을 허락하지 않는 것을 진정 유감으로 생각한다.

"그것은 형이상학적 질문에 대한 값싼 응답입니다." 오스카가 말한다. "자연 과학의 단초로서는 완전히 무용지물이에요."

"왜 무용지물인가요?" 사회자가 질문하고는, 다시 일기 시작하는 관객들의 웅성거림을 한 손으로 단호하게 제지한다.

"다른 우주들은 실험을 통한 검증에서 벗어나기 때문입니다."

마치 이것이 이날 저녁의 최종 발언인 양 오스카는 다시 몸을 뒤로 기댄다. 동시에 제바스티안은 앞으로 몸을 구부리고 마이크를 거머쥔다.

"그래서 그것이 이제 이론 물리학에 속해 있는 거죠." 그가 말한다. "아인슈타인의 아이디어도 부분적으로는 종이 위에서 고안되었고, 나중에야 비로소 실험에서 입증되었습니다."

"그걸 아인슈타인의 말로 표현하자면……." 오스카가 차분히 반박한다. "이 두 가지는 끝이 없습니다. 우주와 인간의 어리석음. 우주의 경우에는 제가 완전히 확신하지 못하지만요."

"제가 여기서 설명하는 것은……." 제바스티안이 말한다, "많은 저명한 물리학자들에 의해 기술된 바 있습니다. 스티븐 호킹, 데이비드 도이치, 디터 체."

"그렇다면 호킹과 도이치, 체 역시 마찬가지로 물리학을 전혀 모르는군요." 오스카가 말한다.

방청객들이 항의하는 동안 클로즈업된 화면이 오스카의 웃는 얼굴을 보여 준다. 거만한 표정은 사라졌다. 그는 못된 장난이 성공한 것을 기뻐하는 학생처럼 보인다. 카메라는 제바스티안에게로 넘어가고, 그는 머리를 가로젓고 발언할 준비가 되었음을 알리기 위해 손가락을 들어 올린다. 실프는 코끝이 거의 모니터에 닿을 때까지 앞으로 몸을 숙인다. 선동되지 마. 당신이 믿지 않는 견해들을 옹호하지 마. 시간과 공간은 존재하지 않는다고 그들에게 말해. 만약 물질도 그 관찰자의 생각에 지나지 않는다면, 여러 세계와 하나의 세계는 같은 거라고 말이야.

제바스티안이 발언을 시작할 수 있도록 사회자가 조용히 해 달라고 부탁한다.

"여기서는 물리학과 철학의 교집합보다는, 물리학과 논쟁술 사이의 교집합이 더 문제가 되는 것 같군요." 제바스티안이 말한다.

폭소는 스튜디오가 다시 그의 편이라는 사실을 드러내 준다.

"날카로운 말이 아무리 즐거워도……."

"그런데……." 오스카가 그의 말을 끊고서 마치 방금 또 생각난 게 있다는 듯 손가락 하나를 뺨에 댄다. "네 이론에 따르면 창조주만 아무런 결정을 내리지 못하는 게 아니라, 그 밖의 어느 누구도 할 수 없어."

"정반대지." 제바스티안이 말한다. "다중 세계 해석의 철학적 장점 중 하나는 인간의 자유 의지를 설명할 수 있다는 거야. 선형적 시간 속에서는……."

"이제 밀교가 등장하는군!" 오스카가 웃는다.

카메라가 그를 너무 늦게 잡아서, 사회자가 그에게 경고할 때 그가 거절하는 손짓을 하는 것밖에는 보지 못한다. 모니터에서 벌어지는 일을 너무나도 정확하게 쫓고 있어서 눈이 따가울 지경인 실프는 오스카의 왼발이 움찔하는 것을 발견한다.

"선형적 시간 속에서는……." 제바스티안이 말한다. "우리의 운명은 가장 오랜 과거로부터 가장 먼 미래에 이르기까지 결정되어 있습니다. 그렇다면 우리의 결정이란 원인과 결과의 법칙 아래 놓인 생화학적 두뇌 처리 과정에 지나지 않겠지요." 그는 말을 계속하기 전에 의도적으로 잠시 뜸을 들인다. "이제 우리 한번 머릿속에 그려 봅시다. 생각할 수 있는 모든 인과 과정들이 나란히 존재한다고 말이죠. 말하자면 평행 우주들 속에 말이에요. 각각의 개별적 우주의 전개 과정은 미리 정해져 있을지도 모릅니다. 하지만 우리는 그때그때의 결정으로 많은 세계 중 하나를 찾아낼 수 있는 가능성 때문에 자유롭습니다."

"신사 숙녀 여러분, 자유 의지의 물리학적 논증입니다." 사회자가 쾌재를 부른다. 그의 안경이 조명을 반사한다. 그는 마치 지금 프로그램 편성자의 환한 표정을 바로 앞에서 보는 듯 행복해 보인다.

"그리고 비록 자연 과학과 결정론이 고전적으로……."

"그렇다면 나는 알고 싶군." 오스카가 중간에 끼어든다. "왜 우리는 단순한 의지 행위를 통해 2차 세계 대전이 결코 발발했던 적이 없는 우주를 선택하지 않는 거지? 그러면 좋을 텐데 말이야."

제바스티안의 얼굴에 붉은 기운이 치솟는다. 그는 좌석의 앞쪽 끝단까지 미끄러져 가서 몸을 꼿꼿이 세운다.

"왜냐하면 우리가 자기 무모순성의 공리[49] 아래 놓여 있기 때문이지." 그가 말한다. "그리고 그건 너도 아주 잘 알잖아! 그렇지 않으면 우리는 열역학 제2법칙에 따라 무질서가 증가하는 상태에서 용해돼 버리겠지."

---

49 공리(公理)는 주어진 이론 체계 안에서 자명한 진리로 인정하는 명제를 말하는데, 공리계에서 모순된 명제를 끌어낼 수 없는 상태를 무모순성이라고 하며, 이것은 공리적인 논리 체계의 기본 조건으로 요구된다.

"우리가 바로 그렇게 하고 있지." 오스카가 말한다. "그리고 너를 보면 이따금 용해가 특히 빨리 진행된다고 생각할 수도 있겠지."

그는 도전적으로 제바스티안의 얼굴을 들여다보며 자기 이마를 톡톡 친다.

"죄송하지만……." 사회자가 말한다. "우리는 여기서 그럴 수는……."

스튜디오 안의 소란이 사회자가 이의를 제기하는 소리를 압도해 버린다. 오스카는 조급한 손동작으로 그 이상의 방해를 사절한다. 그는 사회자를 무시하고 오로지 제바스티안에게만 말하기 위해서 카메라에 자신의 완벽한 옆모습을 보여 준다. 그의 왼발의 움찔거림이 심해졌다. 갑자기 그의 태연자약함이 조잡한 가면처럼 보인다. 그는 매끈한 표면 아래 엄청난 분노를 감추고 있는 남자처럼 보인다.

"만약에 각각의 결정이 그 반대 상황을 동반한다면……." 그가 말한다. "그건 결정이 아니야. 자유 의지에 대한 너의 논증이 뭔지 알아? 개자식처럼 행동할 면허야."

"저로서는 부탁드리지 않을 수 없군요……." 사회자가 말한다.

"그것은……." 제바스티안이 말하려 한다.

"단 하나의 우주." 오스카가 말한다. "도주 가능성이 없는 우주. 너는 그걸 연구해야 해. 그 속에서 살아야 하고. 그리고 너의 결정들에 책임을 져야 해."

"그건 학문적 논법이 아니잖아." 제바스티안이 자제심의 한계에 달해 소리친다. "그건 도덕적 교조주의라고!"

"물리학적으로 정당화된 부도덕보다야 그래도 좀 낫지."

"그만해!" 제바스티안이 고함을 지른다.

"너의 이중 세계에서……." 오스카가 열이 피어오를 정도로 강렬하게 말한다. "너는 이중 생활을 하지. 그리고 마치 네가 어떤 행동을 하면서 또한 동시에 하지 않을 수도 있는 것처럼 행동하지."

잔인하게도 클로즈업 화면은 제바스티안의 울대뼈가 격함을 삼키면서 올라갔다 내려가는 모습을 보여 준다. 청중들 속에서 소요가 다시 고조되었다. 한 청중이 누구에게 혹은 뭐에 대해 그러는지 명확하지 않게 주먹을 뻗는다.

"제가 그것을 오웰의 말로 표현해 보겠습니다." 오스카가 이렇게 말하고 일어선다.

그는 마이크를 유리 테이블 위에 놓았다. 그는 검지로 제바스티안을 가리키고서 뭔가를 말하는데, 혼란 속이라 알아들을 수가 없다. 하릴없이 사회자는 입술을 움직인다. 다시 한번 오스카가 뭔가 알아들을 수 없는 말을 하고, 그리고 영상이 고정된다.

형사는 열이 올랐다. 그는 마우스를 움켜쥐고서 비디오 클립을 멈추고는 마지막 몇 초를 다시 한번 돌려 볼 수 있는 방법을 찾는다.

"그렇게 하시면 안 됩니다." 여사서가 말한다.

실프는 누군가가 목에 칼이라도 들이댄 듯 기겁한다. 그림자 하나가 책상 상판 위로 떨어진다.

"여기서 영화를 다운받으실 수는 없습니다. 컴퓨터는 자료 조사를 위해 있는 거예요."

이놈의 나라는 카드로 지은 카드 하우스처럼 금지로 지어져 있다니까, 하고 형사는 생각한다. 아마도 내가 그때 경찰 말고 다른 쪽에 지원했어야 했나 보군.

"이건 학문 프로그램이에요." 그가 큰 소리로 말한다. "경찰에서 나왔습니다."

"그렇다면 저는 주택 불가침권을 행사하겠어요." 여사서가 말한다. "가택 수색 영장이 있으신가요?"

대답을 기다리지도 않고 그녀는 몸을 앞으로 구부려서 재빨리 버튼을 눌러 열려 있는 창을 닫는다. 실프는 그 여자의 몸으로부터 거리를 두기 위해 의자를 떠나야만 한다. 그녀의 눈꺼풀은 보라색으로 두껍게 덮여 있다.

"그 밖에 제가 더 도와 드릴 수 있는 게 있나요?"

"아니요, 괜찮습니다." 형사가 말한다. "막 가려던 참이었습니다."

거리에서 그는 낮은 하늘 아래 서서 어디로 가야 할지 모른다. 자동차들이 양방향으로 지나가고, 사람들은 비밀스러운 목적지를 향해 서둘러 간다. 통증이 그의 아래턱 안쪽을 파헤쳐 댄다. 실프는 얼굴이 쪼개지는 것을 막으려고, 양손으로 얼굴을 감싸 쥔다. 그는 자동차들이 계속 달리도록 그것들을 바라봐야만 한다. 그리고 집 벽이 무너지지 않도록 그것에 기대야만 한다. 행인들이 먼지로 부서져 내리지 않도록 그들을 시선으로 뒤쫓아야만 한다. 그는 구름 지붕에게는 기둥이고, 시간에게는 발전기이며, 지축(地軸)에게는 측량 추다. 그가 눈을 감으면, 세상은 더 이상 존재하지 않는다. 오로지 두통밖에는.

지금은 아직 아니야. 형사는 생각한다.

그의 다음번 발걸음은 견고한 바닥을 발견한다. 작은 포석 조각들이다. 하나하나가 신발 바닥과 정확히 같은 크기다. 그가 전화기를 꺼낸다. 국제 전화 안내에 연결한다. 제네바에 있는 전화번호 하나를 요청한다.

7

조류 독감이 발톱 달린 발로 종종걸음 치며 유럽에 도달했다. 철새들은 세계의 가장 뒤 구석까지 바이러스를 퍼뜨린다. 죽은 갈매기들이 하늘에서 함부르크 해안 앞바다로 떨어진다. 그리고 사람들은 전염병에 대비해 무장한다. 날아다니는 것들은 모두 죽임을 당한다. 곧 숲의 빈터에서는 마지막 깃털이 몸을 가누지 못하며 바닥으로 떨어질 것이고, 그러고 나면 형사 실프가 유일하게 생존한 새알을 머리에 넣고 다니는 사람이 될 것이다.

그는 너덜너덜해진 신문을 옆으로 치운다. 그는 그것을 자기 자리에서 발견했다. 조류 독감이라. 마치 그것 말고는 아무런 문제도 없는 것 같다. 주치의의 진통제는 다 떨어졌고, 역에 있는 약국에서는 감기약 이부프로펜밖에 얻지 못했다. 그의 맞은편에서는 콧수염을 기른 오십 대 중반의 남자가 사인펜으로 여행 노정을 수첩에 옮긴다. 한 젊은 여자아이의 헤드폰으로부터 21세기 음악의 메마른 쿵쿵 소리와 떵떵 소리가 흘러나온다. 좌석 두 줄 너머에서 차장이 화가 난 여자의 비난에 맞선다. 제가 말을 좀 끝내게 해 주세요. 승무원이 애를 쓴다. 가능한 일은 모두 실현된다.

밖에서는 하늘이 회색빛 소란 반자가 되어 서쪽으로 밀려간다. 7월에 늦가을을 성공적으로 보여 주기.

기차가 다시 움직이기 시작하자, 몇몇 도망 나온 송아지들의 부드러운 두 눈이 미끄러져 지나간다. 그 녀석들 때문에 거의 한 시간을 역도 아닌 곳에서 기다려야만 했던 것이다. 마구 짓밟아 놓은 울타리, 주황색 안전복을 입고서 자기 일을 하고 있는 남자들.

젖은 송아지들은 좋은 징조라고, 형사는 결론짓는다. 검은 고양이, 까마귀, 울부짖는 작은 올빼미의 정반대. ZDF는 「천극을 도는 별자리」가 녹화된 비디오테이프를 오늘 곧장 발송해 주기로 했다. 손바닥을 서로 비비고 실프는 천천히 숨을 들이마셨다 내쉬었다 해서 마음을 가라앉히려고 시도한다. 그는 뭔가를 놓치고 말았다는 느낌, 돌이킬 수 없이 잘못된 장소에 있다는 느낌을 떨쳐 버리지 못할 것이다. 갑자기 그는 고양이 한 마리가 자기 앞에 있는 것을 본다. 그는 리타 스쿠라의 압정 게시판에 있는 사진들에서 그 고양이를 본 적이 있다. 고양이는 테라스 문 뒤에 앉아 앞발을 핥으며 다 안다는 듯한 얼굴을 한다. 마치 도시 다른 끝에 있는 한 집에서 누군가의 두 손목이 거칠게 포개어 눌리는 것이 자기 책임이기라도 한 듯이 말이다. 한 소년의 밝은색 머리털이 아이 방 문틈에 나타난다. 놀라 휘둥그레진 눈에서 나온 시선이 파편처럼 아버지의 뇌 속으로 파고든다. 수갑이 채워지자 금속성의 철컥 소리. 금발의 여인이 신경을 날카롭게 세우고 복도를 달려온다. 치켜세운 그녀의 손톱은 제복을 입은 남자들이 아니라, 그들 가운데 있는 남자를 할퀸다.

당신은 아들이 있잖아!

고함 소리가 공중제비를 넘다가, 거세게 닫히는 문의 쾅 소리에 질식당한다. 푸른 불빛이 우울한 하루의 무대 배경 위로 리듬감 있게 스쳐 지나간다. 고양이는 머리를 비스듬히 기울이고 귀 뒤를 긁는다.

오십 대 중반의 남자가 사인펜을 다시 챙겨 넣고 기차를 나설 때도 연이은 이미지들은 끊어지지 않는다.

작은 꽃무늬 옷과 니트 카디건을 입은 여자가 목덜미의 굵은 머리채를 한데 모은다. 그녀의 맞은편에는 남자가 앉아 있다. 이제는 수갑을 차고 있지 않지만, 그 대신 얼굴이 잿빛이다. 아름다운 한 쌍이다. 그들 사이의 증오는 마치 가스가 확산되듯 지체 없이 차 안에 퍼져 나간다.

당신이 왜 여기 있는지 아십니까?

실프 형사님은 어디 계신가요?

내가 수사를 지휘합니다.

여자의 시선은 90퍼센트 이상의 명중률을 기록한다. 남자는 점점 더 창백해진다. 실프는 뭔가가 콕콕 찔러 대는 가슴을 감싸쥔다. 여자는 코웃음을 치고 녹음기를 켠다. 그녀는 남자에게 묵비권에 대해, 거짓말을 하거나 악덕 변호사와 손잡을 권리에 대해 가르쳐 준다. 남자는 자기 권리를 전혀 알고 싶어 하지 않는다.

그는 자백을 받아 적게 하고, 자신이 협박당했다고 말한다. 참새가 테라스에 내려앉자 고양이는 움직임을 멈춘다. 여자는 남자가 말을 끝마치게 내버려 두고, 그런 다음 그에게 수사 현황을 알려 준다. 자동차에는 흔적이 없다. 아들은 아무것도 모른다. 휴게소 사람들은 아무것도 모른다. 단지 그의 휴대 전화에 남아 있는, 발신자 표시가 제한된 번호로부터 걸려 온 통화 내역 두 통뿐, 그리고 그것은, 실례지만, 충분히 그 자신일 수도 있다는 것이다. 참새는 다른 쉴 곳을 찾아보기로 마음먹는다. 고양이는 마치 참새에 관심이 없는 것처럼 군다. 남자는 역시나 이제 권리와 정의에 관해 뭔가 소리를 지른다. 여자가 서류를 뒤적거리고 나서 이렇게 말한다.

가 보셔도 됩니다.

남자가 당황한다.

뭐라고 하셨나요?

당신은 프라이부르크시를 벗어나지 못하며 대기 상태를 유지하셔야 합니다.

여자는 행정 직원의 표정을 걸치더니 메모를 한다. 남자는 그 자리에서 꼼짝도 하지 않는다.

저한테 구류 처분 좀 내려 주세요!

고양이가 미소를 짓는다. 기차가 다음번 비구름대를 뚫고 들어간다.

당신이 기왕 제 삶을 박살 낼 작정이라면, 잔해들은 적어도 유치장에 보관해 달란 말입니다! 남자가 외친다.

꽃무늬 옷을 입은 여자는 폐를 한가득 채웠다가 경찰청 복도 전체에 울려 퍼지도록 이렇게 부르짖는다.

나가세요!

기차가 마침 정차해 있기 때문에 실프는 펄쩍 뛰어내린다. 골이 나서 플랫폼을 달려가며 그는 비가 자기 얼굴을 식히는 걸 허락한다. 담장이 쳐진 작은 집 문 위에 있는 글을 그는 '대기 공간' 대신 '우주 공간'이라고 읽는다.[50] 그의 감정은 그가 차라리 제바스티안이 그냥 출국해 버리도록 일을 꾸몄더라면 더 나았을지도 모른

---

50 '대기 공간(Warteraum)'과 '우주 공간(Weltraum)'은 철자가 유사하다.

다고 말한다. 이성은 법의 길을 걷는 것이 옳았노라고 주장한다.

그래서 실프는 빗속에 서서, 감정과 이성 둘 다 똑같이 지옥으로나 꺼져 버리길 바란다.

좋은 소식은, 그가 어쨌든 기차를 갈아타야만 했을 바젤에서 기차에서 뛰어내렸다는 것이다. 인터시티 안에서는 콧수염을 기른 오십 대 중반 남자가 그의 맞은편에 앉아 있다. 그는 눈을 움직이지도 않고 책을 들여다보는데, 들레몽 부근에서도 여전히 단 한 쪽도 책장을 넘기지 않았다. 그는 사인펜을 가지고 있던 작자와 똑같이 생겼다.

만약 내 의식이 세상을 만들어 내는 거라면, 내 의식에는 상상력이 결여되어 있는 게 분명해, 라고 형사가 생각했다고 형사는 생각한다.

그는 이부프로펜을 두 알 더 삼킨다. 언제 또 봅시다, 라고 콧수염을 기른 남자가 제네바에서 말한다.

론강의 강물은 물결무늬를 띤 검은빛 칼날 모양으로 갈라져 있다. 칼은 길게 이어지며 시내로 들어간다. 여름날의 저녁 9시 30분 치고는 날이 이상하게 어둡다. 강둑 거리를 따라서 노란 불빛이 전봇대에서 전봇대로, 다리를 건너 도심 방향으로 달음박질친다. 불쾌한 날씨 속에 형사와 자연 원소들이 거의 그들끼리만 남겨져 있다.

한 택시 운전사에게 실프는 프랑스어로 "우스 트루브."[51]라고 말하기를 시도하고서 무뚝뚝한 손가락질을 수확하는데, 덕분에 그는 헤매지 않고 맞는 골목길에 다다른다. 그는 현관으로 들어서

---

51 프랑스어로 '어디 있습니까?'라는 뜻.

서 젖은 손가락으로 벨을 누른다. 많은 계단을 오르는 데에 그는 충분히 시간을 들인다. 지붕 아래, 빛이 새어 나오는 문틈이 집주인의 인사를 대신한다. 겹겹이 깔린 양탄자들이 문 여는 것을 방해한다.

실프는 자신이 그 문 뒤에 뭐가 있을 거라고 기대했는지를, 그 정반대를 발견하고서야 비로소 깨닫는다. 미니멀리즘이 반영된 펜트하우스도 아니고, 파노라마 창문도 없으며, 반들거리는 쪽매널마루 위에 놓인 일본식 가구도 없다. 그 대신에 거주자의 젊은 시절 이래로 더 이상 잡동사니들을 버리지 않은, 과잉된 오리엔트풍의 동굴이 존재한다. 즉흥적으로 든 생각 그대로 실프는 신발을 벗는다. 양말만 신은 발로 그는 골동품 상점처럼 가구들이 가득 찬 공간에 발을 들여놓는다. 여백이 있는 곳에는 엽서와 신문 스크랩이 벽을 뒤덮고 있다. 책장 선반은 뒤죽박죽인 책들의 하중에 휘어져 있다. 사방에 도자기 장식품, 침 없는 손목시계, 유리구슬, 외국 주화 들이 널려 있다. 천장의 전등에는 장식 줄을 잡아당겨서 날개를 움직일 수 있는 박제 까마귀 한 마리가 매달려 있다. 가죽 안락의자 옆에는 아이가 그린 그림 하나가 손에 닿도록 뱃사람들 궤짝 위에 놓여 있다. 찍찍 그려 놓은 노란 머리의 작은 남자와 검은 머리의 큰 남자, 둘 다 엄청나게 큰 미소, 서툴게 쓴 L 자 서명.

개인 박물관 한가운데에 집주인이 방석 위에 책상다리를 하고 앉아서 형사가 관람을 끝내기를 참을성 있게 기다리고 있다. 이러한 주변 환경 속에서는 그의 세심하게 단장한 머리와 하얀 셔츠는 자기 반어의 형태가 된다. 실프가 마침내 닳아빠진 소파 쿠션 속으로 가라앉자, 오스카가 턱을 들고 입을 열어 말한다.

"놀라셨나 보죠?"

"솔직히, 그렇습니다."

"저는 자신의 과거를 차후에 정리하는 데 의미를 두지 않습니다. 점점 자라나는 무질서는 시간의 흐름을 재는 척도죠."

맹수와도 같은 기민함으로 그는 벌떡 일어선다.

"마실 것을 좀 드릴까요?"

"요기 차요. 갑자기 죽어 간 여름을 기리기 위해서요."

오스카가 한쪽 눈썹을 치켜올린다.

"이 집에는 없는 게 없죠."

그가 방을 나가자마자 실프는 용을 쓰며 다시 쿠션에서 빠져나와 작은 문을 통해 옆방으로 슬쩍 들어간다. 물건들로 이루어진 응고된 형태의 파도가 계속되는 중에 책상이 하나 있는데, 그 맨 위 서랍이 열려 있다. 다른 남자들은 자기 아내를 모셔 두는 그런 은테 액자에 그 사진이 꽂혀 있다. 제바스티안은 스무 살도 안 되었고, 프록코트에 은빛 셔츠 깃을 갖춘 차림이다. 그의 웃음은 도전이자, 관찰자를 대면하고 날리는 결투 신청이다.

"괜찮은 청년이죠, 네스 파?"

두꺼운 양탄자들을 건너 오스카가 소리 없이 다가와 있다. 실프가 몸을 돌릴 때, 그들은 거의 머리를 부딪칠 뻔한다. 오스카의 검은 눈 속에서 실프는 자신을 본다. 집주인이 그의 손에서 사진을 부드럽게 가져간다.

"몇 안 되지만 저한테는 신성한 것들이 있답니다."

"저는 당신의 친구를 보자마자 좋아했습니다." 실프가 말한다. "그리고 제가 보기엔 그 사람도 저와 비슷했을 겁니다."

330

"그건 박새 먹이가 박새를 좋아하는 격이죠. 이리 오시지요."

오스카는 사진을 도로 서랍에 넣고 형사를 그 방에서 밀어낸다. 낮은 응접실 탁자 위에서는 김이 나는 차가 실프가 사진을 보는 데 적어도 십오 분은 보냈다는 사실을 증명하고 있다. 하얀 병에서 오스카가 찻잔에 럼주를 따른다.

"전 됐습니다." 실프가 말한다.

"여기서는 제가 규칙을 정합니다."

형사가 첫 모금을 마시기도 전에 알코올이 긴 바늘로 그의 코를 찌른다. 전두골 뒤에서 뭔가가 움츠러들고, 그러고 나서는 두 배 크기로 늘어난다. 실프는 마신다. 전에는 단 한 번도 이토록 분명하게 그것을, 자기 머릿속에서 뛰는 타인의 심박동을 느껴 본 적이 없다. 천장 등에 매달린 까마귀가 날개를 퍼덕이고, 그림자가 벽을 미끄러져 올라간다. 오스카의 얼굴은 윤곽이 뒤헝클어져 버린 거미줄 안에 있는 유일하게 견고한 동그라미다. 뭐든 말을 좀 해 봐, 라고 형사가 생각한다.

"제바스티안이 자백을 했나요?" 오스카가 묻는다.

"그게 아니라면, 당신이 방금 그를 밀고한 셈이죠."

"이러지 맙시다, 형사님. 당신의 직업이 짐작하게 만드는 것만큼 당신이 그렇게 멍청하지 않다는 거 압니다."

"제바스티안한테서 그런 말을 들었나요?"

"행여나 제가 그를 불리하게 만들 수도 있으리라는 희망을 가지고 여기 오셨다면……." 오스카는 앞으로 몸을 기울인다. "차라리 제 손으로 제 혀를 잡아 뽑을 겁니다."

"지금은 **당신이** 멍청한 척하시는군요." 형사가 말한다.

다음번 마시는 차 한 모금은 그 어떤 약보다도 효과가 좋다. 압력이 약해진다. 타인의 심박동이 일정한 진동으로 바뀌고, 그것은 청력만을 제약할 뿐, 사고력을 침해하지는 않는다.

"그건 그렇고, 저는 그 살인 사건을 넘겨줬습니다. 사건[52]이라니, 그 말부터가 이미 마음에 들지 않아요. 뭔가 추락과 관계가 있지 않습니까? 그렇게 생각하지 않으세요?"

오스카는 자신에게 손톱만치도 놀라는 기색을 허락하지 않는다. 그는 형사의 입을 느긋하게 바라보며 담배에 불을 붙인다.

"당신을 텔레비전에서 봤습니다. 방송이 아주 인상 깊었습니다. 당신께 뭘 좀 물어봐도 되겠습니까?"

"얼마든지요."

"신을 믿으십니까?"

오스카가 웃을 때면 그를 좋아하지 않을 수 없다.

"제바스티안 말이 맞군요." 그가 말한다. "당신은 특이한 형사시네요."

"그러니까 그가 제 이야기를 했다는 거군요." 실프는 얼굴이 빨개진다. 그것은 아마도 알코올의 작용 때문일 것이다. "제 질문에 답해 주시겠습니까?"

"저는 종교적 무신론자입니다."

"왜 종교적이죠?"

"제가 믿고 있기 때문입니다." 예의 바르게 오스카가 담배 연기를 옆쪽으로 뿜는다. "저는 우리가 세상의 존재를 최종적으로

---

52 독일어 Fall에는 '사건'이라는 의미와 '추락'이라는 의미가 모두 담겨 있다.

구속력 있게 설명할 수 없다고 믿습니다. 이러한 인식을 견뎌 내는 데에는 진정으로 형이상학적인 힘이 필요합니다."

"제바스티안이 갖지 못한 거 말인가요?"

"민감한 부분을 건드리시는군요. 당신이 만났던 어른 제바스티안은 사실 아직도 여전히 당신이 사진에서 봤던 청년에 머물러 있습니다. 청년들이 다 그렇듯 그 친구 역시 악당인 동시에 모범생으로 살 수 있는 세계를 동경하죠."

"그게 무슨 말씀이시죠?"

오스카는 실프가 차를 채우는 모습을 바라보며 탁자 위로 럼주 병을 밀어 준다.

"제바스티안은 자기 삶을 사랑해요." 그가 말한다. "그런데도 몇 년 전의 결심 이전으로 되돌아가기를 바라죠. 당시에 그 친구는 구원의 도약으로 담을 뛰어넘었어요."

"그 담장 뒤에 무엇이 있는데요?"

"세 무아."[53] 오스카가 말한다. "그리고 물리학."

"고전적 규모의 비극이네요." 실프는 찻잔에서 피어오르는 김을 훅 분다.

"당신한테는 빈정거리는 게 어울리지 않네요."

"진지하게 한 말이었는데요."

"그렇다면 당신은 제가 무슨 말을 하는지 이해하셨군요."

실프가 시선을 돌려 호주머니에서 시가렐로를 꺼낼 때까지 그들은 서로 눈을 들여다본다. 오스카는 탁자 위로 크게 몸을 기

---

53 프랑스어로, '그건 바로 접니다.'라는 뜻.

울여서 불을 붙여 주고는 계속 그 자세로 머무른다.

"영리한 사람들이 자기 절망을 학문적 공식에 쏟아붓는 일은 드물지 않습니다." 그가 말한다. "제바스티안 같은 남자는 행복하기 위해서 두 번째, 세 번째, 어쩌면 네 번째 세계까지도 필요할 겁니다."

"가능한 일은 모두 일어날 수 있도록 말이죠." 형사가 말한다.

다시금 웃음이 오스카의 표정을 녹인다. 그는 쫙 편 다섯 손가락으로 머리를 빗는다.

"정말 대단한 분이군요." 그는 이렇게 말하고 다시 주저앉는다.

"그렇다면 당신은 여러 모순적 사건이 동시에 일어난다는 생각이 왜 많은 사람들에게 커다란 매력을 불러일으키는지 역시 이해하실 수 있을 겁니다. 그리고 그럼에도 왜 이 생각이 악몽이나 다를 바 없는지도요."

그는 깊이 생각에 잠겨 담배 불꽃을 바라보다가 마지막 한 모금을 빨아들이더니 꽁초를 재떨이에 짓누른다. 박제 까마귀가 더 가까이 다가와 있다. 형사의 눈으로 보면 그것은 정확히 오스카의 머리 위에 매달려 있다.

"그러한 사고방식은……." 오스카가 계속 말을 잇는다. "각 경험의 유효성을 없애 버리죠. 그것은 우리를 없애 버리는 겁니다."

"아마도 제바스티안은 그동안 그걸 깨달았을 겁니다." 실프는 담뱃재를 양탄자 위에 떨어뜨린다. "그가 계속해서 이야기하는 그 유괴 사건을 통해서 말이죠."

오스카의 입꼬리에는 웃음의 부스러기가 들러붙어 있다.

"예." 그가 말한다. "아마도요."

"제바스티안과 그의 가족은……." 형사가 말한다. "1차 방정식입니다. 누군가가 현실에 나사 하나를 잘못 끼워 놓았어요. 잘못된 그림을 만들어 내기 위한 제대로 된 방법이죠. 인간이 우두머리 행세를 하면, 현실은 자신의 살찐 팔을 허리춤에 받치고서 그의 얼굴에다 대고 씩 웃죠. 그와 반대로 훌륭한 거짓말은 진실 더하기 1이지요. 당신도 그렇게 생각하지 않으시나요?"

"솔직히 말해서……." 오스카의 눈이 실프의 얼굴 위에서 몰이사냥을 한다. "말씀을 약간 뒤죽박죽으로 하시네요."

이번에는 형사가 웃는다.

"그럴 수도 있죠." 그가 말한다. "당신 친구분이 결코 다중 세계 해석을 추종하는 게 아니라, 시간의 본질에 대한 더 발전된 이론을 추구하고 있다는 사실을 알고 계십니까?"

"그 친구가 당신한테 그렇게 이야기하던가요?"

실프가 고개를 끄덕인다.

"그건 아무 상관 없어요." 오스카가 갑자기 격하게 말한다. "자기 자신을 피하려고 새로운 방법을 찾고 있는 거라고요."

그들은 마지막 문장이 완전히 사그라질 때까지 침묵한다. 실프의 몸이 그 어떤 자세에서건 편안히 느낄 수 있는 물컹한 물질처럼 소파 구석을 채우는 동안, 오스카는 다리를 쭉 뻗고 내리간 눈꺼풀 아래로 자기 앞쪽을 본다.

"제바스티안을 사랑하십니까?" 형사가 결국 묻는다.

"제법 좋은 질문이네요." 오스카가 자세를 바꾸지 않고 말한다.

이어지는 침묵 속에서 실프가 일어선다. 그는 입꼬리에 시가렐로를 물고 수직 지붕창이 달린 돌출부에 들어서는데, 전망 때문에 순간적으로 숨이 막힌다. 오스카의 집으로 올라가는 계단을 넘어서 그는 하늘 높이까지 솟아올랐음에 틀림없다. 그가 새의 시점에서 내려다보는 도시는 반짝이는 불빛으로 이루어진 배전반이다. 일련의 다이오드들이 서로 연결되어서 통신선의 네트워크를 이룬다. 글자와도 비슷하게.

이러든 저러든 결국 협박이로군, 형사가 생각한다. 어쩌면 제바스티안은 다벨링을 살해함으로써 두 번째로 담장을 뛰어넘은 것인지도 모른다. 어쩌면 그는 오스카가 아직도 여전히 그 뒤에 있기를 남몰래 바랐고, 그가 제대로 짚었다는 것을 알았을 때 죽도록 놀랐을지도 모른다. 이제 그는 어디로도 도망치지 못한다.

개인적 분열로 자기로부터 분리된 이래로 형사는 많이 생각해 보았다. 인간이란 상상할 수 있는 모든 불행에 어떻게든 연루되어 있는 것은 아닌지. 언제나 그저 자신만을 협박하는 것은 아닌지.

저 아래에서 그는 코르나뱅, 몽브리앙, 르퀼레 광장의 반짝이는 점들을 알아본다. 거기에다 론강의 어두운 띠, 다채롭게 깜빡이는 몽블랑강 변, 그리고 그 뒤쪽으로 제네바 호수의, 무엇이든 없애 버리는 암흑. 작전 명령이라도 받은 듯 통증이 다시금 그의 눈 사이를 파고들기 시작하고, 더 뜨거워지고, 밝아지고, 도시를 더 가까이 다가오게 만들고, 도시를 번쩍이는 빛 속에 담근다.

장난감 인형처럼 작은 세 사람이 제도 분수로 가는 부두 위를 어슬렁대고 있다. 그들 중 둘은 서로 바싹 붙어 있다. 아마도 팔짱을 낀 듯. 세 번째, 더 작은 사람은 신이 난 개처럼 앞서간다. 세 사람 모두 금발이다. 멀리 떨어져 있는데도 형사는 그들을 예사롭지 않게 선명하게 보고, 쭉 뻗은 그들의 검지를 판독하고, 길 끝에 있는 하얀 물줄기를 그 꼭대기까지 다 보려고 하늘을 향해 들어 올린 그들의 행복한 얼굴을 판독한다. 물로 만든 탑, 그 속에서 태양은 무지개의 모든 빛깔로 부서진다.

좀 보세요, 아빠, 호수가 공중으로 몸을 날리고 있어요!

물보라 안개가 그들의 옷을 적신다. 그것은 따뜻하다.

형사가 본 것은 기념 사진이며, 자기 냉장고에 붙어 있는 것과 같은 엽서다. 하지만 중요한 차이가 있다. 이 특별한 엽서의 뒷면은 비어 있지 않다. "그때 좋았어!" 거기에는 이렇게 쓰여 있다. 혹은, "우리, 여기 다녀오다!"

실프는 이 엽서를 가져가기로 작정한다. 제바스티안은 분명히 아무런 반대도 하지 않을 것이다. 남편, 아내, 신이 난 아이. 그는 그것을 자기 일대기의 구멍 위에 걸어 둘 것이다. 인생은 그다지도 쉽사리 금이 간다. 뭔가가 좌우로 흔들리고, 궤도에서 벗어나고, 그러면 벌써 세 사람이 하나로 줄어 버리고, 그 사람마저도 반쪽만 존재하게 된다. 한동안 형사는 기억하기를 연습했고, 그 뒤로는 잊어버리기를 단련했다. 자신의 끝나 버린 인생에 대한 생각은 참을 수 없는 고통을 일으켰다. 이제 그는 다른 사람들의 과거를 기억 속으로 불러들이는 것보다 쉬운 일은 없다는 사실을 확인한다.

죽으려는 사람은 온전해야만 해, 라고 형사가 생각했다고, 형사는 생각한다.

"제바스티안을 알게 된 것은……." 오스카가 방 어디에선가 그의 등 뒤에서 말한다. "저를, 신들의 변덕을 두려워하도록 가르쳤습니다."

실프는 눈을 감았다. 그의 손가락이, 마치 그가 폭풍에 휩쓸린 배의 망루에라도 있는 듯, 창문턱 가장자리를 움켜쥔다.

"어제까지만 해도 저는 하나는 확실히 안다고 주장했을 겁니다." 오스카가 말한다. "제가 그를 위해서라면 목숨이라도 바치리라는 것을요."

"그런데 오늘은요?" 실프가 악문 이 사이로 말한다.

"오늘 저는 나이 든 남자입니다."

오스카가 숨을 들이쉰다. 그가 계속 말을 이을 때 목소리가 더욱 깊어진다. 차갑다.

"당신은 제바스티안이 어제 저녁에 저한테 왔던 것을 알았나요?"

"그건 짐작해 볼 수 있었죠."

"저는 그에게 함께 이 나라를 뜨자고 제안했어요."

"그런데 그가 거절했나요?"

"그는 제가 줄 수 있었던 것 모두를 거절했어요. 마침내 결심했던 것 같아요. 전 더 이상 아무것도 그에게 해 줄 게 없습니다."

"당신은 잘못 생각하고 있어요, 오스카. 당신은 그를 위해 뭔가 하게 될 겁니다. 그건 제가 당신한테 맹세하지요."

형사가 눈을 뜨니 도시가 원래 자리로 돌아가 있다. 밤이다. 남편도 없고 아내도 없고 신이 난 아이도 없다. 심지어 제도 분수의 물기둥조차 여기에서는 보이지 않는다. 오로지 고집스러운 바람만이 아직 남아서, 지붕의 들보를 흔들어 댄다. 실프가 돌아선다. 오스카가 그의 앞에 서 있다. 마치 그를 얼싸안기라도 하려는 듯이 팔을 뻗는다. 뒤가 경사 지붕이 아니었더라면, 그리고 그 뒤가 심연이, 자유 낙하가 아니었더라면, 형사는 피했을 것이다. 그들의 시선이 마주친다.

산뜻한 체취의 물결. 풀을 먹인 면, 값비싼 애프터 셰이브 화장품, 묘한 행복. 팔 하나가 형사의 어깨를 잡는다. 오스카가 그를 자기 쪽으로 끌어당긴다.

"이리 오세요. 제가 도와드릴게요."

그는 형사를 다시 카우치로 안내한다. 그의 머리를 팔걸이에 누이고, 그의 뒷덜미에 뭔가 축축하고 차가운 것을 누른다. 실프가 자기 몸을 내려다보자, 커다랗고 붉은 얼룩이 그의 가슴을 장식한다. 그는 얼굴을 싸쥔다. 코피다. 오스카의 하얀 소매 단에도 붉은 핏자국이 흩뿌려져 있다.

"제가 당신 셔츠를 더럽혔네요." 형사가 말한다.

"하얀 셔츠를 입는 사람은 의사죠." 오스카가 손가락에서 피를 닦아 내고 젖은 수건을 실프에게 건네준다. "어쨌든 아이였을 때는 그렇게 믿었죠."

"도와주셔서 감사합니다." 형사는 일어서려다가 다시 주저앉는다. "부탁 하나만 더 들어주시겠습니까?"

누운 채로 그는 바지 뒷주머니 안에서 체스 게임기를 찾느라 더듬거린다. 화면이 켜지자 오스카가 카우치 옆에 무릎을 꿇고 앉는다.

"이게 뭔가요?"

세세히 그는 예순네 칸을 관찰한다. 실프는 그가 뭘 보는지 정확히 안다. 아직 살아 있는 것들은 모두 게임 판의 한쪽 절반으로 몰려드는, 혼돈에 찬 비대칭 구성. 상당한 시간이 지나고 나서야 비로소 오스카는 시선을 든다.

"대단하네요." 그가 말한다. "컴퓨터에 맞서 검은 말을 두시는 군요."

"그럴 리가요." 실프가 말한다. "저는 백이에요."

오스카가 눈썹을 찡그리더니 다시금 게임에 몰입한다.

"다시 말하지만, 형사님." 그러고는 그가 말한다. "당신은 예사롭지 않은 남자예요. 당신은 얄팍한 승리의 기회를 위해서 자신을 파괴하고 싶어 하는 듯이 보이네요. 이 판으로 저한테 무슨 말씀이라도 하고 싶으신 겁니까?"

실프는 고개를 젓는다. 서서히 식어 가는 구슬이 머릿속에서 한쪽에서 다른 한쪽으로 구른다. 그는 오스카에게 심이 없는 펜을 건네준다.

"제가 여기 이걸 당신 대신 끝내기를 바라시는 건가요?" 오스카는 손가락 사이에서 펜을 돌린다. "제가 당신 대신 게임에서 이기는 걸 보고 싶으세요?"

실프는 대답하지 않는다. 오스카는 턱을 쓸어내리고 주위를 둘러본다. 이윽고 그는 체스 게임기를 형사의 배 위에 올려놓고서 형사가 화면을 볼 수 있도록 그것을 기울인다.

"나이트를 이쪽으로. 포크[54]로 흑의 퀸이 쓰러지고, 당신의 룩이 움직일 수 있지요." 터치 펜이 체스 판 칸들을 톡톡 건드린다. 건드릴 때마다 그 작은 컴퓨터가 형사의 셔츠 단추들 위에서 흔들린다. "폰이 체스 판의 마지막 열에 도달하고, 바뀝니다. 체크. 킹

---

[54] 말 하나로 동시에 둘 이상의 말을 공격하는 것.

은 피할 수밖에 없죠. 룩이 그 옆에 있고요. 에 부알라.[55]"

"축하합니다."라고 컴퓨터가 깜빡인다.

"흑의 킹은 체크메이트[56]네요." 형사가 말한다.

"예." 오스카가 말한다. "체크메이트죠."

"당신은 천재군요."

"저한테 그게 그렇게 계획됐던 게 아니라고 말하지는 마십시오."

"전 겨우 사 주 전부터야 체스를 시작했는걸요."

"그렇다면……." 오스카가 말하고는, 마치 상대방 이마 뒤에 있는 특정 지점에 시선을 맞추려는 듯 눈을 꼭 감는다. "의심할 나위 없이 **당신**이 천재군요. 일어나실 수 있겠어요?"

실프는 다시 한번 얼굴을 닦고 수건을 되돌려준다. 오스카의 어깨에 한 손을 올리고서 그는 몸을 일으킨다. 그들이 방 한가운데에 서 있을 때, 그는 까마귀의 배에 달린 줄을 잡는다.

"그건 이미 오래전에 고장 났습니다." 오스카가 말한다.

복도에서 실프는 신발을 신고서 신발 끈은 묶지 않고 놔둔다. 오스카가 현관문을 힘차게 홱 당겨서 양탄자 위로 끌어당기고는 형사를 위해 잡고 있어 준다.

"제 생각에 이제 당신은 당신이 알아야 하는 모든 것을 아십니다." 그가 말한다.

---

55 프랑스어로 '바로 그겁니다.'라는 뜻.

56 체스에서 킹이 붙잡혀 완전히 패배한 상황. 같은 뜻의 독일어 matt에는 '힘 빠진', '풀죽은'이라는 뜻도 있다.

작별 인사로 나누는 서로의 미소가 희미한 연민으로 흐려진다.

바람이 잠잠해졌다. 호수가 너무나 매끈하고 견고해 보여서 형사는 자신이 그사이 물 위를 걸을 수 있게 되었는지 시험해 보고 싶은 마음이 생긴다. 신발 밑창 아래 있는 자갈들이 새로 걸을 때마다 인사한다. 실프는 한 팔을 옆으로 뻗어서, 율리아가 머리를 그의 어깨에 기댄 채 걸으며 구름이 걷히고 별이 반짝이는 것에 관해 뭔가 사랑스러운 말을 하는 모습을 마음속에 그려 본다. 새가 날카롭게 경고하고, 아무 일도 더 일어나지 않자, 다시 침묵과 어둠에 몸을 맡긴다. 형사는 기차역으로 간다. 마지막 기차를 타기에 최적의 시간이다.

작은 체스 게임기를 그는 오스카의 소파에 남겨 두었다. 그에게는 더 이상 그것이 필요하지 않다.

삶은 많은 층(層)[57]이 있는 이야기라고 실프는 생각한다. 아니면 소리 없이 차례대로 이어지는 여러 장(章)이 있든가.

---

57 영어에서 story가 이야기와 층을 모두 뜻하는 데 착안한 언어 유희.

7장

범인이 밝혀지다.
결국 내면의 심판자가 결단을 내리다.
새 한 마리가 날아오르다.

1

실프가 새 여자 친구를 만나고 그녀가 맥도날드에서 웨이터와 메뉴판을 요청했던 날에 이미 그는 아는 사람들에게 절대로 그녀를 소개하지 않기로 마음먹었다. 그녀를 부끄러워하게 될까 봐서가 아니다. 그는 그녀가 제삼자의 시선을 견뎌 내지 못하고 흔적도 없이 사라져 버릴까 봐 두려운 것이다. 그녀의 방문을 그는 복잡한 심정으로 기다린다.

비록 기운을 차리고 힘차게 활보하고 있지만, 그는 마치 러닝머신을 역주행하는 것처럼 아주 느리게 앞으로 나아간다. 그는 몇 분 늦게 프라이부르크 역에 도착한다. 대합실에서 한 여자가 그를 향해 돌진해 온다. 실프가 그녀에게 자리를 내주기 위해 옆으로 비켜설 때도 그녀는 그의 앞에 그냥 서 있다. 형사는 그녀의 손을 잡고, 양심의 가책을 느낀다. 무의식적으로 마이케를 기대한 까닭에 그는 그녀를 처음 봤을 때 알아보지 못했다. 마침내 그는 율리아가 너무나도 좋아하는 단순한 말 중 하나를 찾아낸다. "안녕."

그녀가 웃더니 그에게 팔짱을 낀다. 그녀는 짐을 가져오지 않았다. 그 대신에 그녀는 그에게 꽃다발을, 아니면 아무튼 그 비슷한 뭔가를 주었다. 벨벳같이 보드라운 갈색 갈대꽃 세 송이가 줄기 위에서 흔들린다. 그것들은 실수로 화면에 끼어든 마이크를 연상시킨다.

"실프." 율리아가 말하고 그를 옆으로 밀친다. "인생의 진도가 좀 나간 나이의 실프."

"엽서 가져왔어?"

"나한테 엽서 썼어?"

"어제. 중요한 거였는데."

"어제는 일요일이었잖아, 실프. 그러니 내가 어떻게 오늘 아침에 엽서를 가지고 있겠어?"

언제나 그렇듯이 그녀 말이 맞다. 율리아가 자기 앞에 서 있는 시간이 길어질수록 엽서 실험의 결과에 점점 흥미가 사라지는 것을 형사는 홀가분한 마음으로 확인한다. 제네바 호수 둑에서 연습했던 대로 그는 그녀의 어깨에 팔을 두르고 그녀의 머리카락 향기를 들이마시기 위해 머리를 숙인다. 언젠가 들었는데, 냄새는 꿈으로 꿀 수 없다.

구름을 뚫고 나오는 햇살이 도시를 은색 풍경으로 바꿔 놓는다. 밤에 한 번 더 비가 왔음에 틀림없다. 이제 웅덩이들은 액체 금속처럼 빛나고, 미끄러져 지나가는 차 앞 유리창의 섬광 때문에 실프는 눈을 감을 수밖에 없다. 누더기 바지를 입은 노인이 길 건너편에 대고 무심하게 인사를 건네는데, 거기에는 사람이 한 명도 없다. 어린 아가씨가 방금 어디로 가려고 했던 건지 잊어버린 듯 길모퉁이에 꼼짝도 않고 서서 머리를 비스듬히 기울인 채 우산을 꽉 움켜쥐고 있다.

형사는 기뻐하기로 마음먹는다. 그를 찾아오려고 아침에 일어난 누군가가 있다는 사실이 기분 좋기 때문이다. 율리아의 얼굴을 바라보고, 짧고 웃기게 생긴 손가락이 달린, 끊임없이 움직이는 그녀의 손을 관찰하는 것이 기쁘다. 그 손을 보면서 그는 왜 많은 사람들이 인간의 선함을 믿는지 깨닫는다. 그의 여자 친구 같은 종(種)에게는, 온갖 몸서리쳐지는 일들조차 엄청난 오해의 결과일 뿐이다.

실프의 기분 좋은 시간은, 그가 신문 진열대 유리창 뒤에 있는 제바스티안의 얼굴을 알아보면서 급작스럽게 끝이 났다. 헤드라인에서 그는 '의료계 스캔들'과 '불구속'이라는 글자를 읽고, 자기도 모르게 발걸음을 재촉한다.

"당신 사건은 어떻게 되어 가?" 문제를 해결하러 온 수리공의 어조로 율리아가 묻는다.

스스로도 놀랍게, 실프는 대답을 하기 위해 한동안 곰곰이 생각을 해야 했다. 제바스티안과 오스카, 다중 세계, 자전거 타다 머리 잘린 남자가 거의 논리적 모양새로 정렬되다가 화려한 소용돌이 속에서 다시 산산이 부서진다. 형사는 살인범과 유괴범을 안다. 다만 그럼에도 다벨링의 죽음을 이해할 수가 없다는 것이 영 개운치 않을 따름이다.

"아직 세부 사항이 하나 정도 빠져 있어." 그는 관사가 있는 연립 임대 주택의 문을 열면서 이렇게 말한다. "유감스럽게도 그게 대들보라는 게 문제지."

"한번 볼까." 율리아가 말한다.

좁은 집은 오늘만큼은 공무원의 표정을 떨쳐 버렸고, 비스듬히 조정해 놓은 블라인드의 줄무늬 그림자 속에 안락하게 자리 잡고 있다. 율리아는 마치 방금 시내 구경을 마치고 돌아온 것처럼 집 안으로 들어와서 물병을 하나 싱크대에 비우더니 갈대꽃을 꽂아 놓는다. 형사는 약간 너무 늦게, 팔을 벌리고 방 한가운데로 가서 "환영해!"라고 외치고, 그러면서 자신이 바보 같다고 느낀다. 오늘 아침에야 비로소 그는 욕실 거울 앞에서 색이 더 진해진 다크서클과 눈을 에워싼 주름 더미를 지칭하는 단어를 찾아냈다. 코끼리 면상. 코끼리 면상을 한 남자가 매력적으로 되는 건 쉽지 않다고, 그는 생각한다.

하지만 율리아는 평소처럼 웃더니 형사를 카우치로 끌어당긴다. 그녀는 두 손으로 그의 오른손을 감싸 쥐고 마치 그가 방금 죽기라도 한 것처럼 그 손을 자기 입술에 눌러 댄다.

그때의 분열 이래로 여자에 대한 실프의 관심은 근본적으로 증인석 여자에 대한 신뢰도로 제한되어 왔다. 그 점에 있어서는 여정의 마지막 몇 미터에서 율리아가 나타난 것조차 그다지 많은 변화를 가져오지 못했다. 그럼에도 그의 몸은 그녀의 몸과 협정을 맺었으며, 그것은 모든 방면의 만족감을 위해 양자 모두에 의해 이행된다. 그녀가 옷을 벗을 때면 그는 즐거이 그녀를 바라본다. 그녀는 다른 여자들이 핸드백을 여는 것처럼 거리낌 없이 블라우스 단추를 끄른다. 율리아의 몸을 다년간 너무나도 자세하게 관찰했던 수많은 눈들은 외경심을 느껴야 하는 의무를 형사에게서 면제해 준다. 그는 그냥 바라볼 수 있다.

그녀의 옷가지들이 조심스럽게 개켜져서 의자 팔걸이에 걸릴 때면, 그녀가 그를 도발한다는 사실보다 그녀가 벗고 있다는 사실이 더 그의 마음을 뒤흔든다. 하지만 그녀가 온몸으로 그에게 바싹 붙자마자 그는 아직 자신에게 존재하는 모든 열정과 감사한 마음으로 그녀를 사랑한다. 그녀를 너무나도 사랑하기에 모든 것이 멈춘다. 통증이, 생각이, 자신의 실존에 관한 끊임없는 내면의 보고에 대한 모든 인간적 강박이. 애초부터 율리아는 관찰자를 침묵하게 만들 수 있었다. 몇 분 동안 안식이 찾아온다. 검은색처럼 끝도 없이. 죽음을 담보로 빌린 돈처럼 아름답게.

그런 뒤에 그들은 블라인드를 걷어 올리고, 닫혀 있는 발코니 문 옆에서 커피를 마시고, 월요일 오전을 위한 건배로 유리창에 찻잔을 부딪힌다. 거리에서는 한 아이가 수십 년 전부터 더 이상 생산되지 않는 양철 롤러스케이트를 타고 땅을 긁으며 지나간다. 비둘기 두 마리가 호두 한 알을 놓고 싸우지만, 그들 중 어느 한 놈도 그것을 깰 줄은 모른다. 실프는 반짝이는 빛을 들여다보며 눈을 깜빡인다. 그 두 마리 비둘기가 까마귀, 겨울새, 애도의 새라는 사실이 드러날 때까지. 그것들은 여름이라 자칭하는, 가지각색 그림이 그려진 커튼의 틈새를 통해 슬며시 들어왔다. 몇 초 동안 그에게는 나무들이 창백한 하늘을 배경으로 서 있는 시커먼 해골처럼 보이고, 까마귀들이 수천 마리씩 모여드는 황폐한 평원이 보이고, 그것들이 날아오르고 태양이 어두워지는 것이 보인다. 침묵의 시간이 지나가고, 그의 머릿속은 원래대로 돌아온다.

기분 좋은 소리를 내며 율리아가 그의 팔에 기댄다.

"다른 데 가지 마." 실프가 속삭인다.

"다른 데는 이미 가 있었는걸." 율리아가 말한다. "이제 난 여기 있어."

그녀는 깊은 호수 같은 눈으로 그를 바라보고, 눈썹을 치켜올리고, 무성 영화 속 여배우처럼 입꼬리를 양옆으로 당긴다. 실프는 그녀의 머리에 한 손을 얹고 눈을 감고서 그녀의 생각을 읽으려고 해 본다.

"곧……." 그가 말한다. "우리는 서로를, 불편하지만 없어서는 안 될 기억처럼 돌보게 될 거야."

현관 초인종이 그들을 움찔하게 만든다. 밖에는 젊은 여자 순경 지망생 하나가 서 있다가 다시 가려고 서두른다. 실프는 자신이 바지를 입지 않았다는 것을 너무 늦게 깨닫는다. 소포를 받아 들고 그 아가씨에게 팁을 주려는 자신을 마지막 순간에 저지한다. 포장지에는 빨간 글씨로 '지급'이라고 쓰여 있다.

율리아가 가세해서 형사를 옆으로 밀칠 때까지 비디오 버튼들이 말을 듣지 않고 자리를 바꿔 댄다. 기계가 고분고분 테이프를 삼킨다.

"증거 자료야?" 율리아가 묻더니 찻잔을 들고 텔레비전 앞에 편안한 자세를 취한다.

실프가 고개를 끄덕인다.

"살인자와 그의 제일 친한 친구야." 「천극을 도는 별자리」의 연단이 나오자 그가 말한다.

"그런데 누가 누구야?"

거기에 대해서는 형사가 아무 대답도 하지 않는다.

그는 그 방송을 기꺼이, 두 번째로 시청한다. 더 큰 화면으로 보니 두 남자의 존재감이 더욱 강렬하게 느껴진다. 홀린 듯이 실프는 모든 시선과 모든 몸짓을 뒤쫓고, 오스카의 맹수 같은 우아함과 제바스티안의 예민한 경계 태세를 관찰하고, 고조된 응력장(應力場)이 동요하는 것을 기록한다. 율리아는 하품을 하고 지루해한다.

"단 하나의 우주." 오스카가 말한다. "도주 가능성이 없는 우주. 너는 그걸 연구해야 해. 그 속에서 살아야 하고."

연단 위가 더욱 생기를 띠자 율리아가 몸을 일으켜 세운다.

"저 사람들 뭘 가지고 싸우는 거야?"

"그건 학문적 논법이 아니잖아." 제바스티안이 소리친다. "그건 도덕적 교조주의라고!"

"잠깐만." 형사가 말한다.

그리고 볼륨이 높아진다. 물컵이 권총 격발음과 같은 강도로 유리 테이블에 부딪힌다.

"너의 이중 세계에서, 너는 이중 생활을 하지." 오스카가 말한다.

비명을 지르면서 율리아가 양손으로 귀를 막는다.

"도대체 뭐 하는 거야?" 그녀가 성질을 내며 외친다.

클로즈업으로 제바스티안의 울대뼈가 위아래로 움직인다. 실프는 여자 친구의 손목을 잡고 강제로 귀에서 손을 떼어 낸다.

"잘 들어 봐."

"제가 그것을 오웰의 말로 표현해 보겠습니다." 오스카가 말한다.

그가 일어설 때 관객석의 웅성거림이 집의 방바닥을 진동시키는 소음으로 부풀어 오른다. 옷가지들이 바스락거리는 소리. 목재 연단 위를 딛는 오스카의 가죽 구두 바닥. 저분 저러시면 안 되는데. 사회자의 음성이 치직 소리를 낸다. 오스카의 마이크는 유리 테이블 위에 그대로 놓여 있다. 그의 말을 알아듣기가 어렵다. 그가 검지로 제바스티안을 가리킨다.

"지금이야." 실프가 말하고 앞으로 몸을 기울인다.

오스카의 음성은 스튜디오 마이크들에 의해 잡힌다. 마치 그가 멀리서 말하는 것처럼 들린다.

"그건 다벨링이야." 형사가 그의 말소리를 듣는다.

"이제 좀 꺼." 율리아가 명령한다.

실프는 리모컨을 떨어뜨린 지 오래였다. 율리아는 그것을 집어서 녹화 테이프를 정지시킨다. 화면에는 사회자가 게스트들 옆에서 손을 높이 치켜든 채 굳어 있고, 세 사람 모두 떨리는 정지 화면 속에서 하나가 된다. 아마도 사회자는 곧이어 물리학자들의 흥분을 자기 프로그램의 중요성에 대한 증거로 해석하려고 했을 것이다. 그런 뒤에 그는 토론을 이어 갔을 것이다. 율리아가 그를 내버려 뒀더라면 말이다.

피가 형사의 발치로 떨어졌다. 그것을 알아채지 못한 채 그는 손가락을 죄다 동원해서 차가운 뺨을 만진다.

"이해가 안 가." 그가 신음한다. "머리가 터질 것 같아."

흡족한 기분으로 율리아는 좀 더 편한 자세를 찾아 소파 위에서 꿈틀거리고 팔걸이에서 찻잔을 집어 든다.

"어쩌면 당신들 수사 방법이 이상한 건지도 몰라."

실프가 그녀의 어깨를 움켜잡자, 커피가 그녀의 맨다리로 엎질러지고 카우치 커버에 얼룩을 남긴다.

"뭐야!" 율리아가 고함을 지른다. "당신 미쳤어?"

즉각 그는 그녀에게서 떨어진다. 그의 코끼리 눈이 그녀의 얼굴을 들여다본다.

"저 남자가 뭐라고 했어?" 그가 애원하듯 묻는다.

율리아의 표정은 진정한 변신의 묘기를 보여 준다. 처음에는 분노, 다음에는 놀람, 마지막에는 조소.

"왜 그러는데?" 그녀가 말한다. "알아듣기 쉬웠잖아?"

그녀의 시선이 형사의 두 눈 사이를 이리저리 옮겨 다닌다. 마침내 인식의 빛나는 광휘가 그녀의 얼굴 표정 위로 번져 나간다.

"아, 그렇군." 그녀가 말한다. "당신 오웰 안 읽었구나!"

"그래서?" 형사가 다그친다.

"그건 더블싱크,[58] 이중사고야." 율리아가 인용해 말한다. "서로 모순되는 두 가지를 똑같이 진실로 간주하는 강박 말이야. 오웰의 책에서는 그게 전체주의 체제의 조작 방식이지."

"안 돼." 실프가 말한다.

그것은 구조 요청처럼 들린다. 염려스러워하며 율리아가 그의 손을 잡는다.

"뭣 때문에 그래? 그게 맞다고 생각하지 않아?"

---

58 doublethink. 조지 오웰이 『1984』에서 사용한 조어. '다벨링'과 발음이 유사하다.

"아니, 맞아."

"이것 봐. 저기 저 사람이……." 그녀가 정지 화면에서 깜빡거리며 사회자 옆에 앉아 있는 제바스티안을 가리킨다. "저 사람의 의견에 따르면 그걸……." 오스카가 아직도 여전히 손가락을 뻗고서 악마처럼 미소를 짓는다. "특히 잘할 줄 안다는 것 같아."

"더블싱크는 제거되어야만 한다." 형사가 말한다.

그는 여자 친구를 뚫어져라 보는 걸 멈출 수 없다. 그는 자신의 얼어붙은 시선을 받칠 것이 필요하다. 그의 심장이 아프리카 원주민의 북처럼 쿵쾅거린다. 흑의 킹이 H8 열의 가장 말단 구석까지 밀고 들어온다. 백의 킹이 체스 판 가장자리로 몰린다. 체스 말들이 뒤죽박죽 섞여 버리고 64개 구역들이 서로 와해되어 덜커덩거리며 딱딱한 바닥에 내동댕이쳐진다.

인간이 세상에 현존한다는 것만으로는 오해가 충분치 않다는 것인가, 형사가 생각한다. 청각적인 오해마저 덧붙여져야만 하는 것인가?

그리고 가지들이 한 연못의 두 지점에서 물 위로 솟아오른다면 그것들은 전적으로 같은 나무 둥치에 속할 수 있는 것이다.

조심스러운 손가락이 그의 뺨을 쓰다듬는다. 이번에는 그의 손가락들이 아니다.

"우리가 사건을 해결한 거야?" 율리아가 부드럽게 묻는다.

"젠장, 그래." 형사가 말한다.

2

슈누어파일 경장에게는 리타 스쿠라가 세상에서 가장 아름다운 여인이다. 더 아름다운 여자는 그녀 이전에도 없었고, 그녀 이후에도 태어나지 않을 것이다. 혹여 그렇지 않다면, 그 여인은 그들 둘의 아이일 것이다. 슈누어파일은 자신이 똑똑하다고 생각하지 않는다. 그는 경험이 별로 없고, 그러니 이야기할 것도 많지 않다. 그렇다고 군중들 사이에서 돋보일 특별한 능력이 있는 것도 아니다. 하지만 그는 자신이 잘생겼다는 것을 알고, 그 때문에라도 자신이 리타 스쿠라에게 이미 어울린다고 생각한다. 게다가 그는 비길 데 없이 그녀에게 충실하다. 그리고 그녀에게는 친구가 없다. 그녀는 공명심과 결혼했고, 그것은 슈누어파일이 공식 봉급 일람표에서 추론해 냈다시피 언젠가는 상당한 수입을 낳을 결합이다. 리타는 출세할 것이고, 점점 더 많은 돈을 벌 것이다. 처음에는 두 사람, 나중에는 셋 또는 네 사람을 위해서. 슈누어파일은 집에서 살림하며 리타 같은 여자를 위해 내조하는 것에 아무런 반감이 없을 것이며, 오히려 반대로 그녀를 자랑스러워할 것이다. 그의 구상은 명료하고 심사숙고된 것이며 오류가 없다. 아직 그녀에게 그것을 제시할 기회를 찾지 못했을 따름이다.

경장은 오스트리아 경찰차 조수석에 기대어 앉아 마치 사람들이 매일 아침 잔디 깎는 기계로 정갈한 짧은 머리 모양을 만들어 주는 것처럼 보이는 풍경을 바라본다. 리타가 그에게 브레겐츠 지방으로 여행 갈 마음이 있느냐고 물었을 때 그는 파란 하늘과 하얀 구름, 초록 초원을 상상했다. 이 모든 것이 전부 고스란히 있었다. 하지만 슈누어파일은 또한 리타의 가슴 사이를 지나는 안전 벨트와 웃고 있는 해님을 담은 그녀의 갈색 눈도 생각했다. 그의 "예."가 어찌나 열광적이었던지 리타는 그를 이상하게 쳐다보았다. 슈누어파일은 그런 것쯤은 아무렇지도 않게 생각했다. 이상한 시선들은 그가 여형사와 함께 지내면서 익숙해져야만 했던 최소한의 것에 불과하다.

지금 그의 옆에는 리타가 아니라 뱃살 때문에 핸들 안으로 간신히 들어가는 오스트리아 경찰관이 앉아 있다. 드러나지 않게 그는 자기와 자기 나라 사람들을 먹여 살리는 관광객 무리에게 욕을 해 댄다. 브레겐츠의 중심가는 마지못해 자동차에 자리를 내주는 인간들로 가득 차 있다. 마치 자기네들이 체류세를 내면서, 매일 휴일 같은 주변 환경에 대해서도 돈을 지불한 것처럼 말이다. 최소한 슈누어파일은 점잖지 못한 행동을 지칭하는 것처럼 들리는 이름의 장소로 가는 길을 자신이 직접 찾지 않아도 된다는 것이 기쁘다. 내가 급하게, 네가 급하게, 그가 급하게.[59] 뒷좌석에는 그의 초록색 경찰모와 오스트리아의 백색 경찰모가 의좋게 나란히 놓여 있다. 국제 업무 공조가 제대로 작동한다는 것을 상징한다.

자동차가 팬더산맥의 지맥을 기어오르고, 자동차 주둥이가 둔중하게 커브를 돌 때, 오스트리아인이 사냥꾼 소시지 냄새가 나는 짧은 한숨을 내뱉는다. 그는 마치 자기가 그것을 직접 고안해 내기라도 한 것처럼 풍광의 아름다움에 대해 논평을 해 댄다. 슈

---

59 그뷔게라는 지명은 '급히 나누는 짧은 성교'를 뜻하는 단어 Quikie와 발음이 유사하다.

누어파일은 평범한 엽서용으로도 이미 너무 키치 같은 이 지역을 어떻게 자랑스러워할 수 있는지 이해가 가지 않는다. 여기서 전통 의상을 입고 다니지 않는 사람은, 한마디로, 거슬린다. 그럼에도 그곳은 어쩌면 리타와 인생 계획을 의논하기에는 제격인 주변 환경일지도 모른다. 이제 그에게는 여형사에게 필요한 정보들을 가져다주는 것 말고는 남은 일이 없다. 신속하게, 철저하게, 완벽하게. 한마디로, 평소처럼 그녀가 완전히 만족할 정도로.

마침내 자동차가 들길 위를 달리며 덜컹거리고, 독일 자작나무 아래 그늘에서 멈춘다. 슈누어파일이 내려서 곧장 목조 가옥으로 가는 동안, 오스트리아 사람은 체크무늬 손수건으로 목덜미 땀을 닦고 누울 수 있도록 운전석을 뒤로 젖힌다. 널찍한 정면 발코니와 박공에 조각된 소용돌이 장식 때문에 그 집은 엄청나게 큰 뻐꾸기시계 같다. 초원에는 나무 말뚝, 쌓아 올린 물탱크, 밧줄로 이루어진 탑이 너무나도 불가사의하게 하늘로 솟아 있어서, 경장은 이 구조물의 의미에 대한 질문을 아예 시도조차 하지 못한다. 좀 멀리 떨어진 곳에서 아이들 무리가 숲의 가장자리를 따라 달음박질친다.

실내에서는 차[茶]와 신발 냄새가 난다. 응접실과 식당에는 사람이 아무도 없다. 슈누어파일은 번호가 붙어 있는 방문들을 열었다 닫았다 하고 이층 침대들로 꽉 채워진 방들을 들여다보다가, 가구들이 초라한 좀 더 큰 방에서 아이 둘과 마주친다. 그의 등장이 그들을 완전히 흥분시킨다. 뚱뚱한 사내아이는 흡사 그렇게 많이 집중하기에는 두개골에 자리가 충분치 못한 듯 튀어나온 눈으로, 제시된 경찰관 배지를 응시한다. 슈누어파일은 여자아이에게 물어보기로 마음먹는다. 여자아이의 머리는 양옆은 면도로 밀었고 뒤는 땋았다. 혀에 피어싱을 해서 말을 할 때 구슬이 이에 부딪힌다. 자기 앞에 있는 두 사람이 방학을 맞은 아이들이 아니라, 두 책임 조장이라는 것을 알아채고서 경장은 은근슬쩍 말을 높인다.

리암에 대해서는 사람들이 확실히 기억할 수 있다. 이유도 대지 않고 아이를 야영지에서 데려가면서 그 아이의 아버지는 다소 이목을 끌었다. 여자아이는 그 불쌍한 사내아이가 짐 싸는 것을 도와주었다. 그 아이는 머리를 푹 숙이고 양말을 모두 하나씩 개켰으며, 첫날 모두 함께 배운 바로 그대로 자기 침대를 다시 한번 정리하겠다고 고집을 부렸다.

"도대체 누가 그 불쌍한 사내아이를 여기에 데려온 겁니까?"

두 조장은 눈을 위쪽으로 돌리고 입꼬리를 아래로 내린다. 쉬운 질문이 아니에요. 입소일에는 족히 100명은 되는 아이들이 그 뷔겐으로 왔어요. 그 아이를 데려간 남자일 수도 있겠죠. 하지만 어쩌면 아닐 수도 있고요. 어쨌든 그 남자는 키가 별로 크지 않았어요. 그렇다고 눈에 띄게 작지도 않았고요.

슈누어파일은 곧 인내심을 잃는다. 그는 오스트리아 억양을 가진 사람들을 진지하게 대하는 것이 예전부터 늘 어려웠다. 위압적인 손동작으로 그는 컴퓨터 뒤에 있는 의자에서 그 뚱보 녀석을 쫓아내고, 잡지 더미 위에 펼쳐진 채 놓여 있는 너덜너덜한 일지를 집는다. 그 공책에는 수많은 정보를 담은 도표들이 들어 있다. 입소와 퇴소, 나이, 성별, 질병, 음식 문제, 선금 입금 내역. 모든 기입 사항들은 모두 각기 다른 필기구로 기록되었으며 각기 다른 사람들 손으로 쓰여 있었다. 몇 장을 넘긴 후에 경장은 27번에서 리암의 이름을 발견한다. 도착 날짜, 특이 사항 없음. 그가 노트를 되돌려 놓으려 할 때, 책갈피에서 노란 메모지가 떨어진다.

"슈테판에게." 둥그런 글씨로 이렇게 쓰여 있다. "27번은 독감 때문에 오지 못함. 아버지가 전화했음. F."

슈누어파일은 여자아이에게 그걸 썼는지 묻는다.

그녀는 격렬히 고개를 젓는다. F.는 누군가 다른 사람이다. 그리고 그건 어쨌든 잘못된 메모다. 그 불쌍한 사내아이는 여기 있었지 않은가. 일찍 되돌아갔을 뿐. 그런데 경찰분께서는 왜 그렇게 이상하게 쳐다보시는 거예요?

조장들이 그 일에 관해 상의하는 동안 슈누어파일은 의자에 털썩 앉는다. 그는 주먹을 쥐었다 폈다 하며 팔뚝을 보면서 근육의 움직임을 관찰한다. 그는 자신이 여형사에게 보고할 순간에 대해 생각한다. 어쩌면 그는 누군가가 잊어버린 그 메모지가 찾아내기 어렵게 잡지 더미 속에 있었노라고 주장할지도 모른다. 여형사는 그를 올려다볼 것이고, 이마에서 머리카락을 걷어 올릴 것이고, 그러면서 그에게 겨드랑이를 보일 것이다. 고마워, 슈누어파일 경장, 잘했어.

방에 흐르는 침묵이 그를 몽상에서 일깨운다. 뚱뚱한 사내아이가 그를 꼬나본다. 여자애는 사라졌다. 전력을 보강하러. 몇 분 후에 슈누어파일은, 서류에서 보아 익히 아는 리암처럼 생긴, 아이들에게 둘러싸인다. 톤이 높은 목소리들이 새된 소리를 질러 대고, 끈적끈적한 손들이 관용 무기가 꽂힌 가죽 벨트를 만지작거린다. 슈누어파일은 자신이 리타 스쿠라와 함께 낳을 아이들 말고는 아이들을 좋아하지 않는다.

그는 벌떡 일어나서 그 무리로부터 솟아나온 키 큰 녀석을 잡는다. 그 아이가 슈테판이고 대장이라고 뚱보가 설명한다. 다듬지 않은 턱수염 때문에 슈테판은 마치 영원한 병역 대체 복무자처럼 보인다. 그는 코맹맹이 소리로 말하는데, 그것이 슈누어파일을 돌아 버리게 만든다.

보이 스카우트 아이들끼리 초원에 내버려 둘 수가 없어서 아이들을 함께 데리고 들어왔다. 전화 통화나 독감에 대해서는 아는 바가 없다. 워낙에 일이 바쁘게 돌아가고, 그래서 모든 것에 늘 주의를 기울이지는 못한다. 그리고 지금 그게 뭐 그리 중요한지도 이해하지 못하겠다.

슈누어파일은 슈테판의 팔을 움켜잡고 한 번 세게 누른다.

그렇다, 맞다. 키가 큰 남자가 잠이 든 리암을 그뷔겐으로 데려왔고 팔에 안고서 집 안까지 들어왔던 것이 기억난다.

경장이 더 세게 움켜잡자 그 결과 슈테판은 그 남자 머리가 짙은 색이었던 것도 알게 된다. 그리고 경장이 두 번째 손의 도움을 받자, 그 신원 미상의 남자에게 겁나게 날카로운 검은 눈과 겁나게 거만한 얼굴까지 더 갖춰 줄 수 있게 된다. 며칠 뒤에 여기서 리암을 데려갔던 남자와 같은 남자가 아니라고 아이는 겁나게 확신한다.

슈누어파일은 노란 메모지를 챙겨 넣고 F.의 전체 이름을 받아 적고서, 종알거리는 아이들 무리를 헤치고 나가 그 방을 떠나기 전에, 순수한 표준 독일어로 작별 인사를 한다.

오스트리아 경찰관은 차 안에서 잠이 들었고, 슈누어파일이 그의 어깨를 흔들자 깜짝 놀란다. 무뚝뚝하게 슈누어파일은 차량

용 전화를 요구한다. 새로운 소식을 직접 전달하는 게 당연히 더 좋을 테지만, 여형사는 그런 면에서는 전혀 유머가 없다. 완벽하게, 철저하게, 신속하게. 언제나 그렇듯이 완전히 만족할 수 있게.

경장은 수화기를 집어 들고서 나선형 전선이 허락하는 한 자동차로부터 가장 멀리 떨어진다.

"임무 완수했습니다, 대장님!"

"우주선 엔터프라이즈호 같은 허튼소리는 집어치워." 리타가 말한다. "털어놔 봐."

바로 이런 대답들을 할 때 그는 그녀를 가장 사랑한다.

3

"율리아? 당신이야?"

"완전히 잘못 짚으셨는데요, 실프. 그런데 도대체 형사님은 왜 항상 질문으로 전화를 하시는 겁니까?"

그에 관해서 형사는 아직 제대로 생각해 본 바가 없다. 아마도 그것이 그냥 그의 천성에 맞기 때문일 것이다.

"그리고 율리아는 누굽니까?"

"내 여자 친구라네. 순간적으로 마음이 말랑말랑해져서 자네한테 그녀 이야기를 한 적이 있지."

"말씀하시니 기억이 나는군요!" 리타 스쿠라는 기분이 최고다. "아마 제가 형사님 말을 전혀 믿지 않았나 봅니다."

"나도 비슷하다네."

"농담꾼. 형사님한테 충고 하나 해 드리려고 전화했습니다."

"좋네." 실프가 불쾌해하며 말한다. "세상이 거꾸로 돌아가는군."

지금은 전화를 받기 좋은 순간이 아니다. 음향적 관점에서 볼 때 원형 홀은 대성당과 비슷하다. 형사는 갤러리 기둥들 사이에 몸을 숨긴다. 그의 위에는 겨울 하늘의 별자리가 그려진 돔형 지붕이 아치를 이루고 있다. 아래에는 전시가 시작되기를 기다리는 사람들이 이리저리 거닐고 있다. 그들은 벽에 있는 진열장을 들여다보거나, 작은 무리를 지어 함께 서서 대화를 나눈다. 건물 뒤에서 기차가 지나갈 때마다 바닥이 진동한다.

"충고의 주제는 이겁니다. 코앞에서 사건을 낚아채 가면 기분이 어떻겠는가?"

"어디 말해 보게."

"소위 유괴 뒤에 누가 리암을 보이 스카우트 야영지로 데려왔는지 아십니까?"

"응."

"허세 부리시는군요."

"전혀."

리타 스쿠라는 이 사이로 공기를 빨아들인다. 쉬이 소리가 마치 이중의 바닥이 옆으로 잡아당겨지는 것 같다. 좋았던 여형사의 기분이 정반대로 바뀌는 쪽으로 집중되는 동안 대화가 중단된다.

"그럼 말해 보세요." 마침내 그녀가 소리친다.

"오스카."

"그걸 어디서 아셨습니까?"

"그게 진실이니까. 그런데 자네는?"

"제 사람들이 그뷔겐에 갔습니다."

무심결에 형사는 미소를 지을 수밖에 없다. 그는 리타의 **사람들** 역할을 슈누어파일 경장이 맡고 있다는 것을 안다.

"그뷔겐에서 그 남자의 인상 착의를 저한테 전해 주었어요. 살인자의 책상에서 발견한 사진과 일치합니다."

"뭐라고?" 형사가 날카롭게 묻는다. "자네는 제바스티안의 책상을 쑤석거리는 건가?"

"가택 수색요." 리타가 말한다. "경찰 수사의 검증된 도구죠."

"맙소사! 자네는 왜 그런 말도 안 되는 짓거리를 해서 그 사람을 가만 놔두지 않는 건가?"

"아주 간단합니다, 실프 형사님. 그가 한 남자를 살해했으니까요."

"그는 자백을 했네."

"저는 범행 동기를 찾고 있습니다."

"그렇다면 나한테 전화를 하면 되잖나!"

자신의 목소리 크기에 깜짝 놀라서 실프는 한 손을 입에 가져다 댄다. 조심스럽게 그는 창턱 위로 몸을 굽힌다. 아무도 그를 올려다보지 않는다. 두 사람이 유리 진열장 앞에 서 있다. 실프는 그들이 미처 달아날 짬도 없을 정도로 빠른 시간 안에 그들과 이야기를 나눌 작정이다. 유리 진열장에는 다양한 크기의 구슬들이 들어 있다. 형형색색의 줄무늬가 있는 내부를 관찰할 수 있도록 각 구슬은 피라미드 모양으로 조각이 잘려 나가 있다.

"더 이상 질문으로 전화하지 않고, 대답을 가지고 전화하겠습니다." 리타가 말한다.

그 두 사람이 진열장으로부터 몸을 돌리자, 태양계가 그들을 형사의 시선에서 앗아 간다. 태양계는 홀의 중앙에 매달려 있고, 모빌처럼 철사 줄에 매달려 돌아간다. 실프는 행성들을 그 궤도 위에 유지시키는 질서 의지가 부럽다. 그는 열역학 제2법칙을 인터넷에서 찾아보았다. 한 시스템 안에서 무질서의 정도는 꾸준히 증가한다. 엄청난 양의 에너지가 이 과정에 저항하지 않는다면 말이다. 애당초 실프의 에너지는 제바스티안을 리타의 수색 활동으로부터 지켜 주기에 충분한 적이 없었음에 분명하다. 틀림없이 제바스티안의 집은 지금 토네이도가 관통하고 지나간 곳처럼 보일 것이다.

"어쨌든 자네가 마침내 그걸 믿게 되었으니 기쁘네." 그가 전화기에 대고 말한다.

"뭘 믿는단 말입니까?"

실프가 목표로 삼은 인물들이 다음번 진열장 앞에 멈춰 섰을 때, 전조등 하나가 빛으로 그들의 금발 머리에 왕관을 씌운다. 우주를 답사하는 두 천사라고 형사는 생각한다.

"자네가 마침내 협박 사실을 믿는 것 말일세."

"이런 맙소사." 기분 좋은 리타는 완전히 사라져 버렸다. 이제 여경이 말한다. 냉정하고, 파렴치하고, 효율적으로. "형사님이 상황을 완전히 꿰뚫고 계시지는 못한 것 같군요. 유괴된 아이를 그뷔겐으로 데려갔던 이 오스카는 제바스티안의 가장 친한 친구예요."

"그리스 비극을 위한 소재로군." 실프가 말한다.

"전 그걸 살인의 종범이라고 부르죠. 게다가 아주 영리합니다. 그 교수는 연적 하나를 제거해야만 했습니다. 그의 친구는 협박을 가장하죠. 흔들리는 알리바이보다 훨씬 낫잖아요. 저는 즉각 치정 범죄가 문제라고 감을 잡았죠."

"그래서 자네는 이러한 가정의 정반대편에서 출발했던 거로군, 그렇지 않나?"

"그거야 어쨌든." 리타가 말한다. "치정 범죄는 훌륭해요. 치정 범죄는 의료계 스캔들과는 아무런 관련이 없습니다."

"들어 보게!"

애써 억눌렀던 형사의 공황 상태가 너무나도 직접적으로 터져 나와서 리타는 순간적으로 입을 다문다. 실프는 사암 기둥 하나에 이마를 기대 목소리를 낮추려고 애쓴다.

"나도 자네 말이 옳다고 인정하네. 그랬을 수도 있어. 하지만 내 맹세컨대, 리타, 그런 게 아니야."

"실프……."

"그것은 특히 위험한 사내아이가 고안한, 멍청한 사내아이 장난이었다네. 그건 일생일대의 사랑이었어. 다중 세계 이론 말일세. 그리고 지구 위를 배회하는 가장 잔혹한 범죄자의 걸작이지. 우연의 걸작. 너무나 잔혹해서 나는 차라리 그것을 믿지 않기로 했다네."

"실프 형사님." 리타가 말한다. "지금 무슨 말씀을 하고 계신지 알고 말씀하시는 겁니까? 멍청한 사내아이요? 일생일대의 사랑요? 우연요?"

"내가 모든 걸 해명할 수 있다네." 형사가 속삭인다.

작은 천사가 한쪽 팔을 뻗더니 손가락 끝으로 게시판 위에 있는 선들을 쫓아간다. 그가 뭔가 말한다. 큰 천사가 고개를 끄덕인다.

"내가 자네에게 진짜 죄인을 데리고 가겠네. 그가 자백할 걸세. 자네는 최고위 부서에 이 사건이 종결되었다고 보고할 수 있다네. 나를 그만 이기려고 하게나, 리타. 나를 좀 도와주게!"

"하지만 실프." 여형사가 소리친다. "도대체 저한테 원하시는 게 뭐예요?"

형사는 이마와 뺨을 닦으려고 귀에서 전화기를 뗀다. 관객들이 움직이기 시작하고, 그들 중 첫 번째 무리가 갤러리로 가는 계단 쪽으로 다가간다. 실프는 몸을 구부려서 다리 사이에 끼고 있던 서류 가방을 들어 올린다.

"오늘 밤에 이미 무슨 계획 있나?" 그가 묻는다.

"물론 없습니다."

두 천사가 돌계단을 날아 올라온다. 실프는 기둥 뒤로 더 물러선다.

"난 여기서 아직 좀 처리해야 할 일이 있다네." 그가 말한다. "아무것도 하지 말게. 대기하고 있게나."

"질문 하나 더요. 사건에 대한 형사님의 견해가 병원과 관련이 있습니까?"

"눈곱만치도 없네."

"그렇다면 이따 뵙겠습니다."

형사는 전화기를 바지 주머니에 찔러 넣고, 모든 관객이 전시관으로 들어갈 때까지 기다린다. 그러고 나서 그 역시 입장권을 보이고 미끄러지듯 문을 통과한다.

실내는 어두침침하다. 의자는 하나도 없고, 사람들은 푸르스름한 조명이 비치는 돔형 지붕 아래 아치형을 이루고 빽빽하게 서서는 머리를 뒤로 젖히고 있다. 여교사가 킥킥거리는 자기 반 학생들에게 바닥에 앉으라고 지도한다. 아이들은 어둠 속에서 균형을 유지할 수 없기 때문이다. 형사도 사람들 사이를 뚫고 지나가는 동안 균형을 잡는 데 곤란을 겪는다. 그의 머리 위로 인공 하늘에서 거대한 나선이 회전하기 시작한다. $E=mc^2$이 소행성처럼 휙 지나쳐 간다. 아이들이 열광해서 소리를 지르고 몸을 움츠린다.

"우리는 존재의 위대한 드라마 속에서 배우인 동시에 관객입니다." 한 남자의 목소리가 쇼의 개막에 맞춰 말한다.

실프는 자신의 두 천사를 찾아냈고, 이제 그들 뒤에 바짝 붙어 서 있다. 큰 천사가 어깨를 움직일 때마다 매끄러운 머리카락의 향기가 구름처럼 피어오른다. 율리아의 경우와는 완전히 다르다. 더 달콤하다. 라임 나무 꽃잎 차에서 나는 것 같은 방향, 그것이 이미지들을 망각의 심연으로부터 표면으로 불러 올린다. 이것이야 말로 나의 새로운 과거라고 실프는 생각한다. 내가 떠나가면, 나는 이것을 기억하게 될 것이다. 한 남자와 한 여자와 신이 난 아이. 얼굴은 우주로 향한 채. 한 번씩 서로의 등을 한 번 쓰다듬을지도 모른다. 서로 깍지를 낀 손가락, 정확히 손바닥에 들어맞는 아이의 머리. 실프는 두 목표 인물들의 어깨를 거의 건드릴 뻔하는데, 그나마 바로 때맞춰 손을 뒤로 물린다. 그의 바로 앞에 그가 미래를 책임져야 하는 두 사람이 서 있다. 운명이 이 행성의 딱딱한 외피 위에 놓인 아주 작은 점에서 그들과 그를 하나로 결합시켰다.

넋 놓고 있을 시간이 지났다, 라고 형사는 생각했다고, 형사가 생각한다. 마지막 몇 미터를 남겨 놓은 사람들은 인생을 더 이상 신발처럼 다루지 않는다. 사람들은 발에 꽉 끼지 않는 한 자기가 신발을 신고 있는지조차 모른다.

잠시 동안 실프는 너무나도 행복해서 울고 싶어진다. 하지만 물론 그는, 대부분의 사람들처럼, 이미 오래전에 우는 능력을 복수심과 맞바꿨다. 그는 자신이 더 이상 그 누구에게도 가정을 만들어 줄 수 없다는 사실을 분명히 안다. 단지 가정처럼 너무도 소중한 뭔가를 감히 파괴하려 했던 사람들을 벌할 수 있을 따름이다. 형사는 한 걸음 뒤로 물러선다. 그는 앞으로 고꾸라지지 않도록 주의해야만 한다. 그는 새알의 내부에서 박동을 느낀다. 그리고 열역학 제2법칙이 무질서가 증가하는 상태에서 그와 자신의 사건을 분산시켜 버릴 참이라는 것도 느낀다. 곧 뭔가로 용해되는 것에 저항할 힘이 그에게서 완전히 사라질 것이다. 마지막으로 전력을 다해 봐야만 한다. 아직 반나절, 그리고 밤이 남아 있다. 뭔가를 정상으로 돌려놓기 위한 마지막 시도.

"관찰은……." 확성기로부터 남자 목소리가 말한다. "가능한 모든 과정들 중에서 실제로 발생한 것을 선택합니다."

"저 여기 왔습니다." 실프가 말한다.

그녀가 천천히 머리를 돌리는 동안, 마이케의 등이 경직된다.

"알아요." 그녀가 말한다.

스크린 위의 격렬한 폭발이 홀을 새하얀 빛 속에 담근다. 마이케의 얼굴이 세세히 보인다. 차갑고, 과다 노출된 사진처럼 알 수가 없다. 리암도 몸을 돌린다. 아이의 눈은 파란 플라스틱 조각처럼 딱딱해 보인다. 형사를 알아본 아이는 그에게 보란 듯이 조붓한 등을 돌린다.

"전 당신이 우리를 미행하는 것을 참을 수가 없어요." 마이케가 속삭인다.

"하지만 전 당신을 미행하는 게 절대 아니라고요!" 실프가 감정을 억누르며 소리친다.

"그 어떤 기초 현상도 실재 현상이 아닙니다……." 남자 목소리가 말한다. "그 현상이 관찰되기 전까지는 말입니다."

애니메이션 고양이가 둥근 천장을 산책하며 돌아다닌다. 아이들이 환호하고, 인간 관목 더미에서 팔들로 이루어진 숲이 자라난다.

"어떻게 지내시는지 물어보려고 했던 겁니다." 실프가 속삭인다.

마이케가 소리 없이 웃는다.

"꺼져요. 우리한테서는 완벽하게 아무것도 더 이상 건질 게 없어요."

고양이가 상자 속에 가둬진다. 실프는 이제 무슨 일이 벌어질지 안다. 슈뢰딩거의 고양이에 대해서도 그는 인터넷에서 약간 읽었다. 아무도 상자 안을 들여다볼 수 없는 한 고양이는 죽은 동시에 살아 있다. 그것은 중첩 상태라고 불린다. 마이케의 관점에서는 리타와 그가 그러한 중첩 상태를 형성한다. 마이케는 형사와 여형사를 구분하지 못한다. 경찰 일은 경찰 일일 뿐이다. 제바스티안이 어떻게 다루어지는지에 대해서는 자기가 어쩔 수 있는 게 아니라고 그녀에게 설명해 봐야 소용없을 것이다. 자신은 오히려 그가 구속의 비참함을 면하게 해 주었다는 것도. 그러면 마이케는 정말로 형사를 거짓말쟁이로 여길 것이다.

부산스러운 시계의 똑딱 소리가 실프의 신경을 건드린다. 이번에는 그것이 확성기에서 나는 소리지 자기 머리에서 나오는 게 아니라는 것을 확인하고 그는 마음이 가벼워진다.

"가택 수색과 관련해서는 정말로 유감입니다." 마침내 그가 말한다. "제 동료 여형사를 대신해서 사과드리지 않을 수 없네요."

"무슨 가택 수색요?" 마이케가 묻는다.

"그에 대해 아무것도 모르세요?"

"전 어제 이후로 집에 없었어요."

"그렇다면……." 공포심이 차갑게 감싸 안는 동안 실프가 말한다. "그렇다면 당신은 그를 떠난 겁니까?"

"그이가 우리를 떠났지요. 머리로도 마음으로도. 우리는 그저 집에서 나왔을 뿐이에요. 그에 비하면 격식을 차린 거죠."

"아니에요." 실프가 말한다. "당신이 잘못 생각하고 계신 거예요. 제바스티안은 절대로……."

"형사님." 마이케가 속삭이더니, 리암이 자기 말을 들을 수 없도록 형사에게 머리를 기울인다. "제 남편이 랄프 다벨링을 살해했나요?"

"예."

"고맙네요." 마이케가 대꾸하고는 몸을 돌려 버린다. "명확한 답변을 들으니 좋네요."

"그가 그러려고 했던 게 아니에요."

"마음이 없으면서 하는 일이란 절대 없어요."

"그는 협박을 당했습니다."

"당신은 그이를 믿으시나요?"

"이상하죠. 그렇지 않나요? 그런데 그와 결혼한 건 당신입니다. 제가 아니라."

"제가 뭘 믿는가는 더 이상 중요하지 않아요."

"당신은 벌써 또 잘못 생각하고 계십니다."

형사는 마이케의 얼굴을 옆에서 볼 수 있도록 약간 움직인다. 그녀는 미소를 짓지 않는다. 그녀는 또한 절망도, 분노도, 고통도 내비치지 않는다. 조각이 따로 없군. 실프는 생각한다. 안은 차갑고, 밖은 순수한 형태다.

"함께 쾌적한 거리를 걷는 세 사람을 상상해 보세요." 마이케가 말한다. "갑자기 길이 끝나요. 그러자 세 사람 중 하나가 망설이지도 않고 덤불 속으로 뛰어들어 도망가 버려요. 혼자서."

"그건 완전히 잘못된 이미지예요."

"쓸데없는 얘기 좀 그만해 주실 수 없을까요?" 마이케 옆에 서 있는 여자가 말한다.

"곧 끝나요." 실프가 말하고서 경찰 배지를 빛이 비치는 곳에 들어 올린다.

"양자 물리학은……." 사회자가 말한다. "완전히 다른 또 하나의 현실을 위해 우리의 생각을 열어 줍니다."

"제가 하는 일은 전부 제바스티안의 무죄를 증명하는 데 보탬이 됩니다." 형사가 마이케에게 말한다. "그리고 당신한테도요."

"왜요?"

"나는 당신이 그의 곁에 머물렀으면 합니다."

"왜요?"

그대가 내 기억의 냉장고 문에 붙여 놓고 싶은 엽서들 중 하나이기 때문이지. 실프가 생각한다.

양손으로 그는 얼굴을 문지른다. 그는 이 여자와 말을 나누는 것을 즐기는 까닭에 대화를 길게 늘인다. 그는 생각을 가다듬어야만 하고, 감동적으로 솜털이 난 그녀의 머리 선과 거의 하얄 지경인 그녀의 속눈썹을 바라보는 것을 즉시 그만두어야만 한다. 아직 그녀가 팔짱을 끼고 매끄러운 얼굴을 둥근 천장으로 향한 채 귀 기울여 듣는 몇 초를 잘 활용해야만 한다.

"들어 보세요." 실프가 속삭인다. "저한테 이십사 시간을 주세요. 제가 당신에게 모든 것을 해명할 수 있을 겁니다. 하지만 저는 진짜 죄가 있는 사람이 직접 그 일을 했으면 합니다."

"그건 제가 벌이는 전쟁이 아니에요. 저는 그게 시작하기도 전에 배제되었다고요."

"그렇지만 리암은 진실을 알고 싶어 해요. 전 그 애한테 진실을 알려 주기로 약속했단 말입니다!"

그러자 마이케가 형사에게 재빨리 눈짓을 보내더니 자기 아들에게 몸을 숙이고는 아이의 목덜미에 손을 갖다 댄다.

"리암." 그녀가 나직이 말한다. "너 이 아저씨한테서 더 알고 싶은 게 있니?"

어깨 너머로 리암이 형사의 얼굴을 빤히 쳐다본다.

"꺼져요." 아이가 말한다.

실프는 마치 명치에 펀치를 한 대 맞은 것처럼 몸을 구부린다. 그는 재킷의 옷깃을 세우고 서류 가방을 몸에 바싹 붙인다.

"우리의 현실은……." 확성기에서 나는 목소리가 말한다. "전혀 존재하지도 않는 고양이의 미소와도 같습니다."

둘러선 사람들을 뚫고 빠져나오는 동안 형사는, 마치 촉감의 도움으로 어둠 속에서 자신을 다시 알아보는 연습이라도 하듯, 코와 입과 귀를 더듬는다.

"실례합니다." 그가 속삭인다. "저 금방 갑니다."

그리고 마땅치 않은 듯이 쉬잇 소리를 내는 관객들에게 일일이 전달해야만 하는 양 그는 계속 반복한다. "금방 갑니다."

4

서류 가방이 달리는 데 방해가 된다. 기차역을 지나서 슈테판마이어가를 따라 계속 달려가는 동안 실프는 그것을 옆구리에 낀다. 그의 전력 질주에 도시 전체가 달아오르는 것처럼 보인다. 행인들은 색색의 줄로 변하고, 집들은 배를 집어넣고 서둘러 지나가는 사람의 뒷모습을 보려고 몸을 앞으로 기울인다. 한동안 작은 소년 하나가 나란히 달리면서 "빨리요, 빨리!"라고 외치며 손뼉을 친다. 소피드라로셰가에 와서야 비로소 실프는 발걸음을 늦춘다. 심장이 그의 갈비뼈를 세차게 두드린다. 발아래에서는 땅바닥이 숨을 쉬고, 보도는 가파르게 하늘로 향한다. 다음 순간에 자신이 뿌연 액체가 되어 옷에서 흘러나올 것만 같은 생각이 들 지경이다.

보니와 클라이드는 담장에서 물로 뛰어들더니, 물결의 흔적을 자기네들 뒤로 끌어당기면서 그에게로 미끄러져 다가온다.

"빨리, 빨리, 빨리." 오리들이 꽥꽥댄다.

실프는 말을 할 수가 없어서 집에 들어서기 전에 두 손가락을 치켜들어 감사를 표한다.

층계참에서는 벽들이 그를 흉내 내어 얕게 헐떡거린다. 한 계단 한 계단 실프는 난간을 잡아당기며 오른다. 그는 응급 상황일 경우 어떻게 현관문을 따야 할지 아직 깊이 생각해 보지 않았다. 그가 3층에 도착해 보니, 문이 그냥 열려 있다. 실프는 자물쇠를 점검해 본다. 그것은 망가지지 않았다. 동료들이 솜씨 좋게 작업했거나 아니면 집주인이 그들을 자발적으로 들여보냈거나 둘 중 하나다. 어쨌든, 열려 있는 문은 기술적 문제가 아니라 초대이다.

처음 방문한 후로 길어야 이틀밖에 안 지났는데도, 형사는 이미 문지방에서부터 그 집을 다시 알아보기가 힘들다. 사방에 종이들이 이리저리 널려 있다. 양탄자는 말려 있고, 그림들은 떼어져 있다. 모든 것이 추방과 실향의 분위기를 퍼뜨린다. 실프는 제바스티안을 어디에서 찾을 수 있을지 오래 생각할 필요가 없다. 모종의 일들은 항상 부엌에서 일어난다. 복도가 집의 다리이고, 거실이 그 심장이고, 작업실이 뇌인 것처럼, 부엌은 집의 복부이다.

부엌에서는 아무런 움직임도 없다. 천장에 달린 쇠줄이 날카로운 그림자를 던진다. 떨어진 부엌 등이 빨판 같은 전등갓으로 식탁을 짓누르고 있다. 뒤집어진 의자는 오븐 문에 다리를 버티고 있다. 비워진 서랍의 내용물들이 바닥에 널려 있다. 초, 끈, 스카치테이프, 걸레 사이에 있는 수저들. 창문턱에는 냄비와 프라이팬들이 쌓여 있다. 제바스티안의 몸이 이음매도 없이 그 광경에 연결되어 있다. 그는 미동도 없이 물음표처럼 몸을 꼬부린 채 식탁가에 앉아서, 서로 부리를 비비는 한 쌍의 잉꼬가 그려진 빈 컵에 시선을 빤히 고정하고 있다.

"하느님 맙소사!" 형사가 말한다.

실프는 서류 가방을 떨어뜨리고 양손을 뻗은 채 마치 그에게서 뭔가 무거운 것이라도 덜어 주려는 듯 제바스티안에게 서둘러 다가간다. 제바스티안은 그저 눈만 돌릴 뿐, 형사를 바라보는 데 완전히 성공하지는 못한다.

"리암이 올해 생일날 이걸 자기 엄마한테 선물했어요." 제바스티안이 손가락을 아주 조금 움직여 유리컵을 가리킨다. "우리는 우연히 백화점에서 이걸 발견했죠. 마이케는 그걸 받고 무척 기뻐했어요."

"멋지네요." 형사가 말한다.

"난 그게 더 단순할 거라고 상상했어요. 다벨링의 경우에는 아주 쉬웠어요. 쇠줄은 쇠줄일 뿐이라고, 나는 생각했어요."

"그건 심지어 잘못된 해결책조차 아니에요." 실프가 대답한다. "그건 전혀 해결책이 아니에요."

"오스카가 언젠가 말한 적이 있죠. 삶은 제안이고, 그것을 거절할 수도 있다고요. 하지만 그러고 나서 나는 결정을 내릴 수가 없었어요. 내 빌어먹을 인생 내내 그랬듯이요." 제바스티안의 웃음이 기침 발작으로 바뀐다. "여기 무슨 일로 오신 거죠?"

"당신한테 전해 줄 소식이 있습니다."

마침내 제바스티안이 머리를 든다.

"마이케로부터요?"

"아니요." 실프가 헛기침을 한다. "누구로부터인지 곧 알게 되실 겁니다."

구급차의 사이렌 소리가 가까워지고 점점 커지더니 최고조로 경고하고는 지나가면서 진동수를 낮춘다.

"도플러 효과예요." 제바스티안이 말한다. "사물들의 상대성에 대한 좋은 예죠."

그들은 함께 약해져 가는 소리에 귀를 기울인다. 실프는 자신이 마치 마취 없이 궤양을 제거하기 전에 환자에게 몇 초 더 안정할 시간을 주는 외과 의사인 것 같다고 느낀다. 이 종양의 이름은 오류이다. 그것은 가장 마지막이자 가장 중대하고 가장 고통스러운 오류이며, 실프는 이것을 잘라 내고 강철 장치로 대체하고자 한다. 이 강철 장치는 진실이라 불리며, 지금부터 환자의 유기체 안에서 무균의 이물질로서 작용해야만 한다. 형사는 마취 전문의가 도와주기를 간절히 바란다.

"이제 잠깐 고통스러울 겁니다." 그가 말한다. "조심하세요."

제바스티안은 그를 쳐다보고서 기다린다.

"더블싱크는 제거되어야만 합니다." 형사가 말한다.

"지금 뭐 하는 겁니까?"

제바스티안은 벌떡 일어나려다가 형사가 무거운 두 손을 그의 어깨에 얹자 다시 의자에 주저앉는다.

"정확히 들으세요." 실프가 말한다. "더블싱크는 제거되어야만 합니다."

처음에는 전혀 아무 일도 일어나지 않는다. 거의 일 분이 흐른 뒤에 마침내 제바스티안이 다시 깜짝 놀라 벌떡 일어나서 마치 물에 빠진 사람이 구조자에게 하듯 실프를 때려 댄다. 앉아 있는 사람 위로 깊숙이 몸을 굽힌 채, 형사는 기습에 맞서 체중을 다 실어

버틴다.

"그건 안 돼요!" 제바스티안이 울부짖는다.

"오스카는 저한테 남겨 두세요! 이 대재앙한테 최소한 그 의미는 남겨 두라고요!"

소란은 시작될 때 그랬던 것처럼 너무나도 갑작스럽게 끝난다. 제바스티안은 식탁 상판 위로 무너져 내려 거기에 죽은 듯이 널브러져 있다. 자살이 그의 처지에서는 논리적이었을 것이다. 한 남자가 모든 것을 잃고, 등을 펴고, 모자를 집고, 떠난다. 논리는 품위를 의미한다. 하지만 이제 새로운 세 어절짜리 문장이 있고, 그것은 첫 번째 것보다 현격히 더 나쁘다. "다벨링은 제거되어야만 한다."는 자신의 삶을 파괴하는 비극적 명령이었다. "더블싱크는 제거되어야만 한다."는 소극이다. 그 문장의 결과로 일어난 모든 것을 우스꽝스러움으로 독살해 버리는 그로테스크한 우연이다.

형사는 제바스티안이 더 이상 움직이지 않는 것을 이해할 수 있다. 그는 그 남자의 얼굴이, 행여나 제바스티안이 일어선다면, 멍청한 캐리커처로 바뀌어 있는 것을 보게 될까 봐 두려울 지경이다. 실프의 손은 아직도 여전히 다른 사람의 등에 놓여 있다. 부엌 시계만 똑딱거리지 않으면 고요함이 완성되었을 것이다. 뒤죽박죽이 된 부엌에서 자기들 둘을 위해 커피를 끓이는 것 말고는 자신이 할 일이 아무것도 남아 있지 않다고 형사가 막 결론을 내렸을 때, 제바스티안이 나직하게 웃기 시작한다.

"베라 바겐포르트." 그가 말한다. "그 목소리는 곧바로 낯설지 않게 느껴졌어요. 그건 브뤼네테였어요. 세계에서 가장 위대한 소립자 물리학자 중 한 사람의 비서실에서 건 거였죠." 그가 다시 웃는다. "아마도 그는 제가 그녀를 알아챌 걸로 기대하기까지 했을 거예요. 제가 기분 좋게 전화를 걸어서 자기를 악당이라고 부를 거라고 말입니다. 그 대신에 저는 한 남자를 살해하죠. 우리는 늘 우리가 이해하고 싶은 것만 이해하지 않던가요?"

"완전히 아니라고 할 수는 없겠네요." 실프가 조심스럽게 말한다.

"그리고 저는 제가 끝났다고 생각했어요." 제바스티안이 머리를 돌리는 통에 실프는 식탁 상판에 밀려 비딱하게 모이고 찡그려진 그의 얼굴을 볼 수 있다. "오스카가 옳았어요. 전 죄에 대해서 아무것도 몰라요."

흐느끼는 소리가 다른 방향에서 들려오는 것 같다. 작고 나직하게, 이 공간 어딘가에서 어린아이 하나가 신음하듯 울기 시작하는 것처럼. 제바스티안은 열 손가락을 쫙 펴서 얼굴을 감싸 쥔다. 그의 입이 장방형 입구처럼 찌그러지더니 소리 없는 외마디를 토해 내고, 그것이 온몸을 뒤흔들어 놓는다. 형사는 떠는 사람을 자기 몸으로 덮고, 그의 어깨를 잡고, 그를 엄습하고 지나가는 경련을 느끼고, 그러면서도 제바스티안이 웃는지 우는지 확실히 말할 수는 없었을 것이다. 대립하는 모든 것들이 한꺼번에 무너져 내리는 영점의 순간이 있다. 몇 분이 흐르자 이 발작 또한 지나간다. 실프는 식탁 아래로 굴러 들어간 물주전자를 집으려고 몸을 굽히고, 그것을 렌지 위에 올려놓는다.

"오늘 밤." 물이 노래하기 시작하자 그가 말한다. "스쿠라 형사와 저는 지원이 필요합니다. 당신이 도와주실 것으로 생각해도 되겠습니까?"

"당신은 저를 파멸시켰어요." 제바스티안이 오로지 이 순간을 위해서 고안된 목소리로 말한다. "당신 처분대로 하겠습니다."

"좋아요." 실프가 말한다.

한 손으로 끓는 물을 찻잔에 붓는 동안 그는 다른 손으로 휴대폰을 주머니에서 꺼내 숫자 판을 누른다.

"안녕하십니까." 그가 전화에 대고 말한다. "저는 실프 형사입니다. 우리가 끝내야 하는 게임이 한 판 더 있습니다."

5

사실 리타는 이 모든 일련의 이상한 날들 중에서 오늘이 가장 이상한 날이 되리라는 것을 알아챌 수도 있었다. 아침에 그녀가 급히 아침 식사를 하며 앉아 있는 동안에 고양이가 조리대에 토했다. 게워 놓은 것 속에서 닭고기 샐러드 조각들을 알아볼 수 있었다. 리타도 어제 저녁에 그것을 먹었다. 그녀는 속이 안 좋아졌다. 그뷔겐에서 슈누어파일의 전화가 온 후에 그녀는 단번에 기분이 나아졌다. 사건이 해결되었고, 증거 상황이 맞아떨어졌고, 최종 판결은 언제나 그렇듯 판사의 소관으로 남을 것이다. 오후 반나절 동안 여형사는 검찰청과 내무부에 보낼 보고서를 작성했는데, 그럼에도 불구하고 어려운 사건을 종결하는 과정의 일부인 저 의기양양함을 펼쳐 나가는 데는 성공하지 못했다. 전화가 울렸을 때, 그녀는 왜 그런지 알았다. 아마도 **그녀는** 모든 일이 끝났다고 믿었을 것이다. 실프 형사는 아직 아니었다.

구조 요청에 맞서서는 싸울 재간이 없다. 리타는 실프가 원한 대로 경찰 보안대에서 경찰 수송 차량을 빌렸다. 그녀는 콧수염 달린 경찰청장을 또 한 번 속여서 시간을 벌었고, 자신의 경력을 걸고 다음 날 아침까지 의사, 환자, 병원과 같은 단어들은 등장하지 않을 허점 없는 보고서를 제출하겠노라고 맹세했다. 이제 그녀는 수송 차량 뒷좌석에 자백한 살인범과 함께 앉아 있고, 그녀의 미래 경력이 시쳇말로 명주실 한 가닥에 매달려 있다는 것을 안다. 만약 그녀가 이 실이 어떤 종류의 그물에 속하는지 잘 생각해 본다면, 왜 구역질이 다시 치솟아서는 더 이상 누그러들 생각을 않는지 아주 명확히 깨달을 것이다.

우선 슈누어파일과 그녀는 실프와 살인범을 태우기 위해 내륙 수로변 집 앞에 차를 세웠다. 살인범은 청백색 아이스박스를 가지고 왔다. 예전 가족의 물건이라고, 그가 리타 곁으로 뒷좌석에 타면서 인사 대신에 설명했다. 그러고 나서 형사는 사이클링 클럽에 잠깐 들르라고 명령했고, 그 어떤 합법적 근거도 없이 경주용 자전거 두 대를 압류했으며, 이제 그것들은 훔친 물건처럼 폴크스바겐 버스 짐칸에 실려 있다. 그다음 정차지는 법의학 연구소였다. 그들이 그곳에서 용무를 마친 뒤부터 살인범은 황홀한 시선으로 앞을 보면서 아이스박스를 무릎 위에 놓고 균형을 잡고 가끔씩 푸른 덮개를 쓰다듬는다. 상자 안에 든 것이 뭔지 그리고 그것이 어떻게 거기에 담기게 되었는지, 리타는 이성을 잃지 않기 위해서 이에 대한 생각을 스스로에게 금지한다. 슈누어파일의 상황도 비슷하게 돌아가는 듯하다. 그는 계속해서 실프의 지시대로 시내 이곳저곳을 지나며 차를 운전하는데, 지나치게 격하게 방향을 틀고 너무나도 초조하게 브레이크를 밟아서 차에 탄 사람들이 모두 같은 박자로 기울어졌다가 다시 몸을 세운다.

그러나 그 모든 것 중에서 가장 짜증 나는 것은 형사계 총경 실프의 목소리다. 몸을 푹 숙인 채 실프는 조수석에서 웅크리고 앉아서 앞 유리창에 대고 나뭇가지, 연못, 평행 우주, 그리고 그 비슷한 종잡을 수 없는 소리들을 해 댄다. 광기 어린 독백은 결국 여형사로 하여금 슈누어파일이 다음 번 주유소로 꺾어 들어가 그녀를 제외한 모두를 밖으로 던져 버리고 그냥 차를 몰아 도시를 벗어나서 A5 고속 도로를 타고 바젤 방향으로, 언젠가는 나무들 사이로 바다가 보일 때까지 계속해서 직진으로 달렸으면 좋겠다고 희망하게 만든다. 유감스럽게도 슈누어파일은 그럴 준비를 하지 않는다. 그 대신에 그는 저녁 교통 흐름에 집중한다. 그리고 미동도 하지 않음으로써, 지금 자신이 다음번 주유소에서 리타를 제외하고 모두를 차 밖으로 던져 버리고 그녀와 함께 그곳을 떠나 바다에 다다를 때까지 계속해서 차를 모는 모습을 상상한다는 사실을 드러낸다.

리타의 손가락들이 북을 연타하듯 허벅지 위를 두드려 댄다. 실프의 구조 요청이 왠지 모를 뭔가를 그녀의 자의식에 작동시켰다. 그녀의 감정은 검사장한테 전화를 걸어서 제바스티안의 체포 명령을 요청하라고 스스로에게 충고한다. 만약 그녀가 평소처럼 이러한 확신의 정반대에서 출발한다면, 그녀는 잠자코 앉아서 계속해서 한 정신병자의 생각을 따라야만 한다. 아무래도 이 방법은 더 이상 듣지 않는 듯하다. 아니면 그것은 어쩌면 그 고안자에게는 간단히 적용할 수 없는지도 모른다.

형사가 잠시 말을 중단하자 리타가 그 사이에 끼어든다.

"이건 정신 나간 짓입니다." 그녀가 앞으로 몸을 숙이고 이마를 톡톡 친다. "형사님은 위험해요, 실프. 당신 머리에는 새가 한 마리 들어 있어요."

갑작스럽게 터져 나온 형사의 명랑함이 온 차 안에 울려 퍼지고, 종국에는 질식 발작처럼 들린다.

"새 한 마리라!" 그가 헐떡거리며 마찬가지로 손가락을 이마에 가져다 댄다. "그거 좋았어."

"다음번 교차로에서 전 내리겠습니다." 리타가 말한다.

"다음번 교차로에서……." 실프가 슈누어파일에게 말하며 손을 그의 팔뚝에 놓는다. "정차하게. 스포츠용품점 앞에서."

자동차가 브레이크를 잡는다. 슈누어파일이 차에서 내리더니 화를 내며 운전석 문을 쾅 닫는다. 실프는 열린 창으로 그에게 자신의 서류 가방을 건넨다.

"셔츠 두 벌, 바지 하나와 신발 한 켤레." 그가 말한다. "노란색 트리코. 그리고 제바스티안을 같이 데려가게. 사이즈 때문에 말이야."

아주 조심스레, 마치 신생아의 요람이라도 다루듯, 제바스티안은 자동차를 나서기 전에 아이스박스를 발아래 공간에다 놓는다. 텅 빈 머리로 리타는 그와 슈누어파일이 스포츠용품점에 들어서는 것을 바라본다. 두 남자가 사라지자 실프는 의자 등받이 위에 한쪽 팔을 올려놓고 여형사를 쳐다본다. 그들은 침묵한다. 고요함은 기분 좋게 작용한다. 실프가 이 기나긴 시선으로 그녀가 자동차에서 뛰어내려 달아나 버리는 것을 막으려 할 따름이라는 것을 리타가 안다 하더라도 말이다.

"그래요, 좋습니다." 그녀가 결국 말한다. "하지만 분명하게 말씀하십시오. 쉬운 말로."

극도로 집중할 필요가 있다는 듯 실프는 엄지와 검지로 눈꺼풀을 내리누른다.

"오스카가 평행 우주를 연출했다네." 그가 말한다. "리암은 유괴되었고, 또한 동시에 그렇지 않기도 했지. 현실을 신뢰할 수 없다는 게 뭘 의미하는지 제바스티안이 깨달아야 한다는 거였지. '이것 아니면 저것'은 없고 오로지 '이것뿐만 아니라 저것도'만 있다면 어떨지를 말이야."

"이론은 그만하면 됐고." 리타가 말한다. "실제 이야기로 넘어가 보죠."

"어떤 의미에서 유괴는 실험 조건의 하나였다네. 하지만 뭔가 잘못되어 버렸지. 이른바 우연이 자신의 무자비함에 또 하나의 기념비를 세운 거지. 그리고 그러면서 세계들이 뒤죽박죽이 되어 버렸다네."

"안 되겠습니다. 무슨 말인지 따라갈 수가 없군요."

"한순간 나란히 같은 속도로 나아가는 두 기차를 생각해 보게나. 완벽하게 평행으로. 이 순간에 사람들은 옮겨 탈 수가 있네. 오스카가 운행 계획을 구상했고, 우연은 대재앙을 구상했지. 제바스티안은 우주들 사이에서 미끄러져 버렸고."

마침내 실프가 얼굴에서 손을 뗀다. 그의 눈이 반짝인다.

"꼬마 리타, 우리는 두 번째 평행성을 만들어 낼 걸세. 제바스티안이 자기 세계로 돌아올 수 있도록!"

"형사님은 다른 사람을 제대로 겁먹게 만들 줄 아는군요."

리타는 눈으로 아이스박스를 훑고 머리카락을 뒤로 넘기고는 적어도 바깥은 모든 것이 전과 그대로라는 것을 확인해야만 한다는 듯 밖을 내다본다.

"제 관점에서 요약해 보겠습니다." 그럼 다음 그녀가 말한다. "중요한 것은, 말도 안 되는 평행 우주가 아니라, 오스카가 진짜 죄인이라는 사실입니다. 형사님 생각에 따르자면, 자기 친구한테 책임에 관한 교훈을 주려고 그 남자가 친구를 똥통에 밀어 넣은 겁니다. 그리고 지금 그는 제네바에 앉아서 마치 그 모든 게 자기랑은 아무 상관도 없다는 듯이 굴고 있고요."

"내 말이 바로 그걸세!"

형사의 표정이 리타로서는 거역할 수 없는 광채로 밝아진다. 그녀는 그가 손을 뻗어 자기 뺨을 어루만지는 것을 눈감아 준다. 가끔 그녀는 항상 제복을 입고 근무할 수 있기를 바란다. 그렇게 하면 세상이 자기로부터 약간 거리를 두게 될 것이다.

"형사님은 복수를 원하시는군요." 리타가 말한다. "정의, 도덕적 승리. 순전히 경찰과는 아무 상관도 없는 것들뿐이네요. 형사님이 우리한테 강의 시간에 직접 그걸 가르쳐 주셨죠."

"나는 다시 질서를 잡고 싶다네." 형사가 말한다. "그 외에는 자네가 옳아."

"형사님은 모든 권한을 남용하고 계십니다. 그것도 자신의 사사로운 즐거움 때문에. 제가 왜 이 일을 같이 해야 하는지 이유를 하나만 대 보시죠, 실프!"

"알겠네." 형사가 말한다. "내가 자네에게 그 이유를 대 보지."

리타는 그가 서류 가방에서 끄집어내는 자료들을 안다. 그것은 다벨링 사건 조서들의 복사본이다. 그러나 실프는 뭔가 다른 것을 찾느라 종잇장을 앞뒤로 넘겨보고는 다시 한번 가방 속에 손을 집어넣더니 반투명한 촬영 사진을 꺼낸다. 그가 그 사진을 뒤쪽으로 건네주는 동안, 그것이 그의 손가락 사이에서 흔들린다. 리타는 그 우중충한 사진을 측면 유리에 갖다 댄다.

그것은 구름 같은 형상을 보여 준다. 그 형상은 족히 한 뼘은 되는 크기에다 타원형이고 어찌나 흐릿한지 검은 배경 위에서 움직이는 것처럼 보인다. 뒤엉킨 창자로 속이 채워지고, 구더기처럼 허연 호스가 그늘진 중앙부 주변을 두르고 있다. 그것들을 밖에서 둘러싼 두 겹의 표피가 그것들 전부를 한 덩어리로 뭉쳐 놓고 있는데, 하나는 폭이 넓고 시커멓고, 다른 하나는 가늘고 밝은색이다. 보기 역겹기는 하지만, 리타는 눈을 떼지 못한다. 사진의 하단에는 대문자로 형사의 이름이 쓰여 있다.

"자네가 자꾸만 내 의도들을 의심하니……." 실프가 말한다. "그냥 내 머릿속이나 한번 들여다보게."

그는 듬성듬성 머리카락이 난 머리통을 문지른다. 그 앞쪽에는 코끼리 면상이 느슨하게 뼈에 붙어 있다.

"정확히 보게나."

그의 검지가 구더기의 등을 쓰다듬더니, 그것의 말려 들어간 머리 위로 다정하게 옮겨 간다. 굴곡의 정점에서 리타는 새알 크기와 새알 형태의 얼룩을 발견한다. 형사의 손가락이 그 위를 여러 번 톡톡 친다.

"오, 하느님." 리타가 말한다.

"아니야." 실프가 말한다. "그 양반은 확실히 아니네."

여형사는 조용히 앉아서 방금 그녀의 뇌와 몸 사이의 연결이 끊기기라도 한 듯 그것을 뚫어지게 응시한다. 그녀는 자신이 그를 안아 줘야만 한다는 것을 안다. 그녀는 심지어 기꺼이 그렇게 할 것이다. 그는 씩씩하게 미소를 짓는다. 노인이 되어 버린 아이. 그리고 리타는 그를 잠시 동안 꼭 껴안고, 그의 얼굴에 자기 얼굴을 갖다 대고 싶다. 그를 위로하기 위해서가 아니라, 자신이 갑작스레 혼자인 것처럼, 혼자 남겨진 것처럼 느껴지기 때문이다. 마치 온 세상에서 자기만 홀로 꼭두각시들에게 둘러싸여 있고, 실프가 멸종해 가는 종족, 즉 살아 있는 인간의 마지막 남은 다른 한 대표자이기라도 하 듯이.

그러나 그녀는 아무것도 할 수 없다. 그녀는 적절한 움직임을 위한 어떠한 시작점도 찾지 못하고, 심지어 함께 미소 지을 수조차 없다. 비록 형사의 시선이 온기로 가득 차 있을지라도.

"얼마나 더 오래?" 마침내 그녀가 묻는다.

"누가 알겠나. 몇 주 정도."

실프는 MRI 결과를 다시 챙기더니 자신의 발치에 있는 가방 속에 집어넣는다. 그가 몸을 바로 세우고 나자, 그들은 버스 안의 동승자처럼 앞뒤로 앉는다. 리타는 숱이 적은 머리카락 사이로 그의 두피를 바라본다. 게다가 비듬 몇 개도.

"중화기(重火器)지, 안 그런가, 꼬마 리타? 이제는 내가 진지하다는 것을 믿겠나?"

리타가 고개를 끄덕인다. 그것을 그가 들었음에 틀림없다. 그의 미소는 귀를 조금 위쪽으로 움직이게 만든다.

길 위에는 차에 깔린 비둘기가 들러붙어 있다. 짓이겨진 몸뚱이 가장자리의 깃털이 지나가는 자동차의 소용돌이 바람에 춤을 춘다. 신호등이 빨간색으로 바뀐다. 눈에 띄도록 느리게 자동차들이 정지선 쪽으로 굴러오고 잘 계산된 간격으로 멈춰 선다. 한 여자가 지나가면서 수송 차량 안을 호기심 어린 눈으로 들여다본다. 길거리 다른 쪽에서는 대학생 하나가 제멋대로 돌아다니는 자기 개를 향해 급히 휘파람을 분다. 자전거를 탄 남자는 보도에서 벗어나려고 서두르다가 아이와 거의 충돌할 뻔하고, 아이는 아이스크림을 떨어뜨리고 소리 지르기 시작한다.

"우리가 여기에 더 오래 서 있다가는 내전이 일어나겠군." 형사가 말한다.

"그런데 그 남자가 오늘 밤에 오지 않으면, 어쩌죠?" 리타가 말한다.

"신사는 결투에 나타나지."

"그걸 당신이 어떻게 안다고 그러십니까?"

실프는 고개를 옆으로 돌리고서 곁눈질로 여형사를 보며 이렇게 말한다.

"내가 다시 한번 가방에서 그 사진을 꺼내야 하나?"

스포츠용품점의 문이 열릴 때까지는 꽤나 오랜 시간이 흐른다. 슈누어파일의 팔오금에서 화려한 쇼핑백들이 흔들거린다. 제바스티안이 한 손을 들어 손짓한다.

"내가 잊기 전에 하는 말인데⋯⋯." 실프가 말한다. "경찰청장이 나한테 전화했네. 즉시 슈투트가르트로 돌아오라고."

리타가 마치 전기 충격이라도 받은 것처럼 갑자기 몸을 곧추세운다.

"의료계 스캔들이⋯⋯." 실프가 오른 손바닥에 숨을 훅 분다. "공중분해되어 버렸다네. 펑!"

"무슨 말씀을 하시는 거예요?"

"내 말은, 내게 주어진 시간이 어느 면에서 보나 짧다는 거지."

리타가 마치 열을 뿜으며 돌아가던 컴퓨터처럼 스스로를 다운시키기라도 하려는 듯 격하게 숨을 쉬었기 때문에 그는 한 번 더 그녀를 돌아본다.

"간호사 예비생이었다는군." 그가 말한다. "그녀가 수술을 앞둔 심장병 환자들에게 지시된 진정제 대신에 항응혈제를 투여했다는 거야. 겉보기에는 다 똑같아 보이잖나. 그 작은 알약들 말일세. 멍청한 실수지."

힘이 쭉 빠져서 여형사는 쿠션에 몸을 늘어뜨린다. 의미 없이 허비한 몇 주는 대체 뭐란 말인가. 자지 못한 밤들, 병원에 난처하게 드나든 일, 기르는 고양이에게 소홀히 한 것, 상사들의 부당한 책망들은 무슨 의미가 있는가. 쓸데없이 죽도록 일한 것이 누구의 관심을 끌겠는가! 그 모든 것을 일컫는 말이 하나 있다. 완벽한 좌절. 그 생각을 하자마자, 리타는 마치 자기가 수술도 하지 않고 완치되었다는 말을 들은 것처럼 느껴진다. 그녀는 기분이 붕 뜬다. 그녀는 노래를 부를 수도 있다. 형사에게 키스를 하거나 그의 목을 꺾어 버릴 수도 있다.

그녀에게는 머리를 굴릴 시간이 별로 남아 있지 않다. 슈누어 파일이 문을 홱 잡아당기더니 운전석으로 홀쩍 뛰어오른다. 제바스티안이 옆문으로 차에 올라타서 아이스박스를 다시 무릎 위에 엎을 동안, 경장은 양손을 운전대 위에 놓고 머리는 초등학생 남자애처럼 푹 숙이고 조용히 앉아 있다.

"무대 공포증인가?" 실프가 묻는다.

"저는 더 이상 못 하겠습니다." 슈누어파일이 말한다.

리타는 이 자동차 안에 있는 모든 사람들을, 생각에 빠진 시선으로 바라보며 생각해 본다. 갑자기 그녀는 제바스티안이 어떻게 느끼는지 안다고 믿는다. 그리고 형사도. 아마 오스카도. 결국에는 아마도 등을 꼿꼿이 펴고 총체적 패배에 대면하는 것이 관건 아니겠는가. 재빨리 여형사는 한 손을 뻗어서 그 손을 경장의 어깨에 얹는다.

"슈누어파일." 그녀가 말한다. "내가 이 작전을 지휘하네."

그는 미소의 흔적을 보여 준다.

"이제 어떻게 할까요?" 그가 묻는다.

"집으로 가세." 형사가 말한다. "기다리자고."

6

율리아가 어찌나 안달하며 관사의 복도를 건너 그들을 향해 달려오는지 형사는 그녀에게 뭔가를 내놓을 수 있는 것이 기쁘다. 그가 자기 여자 친구에게 살인범을 소개하는 동안 그녀는 그에게 팔짱을 낀다. 살인범은 방금 닫힌 현관문에 바싹 붙어 서 있는데, 어색하기 짝이 없는 데다 비좁은 공간에 비해 키와 덩치가 너무 커 보인다. 그의 왼손은 아이스박스 손잡이를 단단히 잡고 있다. 힘을 모아서 그에게 미소를 지어 보이는 형사와 그의 여자 친구 얼굴을 그는 마치 법정에라도 서 있는 양 주눅이 들어 바라본다.

실프는 그를 또다시 혼자 내버려 두고 싶지 않았고, 그래서 화려하게 등장하기 전 마지막 몇 시간을 함께 보내자고 청했다. 제바스티안이 망설였던 까닭에 그는 그러한 초대를 명령이라고 불렀다. 이제 실프는 사사로운 공간에 여자 친구와 같이 있으면 형사도 더 이상 공인이 아니라는 것을 알게 된다. 제바스티안은 갑자기 잘 모르는 사람과 그의 연하의 아내와 마주 보고 있는 자신을 발견하고는, 이 두 사람이 자기에 대해서 어떻게 생각할지 자문해 보지 않을 수 없다. 환자가 의사 앞에서 자기 병 때문에 부끄러워하지 않는 것처럼 살인자는 경찰 앞에서 살인 때문에 부끄러워하지 않는 법이다. 하지만 제바스티안은 개인적 인간관계에 자신이 저지른 범죄를 달고 다니는 연습이 결여되어 있다. 사고 피해자처럼 그는 모든 것을 새로 배워야만 한다. 말하는 법, 몸짓하는 법, 서로 눈을 바라보는 법. 그대가 일찍 시작하면 할수록 더 좋다네, 라고 형사는 생각한다.

율리아는 손을 내밀고는, 제바스티안이 텔레비전에서보다 정말로 훨씬 더 마음에 든다고 주장하는데, 이것은 눈에 띄게 그의 긴장을 풀어 준다. 자신이 중요한 실험 결과를 거의 간과할 뻔했다는 사실이 눈에 띄자, 형사는 벌써 앞서 거실로 간다. 층계참에서만 해도 그는 율리아와 제바스티안의 만남을 염려했다. 그는 자기 여자 친구가 제바스티안에게 손을 내미는 모습, 그리고 바로 그 순간에 번개가 치고 율리아가 연기 기둥으로 타오르는 모습을 상상해 보았다. 더욱 나쁜 경우 제바스티안이 집으로 들어와서는 마치 율리아가 아예 존재하지도 않는 사람인 것처럼 그냥 그녀를 뚫고 지나가는 모습도. 잠시 실프는 양심의 가책을 느낀다. 그는 왜 자기가 결정적 순간에 불안감을 잊었는지 확신할 수 없다. 그 불안이 너무나 부조리했기 때문이거나, 아니면 율리아가 연기로 변해 버려도 자기한테는 그새 아무 상관도 없게 되어 버린 까닭이었을 것이다.

제바스티안은 방을 둘러보더니 집에 관해 뭔가 호언을 하는데, 그건 맞지도 않은 말이다. 형사는 여자 친구를 개방형 부엌 벽에 등을 대고 서 있게 하고는, 제바스티안에게 아이스박스를 가져오라고 시킨다. 잘 생각해 보면 실프는 살인범만 데려온 게 아니라 뭔가 특별한 것도 가져왔는데, 그것은 어떤 의미에서는 살인범의 것이다. 그것은 급히 냉동실로 직행해야만 한다.

"소풍 가?" 율리아가 묻는다.

실프가 푸른색 덮개를 들어 올리는 동안 그녀는 계속해서 여전히 농담 조로 아이스크림과 차가운 맥주에 관해 말한다. 다벨링을 보자 율리아의 목소리는 마치 누군가가 그녀의 소리를 작게 낮춘 것처럼 배경에 파묻힌다. 그의 얼굴 피부는 건조되면서 골격 위로 팽팽해졌고, 그래서 눈이 깜짝 놀라 휘둥그레져 있다. 마치 그가 자전거를 타고 팽팽히 당겨진 쇠줄을 향해 영원히 나아가는 듯하다. 코는 비뚤어졌고, 입은 뒤틀려 사악한 히죽거림이 되었다. 아래쪽에는 잘려 나간 호스 뭉치들 사이로 목 척추뼈가 손잡이처럼 하얗고 깨끗하게 치솟아 있다. 제바스티안이 그 사이로 밀치고 들어와 희생자의 머리를 직접 아이스박스에서 들어 올리려고 한다.

"조심해요." 실프가 말한다. "머리 가죽만으로 겨우 형태를 유지하고 있어요."

그들이 법의학 연구소에서 커다란 알루미늄 서랍 옆에 서 있
었을 때, 제바스티안은 마치 자신의 희생자에게 입맞춤이라도 하
려는 듯이 몸을 깊숙이 아래로 숙였다. 그러고 나서 그는 물기를
머금은 채 반짝거리는 눈으로 형사를 바라보았다. 감사합니다, 라
고 그가 말했다. 당신이 무엇을 하실 작정이든 당신은 이 순간 제
가 미치지 않도록 구했습니다.

제바스티안이 조심스럽게 붙잡았는데도, 다벨링은 그의 손
사이에서 마뜩치 않은 듯이 얼굴을 찌푸린다. 재빨리 실프는 여자
친구의 표정을 점검해 보는데, 그녀는 꼼짝도 않고 그 죽은 사람
의 머리통을, 한때는 살아 있는 얼굴이었던 이 3D 캐리커처를 들
여다본다. 율리아가 히스테리를 부릴 작정인 것처럼 보이지는 않
는다.

"그러니까 이게 남는 거로군." 율리아가 말한다.

실프는 그녀에게 고개를 끄덕인다. 애초부터 왜 그가 자기 여
자 친구를 좋아했는지 다시 정확히 알게 되자, 그는 마음이 홀가분해
진다.

다벨링이 냉동실에 들어가지 않아서 그들은 칼로 냉동 코일
에서 얼음 덩어리를 긁어낸다. 그러고 나자 모두들 서로를 진심으
로 잘 알게 된다. 율리아는 스파게티를 한 냄비 만들고, 제바스티
안은 비좁은 식탁을 차린다. 식사를 하면서 그들은 다벨링, 오스
카, 마이케, 리암 또는 곧 다가오는 밤과 관련될 수 있는 주제는 모
두 피한다. 공동의 대화 주제로 의료계 스캔들이 남아 있다. 슐뤼
터 과장 의사는 정직을 당했는데, 상해 치사 때문이 아니라 직원

을 제대로 감독하지 못했기 때문이었다. 곧바로 병원들의 부실한 재정 기반에 대한 익히 알려진 논쟁이 시작되었다. 슐뤼터는 자기 경력을 다른 곳에서 이어 가게 될 것이다. 그 나머지는 정치다. 그들은 별로 말을 많이 하지 않는다. 실프가 두 접시째 먹는 유일한 사람이다. 그는 여태껏 그 어떤 식사도 이렇게 맛이 좋았던 적은 없었다고 느낀다.

저녁 식사 후에 율리아는 자러 가겠다고 고집을 부렸다. 몇 시간 자고 서로 약속한 시간에 다시 깰 수 있는데 뭐 하러 끝도 없이 식탁에 앉아서 어려운 생각으로 골머리를 썩여야 하는 거지? 실프는 그녀의 태평함이 부럽다. 머리가 쿠션에 닿자마자 그녀는 버튼을 누른 것처럼 잠이 들었다. 자기 몸에 오해의 여지 없는 명확한 명령을 내리는 능력을 바탕으로 그녀는 잠이 드는 것도 누드화 수업에서 몇 시간이나 꼼짝 않고 앉아 있는 것과 똑같이 능숙하게 해낸다. 불면 현상을 자신은 이해할 수가 없노라고 언젠가 그녀가 형사에게 단언했던 적이 있다. 그저 몸을 옆으로 돌리고 일시적 죽음에 동의한다고 선언하기만 하면 된다는 것이다.

한쪽 팔꿈치를 괴고서 실프는 여자 친구가 자는 모습을 바라본다. 그녀는 허우적거리고 몸을 움직여서 이불에서 빠져나오더니, 그래 놓고는 다시 이불 한 귀퉁이를 꼭 잡고서 어깨와 목, 얼굴 일부를 덮는다. 그럴 때의 그녀는 낮에는 형사를 놀리는 게 일인, 전원 꺼진 기계 장치의 모습과 전혀 딴판이다. 규칙적으로 숨을 쉬면서 그녀는 작은 행성이 자신의 대기에 덮이듯 자신의 수면 온기 속에 폭 파묻힌 채 누워 있다. 그녀를 오래 관찰할수록 자기 앞에 기적이 놓여 있다는 형사의 생각은 점점 더 분명해진다. 어떻게 이럴 수 있는지. 영양 공급을 제외하고는 사는 데 필요한 모든 것을 갖춘, 그 자체로 완결된 순환이라니!

찬탄이 그의 내면에서 어쩌나 큰 소리를 만들어 내는지 그는 생각의 굉음으로 율리아를 깨우지나 않을까 두렵다. 그는 조심스럽게 일어서서 침실 문을 지그시 닫는다.

그러고 나자마자 그는 열린 창문에 가서 선다. 그의 머릿속은 맑고, 지주 벽 철거 작업 중인 압축 공기 해머도 없다. 그의 뒤로 카우치 위에 커다랗게 둘둘 말린 어두운 형체가 놓여 있고 그 안에 제바스티안이 들어 있는데, 그는 더 이상 대답을 하지 않아도 되는 것이 기쁜 듯이 무척이나 조용히 있다. 방 안의 얼룩말 무늬가 더 선명해졌고, 달과 가로등들은 불빛의 색깔을 놓고 다툰다. 아래쪽 거리는 아직도 여전히 톱밥 양탄자로 덮여 있다. 실프는 신발 밑창에 밟히던 깃털과 서커스 원형 무대의 냄새를 잘 기억한다. 그는 시가렐로에 불을 붙인다. 연기가 소용돌이치는 그림자를 창문턱에 드리운다. 그 그림자들은 서로 뒤얽히고, 희미해지고, 그가 다시 한 모금을 폐에서 내뿜으면 새로이 움직이기 시작한다. 그는 비밀로 가득 찬 망상 조직, 현실의 밑바닥에 깔린 원시 수프[60]를 이렇게 상상한다. 창가에서 담배를 피우는 어느 신의 그림자라고 말이다.

부엌 벽감에서는 빌트인 냉장고의 문이 하얀 스크린처럼 빛난다. 실프는 손가락을 구부려서 그 표면 위에 그림자 개 한 마리가 헉헉거리게 만든다. 위장의 격렬한 요동을 제외한다면 그는 만

---

60   원생액(原生液). 지구상에 생명을 발생시킨 유기물의 혼합 용액을 일컫는다.

족스러운 기분이다. 한 인간이 평생 동안 이루어 낼 수 있는 것은 너무나도 적다. 한 여자의 냄새를 다시 알아차리는 것. 아이의 머리를 쓰다듬는 것. 결투에서 상대편을 이기는 것. 사물들의 본질에 관해 생각해 보는 것. 그리고 그때가 오면, 자주 사용했던 뒷문으로 언젠가 다시 세상을 떠나는 그 순간, 그 모든 생각들을 같이 가져갈 것이라는 사실을 잊지 않는 것.

실프는 자기 몫의 행복을 인생의 첫 십 년 동안 다 써 버렸고, 그 후로는 당좌 계정의 영역에서 움직인다. 이미 오래전부터 그는 더 이상 죽음이 인간에게 닥칠 수 있는 최악의 것이라고 생각하지 않는다. 더군다나 장시간 노출에 대한 제바스티안의 상세한 설명은 마지막 심연의 언저리에서 느끼는 현기증을 단번에 몰아내 주었다. 그것만으로도 그는 영원히 제바스티안에게 빚을 진 것이다. 두려움 없이 실프는 어떻게 의식이 고통 없이 정보와 변환으로 이루어진 저 거품 속으로 가라앉을지 상상해 볼 수 있다. 그 거품에서 언젠가 그의 의식이 떠올랐으며, 그곳으로 되돌아가기를 평생 동안 인식을 탐구하며 동경해 왔다. 심지어 냉동된 다벨링과 마찬가지로 딱딱하고 추하게, 불쾌한 물질 덩어리를 남겨야 한다는 사실을 아는 것조차도 그를 겁먹게 하지 못한다. 자연이라는 이름의 믿음직스러운 리사이클링 기계가 아무것도 활용되지 않은 채로 남지 않도록 처리해 줄 것이다. 그가 파묻히든, 화장되든, 바다에 넘겨지든, 그게 어디든 전혀 상관이 없다. 그곳에는, 지금은 아직 인간의 형상으로 창가에 서서 연기 뭉치로 근본적 생각들을 풀어내는, 저 탄소 덩어리에서 양분을 섭취할 동물과 식물들이 충분히 있을 테니까. 그들은 그를 재료로 삼아 뭔가 아름다운 것을 만들어 낼 것이다. 덩굴손, 꽃봉오리 혹은 형형색색 깃털들. 그저께까지만 해도 여전히 그에게 풀리지 않는 질문들로 이루어진 압살적인 카오스처럼 보였던 것이 수천 년 동안 보존된 일목요연한 악보로 바뀌었다. 형사는 아직 뭔가를 더 마무리할 것이고, 그다음에는 갈 것이다.

외로운 개 한 마리가 창문 아래를 지나간다.

"그런데 타임머신 살해자는 어떻게 되었나요?" 실프의 뒤에서 뭔가가 어둠에 휩싸인 채 묻는다.

형사가 몸을 돌린다. 카우치 위에는 아무것도 변한 게 없다. 제바스티안은 조금도 움직이지 않음으로써 자신이 깨어 있으며 의식이 있다는 것을 드러낸다.

"종신형요." 실프가 말한다.

미소를 머금으며 그는 시가렐로를 빨아들인다. 이 남자가 자기 집에 있다는 사실이 그를 유쾌함으로 뿌듯하게 채운다. 이불 보따리가 될 지경으로 둘둘 말린 채로 말이다. 그 이불 꾸러미는, 그는 이렇게 믿는다, 분명히 안에서 빛이 날 것이다. 그는 제바스티안이 자기 연구실에서 시간의 본질에 관해 이리저리 추측해 보는 모습을 눈앞에 그려 본다. 엄지와 검지 사이에는 연필이 끼워져 있고, 머리에는 햇살로 된 모자를 쓰고 있다. 그는 리암이 옆방에서 놀면서 중얼거리는 소리를 듣고, 마이케가 거실에서 미술 카탈로그 책장을 넘길 때 내는 날카로운 바스락 소리에 귀를 기울인다. 이 이미지들은, 그는 이렇게 희망한다, 과거뿐만 아니라 미래에도 마찬가지로 생겨나리라. 같이 가져갈 수 있는 기억들.

거리를 몇 개 더 지나더니 개는 밤 산책을 마치고, 주인집 문 앞 발 매트 위에 몸을 웅크리고서 아무 생각도 하지 않는다. 그 녀석은 심지어 시간의 본질에 관해서조차 깊이 생각하지 않는다. 그녀석에게 시간은 여기 머무는 것과 부재하는 것의 차이 말고는 더이상 의미를 지니지 않는다. 그것은 그 녀석이 눈을 뜨거나 감음으로써 스스로 통제할 수 있는 성질의 것이다.

"유죄 판결을 받은 거죠?" 제바스티안이 묻는다. "비록 자기는 물리학 실험을 한 거라고 믿더라도 말이에요."

"사람들은 그의 확신 때문이 아니라 그의 방법 때문에 그를 처벌한 겁니다."

"만약 당신의 계획이 맞아떨어질 경우에 오스카에게는 무슨 일이 일어날까요?"

"그는 당신에게 당신의 인생 일부를 되돌려주기 위해서 자기 인생의 일부를 희생하게 될 겁니다."

개가 눈을 끔벅거리더니 모든 것이 제자리에 있는 것을 확인한다. 어린 주인의 신발이 자기 옆에 놓여 있고, 자기가 누워 있는 발 매트에서는 멋지게도 자기 냄새가 난다.

"저를 제 자신으로 되돌려놓는 게 불가능하다는 것은……." 제바스티안이 묻는다. "당신도 분명히 아시죠?"

"예." 실프가 대답한다. "하지만 만일에 우리가 그걸 시도해 보지 않는다면 당신은 언젠가 저처럼 될 겁니다."

"형사요?" 제바스티안이 웃는다. "살인자가요?"

형사계 총경이 한쪽 눈썹을 치켜든다. 그는 시가렐로를 끄고는 그것을 길거리로 튕긴다.

"만약 오스카가 자백한다면 당신에게는 무죄 판결을 받을 좋은 기회가 생기게 됩니다."

"현재로서는 철창에 갇혀 사는 게 제일 바람직해 보이는걸요."

"당신은 지금 자신이 무슨 말을 하는지 모르시는 겁니다."

"스쿠라 형사님 말로는, 그뷔겐에서 누군가 오스카를 알아봤다고 하던데요. 당신은 관례적인 방식으로도 그의 유죄를 입증할 수 있을 거예요."

"당신 같은 분이 그렇게 조금밖에 이해를 못 하시다니 놀랍네요."

"나는 한 방면으로만 전문화되어 있거든요."

이번에는 그들이 함께 웃는다. 제바스티안이 이불 아래에서 움직인다. 형사는 곧 다시 진지해진다.

"최악의 것은……." 그가 말한다. "항상 나중에 일어납니다. 그것은 사람들이 최악의 일은 이미 벌어졌다고 믿는 바로 그 뒤에 일어납니다."

"계속해 보세요." 제바스티안이 말한다.

"당신이 오스카와 함께 제네바에 있었을 때, 그는 자신을 기만했어요. 그리고 그럼으로써 당신도 기만했지요. 하필이면 그가 당신에게 평행 우주를 제안했지요. 동반 도주를 말이에요. 그 자신이 제일 원하던 것이었습니다. 중대한 배신이지요. 세상의 그 어떤 경찰도, 그 어떤 판사도 그걸 다룰 수는 없습니다."

"계속 말씀해 보세요." 제바스티안이 말한다.

"당신이 보행자 구역에서 주의를 소홀히 해서 한 여자와 부딪쳤다고 가정해 봅시다. 그 여자는 비틀거리다가 발목 관절이 부러집니다. 일주일 뒤에 그녀는 자동차 사고를 당하고, 부러진 발목 관절 때문에 자동차에서 빠져나오지 못하고 타 죽었어요. 그 어떤 법정도 당신을 살인죄로 판결하지 않을 겁니다. 심지어 경찰도 당신한테 연락하지 않을 겁니다. 하지만 잘 생각해 보세요. 당신 내면의 심판자에 의해 당신에게 무슨 일이 생길지!"

"당신은 오스카를 내면의 심판자 앞에 세우려고 하시는군요." 제바스티안이 천천히 말한다.

"왜냐하면 그것이야말로 당신의 혐의를 풀어 줄 수 있는 유일한 심판자니까요." 실프가 말한다.

제바스티안이 침묵한다. 형사는 창문을 닫고 카우치 옆에 있는 안락의자에 앉아서 두 시간 동안 말없이 이불만 뚫어져라 쳐다본다.

7

"오스카 같은 남자에게 새벽 5시에 숲속 빈터에 나타나기를 요구한다면 그는 온다네. 설사 그에게 무기를 선택할 권리조차 허용되지 않는다 하더라도 말이지."

리타 스쿠라는 못 미더워하며 총경의 시선을 버티다가 고개를 끄덕인다. 숲은 미처 아침 단장을 끝마치지 못한 상태였다. 이슬에 젖은 잎사귀들은 갓 씻은 듯 반짝이고, 빨간 디기탈리스는 점들이 박힌, 셀 수 없이 많은 작은 주둥이로 하품을 한다. 오케스트라석에서는 새들의 필하모니가 악기를 조율한다. 이러한 집단적 깨어남의 한가운데에서 사람들은 헬쑥해 보인다. 이른 아침 빛이 온갖 불완전한 것들을 찾아내고, 눈 밑에 둥그렇게 다크서클을 그려 넣고, 입과 코 옆의 주름을 깊게 한다. 두통은 이날 아침에 통증이 아니라 쿠션이 푹신하게 든 진공 상태다. 실프는 목덜미를 손가락으로 만져 보고, 위에 두개골이 끼워져 있는 바로 그 척추뼈 손잡이를 더듬거리며 찾아낸다. 그는 호스와 케이블을 짚어 본다. 그것들은 언제나 오로지 맨 꼭대기, 전 존재의 사령부에만 머무르는 그를 나머지 신체와 연결해 준다. 벌써부터 그는 뼈 위의 피부가 말라붙고 입꼬리가 악마 같은 미소로 일그러지는 것이 느껴진다고 생각하고, 리타는 이런 미소에 자신 없이 응답한다.

그가 그녀에게 신호한다. 그녀는, 노란 트리코를 입고 망연자실해서 경주용 자전거 옆에 서 있는 슈누어파일에게 다가가서 낮은 목소리로 그를 위로한다. 경장은 귀를 그녀의 입술에 가까이 대기 위해서 머리를 숙인다. 어쩌다 그녀의 손이 그의 뺨에 가 닿는다. 이 신체 접촉이 슈누어파일을 빛나는 영웅으로 변모시킨다. 실프는 여형사와 경장이 서로 눈을 맞추는 모습을 바라본다. 아름다운 한 쌍이다.

형사는 관사에서 출발하면서 여자 친구를 깨우지 않았다. 그는 제바스티안의 어깨를 흔들어 깨웠고, 그러면서 손가락 하나를 입술에 갖다 댔다. 다벨링은 냉동 칸에 꽁꽁 얼어 있었다. 그들은 가능한 한 조용히 드라이버를 사용했고 까치발로 집을 나섰다.

중대한 배신이로군, 하고 형사가 생각했다고, 형사는 생각한다.

하지만 그는 또한 이렇게도 생각한다. 나는 그녀에게 그녀의 과거에 관해 묻지 않았다. 그녀는 나에게 내 미래에 관해 묻지 않는다. 그리고 그런 걸 '딜'이라고 한다. 잠과 죽음을 서로 연결해 주는 것은, 둘 다

손님들에게 1인실만 갖춰 놓고 있다는 사실이다. 아무도 같이 데려갈 수 없다.

리타는 슈누어파일의 뺨에서 다시 손을 거둬들인다.

"갑시다, 이제." 그녀가 날카롭게 말한다.

경장은 자전거에 올라타고는 산 위쪽으로 치고 오르기 위해 페달을 세게 밟는다. 실프는 그가 길게 굽은 커브를 극복해 내고, 홀츠슐레거마테 초원에 있는 여관을 지나서, 습지 위쪽 가장자리를 따라 달린 뒤, 이미 조그맣게 보이는 몸으로 숲속으로 사라질 때까지 바라본다. 거기에서 그는 자전거와 함께 나무들 사이에 몸을 숨길 것이다. 그리고 기다린다.

실프는 몸을 돌리고 한 손으로 쇠줄을 점검한다. 비록 오늘 등장에는 전혀 필요가 없을 테지만, 제바스티안은 이러한 문제의 전문가로서 쇠줄을 최대한 팽팽하게 매어 놓는다.

실프가 다음 신호를 한다. 그러자 슈누어파일과 똑같은 노란 트리코를 입은 제바스티안이 무릎을 꿇는다. 그가 쇠줄로부터 몇 미터 떨어져서 아스팔트에 엎드린 채 몸을 쭉 펴자 그의 몸이 차로로 삐져나온다. 리타 스쿠라가 그리로 와서 갓길에 놓인 그의 머리와 어깨를 나뭇가지들로 덮어 준다.

형사가 가파르게 위를 쳐다보면 두 번째 산악 자전거를 볼 수 있다. 그것은 수관 속에서 흔들거리며, 보이지 않는 나일론 끈에 매달려 천천히 빙빙 돈다. 두 번째 시도 만에 곧장 슈누어파일은 끈 감개를 큰 나뭇가지들 사이로 갈고리처럼 던지는 데 성공했다. 그는 자전거를 위로 끌어올리고는 끈 감개를 어린 자작나무 줄기에 고정시켰다. 실프가 끈 감개를 푼다. 산악 자전거의 무게가 워낙 세게 당겨 대는 통에 실프는 끈 감개를 단단히 움켜잡고 있어야 한다.

쇠줄, 사체, 자전거.

그의 마지막 명령에 리타 스쿠라는 양쪽 나무 중에서 오른쪽 나무 뒤로 움직이고, 그는 왼쪽 나무 뒤로 걸어간다. 그 나무들 사이에는 쇠줄이 팽팽히 매어져 있다.

새들의 필하모니는 조율을 끝냈고, 우연성 음악의 서곡을 재잘거린다. 비록 형사는 흥분해 있지만, 그의 심장은 매번 마지못해 한 번 더 박동을 하기로 결심한다. 그의 발치에서는 개미들이 갉아 낸 잎사귀 조각들을 이리저리 옮기고 있다. 죽은 유충은 없다. 모기도 없다. 실프의 머리가 팽창해서 광활한 공간이 되고, 그 속에서 생각들이 쿵쿵 울리는 발걸음으로 이리저리 돌아다닌다.

그런데 만약 그가 오지 않는다면?

그렇다면 이 이야기에는 결말이 없다.

그리고 만약 그 모든 것이 아무런 의미도 만들어 내지 못한다면?

그렇다면 인간의 삶에 관해서 그 어떤 새로운 것도 말해지지 않을 테지, 라고 형사가 생각했다고, 형사는 생각한다.

하지만 그는 온다. 그는 지팡이와 모자를 좋은 아이디어라고 생각했다. 그것들은 왠지 모르게 슬프고, 낭만적 철자 맞히기 게임에 잘 어울린다. 그는 이로써 100년 전에 주일 산책을 나온 사람처럼 보인다.

샤우인스란트산의 정상에 있는 파노라마 호텔의 객실에 그는 어젯밤 늦게야 들었고, 선금을 지불했다. 그는 해돋이 때 곧장 긴 방랑을 하러 가겠노라고 프런트에 말해 놓았다. 사람들은 그것을 이상하게 여기지 않았다. 오스카는 참을성 있게 호텔 직원의 과장된 미소에 답했다.

밤 시간을 그는 발코니에서 보냈다. 그는 시멘트 같은 안개가 산악 경치의 습곡들을 채우는 모습을 바라보았고, 자신에게도 이 '긴 방랑'이라는 표현이 이상해 보이는지에 관해서 깊이 생각해 보았다. 형사가 방문한 뒤로 그는 경찰이 집에 찾아오기를 기다렸다. 그는 그들이 직장으로 자신을 찾아오지 않을 만큼 충분히 조용히 일을 처리하기를 바랐다. 모든 질문들에 대한 답을 그는 이미 마련해 두었다.

내 행동은 친구들 사이의 농담 이상은 아니었다. 누구도 그 과정에서 피해를 입어서는 안 되었다. 이후의 모든 일은, 법률가들이 말하듯이, 필요하고 기대되는 그 모든 신중함을 기했음에도 불구하고 예측할 수 없었다. 그러므로 어떤 방식으로도 나를 비난할 수는 없다.

이른 아침의 숲 산책을 요구하리라고는 그는 예상하지 못했다. 여기서는 자신의 모범 답안이 아무런 도움이 되지 못할 게 불 보듯 뻔하다. 아마도 그를 제바스티안과 맞대면시킬 작정인 듯하다. 어쩌면 이 모든 일의 배후에 숨어 있는 것이 심지어 제바스티안 자신일지도 모른다. 어쩌면 그 형사는 전혀 형사가 아니고, 고용된 하수인일지도 모른다고, 매시간 잔인하게 침묵하는 어두운 산악 지대를 바라보는 내내 오스카는 생각한다. 그렇다면 제바스티안은 범행 장소에서 아마 오스카에게 총을 쏠 것이다. 흥미로운 것은, 제바스티안이 그 전에 그에게 다른 무기를 던져 줄지이다.

한순간도 오스카는 초대를 받아들이는 것이 현명한 일일지 자신에게 물어본 적이 없다. 잠시 마음이 감상적이 되었을 때, 제바스티안과 그가 안개 낀 해돋이 한가운데에서 고풍스러운 권총의 총열 너머로 서로를 겨누고 망설이다가 마침내 무기를 내려뜨리고 양팔을 벌려 서로에게 다가가는 상상이 그를 엄습해 온다. 즉시 그는 그 생각을 다시 접는다. 그는 자신이 친구를 잃었다는 사실을 안다. 지금 그는 사람들이 자기를 위해 준비해 놓은 것이 뭔지 알고 싶을 따름이다. 그는 자신이 그들에게 얼마나 많은 의미가 있는지 보고 싶어 조바심이 난다. 체스를 두는 형사의 지적 능력이 실제로 자신과 동등할까. 열등한 적과 싸워서 지는 것보다 더 나쁜 일은 없을 것이다.

만약 이렇게 기대에 찬 즐거움과 불안감이 뒤섞이는 것이 미지의 길을 지나 안개에 싸인 목적지로 행진하는 방랑자에게 어울린다면, 오스카가 이른 아침에 나선 것은 정말로 긴 방랑일 것이다.

이제 숲이 열린다. 오스카는 너른 습지를 조망해 본다. 그 위에는 여기저기 잠든 암소들이 누워 있다. 풀밭 속의 짙은 색 고기 더미들. 길은 내리막으로 오래된 여관으로 통하는데, 그 여관은 폐쇄해 놓은 창문과 문 들 때문에 마음이 상한 것처럼 보인다. 바로 그 앞에서 차로가 가파른 왼쪽 커브 길로 훌쩍 날아올라서 몇백 미터 뒤에 나무들 사이로 다시 사라진다.

오스카는 한동안 탁 트인 하늘 아래를 걸을 수 있어서 기쁘다. 숲에서는 모든 나무 시체가 외투를 입은 흑인 남자였고, 딱 소리를 내며 부러지는 나뭇가지는 모두 낯선 발걸음 아래 부러졌다. 자연의 아름다움을 만끽하시죠, 라고 형사가 전화에 대고 말했다. 깊은 생각에 빠지지 않으려고 오스카는 자기 발걸음을 센다. 매초가 점점 느려졌고, 보행 속도에 한참 뒤처지더니, 차례차례 슬로 모션으로 현재의 가장자리로 기울어진다. 어쩌면 그것은 오스카가 매우 힘차게 성큼성큼 걷기 때문인지도 모른다. 저 아래에서 그 일이 벌어졌다. 300을 셌을 때 그는 자신이 처한 상황에 대한 이해를 잃기 시작한다. 400을 셌을 때 그는 자기가 여기서 도대체 뭘 하고 있는지 더 이상 알지 못한다. 500을 셌을 때 그는 여관에 다다른다. 그는 머리를 길게 빼고 눈을 가늘게 뜬다. 저기, 길이 숲으로 접어드는 곳에서 수관들 아래 여명 속에 뭔가가 반짝거린다.

따르릉 소리가 그를 자신의 다리로부터 거의 앗아 갈 뻔한다. 그는 자전거 탄 남자가 뒤에서 오는 소리를 듣지 못했다. 노란색의 뭔가가 그의 옆을 휙 지나쳐 갈 때, 가까스로 그는 옆으로 펄쩍 뛸 수 있다. 커브의 끝자락에서 경주용 자전거가 꼿꼿이 서더니 운전자가 머리를 낮추고서 페달을 밟는다. 오스카는 비명을 지르려고 한다. 눈 깜빡할 사이에 자전거가 숲에 다다른다. 뭔가가 길 위에서 폭발한다. 금속 부품의 소용돌이가 빛을 낚아채고, 떨그렁떨그렁하고 나사와 나뭇가지들이 산지사방으로 흩어지며 떨어진다. 다시 눈 깜빡할 시간이 지나자 조용하다. 그야말로 죽은 듯이 고요하다.

오스카의 가죽 밑창은 매끈한 아스팔트 위에서 달리는 데 적합하지 않았다. 그는 미끄러지고 비틀거리고 마지막 순간에는 쇠줄 아래로 몸을 구부리고 통과해서 미끄러지며 멈춰 선다. 다리를 조심스럽게 자전거 부속들 위로 들어 올린다. 거기에는 노란 트리코를 입은 남자가 상체는 길가에 있는 풀숲에 가려지고, 다리는 차도로 쭉 뻗은 채 널브러져 있다. 오스카는 멈춰 서서 바라본다. 더는 발걸음을 옮길 능력이 없고, 또렷한 생각을 할 상황이 아니다. 그의 유년 시절부터 어떤 상황에서도 늘 그와 함께하던 능변의 내면의 독백이 입을 다문다. 믿기지가 않는다. 새들이 이토록 요란하게 노래하다니.

오스카는 등 뒤의 움직임을 듣기보다는 오히려 느낀다. 그는 널브러져 있는 사람의 광경에서 시선을 떼고 몸을 돌린다. 쇠줄 왼쪽에는 꼭두각시 인형처럼 미동도 없이 형사계 총경이 서 있다. 오른편에는 자잘한 꽃무늬 옷을 입은 여자가 하나 서 있다.

악마의 문설주에 서 있는 두 수문장.

그 여자는 겨우 얼굴과 목밖에 없는 남자의 머리채를 잡고 있다. 눈을 크게 뜨고 파렴치하게 오스카를 응시한다. 여자가 움직이기 시작한다. 그에게 잘린 머리를 건네주려는 것처럼 보인다. 은 접시만 없을 뿐, 영락없는 살로메다. 그녀는 도로의 중앙에 멈춰 서서 머리를 바닥에 내려놓는다. 그것이 옆으로 쓰러지더니 오스카 쪽으로 굴러오다가 자신의 목 척추뼈를 축으로 반원을 그리며 돌더니 멈춰 선다. 오스카는 자신이 숨을 들이마셔야만 한다는 사실을 깨닫는다. 두 번 숨을 쉬고 나자 어지러운 느낌이 누그러든다.

"이제 알겠군." 그는 팔짱을 끼려 하지만, 팔이 너무나도 무겁게 그의 옆으로 처져 있다.

"제바스티안!" 그가 부른다. 그러고는 이 정지 화면에서 아무것도 움직이지 않자, 더 낮은 소리로 말한다. "너는 더블싱크의 위대한 전문가가 아니었어. 그건 유감스럽게도 나였어."

그에게 군도가 있었더라면, 그는 지금 그것을 거꾸로 뒤집어서 자기 앞의 바닥에 내려놓았을 것이다.

8

그는 발작을 예견했다. 그 덕분에 새알이 그에게 가한 일격은 그를 곧장 쓰러뜨리지 못했다. 귓속 휘파람 소리. 귀가 어디에 붙어 있든 간에. 이마 뒤의 푹푹 쑤심. 이마가 어떻게 없어졌든 간에. 마지막으로, 뇌를 가로지르는 균열. 누가 지금 그 뇌를 쓰고 있든 간에. 온몸을 관통해 형사를 둘로 나누면서. 넌 거의 모든 걸 이중으로 가지고 있잖아. 다리, 손, 눈, 콧구멍. 그러니 두말없이 너를 두 사람으로 만들 수 있지.

첫 몇 초 동안은 고통스럽지 않다. 두 손으로 실프는 머리를 받친다. 머릿속에서는 매우 결연한 싸움이 요동친다. 뭔가가 자유를 얻기 위해 맹공을 퍼붓고, 자기가 너무나도 지나치게 오랫동안 그 안에서 자라 왔던 감옥에 저항한다. 날카로운 부리가 두개골을 쪼아 댄다. 그것에 박자를 맞추어 검은 점들이 시야에서 춤춘다. 게다가 그의 눈은 더 이상 쓸 수가 없다. 그래서 그는 제바스티안과 오스카가 서로 포옹하는지 보지 못한다. 슈누어파일이 리타 스쿠라 옆에 가서 서려고 자전거를 밀면서 길을 올라가는지. 그 대신에 그는 끝도 없이 높이 솟아오르는 분수를 본다. 물보라 속에 산산조각 난 무지개가 박혀 있다. 물거품에 머리카락이 젖은 한 사내아이가 웃으면서 하늘을 향해 팔을 뻗는다. 그 아이가 몸을 돌리자 그 얼굴은 리암의 것이기도 하고 다른 아이 것이기도 하다. 내 아들, 형사가 생각한다. 그 아이가 자기 손목시계를 가리키면서 말한다. 그것들은, 그것들은 죄다 거짓말하고 있어요. 금발의 여인이 미소를 지으며 그 아이를 내려다본다. 그러고서 그녀는 형사의 눈을 들여다본다. 두고 보면 알겠죠, 그녀가 말한다.

실프의 살갗 아래에서 떨림이 증식한다. 이가 서로 부딪친다. 마치 스스로 먼지가 되도록 갈아 버리기라도 하려는 듯. 붙잡을 곳을 찾으면서 그는 열 손가락을 모두 써서 자신의 머리카락 속을 움켜잡는다. 마침내 고통이 그의 다리를 꺾어 버린다. 두개골이 박살난다.

형사는 쓰러지지만 바닥에 닿지 못하고 위도 아래도 없이 고꾸라지면서 정신을 잃는다. 더 이상 손과 발을 느끼지 못하고, 그 대신에 이마에서 공기의 움직임을 느낀다. 그의 두개골이 열리고, 버둥거림과 퍼덕거림이 이어지고, 뭔가가 비집고 나온다. 그것은 몸을 뒤흔들고, 날개를 펼치고, 승리하는 아름다움의 형형색색 아른대는 빛을 뿌린다. 실프가 이제껏 본 그 어떤 것보다 아름답다.

안녕히, 관찰자여, 하고 형사가 생각한다.

새 한 마리가 날아오른다. 자신의 무리를 발견한다. 도시 위를 선회한다.

에필로그

북동쪽으로 이륙하며 바라보면 프라이부르크는 도시라기보다는 서로 섞여 드는 색깔들로 짠 양탄자와 닮았다. 어느 누구도 자신이 그것의 한 부분인지 아니면 그것이 자신의 한 부분인지 말할 수 없을, 형형색색 희미하게 빛나는 덩어리. 아침 햇살이 호사스러운 금빛 색조들을 쏟아붓는 지붕들의 모자이크. 그 사이로, 드라이잠강의 구불구불한 수은 빛 띠. 푸른 대기가 물처럼 흘러간다. 산이 새들을 다시 불러들인다. 새들이 산에게 소식을 전해 준다.

바로 그랬던 거야, 대략은 말이야, 우리는 이렇게 말한다.

옮긴이의 말

1974년 독일 본에서 태어난 율리 체의 이력을 보면 이 작가가 '평행 우주'를 주제로 택한 것은 우연이 아닐지도 모른다는 생각이 든다. 어쩌면 그녀는 평행 우주를 몸소 실현하는 중인지도 모른다. 그녀는 1993년 파사우 대학 법학과에 입학하여 사법 고시 1차 시험을 최우수로 통과했고, 1996년부터 2000년까지 라이프치히의 독일 문학원에서 문학을 공부했다. 2001년에는 법학 석사 학위를 취득했고, 2003년에는 사법 고시 2차 시험에 합격했으며, 이후 국제법 관련 주제로 박사 학위를 받았다. 그러면서도 체는 믿기지 않을 정도로 왕성하게 작품 활동을 펼쳤는데, 스물두 살이던 1996년에 등단한 이래 2010년 현재까지 집필한 책의 총 분량이 2500쪽을 넘으니, 거의 삼 년에 한 번씩 400~500쪽에 달하는 두꺼운 장편 소설을 꾸준히 내놓은 셈이다. 그녀는 지금도 브란덴부르크 주의 바르네비츠에서 법조인으로 일하며 소설 집필 작업을 하고 있다.

유럽 융화법이나 국제법을 공부하는 등 이미 그녀가 법조인으로서 관심을 가졌던 분야에서도 잘 드러나듯이, 율리 체는 지식인으로서 정치적으로 상당히 적극적인 입장을 보인다. 여러 신문에 자유 기고가로서 참여적인 글을 게재할 뿐만 아니라, 2005년에는 귄터 그라스가 주도한 사민당-녹색당 연합의 선거 운동에도 참여한 바 있고, 작품의 주제도 정치적 색채를 강하게 띤다. 율리 체의 이러한 이력이나 성향들은 성공적인 첫 장편 데뷔작으로 평가받는 『독수리와 천사』(2001)에 이미 고스란히 녹아 있다. 율리 체가 직접 체류하며 깊은 관심을 보여 온, 유럽의 가장 심각한 분쟁 지역인 발칸반도를 배경으로 하는 이 소설은 발표됨과 동시에 그녀를 독일어권 문학계의 총아로 떠오르게 했으며, 이후 거의 전례가 없을 정도로 빠르게 유명세를 타며 독일 서적상, 에른스트 톨러 상을 비롯해 각종 문학상을 휩쓸었다. 유고슬라비아 내전을 소재로 현대 전쟁의 묵시록적 이미지를 강렬하게 부각시킨 이 작품으로 그녀는 문단에서 확고히 입지를 다졌을 뿐만 아니라 작품이 29개 국어로 번역되며 세계적으로 이름을 알렸다.

2004년에 그녀는 또 다른 성격의 두 번째 장편 소설 『유희 충동』을 발표했는데, 이 작품은 '부정적 성장 소설'로, 철학자 에른스트 블로흐의 이름을 딴 김나지움의 영악한 반항아 커플 아다와 알레프가 자기들 주변을 지옥으로 만들며 테러리스트가 되어 가는 절망적 과정을 다룬다. 여기서 작가는 인간이 모든 도덕률에서 벗어났을 때 따라오는 논리적 귀결을 잔혹할 정도로 남김없이 보여 준다. 그 밖에도 율리 체는 첫 번째 아동서 『사람들의 나라』(2008), 공상 과학 소설 형식을 차용해 개인에 대한 국가의 개입의 한계를 파헤친 장편 소설 『범죄의 요체』(2009), 일리야 트로야노

프와 함께 쓴 감시 국가와 시민권 문제에 관한 에세이집『자유에 대한 공격』(2009)을 내놓았다.

다양한 형식과 성격의 작품을 시도해 왔지만 체의 작품에서는 몇 가지 공통적인 특징이 발견된다. 그녀가 선호하는 주인공들은 비현실적으로 느껴질 만큼 비범한 인물들이며, 이들은 법학적, 윤리적, 과학적 담론에서 상반된 입장들을 대변하며 서로 맞선다. 이러한 인물 구도를 바탕으로 줄거리가 복합적으로 엮이고 죄와 책임의 문제가 끊임없이 논구되며, 여기에 더해 율리 체만의 독특한 은유의 세계가 이야기에 살을 입힌다. 특히『독일어권 현대 문학 비판 사전』의 율리 체 항목 집필자인 하인츠페터 프로이서가 지적하듯, 거침없이 범람하는 대담한 은유의 사용은 평자를 두 진영으로 가를 정도로 눈에 띄는 특징이다. 표현의 독특함이 지나쳐 다소 너무 주관적이라거나 너무 많은 은유의 사용으로 독자가 소설을 쉽게 읽지 못하도록 방해한다는 비판과, 그 특유의 은유적 표현이 문장 자체에 깊이와 아름다움을 부여하고 작품에 혁신적이고 생동감 있는 인상을 선사한다는 상반된 평이 그것이다.

율리 체 작품의 이러한 문학적 특징들은 2007년에 발표한『형사 실프와 평행 우주의 인생들』(이하『실프』)에서도 여실히 확인할 수 있다. 하지만『실프』에서 그녀는 전작들이 다루었던 무거운 정치적 소재에서 조금 벗어난다.『실프』의 주인공은 우주를 넘나들며 시간과 공간에 관해 사고하는 비범한 두 물리학자, 오스카와 제바스티안이다. 이들은 물리학의 두 이론을 대변한다. 그러나 이 두 남자를 "사색가의 주름과 백발"로 "자신의 오성을 장식"하는 고리타분한 책상물림으로 머릿속에 그린다면 큰 오산이다. 그들은 스타일리스트다. 물론 작가는 이 두 엘리트들이 우주의 해석을 놓고 치열하게 토론을 벌이리라는 독자의 기대를 저버리지 않는다. 오히려 '평행 이론', '만물 이론', '상대성 이론', '양자 역학' 등 현대 물리학의 각종 난해한 개념들을 놓고 벌이는 사투와 이에 관한 '강연'은 율리 체가 대변하는 지적 소설에서는 '필수 교양 과정'이다. 더구나 두 과학자를 엮어 주는 것은 물리학만이 아니다. 그들은 대학 시절부터 서로 사랑하는 사이다. 다만 제바스티안이, 좀 더 천재적인 오스카에게 열등감을 느끼고 둘만의 사랑의 결합에서 이탈하여 마이케와 '평범한' 결혼 생활을 꾸리면서 이들의 사랑은 결코 달콤함만을 의미하지 않게 된다. 제바스티안이 모든 가능한 세계가 병존할 수 있다는 '평행 우주 이론'을 주장하면서, 오스카와의 관계와 자신의 정상적 가정을 함께 유지하려는 반면, 오스카는 '단 하나의 세계'만 인정하며 모든 물리학 이론을 하나로 아우르는 이른바 '만물 이론'을 추구한다. 즉, 제바스티안이 두 삶 중 하나를 선택해야 하는 기로에서 항상 망설이고 괴로워하는 동안, 오스카는 그에게 궁극적인 하나의 선택, 즉 자신과 함께하는 삶을 선택할 것을 요구한다. 그는 제바스티안이 주장하는 '평행 우주 이론'은 이론적으로 막다른 골목일 뿐 아니라 현실 도피의 수단이자 방패막이에 불과하다고 공격한다.

한편 제바스티안은 어느 날 아들이 유괴되어 혼란에 빠지는데, 유괴된 아들을 되찾기 위해 "다벨링은 제거되어야 한다."라는 명령에 따라 살인을 감행해야 하는 상황에 처한다. 여기에서 작가는 범인이 누구인지, 왜 그런 명령을 하는지 의문점을 던지며 추리 소설 형식을 취하는 흥미로운 선택을 한다. 어딘가 형사 콜롬

보를 연상시키는 허허실실의 형사 실프와, 적어도 그로테스크한 면에서는 청출어람인, 경찰 학교 제자 리타 스쿠라가 사건을 해결하기 위해 투입되는 것이다. 그러나 '실프'를 소설 제목으로 택할 때 이미 예고되었다시피(소설의 원제는 아무 군더더기 없이 그저, 『실프』이다.), 형사 실프는 단순히 범죄 사건의 단서를 찾으며 줄거리를 끌고 나가는 기능에만 머물지 않는다. 『실프』는 추리 소설 장르의 규칙을 따르기보다는 이를 가지고 유희하고자 한다. 암에 걸려 죽음을 앞둔 형사는 두 천재 물리학자들의 두뇌 싸움을 현실의 영역에서, 그것도 직관으로 풀어냄으로써 그들과 대척점을 이룰 뿐만 아니라 우연과 개인의 역할이 개입하는 삶의 영역을 대변한다.

작가는 한 인터뷰에서 현대 물리학 이론이 구성주의적 전환, 즉 관찰자가 과정에 영향을 미친다는 인식에 도달한 것이 물리학에 관심을 갖게 된 계기라고 밝힌 바 있다. 『실프』에서 밝히는 범인의 '완벽한' 계획은 어이없는 우연의 과정을 거쳐 예기치 못했던 치명적 결과를 낳고 만다. 그렇다면 제바스티안에게 일어난 일은 정말 우연일까? 우연을 믿지 않는 한 형사에게 법의 한계는 어디까지이며, 윤리의 한계는 어디까지일까? 실프는 범인이 보는 앞에서 피해자의 살해 장면을 재현해 내어 범인에게 내면의 심판을 이끌어 낸다. 그럼으로써 실프는 이론과 현실의 갈등이라는 소설의 문제의식을 삶의 영역, 더 나아가 삶의 고난을 극복하는 영역으로 이끌어 나간다.

이 이야기를 옮긴이의 시점에서 보면, 무척 특이한 광경이 눈앞에 펼쳐진다. 어떤 글을 번역한다는 것은 영화관에서 영화를 보는 것이 아니라 촬영 현장에서 영화를 보는 것과 닮았다. 그것도 이미 제작 팀은 빠져나간 뒤에, 뒤늦게. 다시 말하면 형사가 사건 현장에 서 있는 것과도 닮았다. 옮긴이들이 목격해야 했던 '사건 현장『실프』'는 단서 하나 남아 있지 않은, 텅 빈 완전 범죄의 현장이 아니다. 어쨌든 단서가 나오는 그런 현장도 아니다. 그것은 도대체 어디서부터 손을 대야 할지 모를 정도로 오만 잡동사니들이 켜켜이 위태롭게 쌓여 있는, 모든 것들이 단서일 수 있는, 그래서 완전 범죄가 되는 현장이다. 율리 체의 사건 현장은 늘, 가득하다. 문학 이론 강의 때 배운 온갖 것들이 실물로 다 들어 있다. 실프처럼, 우선 책상 위에 이리저리 흩어진 서류와 종이쪽지들을 보다가 아래쪽을 더듬어 본다. 폭탄이다. 은유라고 적혀 있다. 옆에 하나 더 있다. 안쪽에도 하나가 더 있는 듯, 윗부분만 보인다. 실프처럼, 요기 차를 시켜 시간을 끌 수라도 있으면 좋으련만. 오히려 사방에서 째깍째깍 소리가 들린다. 뛰어 나가려고 보니 밖에서 문이 잠겨 있다. 함정이다. 우선 앞에 놓인 은유 폭탄의 선을 조심스레 살펴본다. 어느 선을 끊어야 할까. 다행히 휴대 전화가 있다. 독일제 폭탄은 늘 그렇듯 동료이자 친구인 라이너 필메르크 교수에게 문자를 보내 물어본다. 곧장 답이 온다. 프랑스제 폭탄은 이화여대 조윤경 선생님께 문자를 날린다. 역시 답이 온다. 물리학 폭탄도 만만치 않다. MIT에 있는 이재황 박사가 수시로 매뉴얼을 전송한다. 드디어 상황 종료다. 어느새 문밖에 나타나 어서 나오라고 외치던 편집자가 문을 따고 들어와 상황을 정리해 준다. 폭탄 때문에 단서들을 여느 때처럼 분류해 놓지 못했다. 나중에 들어와 볼 독자 분들께 양해를 구해야만 한다. 문장들이 낯설 수 있다고. 어떤 선들은 공연히 끊어 놓았을지도 모르고, 여전히 폭탄이 남아 있을 확률이 높다고. 엄마, 아빠 때문에 놀란 아이들에게도 미안하고, 고맙다. 뒤늦게 깨닫는다. 옮긴이들이 영원히 현장에서 빠져나가지 못하는 평행 우주가 하나 생겼다.

추신 —— 마침 눈에 띄는 폭탄이 하나 있어 독자분들께 넘겨 드린다. 작가는 왜 형사에게 흔치도 않은 '실프'라는 이름을 붙였을까. 실프가 독일 말로 '갈대'라는 것, 그러니 내용을 모르고 소설을 보면, 제목이 '갈대'인 줄 안다는 것밖에는 드릴 단서가 없다.

2010년 12월 베를린에서

이재금, 이준서

옮긴이

이재금

단국대학교 독어독문과를 졸업하고 서울대학교 독어독문과에서 석사와 박사 과정을 수료했으며, 독일 베를린 자유대학에서 수학했다. 독일어권 소설, 아동서, 인문예술 분야 책들을 번역하고 있다. 옮긴 책으로『떼쓰는 아이 심리 백과』,『우주가 내게로 왔어요』,『사진의 모든 것』,『황야의 이리』(공역),『천국도 이곳만큼 좋을 수는 없다!』(공역) 등이 있다.

이준서

서울대학교 독어독문학과를 졸업하고, 같은 과 대학원에서 석사 및 박사 과정을 수료했다. 독일고등교육청(DAAD) 장학생으로 베를린 자유대학교에서『하이너 뮐러의 텍스트에 나타난 '웃음'』으로 박사 학위를 받았다. 현재 이화여자대학교 독어독문학과 교수로 있으며, 독일 알렉산더 폰 훔볼트 재단의 펠로우이다. 독일어권 현대문학, 연극과 영화 이론, 매체미학 분야에서 다수의 논문을 썼으며, 지은 책으로『'통일 이후 통일과정'으로서의 독일 통일영화』등이 있다. 옮긴 책으로는『독일영화사』,『현대 영화 이론의 모든 것』,『피나 바우쉬』,『자본의 유령』(공역) 등이 있다.

형사 실프와 평행 우주의 인생들

1판 1쇄 펴냄 2010년 12월 17일
1판 2쇄 펴냄 2014년 2월 27일
2판 1쇄 찍음 2024년 2월 7일
2판 1쇄 펴냄 2024년 2월 15일

지은이　　율리 체
옮긴이　　이재금 · 이준서
발행인　　박근섭 · 박상준
펴낸곳　　**(주)민음사**

출판등록 1966. 5. 19. 제16-490호
주소　　　(06027) 서울시 강남구 도산대로 1길 62(신사동)
　　　　　강남출판문화센터 5층
대표전화 02-515-2000 | 팩시밀리 02-515-2007
홈페이지 www.minumsa.com

한국어 판 ⓒ **(주)민음사**, 2010, 2024. Printed in Seoul, Korea

ISBN　　978-89-374-5637-4 (03850)